U0617431

1945—1949年东北解放区文学大系

总主编◎丛坤

戏剧卷⑩

本卷主编◎宋喜坤

黑龍江大學出版社
哈尔滨

图书在版编目（CIP）数据

1945—1949年东北解放区文学大系．戏剧卷 / 丛坤总主编；宋喜坤分册主编．-- 哈尔滨：黑龙江大学出版社，2021.10
ISBN 978-7-5686-0468-0

Ⅰ．①1… Ⅱ．①丛… ②宋… Ⅲ．①解放区文学—作品综合集—东北地区—1945-1949 ②戏剧文学—作品综合集—中国—1945-1949 Ⅳ．①I218.3

中国版本图书馆CIP数据核字（2021）第101536号

1945—1949年东北解放区文学大系　戏剧卷
1945—1949 NIAN DONGBEI JIEFANGQU WENXUE DAXI XIJUJUAN
宋喜坤　主编

责任编辑　杨琳琳　魏　玲　高　媛　于　丹　宋丽丽　徐晓华　范丽丽　常宇琦
出版发行　黑龙江大学出版社
地　　址　哈尔滨市南岗区学府三道街36号
印　　刷　哈尔滨市石桥印务有限公司
开　　本　720毫米×1000毫米　1/16
印　　张　312
字　　数　3494千
版　　次　2021年10月第1版
印　　次　2021年10月第1次印刷
书　　号　ISBN 978-7-5686-0468-0
定　　价　998.00元（全十册）

本书如有印装错误请与本社联系更换。

版权所有　侵权必究

《1945—1949 年东北解放区文学大系》

学术顾问（按姓名笔画排序）

冯毓云　刘中树　张中良　张毓茂

编委会（按姓名笔画排序）

主任：于文秀

成员：叶　红　丛　坤　刘冬梅　那晓波
孙建伟　李　雪　杨春风　宋喜坤
张　磊　陈才训　金　钢　赵儒军
侯　敏　郭　力　戚增媚　彭小川
蓝　天

出版说明

1945 年到 1949 年的东北解放区，社会风云变幻，文学繁荣发展。当时的文学创作者们以激昂向上的笔触，再现了波澜壮阔的解放战争和轰轰烈烈的土地改革，讴歌了人民军队可歌可泣的英雄事迹，描绘了劳动人民翻身后的喜悦心情，书写了时代的大主题。为了再现这段文学风貌，我们编辑出版了《1945—1949 年东北解放区文学大系》。

这套丛书大体以体裁分编，计小说卷（长篇、中篇、短篇）、散文卷、戏剧卷、诗歌卷、翻译文学卷、评论卷及史料卷七种，所收录作品以新文学为主。此阶段作品浩如烟海，而部分文字资料因时间久远或受当时技术所限出现严重缺损，考虑到丛书篇幅有限，故仅收入代表性较强的作品。对于因原始资料不全、不清晰而无法完整呈现，或受条件所限未收集到权威版本的篇目，则整理为存目，列于丛书卷末，以备读者参考。

丛书编辑过程中，多数篇目由原始版本辑录，首次收入文集，也有些篇目参照了此前出版的多种文集。原始文献若有个别字迹不清确不可考的，丛书中以□代替。

丛书收录作品以 1945 年 8 月至 1949 年 10 月为时间节点，个别作品的完成时间略有延伸。大部分作品结尾标注了写作时间，以及初次发表或结集出版的版本信息。作品编排大体以作者姓名笔画为序（特殊情况除外，如集体创作作品列于卷末）。

就筛选标准而言，所收主要为东北作家创作的主题作品，也有非东北籍作家创作的有关东北解放区的作品。除此之外，还有此时期公开发表的反映抗日战争题材的作品，以及在东北出版的反映其他解放区的、革命主题特色鲜明的作品。需要指出的是，在本丛书的史料卷中，还有一部分作品创作于新中国成立之后，但反映了解放战争时期东北解放区的文学发展面貌，或记述了一些典型事件、代表性人物，亦具珍贵的史料价值，为完整呈现当时的文学风貌，这部分作品亦收入丛书，以"节选"的方式呈现。

需要特别说明的是，此时期的个别作家受时代限制，思想表现出了一定的历史局限性，体现在文学创作方面可能表现为不同程度的瑕疵，这一群体的作品，只要总体导向是正面的、积极的，从保证史料全面性、完整性的角度考虑，我们也将其予以收录。个别作家在解放战争时期是积极追求进步的，但随着社会环境的变化，却出现思想动摇甚至走向错误道路，对于其作品，本丛书只选取其有代表性的、取向积极的篇目，对于其他时期该作家的不当言论、思想，我们不予认同。此外，在当时复杂的政治环境下，还有一些作品中的个别表述可能存在一些偏差，但只要其主题思想是积极进步的，则丛书亦予以收录。

丛书旨在突出东北解放区文学原貌，侧重文献整理，故此在编辑过程中，重点对作品中会影响读者理解的明显讹误进行了订正，对于字词、标点符号以及句法等，尊重原文的使用习惯，不予调改，以突出其史料价值。此外，由于此时期文学作品肩负宣传进步思想的重任，而读者对象大多文化程度较低，创作者亦水平不一，因此创作主旨以通俗易懂为要，一些篇目语言风格通俗、浅白，甚至个别篇目、细节存在一些俚语表达，为遵从原貌，丛书仅对不雅字、词、句加以处理，其余不予调改。本书选文除作者原注外，亦保留原文在初次出版时的编者注，供读者参考。

《1945—1949 年东北解放区文学大系》

戏剧卷 ⑩

总序 …… 1

总导言 …… 1

戏剧卷导言 …… 1

罗立韵　于永宽

姑嫂劳军 …… 1

周平章　钱树容　景楠　丁毅

老耿赶队 …… 8

胡零　庄严　涤心

参军 …… 21

南沿汶农村剧团

邹大姐翻身 …… 39

旅大文艺工作团

一条皮带 …… 53

一只手的功臣 …… 105

曹会平　赵育秀　张在虞　刘少馨

翻身年 …………………………………………………… 148

雪立　兴中　百慧

荣誉 …………………………………………………… 169

常功　胡正　孙千　张朋明

大家办合作 …………………………………………… 182

鲁迅文艺工作团

永安屯翻身 …………………………………………… 222

鲁虹　萧汀

归队 …………………………………………………… 285

塞声　于永宽

自卫队捉胡子 ………………………………………… 306

嫩江省文协创作组

支援前线 ……………………………………………… 311

颜一烟　王家一

军民一家 ……………………………………………… 321

集体创作

亲骨肉 ………………………………………………… 351

挖工事 …… 367

存目 …… 379

敬告 …… 385

总　　序

张福贵

从古至今，东北在中国历史与文化进程中，特别是近代以来都是决定中国社会政治发展走向的重要因素。当然，这种作用不单纯是东北自生的，更是多种因素叠加和交汇的结果。东北文化既是文化空间概念，同时更是历史时间概念，是不同空间、区域的多种历史文化的积累，是一种时空统一的文化复合体。值得注意的是，除了抗战时期的特殊因缘使"东北作家群"名噪一时外，作为东北历史文化和现实社会表征的东北文学特别是东北解放区文学，在相当长的时间里却未得到应有的关注。黑龙江大学出版社在对过去为数不多的东北文学史料进行整理的基础上出版的东北文艺史料集成——《1945—1949 年东北解放区文学大系》，因而可以说是特别值得关注的。

《1945—1949 年东北解放区文学大系》内容丰富，除了包括小说卷、诗歌卷、散文卷、戏剧卷之外，还包括评论卷、史料卷和翻译文学卷。这是一个前所未有的大工程，也是一件大善事。正如"总导言"中所说的那样，丛书注重发掘新资料，通过回归文学现场，复现了东北解放区文学的整体面貌。东北解放区文学处于东北现代文学快速繁荣发展的历史时期，在土改文学、工业文学、战争文学等方面代表了20世纪40年代解放区文学的成就，是对《在延安文艺座谈会上的讲话》所确立的文艺观念的全面实践。对东北解放区文学的系统研究有利于更全面地总结解放区文学的成就，有利于把握延安文艺传统与东北解放区文学的内在联系，以及解放区文学对新中国文学制度、观念、创作等方面的影响。以“历史视角”“时代视角”对东北解放区文学，尤其是解放战争时期的土改题材、工业题材的小说和戏剧进行分析，可以勾勒出政治意识形态对东北解放区文学运动、文学社团、文学形态、文学制度、文学风格、文学论争等产生的影响，有利于把握东北解放区文学的历史价值、认识价值、审美价值与当代意义，同时对于挖掘东北地区的文化历史和建设东北文化亦具有现实意义。东北解放区文学是基于延安文艺传统而创作的，对东北解放区文艺运动、文艺理论的全面审视具有重要的历史价值和理论意义。此外，对东北解放区文学进行深入研究，探寻人民文艺理论的历史源头，对于当代文艺创作、审美观念的引导亦具有一定的启示作用。但是，受地域因素、资料整理程度、研究者文化背景等条件的制约，东北解放区文学在中国当代文学史上的特殊地位与价值一直以来并未引起研究者的足够重视。

东北解放区文学无论是在中国大文学史中还是在东北文学和文化发展的历史中，都是具有特殊意义的存在。

虽然现代东北文学在新文学运动初期晚于也弱于关内文学的发展，但是1931年九一八事变发生，新起的东北文学及东北作家被国难推到了文坛中心，萧红、萧军等青年作家更是直接受到鲁迅的关注和扶持，迅速成为前沿作家。这一批流落到上海等都市的青年作家由此被称为“东北作家群”，他们奠定了东北文学在中国大文学史上的特殊地位。然而,正像全面抗战进入相持阶段之后,中国文坛也变得相对平静、舒缓一样,除了萧红、萧军等人外,东北文学和东北作家也逐渐失去了文坛的关注。应当承认,一些东北作家的文学成就和文坛名声之间并不完全相符,是时代造就了他们,提高了他们的文学史地位。然而,另一方面,我们对其中有些作家及作品的价值却又是认识不足的。对此,我自己也有一个认识转化的过程:过去单纯依据多数东北作家的创作进行判断,感觉某些艺术价值之外的因素在评价中发生了作用,其地位可能有些“虚高”;但是,对于20世纪的中国文学史来说,艺术之外的价值判断就是艺术判断本身,或者说,社会判断、政治判断就是中国文学史评价的根本性尺度。因为在中国作家或者说在知识分子的群体意识之中,政治的责任感和社会的使命感几乎是与生俱来的,而中国20世纪风云激荡的社会现实又为这种责任感和使命感提供了最好的生长环境。“悲愤出诗人”,“文章憎命达”,文学创作是与政治、思想、伦理等融为一体的,脱离了这一切,文艺也就失去了时代与大众。所以说,无论是具体的作品分析,还是文学史研究,没有了这些“外在因素”,也就偏离了其本质。“东北作家群”是时代的产物,也是时代文艺的产物,20世纪中国文学史中应该有他们浓墨重彩的一笔。作为后人,对历史做出评价往往是轻而易举的,但是这“轻而易举”往往会导致曲解甚至歪曲了历史,委屈了历史人物。“东北作家群”的价值和意义不是单一的,因为对中国现代文学史的评价从来就不是一种艺术史、学术史的评价,而是一种思想史和政治史的评价。正如鲁迅当年为萧军的成名作《八月的乡村》所作的序中所写的那样,“这《八月的乡村》,即是很好的一部,虽然有些近乎短篇的连续,结构和描写人物的手段,也不能比法捷耶夫的《毁灭》,然而严肃，紧张，作者的心血和失去的天空，土地，受难的人民，以至失去的茂草，高粱，蝈蝈，蚊子，搅成一团，鲜红地在读者眼前展开，显示着中国的一份和全部，现在和未来，死路与活路。凡有人心的读者，是看得完的，而且有所得的”。《八月的乡村》不仅是中国现代第一部抗日题材的长篇小说，也是世界反法西斯战争题材的第一部长篇小说，其意义和价值是特殊的、特有的，不可单单以艺术审美的标准来看待这部作品。“东北作家群”的存在及其创作的意义，不只是为20世纪30年代的中国文坛增添了特有的地域文化内容和东北文学特有的审美风格，更在于最早向全国和世界传达出中华民族抗敌御辱的英勇壮举，最早发出反法西斯的声音。此外，在抗战大历史观视域下，“东北作家群”的创作为十四年抗战史提供了真实的证据。特别是东北解放区的早期文学直书十四年历史的特殊性，这是十分可贵的和独特的。于毅夫的散文《青年们补上十四年这一课》，深刻而沉重地描写了十四年殖民统治下东北人的精神状态和文化演变：

> 这许多现象，说明了东北在十四年殖民统治的过程中，文化生活上是起了很大的变化。翻开伪满的《满语国民读本》一看，真是“协和语”连篇，如亚细亚竟写成アジヤ，俄罗斯竟写成ロシヤ，有的人一直到现在还把多少元写成多少円，这都是伪满“协和语”的残余，说明殖民统治残余的文化还在活着，还没有死去，这在今天不能不说是一件遗憾的事！仔细想来，这也难怪，因为日本的魔手，掌握了东北十四年，今天一旦解放，希望不着一点痕迹，这是完全做不到的，要从历史上来看，它切断了东北历史

> 十四年，这十四年的历史是很黯淡地被抹掉了，十四年来也的确是一个大变化，在这期间多少国家兴起了，多少国家衰落了，多少血泪的斗争、多少波浪的起伏，都被日本鬼子的魔手所遮断！我回到家乡接触到成千成百的青年，几乎都不大明了这十四年来的历史真相，有的连中国内部有多少省都不知道，连云南、贵州在哪里都不晓得。

难能可贵的是，作者较早地认识到在经历了十四年的奴化教育之后，对东北人民进行民族和民主意识的启蒙是至关重要的。“不过历史是不能停滞的，殖民统治残余的文化必须要肃清，法西斯毒化思想也必须要肃清，既然是日本鬼子切断了东北历史十四年，既然法西斯分子要篡改这一段历史，那我们就应该设法补足这十四年的历史！”“要做到这点，我想青年们今天的迫切要求，不是如何加紧去学习英文、代数、几何、物理、化学，读死书本事，争分数之短长，准备到社会上去找一个饭碗，而是如何加紧去学习新文化，如何加紧学习社会科学，如何去改造自己的思想，如何进一步地去改造这遭受法西斯思想威胁的半封建的半殖民地的社会！”“因此我向青年们提议要加强你们对于新文化的学习，加强对于社会科学的学习，特别是政治的学习，不要把自己圈在课堂里，圈在死书本子上。”“新青年要掌握着新文化，新思想，才能创造起新中国新东北！”(《东北日报》1946 年 10 月 13 日)

在一批最前沿的左翼作家流亡关内之后，东北文学经过了一段艰难而相对平静的发展阶段。在表面繁华而内在凶险的沦陷区文艺界，中国作家用各种文艺手段或明或暗地与侵略者进行抗争，并为此付出了血的代价。这种状况直到 1945 年光复之后才发生根本

性转变，东北文艺创作者们一方面回顾过去的苦难，另一方面表现出对新生活的憧憬，这正是后来东北解放区文艺的心理基础，而日渐激烈的解放战争又为东北文艺的走向和解放区文艺的诞生提供了具体的现实基础。这与以萧军、罗烽、舒群、白朗、塞克、金人等人为代表的东北籍作家的返乡，以及在东北沦陷区留守的左翼作家关沫南、陈隄、山丁、李季风、王光逖等人的坚持，是分不开的。当然，随我党十几万军政人员一同出关的延安等地的众多文艺家，在东北文艺的创设中更是起到了引领和带头作用。这其中已经成名的有刘白羽、周立波、丁玲、草明、严文井、张庚、吴伯箫、华山、陆地、公木、方青、任钧、雷加、马加、陈学昭、西虹、颜一烟、林蓝、柳青、师田手、李克异、蔡天心等。

东北解放区文艺的创作直接继承了延安文艺特别是毛泽东《在延安文艺座谈会上的讲话》精神。在党的直接领导下，东北解放区先后创办了《东北日报》《中苏日报》《东北民报》《关东日报》《辽南日报》《西满日报》《大连日报》《松江日报》《合江日报》《吉林日报》《胜利报》等，这些报纸多为党的机关报，其文艺副刊发表了大量的文艺作品、理论文章及文艺动态。这些报纸副刊对于东北解放区文学的引导与建构起到了重要的作用。与此同时，《东北文学》《东北文化》《东北文艺》《文学战线》《人民戏剧》《白山》《戏剧与音乐》等文学杂志，以及东北书店、大众书店、光华书店等出版机构相继创办，这些文艺刊物和书店对解放区文艺的发展也起到了很大的推动作用。

革命的逻辑和阶级的理论是东北解放区文艺创作的普遍主题。这是一种革命的启蒙，与左翼文艺一脉相承，只不过东北的社会现实为这种主题提供了更为广泛而坚实的生活基础。抗战胜利后，为了开辟和巩固东北解放区,使之成为解放全中国的军事和经济基地,我党进军东北,抢占了战略制高点。可是,在东北,人民军队所处的环境与山东等老解放区完全不同,殖民统治因素加之国民党的宣传,使得我们的政治优势在最初未能完全发挥出来。正如李衍白在散文《黎明升起——巨大变化的东北一年间》中所写的那样:"群众在犹豫中,岁月在艰苦里,这就是我们在东北土地上刚刚开始播种,还没有发芽开花时的现实遭遇。"随着革命形势的发展,革命军队传统的政治思想工作优势又体现了出来。我党在部队中开展了以"谁养活了谁"为主题的"诉苦运动",这颠覆了中国东北乡村社会的封建伦理,提高了官兵的阶级觉悟,极大地增强了部队的战斗力。

这种革命的逻辑在土改题材的作品中表现得最为突出。方青的短篇小说《擦黑》讲述了这个朴素的道理:

> "……像赵三爷那号人,把咱穷人的血喝干了,咱们才不得不去找口水喝饮饮嗓;他们喝干了咱们的血没有一点过,咱们找口水喝饮饮嗓子就犯了罪?旧社会就是这么不公平!他们还满口的仁义道德,呸!雇一个扛活的,一年就剥削好几十石粮食,还总是有理!穷人的孩子偷他个瓜吃,就叫犯罪,绑起来揍半天,这叫什么他妈的道德?咱们要讲新道德,咱们贫雇农的道德;就是用新道德来看咱们贫雇农;像上边说的那些犯了点毛病的,都不要紧,脸上有点黑,一擦就干净了,只要坦白出来,都是穷哥儿们好兄弟。一句话:只要是姓穷的就有理,穷就是理!金牌子上的灰一擦净,还是金牌子。家务事怎么都

好办！”李政委讲的话刚一落音，大伙高兴地乱吵吵起来：“都亲哥儿兄弟么！”

除此之外，还有在“你给地主害死爹，我给地主害死娘……”的事实教育下，认识到了彼此都是阶级弟兄，大家都是穷苦人的“无敌三勇士”，他们从此“火线上生死抱团结”。（刘白羽《无敌三勇士》）

土地改革是东北解放区文艺最引人关注的问题。东北解放区文学作品中有许多极具写实性的“穷人翻身”故事，如周立波的《暴风骤雨》、马加的《江山村十日》、白朗的《孙宾和群力屯》、井岩盾的《瞎月工伸冤记》、李尔重的《第七班》、西虹的《英雄的父亲》等文艺经典作品。

方青的《土地还家》描述的就是这一历史巨变给贫苦农民带来的心理和生活的变化：

二十年了，郭长发又重新用自己的手来耕作自己的土地了。这是老人留下的命根，叫它长出粮食来养活后代的儿孙：可是二十年的光景，它被野狼吞了去，自己没有吃过它一颗粮食——他想到是旧社会把他的地抢走了。

现在呢？他又踏在这块地上铲草了。他感到自己已经离开家二十年，如今又回到母亲的怀里，亲切地叫着：“娘！我回来了。”——于是他又感到是：这是新社会把我的地要回来的。他这样想着，不由得拉长了声音跟儿子说：

“柱儿！想不到啊，盼了二十年，那时候你才三岁。多亏共产党……记住！可别忘了本啊！”

他直起腰来，两手拉着锄把，又沉重地重复着这句话：

“柱儿！记住，可别忘了本啊！”

佚名的《永北前线担架队速写》则写了老乡们在一天的时间里就组织起了八百余人的担架大队，作者经过和担架队员们的交谈，感受到了新解放区人民的觉悟。大队长问担架队员们：“你们这次出来抬担架，怕不怕？”大伙回答：“不怕！”大队长又问：“为什么不怕？”大伙答：“不怕，这是为了自己。”担架队员们相信唯有民主联军存在，他们才能活着。他们说：“胜利是我们的，土地才是我们的。”“赶走国民党反动派，保卫我们的土地和民主。”这与《白毛女》“旧社会使人变成鬼，新社会使鬼变成人”和《王贵与李香香》“要是不革命，穷人翻不了身，要是不革命，咱俩结不了婚”的主题是一样的。淮海战役的胜利是山东人民用手推车推出来的，而东北解放区的建立和辽沈战役的胜利又何尝不是如此！

战争书写是东北解放区文艺中最主要的内容，革命理想主义、革命集体主义和革命英雄主义精神，是东北文艺的思想主题，也是东北文艺的审美风尚。这种简单明了的思想、昂扬向上的精神本身就具有一种审美特质，它奠定了新中国文艺的审美基调。就东北解放区文艺而言，无论是描写抗日战争还是描写解放战争的作品，都普遍具有鲜明而朴素的阶级意识、粗犷而豪迈的革命情怀。

蔡天心的诗歌《仇恨的火焰》，描写了在觉醒的阶级意识支配下东北民主联军官兵的战斗情怀：

仇恨燃烧着，
像火一样烧灼着广阔的土地。
听啊——
大凌河在狂呼，
辽河在咆哮，
松花江在怒吼，
在许多城市和乡村里，
哪儿出现反动派的鬼影，
哪儿就堆成愤怒的山，
哪儿有敌人的迹蹄，
哪儿就燃起仇恨的火焰……
……
我们要
用剪刀剪断敌人的咽喉，
用斧头砍下他们的头颅，
用长矛刺穿他们的胸脯，
用棍棒打折他们的脚胫，
用地雷炸弹毁灭他们，
用从他们手里夺过来的武器，
打垮他们，
然后用铁镐把他们埋掉！

我们要用生命，用鲜血，
保卫这自由解放的土地，

不让反动派停留！

“赶走敌人啊，
赶快消灭它！”
让这充满着力量和胜利的声音，
随同捷报传播开去，
让千百万颗愤怒的心，
燃起
仇恨的火焰！

这种激情在东北解放区的散文、报告文学和战地通讯中表现得最为明显，如丁洪的《九勇士追缴榴弹炮》、马寒冰的《雪山和冰桥》、王向立的《插进敌人的心腹》、王焰的《钢铁英雄王德新》等。这些作品内容真实，情感深沉厚重，延续了抗战时期散文书写浪漫主义与现实主义相结合的审美特征。这些既有写实性又有抒情性的东北解放区散文作品在战争中凝聚人心，彰显力量，具有极大的宣传、鼓舞作用。

最为难得的是，面对东北发达的近代工业景观，作家们更多地描写了工人们的斗争和生活，这些作品成为东北文艺中最为独特而珍贵的展示，而且直接影响了新中国工业题材文学的创作。战争期间，沈阳、长春、大连等地的工业设施惨遭破坏。光复之后，为了保护工厂和恢复生产，工人们表现出了忘我的精神和高超的技术。这使得从未见过现代工业景象的文艺家们感动和激动，他们纷纷用笔来描写现代工业生产和城市新生活，从而给中国现代文学带来了前所未有的新气象。大连大众书店于 1948 年 8 月出版的

《“工农园地”选集》,就收录了城市工人拥护并融入新生活的历史片段,如袁玉湖《锉股的“火车头”》,郓景明、孙聚先《熔化炉的话》等。此外还有李衍白《工人的旗帜赵占魁》,草明《工人艺术里的爱和恨》,张望《老工友许万明》等。李衍白在散文《黎明升起——巨大变化的东北一年间》中,描写了东北现代工业的风貌和工人们的热情:

> 今日的城市也正在改变着一年以前的面貌,先看一看今天的哈尔滨,代表它新气象的是全部工业齿轮的旋转,是市中心区黑夜中的灯光如昼,是穿插在四条线路的廿五台电车和六条线路上卅台公共汽车,是一万五千吨自来水不停地输送给工厂、商店和住宅。这些数目字不仅超过了去年今日(蒋记大员们劫掠后所造成的混乱情况),而且有些超过了伪满。在紧张的战争中加速地恢复这些企业,同样不是依靠别的,而仅仅是由于工人的觉悟。你想一想,一个工人为了修理一个发电的锅炉,但又不能停止送电,于是就奋不顾身钻进可以熔化生铁、数百度的锅炉高热中,他穿着棉衣,外面的人用水龙朝他身上喷冷水,就这样工作一会熬不住了跑出来,再钻进去,来回好多次,最后,完成了任务。我们有好多这种感人的事例。

我们在这些描写工友的散文里,看到了解放区新生活带给城市工人的希望。他们积极上工,传授技术,加班加点,争着当劳动英雄。这在中国同时期其他地域的文学作品中是极少见的。

质朴单一的写实手法是东北文艺的普遍表现方式，这种质朴不单是一种审美风格，更是一种直面大众的话语策略。这一传统与近代“政治小说”、五四新文学、左翼文学和抗战文艺等都是一脉相承的。文艺作为一种宣传和斗争的工具，自然要承担起团结和争取最广大人民群众的历史任务。因此，质朴单一的写实手法、通俗易懂甚至有些粗俗的语言风格，成为东北解放区文艺的普遍表现形式。

鲁柏的诗歌《夸地照》用简朴的形式表达了翻身农民淳朴的感情：

一张地照领回家，
全家老少笑哈哈；
团团围住抢着看，
你一言我一语来把地照夸：

长方形，四个角，
宽有八寸长两拃；
雪白的纸上写黑字，
红穗绿叶把边插。

上边印着毛主席像，
四季农忙下边画；
地照本是政委会发，
鲜红的官印左边“卡”。

里面写着名和姓，

地亩多少填分明，
拿到地照心托底，
努力生产多收成。

这首诗歌不仅使用了农民的口语，而且用东北农村方言来直观地描摹地照的具体形状和细节，表达了翻身农民朴素的情感。这种描写和表现方式与中国古代民歌传统有直接的联系。

井岩盾的小说《瞎月工伸冤记》以一个雇农自述的方式讲述自己的悲苦经历和内心感受。当工作队员问他是否受地主老赵家的气，他说："大伙吃他的肉也不解渴啊，都叫他给熊苦啦。"于是在工作队的启发和支持下，他"找大伙宣传去了"："张大哥，李大兄弟啊，咱们都是祖祖辈辈受人欺负的人呀！这回来了八路军啦，八路军给咱们穷人做主呀！有话只管说呀！有八路军，咱们啥都不用怕呀！"这是东北解放区贫苦农民普遍具有的经历和感受，而这种质朴无华的语言也是地道的东北农民的日常语言，具有天然的亲和力。

邓家华的小说《打死我也不写信》从情节到语言都相当质朴，甚至有些幼稚，但是那种情感是真挚的。"我"被敌人抓去，遭到严酷的鞭打，"当时我痛得忍不住，皮肤里渗透出一条一条青的红的紫的血痕，可是打死我也不写信的，他们看到我昏过去了，也就走了。等我清醒过来时，浑身疼痛，我拼死命地弄坏了门逃了出来，可是不巧得很，又碰到了伪军，又把我抓起来了，他们还是逼迫我写信，我坚决地说：'死了心吧！就是死了，我父亲会帮我报仇的。'救星来了，在繁星的晚上，忽然西面枪声不停地响着，新四军老部队来攻击了，伪军们都吓得屁滚尿流地逃走了，啊！新四军救出我了，我很快地到了家里，见了爸爸妈妈，心里真是高兴得流泪了”。

李纳的散文《深得民心》记叙了长春一个米面商人对民主联军和共产党的淳朴情感：“他已经将红旗展开，举到我的眼前，我看到七个大字：‘中国共产党万岁！’”“‘中国共产党万岁！’他重复着这七个字，从眼镜里透露出兴奋的眼睛。这脸，比先前更可爱更慈祥了：‘我喜欢这七个字，所以我选择了它。’”“大会开始了，人们都向着会场移动，老先生也站起来要走，临走时他问我在什么地方工作，我告诉了他，他高兴地说：‘好，都是民主联军。深得民心，深得民心。’”抛开其内容不论，作品文字风格的朴素也显露出解放区文艺在艺术层面幼稚和不甚精致的弱点，而这弱点又可能是许多新生艺术的共有问题。也许，正因为幼稚，它才有更广阔的发展空间。

形式的多样性特别是短小化是东北解放区文艺创作的普遍特点，短篇小说、墙头诗、快板诗、散文、战地通讯、说唱文学等成为最常见的艺术形式。战争的环境、急剧变化的生活和读者的接受水平与习惯等，决定了人们需要并且适应这种短平快的表达方式，而这也是延安文艺和抗战文艺形式的延续。天意的《县长也要路条》描写了两个一丝不苟的儿童团员在放哨时不放过民主政府的县长，硬是把他和警卫员带到乡长那里查证的故事。其篇幅短小，不到400字，但是内容蕴意深刻，语言风趣自然，简直就是一篇微型小说。

小区区的短诗《一心一意要当兵》，将人物的关系、思想、表情和语言都生动形象地表现出来，极具说服力和感染力：

葫芦屯有个小莲青，

一心一意要当兵——
他爹说:
“你去吧。”
他娘说:
“你等一等! ……”
他老婆说:
“哪能行?! ……”
忸忸怩怩来扯腿;
哭哭啼啼不放松:
“你去当兵啥时还?
为老为少撇家中!”
小莲青,
脸一红:
“小青他娘,
你醒醒:
八路同志千千万,
哪个不是老百姓?!
我去当兵打蒋贼,
咱们才能享太平。”

当然,东北解放区文艺中也有许多保留了浓郁的文人气息的作品,这些作品与五四新文学的“纯文艺”审美风格有明显的承续性。例如大宇的诗歌《琴音》:

一个琴师

把琴音遗失在幽谷里
滑落在幽谷的谷缝里了

琴音栽培了心原上的一棵草儿
琴音赞咏了艺术的生命
一支灿烂的强烈的光焰

我就永住在这琴音里了
就仿佛身陷于一片梦的缘边
仿佛浴着一片无际的云海
无垠的生旅无限的生涯
何处呀
我摸索到何处呀
琴音丢在幽谷里
滑落在幽谷的谷缝里了

十分明显，这不是东北解放区文艺创作的主流。

《1945—1949年东北解放区文学大系》的编者耗费了大量精力来做这样一项浩大的地域性文学工程，这不只是对东北文艺的巨大贡献，更是对新中国文艺的巨大贡献。在此之后，东北文艺研究将迈上一个新台阶。

总导言

丛 坤

从 1945 年抗战胜利到 1949 年新中国成立这个时期,对于东北而言是极为特殊的。抗战胜利后,中共中央发布了《建立巩固的东北根据地》的指示,迅速成立了以彭真为书记的东北局,抽调了四分之一的中央委员、两万名党政干部、十三万主力部队赶赴东北,与国民党反动派展开激烈的斗争。在广大人民群众的支持下,中国共产党及其领导的军队从最初的战略防御转为战略反攻。1948 年 11 月,辽沈战役胜利,全东北获得解放。在解放战争时期,在中国共产党的领导下,东北人民反奸除霸,建立民主政府,消灭土匪,进行土地改革,在政治上、经济上翻身做了主人。东北的政治、经济、文化、教育等各个领域都发生了翻天覆地的变化,尤其是在文学创作方面,东北地区取得了不可低估的成就,文学创作出现了前所未有的发展和繁荣的局面。

"东北作家群"的回归、党中央选派的文化宣传干部的到来、文学新人的成长使得解放战争时期东北地区的创作队伍不断壮大。在东北沦陷后从东北去往关内的进步作家中,除萧红病逝于香港、姜椿芳在上海从事党的地下工作外，塞克（即陈凝秋）、舒群、萧军、罗烽、白朗、金人等都积极响应党的号召，陆续返回东北。1945年9月至11月，党中央从陕甘宁边区和各个解放区抽调一大批优秀的文化工作者到东北解放区。据不完全统计，这一时期来到东北解放区的文化工作者有刘白羽、陈沂、周立波、草明、严文井、张庚、吴伯箫、华山、西虹、陆地、李之华、胡零、颜一烟、公木、林蓝、江帆、李纳、魏东明、夏葵、常工、方青、任钧、李则蓝、煌颖、侯唯动、李熏风、雷加、马加、袁犀、蔡天心、鲁琪、李北开等。[①] 中共中央东北局宣传部与东北文艺协会在“土地还家”口号的基础上，提出了“文艺还家”的口号，号召广大文艺工作者在与农民同吃、同住、同劳动的同时，领导农民群众参加土地改革运动，帮助农民成立夜校、学习文化、办黑板报、成立文艺宣传队，提高他们的写作能力与文艺欣赏能力，在农民、工人等基层劳动者中培养了一大批“文学新人”。创作队伍的空前壮大为东北解放区文学的繁荣奠定了坚实的基础。

东北解放区文学的繁荣也与当时出版事业的空前繁荣密不可分。东北局宣传部将建立思想宣传阵地（即报刊、出版机构）、改造思想、建构意识形态话语权确定为首要任务。进入东北不久，东北局于1945年11月在沈阳创办了机关报《东北日报》（1946年5月28日由沈阳迁至哈尔滨，1948年12月12日搬回沈阳）。该报面向东北全境的党政军发行，是东北解放区发行量最大的报纸。之后，东北解放区创办、发行的报纸近百种。据《黑龙江省志·报

① 彭放：《黑龙江文学通史（第二卷）》，北方文艺出版社2002年版，第354页。

业志》的统计，当时黑龙江地区（5 省 1 市）的每个省市不仅有党政机关报，而且有人民团体和大行业的专业报纸，有些县也出版油印小报。仅哈尔滨出版的大报就有《哈尔滨日报》《哈尔滨公报》《哈尔滨工商日报》《大众白话报》《午报》《自卫报》《北光日报》《新民日报》《民主新报》《学生导报》《文化报》等。这一时期的报纸，无论设没设副刊，都或多或少地发表过文学作品。

东北局还出资创办了东北书店、光华书店、大连大众书店、辽东建国书店、兆麟书店、吉东书店、辽西书店等众多的图书出版机构。其中，东北书店是东北解放区规模最大、贡献最大的书店，在东北全境建有 201 个分店，发行网点遍布东北全境。除出版、发行图书外，东北书店还创办了《知识》《东北文学》《东北画报》《东北教育》等期刊。这些出版机构大量出版政治读物、教材和文学书籍，促进了东北解放区出版业的发展。仅以东北书店为例，从 1946 年到 1948 年，东北书店总共出版图书杂志 760 种、各类图书 1 520 余万册。[①] 东北解放区纸张和印刷质量上乘的大量出版物不仅发行于东北各地，还随着东北野战军入关和南下，成为陆续解放的北平、天津、武汉等地人民群众急需的读物。历史上一向“文风不盛”的东北第一次有大量的出版物输送到关内文化发达之地，这成为一时之盛事。

此外，东北解放区先后创办的文学类期刊的数量是惊人的。如 1945 年至 1947 年创办的文学期刊有《热风》（半月刊）、《文学》（月刊）、《文艺》（周刊）、《文艺工作》（旬刊）、《文艺导报》（月

① 逄增玉:《东北解放区文学制度生成及其对当代文学制度的预制》，载《文学评论》2017 年第 4 期。

刊)、《东北文艺》(月刊)。1947 年以后创刊的大型专业期刊有《部队文艺》、《文学战线》(周立波主编)、《人民戏剧》(张庚、塞克主编),综合性期刊有《东北文化》(吴伯箫主编)、《知识》(舒群主编)等。其中,《东北文化》与《东北文艺》的影响最为突出。《东北文化》的主要任务是协同东北文化界,从政治上、思想上启发广大的东北青年和文化工作者,提高他们的自觉性,激发他们的革命热情、积极性和创造性,使他们在东北人民解放的伟大事业中发挥应有的作用。《东北文艺》是纯文艺性的刊物,刊载小说、戏剧、散文、诗歌、漫画、速写、报告文学、杂文、书刊评价,以及文学理论、有关文艺运动史的论著等。《东北文艺》聚集了一大批优秀的作者,如周立波、赵树理、罗烽、公木、萧军、塞克、舒群、白朗、严文井、刘白羽、西虹、范政、宋之的、金人、马加、雷加等。在他们的影响下,《东北文艺》还不断提携文学新人,这成为该刊的传统。从创刊到终结,《东北文艺》在新中国成立前后产生了很大的影响,20 世纪 50 年代成长起来的许多作家、诗人是从这里起步的。可以说,《东北文艺》在解放战争和革命胜利后对新中国文学新人的培养起到了重要的作用。报纸、文学期刊、综合性期刊和出版机构的大量涌现,为东北解放区文学的发展创造了良好的条件。

与此同时,为了更好地团结广大文艺工作者,东北局于 1946 年在黑龙江佳木斯成立了东北文化工作委员会,成员有张闻天、吕骥、张庚、塞克等。此后,若干文艺与文化团体陆续成立,其中最有影响的是 1946 年 10 月 19 日由全国文协的老会员萧军、舒群、罗烽、金人、白朗、草明 6 人在哈尔滨发起筹备的“中华全国文艺协会东北总分会”。这个文艺团体表面上是由文人自由结社,实际上主体是来自延安、具有干部身份的文化人,其中不少人是党员或东北文艺界的领导干部。“中华全国文艺协会东北总分会”对东北解放区文学的发展起到了不可忽视的作用。此外,中苏文化协会、鲁迅文艺研究会等文艺社团相继成立。1948 年 3 月,中共东北局宣传部首次召开了由文学、戏剧、音乐、美术、电影等部门的 150 余名文艺工作者参加的文艺工作者会议。会议对抗战胜利以来的东北解放区文艺工作进行了总结,并制订了随后一段时间的文艺工作计划。此外,中共中央东北局宣传部内部成立了文艺工作委员会,吕骥、舒群、刘白羽、张庚、罗烽、何世德、严文井、袁牧之、朱丹、王曼硕、华君武、白华、向隅、田方、沙蒙、吴印咸任委员,负责指导东北解放区的文艺工作。

1946 年秋,已迁至哈尔滨的原延安鲁迅艺术学院,按照东北局的指示北撤至佳木斯,并入东北大学,更名为鲁艺文学院。同年 12 月,东北局又决定让鲁艺脱离东北大学,组建东北鲁艺文工团。1948 年秋冬之际,随着沈阳的解放,东北鲁艺文工团在经历了三年多艰苦卓绝的转战与工作后进入沈阳,随后正式复名为鲁迅艺术学院,恢复了延安鲁迅艺术学院的学校建制。文艺团体的纷纷建立为东北解放区文学创作队伍的培养提供了组织保证。

为了纪念解放东北这段革命岁月,为了展现东北解放区文学的勃兴与繁荣,我们编辑出版了《1945—1949 年东北解放区文学大系》,分别从小说、散文、戏剧、诗歌、翻译文学、评论、史料等体裁角度进行整理、收录。

二

抗战胜利后的东北解放区文学是延安文艺的延伸与发展,东北解放区四年所发生的巨大变化,都生动、形象地展现在东北解放区的小说创作中。东北解放区小说充分展示了当时的社会生活，塑造了形形色色的人物形象，给人们留下了时代的缩影与历史的印迹。

东北解放区小说创作大体可以分为两个阶段。第一个阶段是从1945年日本投降到1946年中共东北局通过“七七”决议，第二个阶段是从1946年通过“七七”决议到1949年新中国成立。在当时的局势下，中国共产党要最广泛地发动群众，进入东北的文艺工作者便肩负了与武装部队同样重要的“文化部队”的任务。他们用文学作品教育、引导群众，积极参与了粉碎旧的国家机器和意识形态的过程。在党的文艺方针政策的指引下，东北解放区的作家们广泛深入到农村土地改革、前方战斗生活和工厂建设之中，亲身体验群众生活。这使得东北解放区的小说能够迅速地反映生产、生活、军事等各个领域的变化与东北人民精神世界的变化。

从1931年日本发动九一八事变到1945年日本投降，十四年的沦陷历史构成了东北文学不可磨灭的创痛记忆。对沦陷时期东北社会生活的回忆，是这一时期小说的一个重要题材。而抗战题材小说则是对异族侵略者铁蹄下民生困难的真实记录，也是对战争年代民族精神的热情颂扬。但娣的《血族》、陆地的《生死斗争》、范政的《夏红秋》、骆宾基的《混沌——姜步畏家史》等都是这方面的代表作品。

土改斗争是东北解放区小说三大题材的重中之重。在那场深刻改变了中国农村政治、经济关系的运动中，东北解放区作家将强烈的政治使命感与巨大的创作热情相融合，创作出了大量的优秀作品，周立波的《暴风骤雨》、马加的《江山村十日》、安危的《土地底儿女们》等至今仍被读者反复阅读。

小说创作需要一个孕育的过程，相对来说，中长篇小说需要更长的时间来构思和写作，而短篇小说则完成得较快。在复杂、激烈的土改运动中，东北解放区作家们努力笔耕，迅速创作出大量的短篇小说。在这些小说中，我们可以看到东北农民在土改运动中的精神变化，农民经历了几千年的封建压迫，他们身上的枷锁不仅是物质上的，更是精神上的，从奴隶到主人的蜕变需要一个心灵的搏击历程。

反映前线战争是东北解放区小说的另一个重要题材，这些小说真实地体现了军民的鱼水情谊。西虹的《英雄的父亲》、纪云龙的《伤兵的母亲》等都是当时影响较大的作品。1947 年至 1948 年是解放战争中我党从防御转为反攻的时期，随着战事的推进，中国人民解放军（1948 年 1 月 1 日，东北民主联军改称为东北人民解放军，同年 11 月 13 日改称为中国人民解放军）的队伍急剧壮大，部队官兵的成分因而趋于复杂化。为此，部队采用诉苦的办法对广大指战员进行阶级教育，提高他们的政治觉悟和思想觉悟。诉苦教育消除了战士之间的隔阂，为解放战争的胜利打下了坚实的思想基础。刘白羽的短篇小说集《战火纷飞》、李尔重的中篇小说《第七班》等反映了这一主题。

除上述三大题材外，解放战争时期东北涌现出来的工业题材小说，亦可视为中国现代工业题材小说的发端，这也从一个方面证明了东北解放区小说的文学史价值和文化价值。

东北解放区的工业在新中国发展史上占有非常重要的地位。在这一方面，影响最大的是女作家草明的中篇小说《原动力》。这篇小说虽然存在粗糙和简单等不足之处，但作为新中国成立前描写工业生产和工人思想的作品，是值得关注和肯定的。此外，李纳的《出路》、鲁琪的《炉》、韶华的《荣誉》、张德裕的《红花还得绿叶扶》等作品也广受好评。这些小说充分展现了东北解放区工业蓬勃发展的景象，展现了工业生产对人的改造，也开创了新中国工业文学的先河。

东北解放区的相当一批小说，强调小说的政治价值，强调创作为工农兵服务，大多通俗易懂，而缺乏对心理深度和史诗境界的发掘。然而，东北解放区小说明朗新鲜，创造性地继承了延安文艺精神，反映了东北解放区的历史巨变和社会变革中诸多的社会问题，为新中国成立后的十七年文学开辟了道路。

二

散文卷在本丛书中占有重要的分量，真实地记录了解放战争中东北解放区人民的巨大贡献，独特的作品体例亦标示出其在新中国散文创作史中的独特地位。

解放战争时期东北战区的胜利，不仅是军事史上的奇迹，更是人民意志创造历史的丰碑。许多作者都以醒目而直接的题目记录了解放军普通战士勇敢战斗、不畏牺牲的英雄事迹，以真挚的情感，突出了普通战士大无畏的战斗精神和取得战斗胜利的信心。这些作品表现了同一个主题：解放军是人民的军队，中国共产党是全心全意为人民服务的。这也是新中国强大的根基体现。

散文卷中还有一部分作品，叙述了悲壮的抗联斗争的事迹，如纪云龙的《伟大民族英雄杨靖宇事略》、萩沅的《老杨——人民口中的杨靖宇将军》、陈堤的《悼念李兆麟将军》等。英勇不屈的民族气节是抗联英雄所具的崇高品质，也是抗联精神最真实的写照。而东北书店于 1948 年 6 月出版的《集中营》，以革命者的亲身经历叙述了大义凛然、为真理献身的革命志士的事迹，让后人真正理解了“头可断血可流，革命意志不能丢”的气节，“永不叛党”是英烈们用鲜血和生命刻写在党章之中的。

从1946年到1948年，尽管国民党军队在东北重要城市盘踞并负隅顽抗，但是东北农村却发生了翻天覆地的变化。中国共产党在根据地开展土改运动，领导农民推翻了地方统治势力，领导农民斗地主、分田地，农民欢欣鼓舞，迎来了新生活。强大的后方农村根据地为部队供给提供了保障，同时，许多年轻的子弟为了保护胜利果实自愿参加了解放军，这改变了国共双方在东北的兵力布局。《永北前线担架队速写》等作品反映了这一主题。

此外，解放区散文作家的笔下还洋溢着新生活的喜悦，如严文井的《乡间两月见闻》。除了乡村，对于那些在战后重新回到人民手中的城市，我党也开始接管，并进行初步的恢复性建设。在作家们的笔下，新生活带来了新气象。大连大众书店于1948年8月出版的《“工农园地”选集》，就收录了描写城市工人拥护和融入新生活的散文。在这些描写工厂、工友的散文里，我们可以看到解放区的新生活给城市工人带来了希望。

这些散文作品大多短小精悍，有迅速性、敏捷性和战斗性等特点，具有独特的艺术特征。这与当时许多作家的出身密切相关。如刘白羽、草明、白朗、华山、西虹等作家对战争环境和百姓生活有着敏锐的观察力和真实的体验，他们的作品使得东北解放区1945年至1949年的散文创作呈现出独特的风格，表现出纪实性和文学性相结合的特点。此外，由众多从延安来到东北的文艺干部组成的随军记者，以大量的新闻报道反击了国民党的舆论污蔑，记录了解放军战士不畏艰险、顽强抗敌的英雄事迹，同时表现了后方人民

在解放区土改过程中翻身解放、分得土地的喜悦心情。

散文作家记录这些真人真事的报道在东北解放战争中起到了巨大的宣传作用,成为鼓舞人心的强大的精神力量。东北解放区散文也因为内容真实、情感真实而呈现出历久弥新的生命力,往往给读者带来身临其境的感受,也让人忽略了作品本身的艺术特质。实际上,这些散文正是在真实的基础上,以生动与丰富的细节给读者留下了深刻的印象,在真实性的基础上呈现出文学性。华山的《松花江畔的南国情书》就是代表作品之一。

细节的生动亦使东北解放区散文具有鲜明的文学性。东北解放区散文将我军战士的大无畏精神写得非常真实、感人。在展示解放区新生活、新风尚方面,许多拥军爱民的片段写得细腻、真实。

东北解放区散文在主题内容上具有很高的价值,大量的散文颂扬了东北人民解放军的集体主义精神和英雄主义精神,表现了我军指战员的英勇气概,体现了战士们浩气长存的革命豪情。因此,东北解放区散文具有较高的文学价值,其明朗的表现方式恰恰是后来共和国文学明确表达和高度肯定的。题材广泛、内容真实和情感深厚的纪实性文学,使得东北解放区散文在战争时期凝聚了强大的精神力量。反映中国人民解放军不畏艰险、英勇战斗的长篇报告文学,在风格上激情澎湃,体现出解放军崇高的革命乐观主义精神。这一时期的散文把东北解放历史进程的全貌和战士们的英勇壮举再现了出来,东北解放区散文也因此具有了军事史和共和国历史的资料留存价值。东北解放区散文在创作上因为具有纪实性与文学性相结合的特点,为军旅散文创作提供了新的美学范式。

三

在东北解放区文学中，戏剧具有内容丰富、种类繁多、通俗明了、利于传播等特点，兼之创作群体庞大，故而获得了巨大的丰收，这成为东北解放区文学繁荣的重要标志之一。东北解放区的戏剧具有鲜明的启蒙性、宣传性和战斗性等特征，对生产建设、围剿土匪、土改运动和解放战争发挥着不可替代的宣传作用。

东北解放区戏剧的繁荣首先得益于东北解放区报刊对戏剧的支持。例如，《东北日报》刊发的剧作涉及歌唱新生活、感恩共产党、批判美蒋、拥军劳军、参军保家、歌颂劳模等多方面的内容。1947 年 5 月 4 日创刊的《文化报》则是东北解放区第一份纯文艺性质的报纸，主要刊载一些文学常识、短文、小诗、书评、剧报等。此外，《前进报》《北光日报》《合江日报》等都刊发了大量的戏剧作品。而从刊载量来看，期刊对戏剧的支持力度更大。在众多的文艺期刊中，对戏剧传播影响较大的是《东北文学》《东北文化》《东北文艺》《文学战线》《知识》和《人民戏剧》等。

从 1945 年年底开始，东北解放区以各家出版社为依托陆续出版了许多戏剧作品，这是解放区戏剧传播的重要途径。较有影响的是东北书店和人民戏剧社等。在解放战争期间，东北书店出版的各类戏剧作品和理论书籍近百种，形式包括话剧（独幕话剧、多幕话剧）、京剧、评剧、二人转、歌舞剧（广场歌舞剧、儿童歌舞剧）、歌剧、新歌剧、小歌剧、道情剧、活报剧、秧歌剧、小喜剧、小调剧、皮影戏等。其中，秧歌剧超过一半。

文艺团体的迅猛发展是解放区戏剧广泛传播的最终体现。1945 年 11 月以后，东北文工团等数十个文艺团体在东北局宣传部的领导下先后成立。这些文艺团体以《在延安文艺座谈会上的讲话》为指导，坚持走文艺大众化的道路，活跃在东北城市和乡村，战斗在前线和后方。他们创作、表演了一系列以支援前线、土地改革、翻身当家为主题的作品，这些作品受到人民群众的好评。

从内容方面来看，歌颂工人阶级是东北解放区戏剧的一个重要内容。东北光复后，作为解放全中国的大本营，哈尔滨、沈阳等工业城市的作用得以凸显，工人阶级成为时代的主角。从剧作内容来看，第一种是反映工人生活的剧作，如王大化、颜一烟创作的《东北人民大翻身》；第二种是歌颂先进个人无私支援解放区建设、帮助工厂恢复生产的剧作，较有影响的有《献器材》《十个滚珠》《一条皮带》《刘桂兰捉奸》；第三种是歌颂党的政策的剧作，代表作品有《比有儿子还强》和《唱"劳保"》。工业题材戏剧的大量创作，极大地拓宽了解放区戏剧的创作领域，为新中国工业题材戏剧的发展奠定了坚实的基础。

东北解放区戏剧中描写农民翻身解放、分得土地的农村题材的戏剧的比重最大。第一类是反映东北农民翻身解放，通过新旧对比来歌颂新农村、新生活的剧作。第二类是反映粉碎各类阴谋、同复辟分子做斗争的剧作，代表剧作有《反"翻把"斗争》等。第三类是反映改造后进、互助合作，表现农民积极开展大生产运动的剧作，如《二流子转变》。第四类是描写劳动妇女反抗封建婚姻、争取民主权利、积极参加劳动生产的剧作，如《邹大姐翻身》。

东北解放后，群众的思想还比较保守，革命启蒙的任务十分重要，尤其是要帮助东北人民认同和接受中国共产党及其领导的人民军队。在描写军队的戏剧中，既有表现人民军队英勇战争、不怕牺牲、勇于献身的剧作，也有以军民互助、拥军支前为主要内容的剧作，这类剧作完整地再现了东北人民从最初的误解民主联军到后来积极送子参军、送夫参军、拥军支前的全过程。前者的代表作有《老耿赶队》《鞋》《两个战士》等，后者的代表作有《透亮了》《收割》《支援前线》等。

在艺术特点上，虽然东北解放区戏剧的整体水平不是最高的，但是其庞大的作者群体、巨大的创作数量、伟大的历史功绩，使得解放区戏剧创作达到了巅峰状态。东北解放区戏剧因对传统戏剧和西方舶来戏剧的融合而具有现代性，在这种融合的过程中实现了本土化，并形成了民族化、大众化、乡土化的特征。东北解放区戏剧的民族化特征源于延安时期戏剧的“中国化”。而其大众化特征是指具有广泛的群众基础，且创作群体亦十分大众化。东北解放区戏剧的乡土化则主要表现在地域特色上。

在创作方法上，东北解放区戏剧继承了延安戏剧的传统，剧作家们用现实主义的方法把自己身边刚发生或正在发生的事情通过戏剧的形式真实地反映出来，集中表现工、农、兵的日常生活。东北解放区戏剧起到了鼓舞斗志、颂扬先进、宣传政策、支援前线的作用。

在戏剧结构上，东北解放区戏剧的戏剧冲突尖锐而集中，叙事模式多元，表现方式多样。在人物塑造上，剧作塑造了一个个爱憎分明、个性突出、敢作敢为的人物形象。这些人物形象生动丰满、有血有肉，为观众熟悉和喜爱。

东北解放区戏剧在取得较高的艺术成就和发挥重要的宣传作用的同时，也存在一定的不足。然而瑕不掩瑜，民族化、大众化、乡土化的特征，使得戏剧的宣传性、教育性、战斗性的作用得以充分发挥出来。东北解放区戏剧对光复后进行的民众文化启蒙、文化

宣传具有不可替代的作用，对解放区的土地改革和解放战争做出了不可磨灭的贡献。

四

东北解放区诗歌秉承了我国诗歌的优秀传统，具有红色革命基因。它一方面与伪满时期的诗歌做了彻底的割裂，另一方面又延续了东北抗联诗歌的革命精神和爱国主义情怀，集中书写了山河易色、异族入侵带给东北人民的苦难和屈辱，书写了受难的人民在共产党领导下的觉醒与反抗，书写了东北人民在艰苦的自然环境与战争环境中形成的坚韧、乐观、幽默的性格。

东北解放区诗歌是中国解放区诗歌的重要组成部分，与其他解放区诗歌保持着一致性和连续性。它之所以能复制延安解放区的文学模式，主要是因为其创作队伍中的很大一部分是来自延安解放区的革命文艺工作者，故在文学制度和文学政策上与全国其他解放区能保持一致。东北解放区诗歌的作者主要有四种身份：一是中共中央派驻到东北的文艺工作者；二是抗战时期流亡到关内的“东北作家群”（在抗战结束后返回东北）；三是虽然本人不在东北解放区，但是其作品在东北解放区的重要报刊上发表过并产生了一定影响的诗人；四是来自各行各业的业余诗人。《东北日报》文艺副刊曾陆续发表过很多业余诗人的作品，这些业余诗人中既有宣传干部，又有工人、农民、战士、学生（其中有许多人使用笔名，甚至使用多个笔名，今天有些作者的真实姓名已很难核实）。有一些诗人并不在东北解放区工作，但是其作品在东北解放区的重要报刊上发表过，并对全国解放区的文学发展产生过重要影响，如艾青、田间等。东北解放区的代表诗人有公木、方冰、马加、严文井、鲁琪、冈夫、天蓝、韦长明、刘和民、李北开、彤剑、侯唯动、胡昭、李沅、夏葵、林耘、顾世学、萧群、蔡天心、杜易白、西虹、师田手、白刃、白拓方、叶乃芬、丁耶、孙滨、阮铿等。

从内容上看，东北解放区诗歌主要是反映当时东北解放区的经济建设、军事斗争、农村工作和城市建设等，具有现实性、时代性。从艺术形式上看，诗歌谣曲化、大众化、民间化的特点突出。抒情诗、叙事诗、街头诗、朗诵诗、歌谣、童谣等成为当时最常见的诗歌体裁。东北解放区诗歌具有以下几个显著特点：

第一，诗歌内容具革命性且高度政治化。东北解放区文学是为中国共产党解放东北和建设东北的政治任务服务的，其主要功能和目的是紧密贴近和配合解放区的主流政治运动。很多诗歌是为满足当时的政治需要而作的，充分体现了《在延安文艺座谈会上的讲话》在诗歌创作方面的实践成绩。东北解放区诗歌与中国解放区诗歌在题材选择、审美价值上保持着一致性，并具有东北解放区特有的地域性特点。揭露、批判、颂扬是东北解放区诗歌的三大主旋律，诗人们以工人、农民、士兵、英雄人物、劳动模范等为书写对象，歌颂英雄人物，记录战争风云，赞美新农民，抒发家国情怀。

第二，具有鲜明的战争文学特点。东北经历了十四年艰苦卓绝的抗日战争，接着又经历了五年的解放战争，近二十年间，始终处于战争状态。诗歌也呈现出战时文学特质，记录了艰苦卓绝的战争场景与生活现实。对于重大战役的抒写与记录，英雄主义、乐观精神、必胜信念的情感基调，加之大东北茫茫雪原、天寒地冻的地域特点，使得东北解放区诗歌具有鲜明的东北地域特色。

第三，农村题材也是东北解放区诗歌的重头戏。东北经过十四年的抗日战争，土地荒废，农民思想落后。抗日战争结束后，解放军入驻东北，一方面做农民的思想工作，进行思想启蒙，另一方面在农村贯彻党的土改政策，进行土地革命，让农民成为土地真正的主人。因此，在东北解放区，启蒙农民思想、反映土改运动、揭露地主阶级剥削农民的本质、塑造新农民形象成为农村题材诗歌的主要内容。

第四，工业题材诗歌在东北解放区诗歌中独领风骚。《文学战线》等报刊还专门设立了工人专栏，如《文学战线》专辟"工人创作特辑"，作者均来自生产第一线。工业题材诗歌丰富了东北解放区诗歌的样态，也成为东北解放区诗歌的重要组成部分。

第五，叙事诗是东北解放区诗歌的主要体裁。长篇叙事诗体量大，便于完整地呈现人物或事件的变化过程，便于刻画生动、饱满的艺术形象，因此很受东北解放区诗人的青睐。在《东北文艺》《文学战线》等杂志和个人诗集中，带有浓郁的东北民间话语特色，反映土改运动、翻身农民踊跃参军等内容的长篇叙事诗一时间大量出现。

第六，诗歌审美倡导大众化、通俗化。在解放战争时期，文学要担负着团结人民、教育人民、打击敌人的任务，因此，战时诗歌不能一味地追求高雅的诗意，它既要通俗易懂，便于启蒙民众，又要迎合普通大众的审美需求，适应战争时期的宣传需要。东北解放区诗歌的谣曲化倾向突出，诗作大多出自部队宣传干部、战士、工人、农民之笔，以社会现象为题材，具有相当强的时效性，普遍具有语言通俗易懂、直抒胸臆、为群众所熟悉和易于接受等特点，真正达到了为工农兵服务的目的。

东北解放区诗歌也存在一些不足。由于过于强调宣传性、鼓动性和战斗性，重内容而轻艺术，艺术水准较低，东北解放区诗歌未能达到思想性和艺术性相结合的高度。

五

东北翻译文学兴起于20世纪20年代末,当时的《北国》《关外》等文学期刊上都登载过翻译作品,对俄苏、英、美、日等国家的民族文学作品,以及批判现实主义、"普罗文学"等文艺理论均有译介。但这种生动、活跃的局面随着1931年九一八事变的发生而不复存在。1931年至1945年,在长达十四年的沦陷时期,东北翻译文学出现了两块文学阵地:一个是以沈阳、大连为中心的"南满文学"阵地,另一个是以哈尔滨为中心的"北满文学"阵地。辽南文坛在九一八事变以后出现了一股译介欧美和日本文学及其理论的潮流,主要刊发、翻译消极的浪漫主义、自然主义的文艺作品和理论,只刊发少量的俄苏文学。相对而言,北满文坛对俄苏现实主义文学作品及其理论的翻译有着更重要的意义。

解放战争时期的东北解放区文学的传播模式主要是"延安模式"。在翻译文学方面,东北解放区文艺工作者侧重译介的目的性和计划性。从目前了解到的情况来看,当时很多期刊都设有翻译栏目,其中《东北日报》《东北文艺》《前进报》《群众文艺》《知识》等都设立了介绍苏联文学的专栏,经常发表苏联社会主义建设时期和卫国战争时期的作品。此外,侧重刊发翻译文学的报纸、期刊还有《文学战线》《文化报》《知识》《东北文化》等。文学观念是文学创作的潜在基础,规范和支配着这个时代的文学创作。解放区的作家们译介了大量的苏俄作品,其中大部分是社会主义现实主义作品。除报刊外,东北解放区翻译文学的出版途径还有书店。由书店、期刊、报纸构成的媒介场,有效地促进了东北作家与世界文艺思潮的交流，尤其是苏联所倡导的革命现实主义文学创作思想对东北的文艺运动发挥了指导作用。

《东北日报》的译介主要集中在俄苏文艺思想、作家作品方面，其中刊发爱伦堡、法捷耶夫等文艺理论家的作品的数量最多，产生的影响也最为深刻。这些作品极大地开阔了东北知识分子的视野。《东北文艺》每期都对俄苏文学作品、作家进行介绍，较有代表性的是1947年曾连载过的金人翻译的苏联作家华西莱芙斯卡娅的中篇小说《只不过是爱情》。《文化报》介绍了大批的俄苏作家，刊载了一些文艺评论、文学作品等。《文学战线》在刊发原创作品的同时，则侧重于介绍俄苏文学作品和翻译俄苏文艺理论。

东北书店出版了大量的翻译过来的苏联文艺论著和苏俄文学作品，目前搜集到的翻译文艺论著的种类达110余种。其翻译出版的俄苏文学作品具有丰富的题材，包括电影文学剧本、报告文学、游记、书信集、诗歌、小说等。辽东建国书社、大连大众书店、光华书店等也是翻译作品重要的出版机构。

翻译文学的发展有助于文学创作的繁荣与文艺理念的更新，但东北解放区译介作品的内容较为单一，翻译的作品几乎全都来自苏联，俄苏文艺思想、文艺理论和文艺作品得到高度关注，成为文坛的主流。其原因有如下几个方面：

首先，从地缘因素来看，东北与苏联有着天然的地缘关系。东北地区与苏联的东西伯利亚地区有着相似的自然环境，都处于高纬度寒带地区，气候寒冷，地广人稀。自然环境和原始文化的相似为思想的交流提供了基本契合点。

其次，从政治因素来看，俄苏文学在中国的兴衰与中俄之间的政治文化交流有着密切的关系。当时的文人也希望通过译介苏联文学作品来改造和影响人们的思想意识，以及树立新民主主义革命的奋斗目标和未来社会主义的奋斗目标。

最后，从社会现实来看，东北解放区的沈阳、大连等地在中国人民解放军进驻之前已经驻有苏联红军，而且在经济、文化等方面与苏联交往密切，苏联文学作品的翻译、出版自然丰富。

1942 年之后，延安文艺工作者主要是对苏联等少数社会主义国家的文学作品进行译介。对于与苏联接壤的东北解放区来说，由于与外界接触困难，能获得的外国文学作品更少，在建设新文学方面，除了以五四新文学和老解放区文学为资源外，苏联文学便是重要的资源。苏联文学对建设中的东北解放区文学具有不同寻常的意义。

六

东北解放区建立后，文学创作繁荣一时。然而，文学创作在繁荣的背后也存在着一些问题，其中一个突出的问题就是创作者的背景复杂，其中有来自抗日根据地的，也有来自关内国统区的，还有本土的。不同的思想意识、价值取向、艺术趣味掺杂在各类作品中，部分作品的创作倾向出现了偏差。这些问题引起了文艺界的关注。东北解放区的主要报刊和杂志纷纷开辟评论专栏，采用编者按、读者来信、短评、述评、观后感等形式开展文艺批评，为确立正确的文艺路线提供思想保障。

初到东北的文艺工作者首先感受到的是新老解放区之间政治环境和文化环境的差异。自清朝灭亡到抗战胜利的三十多年间，东北民众饱受战乱的痛苦。抗战胜利后，虽然旧的社会结构和文化体制已经解体，但旧的意识形态还残留在一些人的头脑中，东北民众与新政权之间存在着一定的隔膜。刚刚到达东北的大多数文艺工作者对东北特殊的历史环境认识不足，尚未做好相应的思想准备，仍然延续过去的创作方法和思维方式，脱离群众和实际。以什么样的形式和内容来服务刚刚从殖民者的铁蹄下解放出来的人民，是当时文艺工作迫切需要解决的问题。

文艺争鸣与文艺批评既是抗日根据地文艺工作的优良传统，也是党指导文艺工作的重要手段。毛泽东同志在《在延安文艺座谈会上的讲话》中指出，文艺界的主要的斗争方法之一，是文艺批评。此时，东北文艺工作者的首要任务就是对旧的意识形态进行批判和改造，从而构建与延安解放区主体同构的新的意识形态场域。因此，在本地区文艺界开展一场广泛的文艺批评运动就显得十分迫切和必要。1945 年 11 月，陈云同志在《对满洲工作的几点意见》中提出了党在东北的几项重要任务："扫荡反动武装和土匪，肃清汉奸力量，放手发动群众，扩大部队，改造政权，以建立三大城市外围及长春铁路干线两旁的广大的巩固根据地。"这既是党在东北的中心工作，也是东北文艺界所面临的主要任务。东北解放区的文艺队伍自觉地将创作与政治任务结合起来，坚持为人民服务的创作方向，以《在延安文艺座谈会上的讲话》为指导来进行创作。东北这块古老而又年轻的土地上结出了丰硕的艺术成果。这些作品在内容上贴近当时东北的现实生活，在形式上生动活泼，富有浓郁的地方乡土气息，在教育人民、鼓舞人民、组织人民、团结人民、打击敌人方面发挥了重要作用。东北解放区文艺作为革命文艺版图中的一个独立板块开始形成，它既是"延安文艺"的派生，又具备地域文化品格。它不是由内而外自发产生的，而是在改造和清除原有旧文化的基础上通过外部输入逐步确立的。

与“延安文艺”相比，东北解放区文艺自身也出现了一些新的特质，特别是在文艺批评方面，文艺工作者表现出了强烈的自觉性。他们坚持无产阶级和人民大众立场，从不同层面和角度开展文艺界的批评与自我批评，引导东北解放区文艺朝着正确的方向发展。

东北解放区文艺的根本任务与延安文艺的根本任务保持着高度一致，但又具有特殊性。如果简单地照搬、照抄延安文艺的经验，那么东北解放区文艺很难适应革命发展的需要。东北解放区文艺首先具有启蒙的意义，它不仅具有文化启蒙的意义，也具有政治启蒙的意义。为此，东北解放区的文艺工作者以《在延安文艺座谈会上的讲话》精神为指导，树立起无产阶级的文艺大旗，以新文化来改造旧社会，重塑民众的国家意识、民族意识和政治意识，把东北建设成为中国革命的战略大后方。

在延安文艺旗帜的指引下，东北文艺界通过理论探讨和思想整风，统一了广大文艺工作者对革命文学根本属性的认识，东北的文艺工作焕然一新。广大文艺工作者在理论和实践两个方面取得了很大的成就，既继承和发扬了延安文艺思想，也将《在延安文艺座谈会上的讲话》精神与具体实践结合起来。夏征农、蔡天心、铁汉、甦旅、萧军、胥树人等知名的文艺界人士都对这个问题做了深入研究，产生了较大的影响。

与延安文艺相比，这个时期的东北文艺作品主题更丰富，创作者以切身的生命体验为基础，再现了解放战争时期东北所发生的波澜壮阔的革命斗争，以及在这个过程中东北人民的生活与精神面貌。

东北解放区的文艺发展也不是一帆风顺的，它也走了一些弯路。但是,在毛泽东《在延安文艺座谈会上的讲话》的指引下,文艺工作者不仅投身到创作之中,也开展了广泛的文艺批评,营造了一个宽松的舆论环境,作家们畅所欲言,在批评他人的同时也开展自我批评。这为创作的繁荣奠定了理论基础,也为新中国的文艺创作和文艺批评积累了资源和经验。

七

史料卷是大系的综合卷,其编撰初衷是反映东北解放区文学创作的初始背景,呈现当时的政策和文学创作的大环境,通过对资料的梳理,为弘扬东北解放区文学创作的优良传统提供第一手的基础资料。史料卷共分为七大部分。

一是文艺工作政策方针。文艺工作的政策方针是党根据一定历史时期的总路线和总任务确立的文艺指导原则,反映了一定时期文艺创作的总体规划、部署和要求。史料卷旨在呈现东北解放区创作繁荣的大背景下中国共产党对文艺工作的总体规划和实施情况。史料卷主要收录了与东北解放区相关的宣传文件,以及部分会议发言和讲话等内容,其中有出版、通讯、写作的相关规定,也有重要领导对文艺工作的指示要求,同时还收录了部分重要会议成果。

二是重要报纸、期刊。报纸、期刊大量创办是文艺繁荣的重要标志之一。报纸、期刊直接促进了文学事业整体的发展和繁荣,使优秀作品产生了广泛的社会影响。1945 年 11 月《东北日报》创办后,东北解放区先后创办、发行的报纸近百种。此外,在东北局宣传部的统一领导下,地方与军队也创办了数十种文学与文化类刊物。从成人刊物到儿童刊物,从高雅刊物到面向大众的通俗刊物,从文学到艺术，靡不具备。诸多的文艺报刊为文学作品的生产提供了园地，成为东北解放区文学创作的先锋阵地。

三是文艺团体、机构。在东北解放区，多个文艺团体和机构活跃在文艺创作和宣传的第一线，对东北解放区文艺事业的发展发挥了重要作用。东北局先后出资创办了东北书店等众多的图书出版机构，使得东北解放区报刊出版和传媒得到快速发展。1946年，东北局在佳木斯成立了东北文化工作委员会，此后，中苏文化协会、鲁迅文艺研究会等文艺社团也相继成立。东北文艺工作团等文艺团体也迅速发展。在组建大量的文艺团体和文工团之际，军队与地方政府和宣传部门还非常重视文艺人才的培养和文学教育体系的建立，在演出之余，也招收和培养文艺人才。在短短的四年间，东北解放区建立了众多的文艺工作团体与人才培养学校。这体现了我党对教育人民、教育部队和动员人民参与革命的重视。

四是作家及创作书目。从延安来到东北的革命文艺工作者数以百计，此外，20 世纪 30 年代从哈尔滨流亡到关内各地的东北作家群成员也陆续返回东北。这些文化工作者云集黑龙江，办报纸，办杂志，从事广泛的文化艺术活动，使得东北解放区文学艺术以全新的姿态向共和国迈进。史料卷收录了活跃在东北解放区的多位作家的生平和创作情况，当然，由于这一历史时期具有特殊性，作家区域性流动较为频繁，对作家的遴选和掌握主要以创作活动的轨迹和作品发表的区域为依据。

五是东北解放区文学回忆与纪念。为了弥补现有资料不足的缺憾，史料卷特别收录了部分文学界前辈及其家人的回忆与纪念文章，其中既有参加文艺团体的亲历感受，也有对文艺创作细节的点滴回忆。由于年代久远，这些资料的某些细节无法准确、翔实地体现出来，但这些资料记录了东北解放区文艺工作者的亲历感受，对补充和完善史料卷的内容大有裨益。

六是大事记。为了对解放区文学创作资料进行细致整理，进而为读者提供一个简明的、提纲挈领式的线索，史料卷呈现了大事记。大事记旨在将反映文学活动和文艺创作的各种资料予以浓缩，按照时间线索对史料进行编排。大事记简明扼要地记述了1945年9月至1949年9月东北解放区文学方面的大事、要事，涵盖了部分文艺作品创作、文艺团体成立的时间节点，有助于读者了解东北解放区文学的发展脉络。

七是索引。鉴于东北解放区文学总体呈现出体裁广泛、内容丰富等特点，史料卷以作者为线索，将分散在小说卷、散文卷、诗歌卷、戏剧卷、评论卷、翻译文学卷中的作品整理出来，形成丛书索引。索引以作者为基点，将作者在各卷中的作品情况（作品名称、所在卷册、页数）逐一列出，可以在一定程度上呈现出东北解放区文学的整体情况，亦可以体现出作者的创作风格和特点，进而从不同角度展示出东北解放区文学发展的脉络和趋势。

随着军事上的胜利和东北解放区的形成，东北的政治面貌、经济面貌发生了根本性的变化，特别是文化呈现出前所未有的发展和繁荣的局面。东北解放区在政策制定、政策实施、新闻出版、文艺社团、文艺教育体制、作家培养等涉及文艺发展与繁荣的各个方面，继承、发展和完善了延安文艺体制，对当代文学和文艺制度产生了重要和深远的影响。

尽管东北解放区文学得到前所未有的发展和繁荣，但这份珍贵的文化资料始终没有得到系统整理，有关资料分散在哈尔滨、齐齐哈尔、牡丹江、佳木斯、长春、沈阳、大连等地，加上年代久远，这给编选工作带来了很大的困难。一方面,区域性的文学史料不易引起一般研究者的重视,文学史料的保留和整理工作在通常情况下很不理想,尽管编选者在前期已有一定的资料积累,但是很多工作还需要从头开始。另一方面,由于年代久远,加之当时的出版印刷技术有限,许多资料的保存和整理已经成为一大难题。许多珍贵的文学资料甚至已经出现严重的、不可恢复的缺损,因此,整理和出版东北解放区的文学史料,对东北解放区文学和中国现代文学的研究具有重要意义,同时,对人们了解和认识东北解放区这段历史也具有重要意义。

东北解放区文学创作距今已有七十年的历史,从20世纪80年代开始,东北解放区文学作为中国现代文学的一部分开始进入研究者的视野,搜集、整理与研究工作逐渐深入,一大批有分量的成果随之产生。其中,具有代表性的成果有两项,一项是林默涵主编的《中国解放区文学书系》(重庆出版社,1992年出版),另一项是张毓茂主编的《东北现代文学大系》(沈阳出版社,1996年出版)。这两部著作以文学价值作为侧重点,对东北解放区文学进行了很好的梳理。此外,黑龙江、辽宁与吉林三省的社会科学院文学研究所通力编辑出版的《东北现代文学史料》(共九辑),其价值亦不可低估,当时资料的提供者或为亲历者,或为亲历者之亲友,这从文献抢救的角度来看可谓及时。尽管《中国解放区文学书系》和《东北现代文学大系》对东北解放区文学进行了较大规模的搜集与整理,但由于编辑侧重点不同,这两部著作对东北解放区文学作品只是有选择性地收录,东北解放区文学作品分散在各地图书馆与散落在民间的态势并未改变。进入21世纪后,随着时间的流逝,承载东北解放区文学作品的旧报、旧刊、旧图书流失和损毁的情况日益严重，对东北解放区文学进行进一步搜集与整理的必要性在中国现代文学界达成共识。2008 年，东北现代文学研究者、黑龙江省社会科学院文学研究所研究员彭放在主编完成《黑龙江文学通史》（北方文艺出版社，2002 年出版）之后，提出了编辑出版《东北解放区文学大系》的建议，这一建议得到了认可。事隔十年，2018 年，由黑龙江省社会科学院文学研究所与黑龙江大学出版社联合策划的《1945—1949 年东北解放区文学大系》荣获国家出版基金资助出版，这完成了老一代东北现代文学研究者的夙愿。

《1945—1949 年东北解放区文学大系》的编者，力求完整地体现东北解放区文学的整体风貌，在文学价值之外，亦注重作品的文献价值，以文学性与文献性并重作为搜集、整理工作的出发点。

《1945—1949 年东北解放区文学大系》的篇目编选工作，由黑龙江省社会科学院发起，联合黑龙江大学、哈尔滨师范大学、哈尔滨学院等黑龙江省多所高校共同开展。为了保证学术性，本丛书特聘请多位东北现代文学领域的专家组成编委会，各卷主编均为中国现代文学方面学养深厚的研究者。本丛书的篇目编选工作得到了北京、吉林、辽宁等地多家相关单位的支持。东北现代文学界德高望重的老一代学者亦给予大力支持，刘中树、张毓茂与冯毓云三位先生欣然允诺担任本丛书的学术顾问，本丛书的姊妹著作《1931—1945 年东北抗日文学大系》的总主编张中良先生亦为学术顾问。特别应提及的是，张毓茂先生在允诺担任本丛书学术顾问不久后就溘然离世，完成这部著作就是对先生最好的悼念。

本丛书的资料搜集工作，除得到东北三省各家图书馆的支持外，还得到了中国现代文学馆、黑龙江省浩源地方文献博物馆的大力支持。东北红色文献收藏人胡继东、华东师范大学历史系博士崔龙浩，以及华东师范大学历史系高铭阳、雷宇飞等人为本丛书的集成提供了大量珍贵而稀缺的第一手资料。对于他们的无私奉献，在此表示诚挚的感谢！此外，黑龙江大学文学院、哈尔滨师范大学文学院许多在读的博士生、硕士生和本科生也参与了资料搜集工作，在此，请恕不一一列名。

《1945—1949年东北解放区文学大系》除入选2019年度国家出版基金资助项目之外，还被列入黑龙江历史文化研究工程项目，在此谨致谢忱。

戏剧卷导言

东北解放区戏剧创作导论

宋喜坤

东北解放区文学是东北解放战争时期的文学,“抗战胜利后的东北解放区文学,则是延安文艺的延伸与发展”[①]。随着哈尔滨的解放,已完成伟大历史使命的东北抗日文学在延安文学的指导和改造下,带着余热迅速转型为东北解放区文学。1945 年至 1949 年,来自延安和各沦陷区的知识分子,以及东北地区的革命群众在中国共产党的领导下,创作了大量的东北抗战文学作品。[②] 戏剧具有内容丰富、种类繁多、通俗易懂、利于传播等特点,获得了创作上的巨大丰收,这成为东北解放区文学大繁荣的重要标志之一。东

① 张毓茂、阎志宏:《东北现代文学史论》,载《社会科学辑刊》1994 年第 2 期。

② 东北解放区的戏剧创作数量颇丰,据统计,各类剧目约有 332 种,已查找到剧目 234 个。

北解放区戏剧是中国共产党领导下的群众性戏剧，具有启蒙性、宣传性和战斗性等特点。在中国共产党领导下的东北解放区，戏剧对生产建设、围剿土匪、土改运动和解放战争发挥着不可替代的宣传作用。

一

1946年春天，延安的革命文化机构和文艺团体集中转移到佳木斯，佳木斯成为指导东北文化的中心，被称为东北"小延安"①。在中国共产党的领导下，哈尔滨、佳木斯、齐齐哈尔、大连、沈阳等地的文化运动蓬勃开展起来。东北解放区戏剧种类繁多，内容和题材丰富，创作群体庞大，因此东北解放区开展了大规模的群众戏剧运动，这促进了东北解放区文学的繁荣。

东北解放区戏剧的生成是政治文化和民间文化糅合的结果，这主要表现为党的组织领导得力、多元文化交融、作家阵容强大。组织领导得力是指在党的领导下建立了各级"文艺协会"来领导和指导东北文艺工作。1945年9月15日，中共中央东北局成立，在宣传部部长凯丰（何克全）的领导下，东北解放区的文化工作如火如荼地开展起来。1946年10月19日，"中华全国文艺协会东北总分会"筹备会在哈尔滨召开。1946年11月24日，"中华全国文艺协会佳木斯分会"成立。1947年6月15日，"关东文化协会"成立。随着革命文化工作的迅速开展，哈尔滨、佳木斯、齐齐哈尔、长春、沈阳、大连等城市都成立了"文艺协会"等文化组织。这些"文

① 王建中、任惜时、李春林等：《东北解放区文学史》，辽宁大学出版社1995年版，第63页。

艺协会”的成立符合当时东北文化的发展状况，这些“文艺协会”所提出的开展“民主的科学的文化运动”与新启蒙思想相吻合。“文艺协会”作为东北文艺的领导组织对东北解放区戏剧的发展做出了不可磨灭的贡献。

东北地域文化的成分复杂，悠久的关外本土文化融合了中原儒家文化，形成了既粗犷又细腻、既豪放又婉约的关东文化。随着中国革命文化大军战略目标的转移，东北文化又融入了先进的延安文化，经延安文化改造后，发展为融政治话语和民间话语为一体的东北解放区文化。东北解放区戏剧文化是党的主流政治文化，兼容了东北民间文化。东北解放区戏剧在内容上以政治话语为核心，在艺术形式上以民间话语为依托，以改造后的东北民间舞蹈、东北大秧歌、北方萨满神舞、民间莲花落子、鼓书等为载体，以东北方言为基础。东北解放区戏剧实现了“旧瓶装新酒”。

东北解放区拥有一支经验丰富的戏剧创作队伍。1946 年，有着光荣的革命传统和文化传统的哈尔滨汇集了从延安来的各路文艺工作者。知名的戏剧作家丁玲、萧军、端木蕻良、塞克、宋之的、刘白羽、阿英、草明、骆宾基、严文井、颜一烟、王大化、张庚等，加之陈隄等原东北作家，以及青年学生、部队文艺工作者、工人作者群、农民作者群，形成了一支文化经验丰富、创作热情高涨的规模宏大的创作队伍。这为东北解放区戏剧的发展和繁荣做好了准备。在革命文化指导下生成的革命戏剧，必然要反映时代生活，并为革命政治服务。民间话语和政治话语的融合，以及民间文化和政治文化的糅合，共同促进了东北解放区戏剧的发展和繁荣。

专业剧作者和工农兵群众创作的戏剧由报刊刊载和书店发行后，经专业戏剧团体演出后与观众见面，发挥着宣传、教育和启蒙的作用，促进了东北解放区戏剧的快速传播。

1945 年 11 月 1 日，中共中央东北局的机关报《东北日报》创刊，其宗旨是“通过宣传报道，打破当时在部分人中存在的和平幻想，揭露美蒋制造中国内战的阴谋”①。《东北日报》刊载的文学作品中不乏戏剧作品。据不完全统计，该报副刊从 1946 年 7 月 9 日至 1949 年 10 月 13 日共刊载话剧、广场剧、秧歌戏、快板、鼓词、二人转、小演唱等各类剧作 38 个。这些剧作涉及歌唱新生活、感恩共产党、批判美蒋、拥军劳军、参军保家、歌颂英雄模范等内容，如《支援前线》《唱“劳保”》《军民拜年》《十二个月秧歌调》等群众性作品。1947 年 5 月 4 日，由萧军任主编的《文化报》在哈尔滨创刊，该报是东北解放区第一份纯文艺性质的报纸，刊载一些文化常识、短文、小诗、书评、剧报等。其中有评剧（如《武王伐纣》）、说唱（如《李桂花的故事》），以及一些喜剧评论。除《东北日报》和《文化报》外，《前进报》《合江日报》《牡丹江日报》《关东日报》《大连日报》《西满日报》《哈尔滨日报》《辽南日报》《安东日报》等都刊载了大量的戏剧作品。这些报纸有力地配合《东北日报》宣传马列主义和党的政策方针，对东北解放区的文化启蒙做出了应有的贡献，产生了广泛的影响。

虽然东北解放区的期刊数量没有报纸多，但是其戏剧的刊载量却比较大。在众多的文艺期刊中，对戏剧传播产生较大影响的是《东北文学》《东北文化》《东北文艺》《文学战线》《知识》《人民戏剧》《生活知识》等。1945 年 12 月创刊的《东北文学》以刊载小

---

① 哈尔滨市地方志编纂委员会:《哈尔滨市志 · 报业广播电视》，黑龙江人民出版社 1994 年版，第 88 页。

说、诗歌、散文为主，偶尔也刊载戏剧作品，如由言的《各怀心腹事》等。1946 年 5 月，《知识》在长春创刊，王大化、颜一烟等都在《知识》上发表过作品，其中较有影响的作品有颜一烟的《徐老三转变》、雪立的《揭底》、李熏风的《把红旗插遍全中国》、田川的《一个解放战士》等。1946 年 10 月创刊的《东北文化》的主要任务就是“协同整个东北文化界，从政治上思想上启发广大的东北知识青年、知识分子以及文化工作者，提高他们的自觉性，鼓舞他们的革命热情，与为人民服务而斗争的积极性、创造性，使之在东北人民解放的光荣伟大事业中发挥应有的作用”①。《东北文化》刊载的戏剧作品不多，较有影响的是塞克的《翻身的孩子》。1946 年 12 月创刊的《东北文艺》是纯文艺性刊物，刊载小说、戏剧、散文、诗歌、翻译作品、漫画、速写、报告文学、杂文、书刊评价作品等。《东北文艺》与“东北文协”同时诞生，它的作家阵容强大，其刊载的戏剧作品有冯金方等人的《透亮了》、张绍杰等人的《人民的英雄》、鲁亚农的《买不动》、莎蕻的《拥军碗》、李熏风的《农会为人民》等。这些剧作具有多样化的形式和多元化的题材，具有宣传性和战斗性，充分发挥了东北解放区文学的“武器”作用。1946 年 12 月，《人民戏剧》在佳木斯创刊，其宗旨是帮助解决一部分剧本的问题，提供一些理论和技术材料。在两年多的时间里，鲁艺文工团的创作组和群众作者在《人民戏剧》上发表秧歌剧、独幕剧、儿童剧、歌剧、历史剧等多种形式的剧作 20 多篇，如《参军》《缴公粮》《打黄狼》等。另外，《人民戏剧》还翻译、刊载了《白衣天使》（苏联）、《弗劳伦丝》（美国）等国外戏剧，促进了中外戏剧的交流，显

① 《发刊词》，载《东北文化》（创刊号），1946 年第 1 卷第 1 期。

示出了编者们的国际视野。周立波主编的《文学战线》主要刊载文艺论文、小说、戏剧、诗歌、报告文学、人物传记、散文、速写、日记、民间故事、翻译作品和书报评介等。《文学战线》刊载了不少优秀剧作,如田川的《一个解放战士》、李熏风的《把红旗插遍全中国》等。《文学战线》刊载的剧作主要反映人民群众的斗争和生活。

东北解放区在1945年底开始以各级出版社为依托陆续出版戏剧作品,这是东北解放区戏剧传播的重要途径。戏剧作品的出版单位主要是各类书店,较有名气的书店有东北书店、人民戏剧社、哈尔滨光华书店、新华书店、大连新中国书局、大连大众书店、辽东建国书店等。在诸多书店中,东北书店是东北解放区影响最大、规模最大、出版贡献最大的书店。东北书店在东北全境有201个分店,《知识》《东北文学》《东北画报》《东北教育》等都是东北书店发行的刊物。在解放战争期间,东北书店出版各类戏剧作品和理论书籍,发行数十万册。戏剧形式包括话剧(独幕话剧、多幕话剧)、京剧、评剧、二人转、歌舞剧(广场歌舞剧、儿童歌舞剧)、歌剧、新歌剧、小歌剧、道情剧、活报剧、秧歌剧、小喜剧、小调剧、皮影戏等。其中,秧歌剧超过一半。东北书店不仅出版了戏剧作品,还出版了不少有关戏剧理论和戏剧经验的著作,如贾霁的《编剧知识》等。

文艺团体的迅猛发展是东北解放区戏剧传播的最终体现。1945年11月2日,东北文工团在东北局宣传部的领导下成立。后来,东北三省相继成立了数十个文艺工作团体,其中较有影响的有东北文工一团、东北文工二团、总政文工团、东北鲁艺文工团、东北文协文工团、东北炮兵文工团、东北军政治部文工团、东北军政大学文工团、兆麟文工团、黑龙江省文工团、齐齐哈尔文工团、旅大文工团等。这些文艺团体以《在延安文艺座谈会上的讲话》为指导，坚持走文艺大众化的道路，坚持文艺为工农兵服务的原则，活跃在东北城乡，战斗在前线和后方，开展各种文艺活动，宣传革命文艺思想，教育和争取人民群众。这些文艺团体表演了《我们的乡村》《军民一家》《东北人民大翻身》《血泪仇》《二流子转变》等剧作。这些作品以支援前线、土地改革、翻身当家为主题，具有积极的教育意义，在组织群众、支援前线、开展土改运动、发展生产等方面起到了巨大的作用，取得了良好的启蒙效果，受到了人民群众的好评。

二

时代呼唤着文学，文学紧跟着时代，文学是时代的映像。毛泽东在 1942 年的《在延安文艺座谈会上的讲话》中指出："所以我们的文艺，第一是为工人的，这是领导革命的阶级。第二是为农民的，他们是革命中最广大最坚决的同盟军。第三是为武装起来了的工人农民即八路军、新四军和其他人民武装队伍的，这是革命战争的主力。第四是为城市小资产阶级劳动群众和知识分子的，他们也是革命的同盟者，他们是能够长期地和我们合作的。"[①]有关戏剧的文艺批评是政治和艺术的统一、内容和形式的统一，要符合政治标准。受到《在延安文艺座谈会上的讲话》的影响，加之作者主要来自延安解放区，东北解放区的戏剧创作从一开始就是为主流政治服务的，东北解放区戏剧成为革命宣传的"武器"。东北解

① 毛泽东：《在延安文艺座谈会上的讲话》，见《毛泽东选集》第 3 卷，人民出版社 1991 年版，第 855 页。

放区戏剧的服务对象以工农兵和城市市民为主，剧作内容集中体现了人民群众在东北光复后的喜悦心情和对党的歌颂，展现了工人积极参加生产斗争、农民积极参加土改斗争、军人奋勇参加解放战争等一系列革命政治生活面貌。

歌颂工人阶级是解放区戏剧的一个重要内容。东北光复后，作为老工业基地的哈尔滨、沈阳等工业城市的作用得以凸显，工人阶级成为时代的主角。获得新生的工人阶级当家做主，以百倍、千倍的热情投入到新中国的建设中，谱写了一曲曲拥军爱民、积极生产、支援前线的动人乐章。

从剧作内容来看，第一种是反映工人生活的剧作。例如，王大化、颜一烟创作的《东北人民大翻身》生动地再现了东北工人阶级翻身后的喜悦，反映了东北人民的生活和历史变迁。《二毛立功》是大连锻造工厂工人王水亭以自己为原型自编、自导、自演的一部秧歌剧，集中展现了工友二毛"后进变先进"的思想转变过程，展现了工人自己的新生活。正如罗烽所说："但它所走的是生活结合艺术、艺术结合生产、工人结合知识分子的道路，它就一定能逐渐完美起来。"[①]这类描写工人思想转变或描写劳动英雄的戏剧还有《立功》《不泄气》《红花还得绿叶扶》《取长补短》《师徒关系》等。

第二种是歌颂先进个人无私支援解放区建设、帮助工厂恢复生产的剧作。其中，较有影响的有《献器材》《十个滚珠》《一条皮带》和《刘桂兰捉奸》。《献器材》《十个滚珠》《一条皮带》反映的是东北解放后，为了实现早日开工的目标，工厂组织工人捐献生产器材，使得人们明白"献器材，争模范"的道理。独幕话剧《刘桂兰

① 王水亭：《二毛立功》，东北书店 1949 年版，第 2 页。

捉奸》描写的是在刘老汉将两箱机器皮带献给工厂的过程中,女儿刘桂兰和李大嫂发觉工厂里有潜伏的特务,最终机智地将特务李德福抓获。这些剧作均是以工人无私捐献物品为主线,展现了家人从反对、不理解到支持捐献的思想转变过程。这些剧作虽然有些程式化,但是贴近生活,比较真实。

第三种是歌颂党的劳保政策的剧作。代表作品有《比有儿子还强》和《唱"劳保"》。独幕话剧《比有儿子还强》写的是铁路机务段工人高大爷在新社会有了"劳保",这被大家比喻成多个"儿子"。《唱"劳保"》则是通过写老纪老婆"猫下了"(生孩子)和张大哥工伤这两件事来体现新旧劳保制度的不同。这两部剧作通过比较新旧社会,歌颂了共产党和毛主席,指出了解放区政府和工会是工人真正的靠山,从而激发了工人努力生产、争当劳动模范的热情。在延安解放区戏剧中,工业题材戏剧的数量较少。工业题材戏剧的大量创作,极大地拓宽了东北解放区戏剧的创作领域,为新中国工业题材戏剧的发展奠定了坚实的基础。

在东北解放区戏剧中,描写农民翻身解放、分得土地的农村题材的戏剧所占的比重最大。1946 年 5 月 4 日,中共中央发出了《五四指示》①,开展土地改革运动,调动农民的积极性,加快东北解放战争的进程。为了配合土地改革运动和加强对农民的思想改造,文艺工作者创作了大量的反映农民翻身的戏剧。这主要表现在以下四个方面。

---

① 即《中共中央关于土地问题的指示》,通称《五四指示》。日本投降以后,中共中央根据农民对土地的迫切需求,决定改变党在抗日战争时期的土地政策,由减租减息改为没收地主土地分配给农民。《五四指示》的制定就体现了这种转变。

第一方面是反映东北农民翻身解放，通过新旧对比来歌颂新农村、新生活的剧作。在这类剧作中，秧歌剧《血泪仇》是最具代表性的一部作品。《血泪仇》讲述了国统区农民王东才被保长迫害，最终逃到解放区获得解放的故事。在剧作中，这种父子相残、妻离子散的故事真实地再现了旧社会农民的苦难生活，通过对比解放区的幸福生活，鲜明地表达了广大农民对翻身解放的渴望。通过描述地主对农民的剥削事件来突出地主阶级的罪恶，借以引起农民对地主阶级的仇恨，从而引发农民对新生活的向往。秧歌剧《土地还家》描写了群众在土改运动中存在的各种问题，农民最终彻底觉悟。剧作告诉人们，共产党、八路军才是农民的救星，封建压迫必须要肃清。除上述作品外，这类剧作还有《老姜头翻身》《永安屯翻身》等。

第二方面是粉碎各类阴谋、同复辟分子做斗争的剧作。《反"翻把"斗争》以东北解放区为背景，讲述了农民群众面对地主阶级的翻把挖掉坏根的故事，凸显了广大农民谋求翻身和解放的迫切心情。《一张地照》围绕土地的"身份证"——"地照"展开叙述，通过对比"中央军"与共产党对土地截然不同的态度，指出只有共产党才能帮助农民实现"土地还家"的愿望。《捉鬼》是一部批判封建迷信的优秀剧作，旨在告诉人们封建迷信是不可信的，要相信共产党，只有共产党才能真正救穷人。值得注意的是，在这些同地主、坏分子做斗争的剧作中，很多作品都设置了这样的情节：地主利用子女与贫苦农民联姻或用金钱收买农民，企图逃避制裁和划分成分。在主题思想方面，这方面的剧作既写出了农民在土地改革后的团结，又写出了被推翻的地主阶级的翻把；既写出了劳动人民的思想觉悟，又写出了反动阶级的阴险和毒辣。这方面的剧作塑造了许多真实的、有血有肉的人物形象。在解放区的戏剧中，地主阶级的伎俩从未得逞。

第三方面是反映改造后进、互助合作、积极进行大生产的剧作。解放区农村题材的戏剧在改造后进、互助合作、积极进行大生产方面起到了抓典型和介绍经验的作用，加速了土地改革的进程，为土地改革提供了政策保障和经验保障。在东北解放后，农村在土地改革的过程中经历了“开拓地”“煮夹生饭”“砍挖运动”“平分土地”这四个阶段。农民当家做主，分得土地，真正成为土地的主人。但在土地改革初期，个别农民思想落后，仍然存在不少问题。《二流子转变》讲述的是“二流子”李万金在生产小组长于大哥等人的帮助和教育下幡然悔悟，最终改掉恶习、投入到“安家底”的生产建设中的故事。《焕然一新》讲述的是要钱鬼、懒汉子方新生由消极变积极，最后当上区劳动模范的故事。同样成为模范的还有李万生①，李万生说服父亲和家人参与生产劳动，为前线作战的战士提供优质的物资，他最终成为解放区的生产模范。互助组具有重要作用，参加互助组的组员之间的合作态度直接影响春耕的速度和质量。《换工插犋》《互助》《大家办合作》等剧作指出，互助组组员之间的积极合作能调动农民的生产积极性，有利于促进农业生产，有利于提高生产效率和农民的生活质量。

第四方面是劳动妇女反抗封建婚姻、争取民主权利、积极参加生产劳动的剧作。东北解放区妇女解放主要体现在妇女翻身、婚姻自由和男女平等上。《邹大姐翻身》通过讲述邹大姐翻身上学的经历，突出了解放时期劳动妇女打倒地主、反对剥削、翻身解放、追

① 刘林：《生产小组长》，东北书店 1948 年版。

求平等的观念。在《新编杨桂香鼓词》中，杨桂香的父母被媒婆欺骗，迫于压力将女儿许配给老地主，杨桂香依靠民主政府成功退婚，成为识字队长，后来与劳动模范订婚，并鼓励爱人积极参军。韩起祥编写的《刘巧团圆》后来被改编成评剧《刘巧儿》。巧儿的父亲刘彦贵为了卖女儿撕毁了与赵家柱儿的婚约，后来巧儿和柱儿自由恋爱，经政府审判，一对劳动模范终于走到一起。这些剧作主题鲜明，虽然情节简单，但却将反抗封建婚姻、追求恋爱自由的民主观念根植到解放区人民群众的心中。在东北解放区戏剧中，批判重男轻女、提倡男女平等的作品也颇受欢迎。例如，《儿女英雄》表达了转变落后思想、争取劳动权利、倡导男女平等的观念；《干活好》讲述了妇女分得田地，受到平等对待，在提升地位后成为生产活动的参与者；《夫妻比赛》和《赶上他》通过讲述夫妻进行劳动比赛来表达男女平等、同工同酬的愿望；《一朵红花》《姐妹比赛》讲述了妇女积极参加生产劳动。在这些剧作中，妇女成为生产活动的主要参与者，不再受到歧视，甚至当上了劳动模范，成为美好家园的缔造者和新社会的主人。

在东北光复后，人民群众的思想还比较落后和保守，部分青年人甚至在光复前都不知道自己是中国人。这表明，“在东北青年学生中还有很大一部分没有摆脱敌伪的奴化教育和蒋党的愚民教育的影响，依然还是盲目正统观念，反人民思想在他们头脑中占统治地位”①。因此，对东北解放区人民进行革命启蒙就显得尤为重要。在启蒙的过程中，最重要的就是帮助东北人民认同和接受中国共产党及其领导的人民军队。在东北解放区戏剧中，描写军队

---

① 《尽量办好中学》，载《东北日报》1947 年 9 月 4 日。

的戏剧既有英勇作战的壮烈场面，又有拥军优属的动人场景，完整地再现了东北人民从最初误解民主联军到后来积极送子参军、送夫参军和拥军支前的全过程。

第一类是表现人民军队英勇斗争、不怕牺牲、为解放中国勇于献身的剧作。《阵地》通过描写连长分配战斗任务和战士们争当爆破队员的场面，歌颂了解放军战士为了争取革命胜利不畏牺牲的精神。除了描写战斗场面以外，部分剧作还注重描写部队生活，表现战士们在艰苦的斗争生活中团结互助的精神，如《老耿赶队》《鞋》《两个战士》等。值得一提的是，在以战斗生活为主的军队题材的剧作中，出现了以后方医院的女护士照顾伤兵为情节的作品，小型歌舞剧《我们的医院》为充满硝烟的军队题材的剧作增添了色彩。这些剧作主题鲜明，塑造了各类英雄形象：既有孤胆英雄老丁，又有不怕误解、为伤员献血的护士和医生；既有"后进变先进"的杨勇①，又有教导新兵立大功的马德全②。自萧军的"中国现代文坛上第一部正面描写满洲抗日革命战争的小说"③《八月的乡村》后，经抗日战争阶段的完善和发展，战争题材的戏剧作品在东北解放区得到丰富和补充。这为后来新中国同类题材的戏剧创作积累了不可或缺的宝贵经验。

第二类是以军民互助、拥军支前为主要内容的剧作。在东北解放初期，部分群众对共产党、八路军不了解，甚至有误解。因此，

---

① 一鸣等：《杨勇立功》，东北书店 1948 年版。

② 黎蒙：《马德全立功》，东北书店 1949 年版。

③ 乔木在《八月的乡村》这篇文章中写道："中国文坛上也有许多作品写过革命的战争，却不曾有一部从正面写，像这本书的样子。这本书使我们看到了在满洲的革命战争的真实图画：人民革命军是和平的美丽的幻想，进一步认识出自由的必需的代价，认识出为自由而战的战士们的英雄精神。"

拥军题材的剧作在情节上也表现了从误解到拥护再到踊跃参军、奋勇支前的过程。《透亮了》将“天亮了”和“透亮了”呼应起来,预示劳苦大众迎来了解放,同时预示这种“透亮了”是老百姓精神和肉体的双重解放。《三担水》讲述的是刘大娘对民主联军从最初有戒心到最后拥护的过程,通过比较“中央军”和民主联军,老百姓终于认可了民主联军。《军民一家》描写了人民群众由猜疑、误会解放军到后来拥戴解放军的情景。在误解消除后,人民群众开展了轰轰烈烈的拥军活动。老百姓为部队送军鞋、送公粮,慰问部队。这表现出老百姓对解放军解放东北的渴望与感激。在拥军题材的剧作中,较有影响的是莎蕻的《拥军碗》,作品从战士和群众两个方面表现了军民鱼水情,体现了军民一家亲。《女运粮》则是从妇女能顶半边天这个视角出发,表现妇女在支援前线工作中的重要性。除上述剧作外,拥军题材的剧作还有《劳军鞋》《缴公粮》等。老百姓不仅拥军,而且积极送亲人参军。于是,剧作中出现了“老姜头送子参军”①和“四妯娌争相送丈夫参军”②等感人场景。这些剧作表现了老百姓的参军热情,表现了老百姓对前线解放军的积极支持,突出了人民要将革命进行到底的决心。东北解放区戏剧中也有军爱民、民拥军的戏剧。《军爱民、民拥军》讲述了王二一家代表村民们慰问八路军,为八路军送年货,表达对八路军的感激之情和拥护之心。《收割》讲述了战士帮助农户收割,却不接受农户给予的物品和福利,体现了人民解放军铁一般的纪律和为人民服务的优良传统。《支援前线》表现了老百姓听闻长春、沈阳

① 朱漪:《送子入关》,东北书店 1949 年版。

② 力鸣、兴中:《妯娌争光》,光华书店 1948 年版。

解放时的激动心情，在歌颂解放军的同时也体现了军民之间的团结。此外，《骨肉相联》《都是一家人》等作品也都表现了军民鱼水情，表现了人民与解放军一条心，表现了解放军一心一意为人民服务。

东北解放区戏剧以反映工农兵生活为主，很少以知识分子为主题。在现已收集到的剧作中，只有独幕剧《晚春》描写了城市知识女性与旧家庭的斗争。此外，儿童歌舞剧《老虎妈子的故事》采用童话的形式，批判了“老虎”象征的“中央军”反动势力。该剧作与童话《小红帽》相似，既有模仿，又有独创，显示出当时东北解放区文学与世界文学的紧密联系。

三

虽然东北解放区戏剧的整体艺术水平不是很高，但是其庞大的作者群体、巨大的创作数量、伟大的历史功绩，使得东北解放区戏剧创作达到了巅峰状态。中国现代戏剧诞生于新文化运动之中，到延安时期已经比较成熟。东北解放区戏剧继承延安戏剧传统，自然而然地完成了自身的现代化转变。东北解放区戏剧的现代性源于中国传统戏剧和西方戏剧的融合。在这种融合的过程中，东北解放区戏剧实现了本土化，形成了民族化、大众化、乡土化的特征。

东北解放区戏剧具有民族化特征，这种民族化源于延安时期戏剧的“中国化”。毛泽东曾谈道：“使马克思主义在中国具体化，使之在其每一表现中带着必须有的中国的特性……教条主义必须休息，而代之以新鲜活泼的、为中国老百姓所喜闻乐见的中国作风和中国气派。"[①]这段讲话既点明了马克思主义要实现中国化，又指出了文化和文学也要实现中国化，这在文学领域引发了解放区和国统区关于"民族形式"的讨论。对于民族形式问题，周扬也表明了自己对民族形式的看法，认为民族形式就是民间形式，指出必须对民间形式进行改造。在周扬看来，中国文艺理论没有得到建构的原因就是文艺工作者盲目地追逐西方文艺潮流。文艺的民族化实际上就是文艺的中国化。毛泽东和周扬的观点概括起来就是：文艺要实现中国化，中国化的表现形式就是民族形式，民族形式就是民间形式，旧的民间形式要进行改造。

东北解放区戏剧形式多样，种类繁多。其中既有由西方传入的"文明戏"（话剧），又有传统国粹京剧和评剧；既传承了本土固有的莲花落、大鼓、蹦蹦戏（二人转），又改造了歌剧和秧歌戏。话剧作为一种舶来的戏剧形式，是不同于中国传统戏曲的剧种。话剧在实现本土化的过程中，尤其是在毛泽东《在延安文艺座谈会上的讲话》发表后率先实现了民族化。这种民族化表现在以下几个方面。首先是对戏曲进行改编。如崔牧将传统戏曲与话剧融合在一起，将梆子戏《九件衣》改编成话剧。"虽然多少受了那出老戏的启发，但所表现的人和事，却完全是重起炉灶新创作的。"[②]虽然《九件衣》是由旧剧改编成的，但是它着眼于地主和农民的剥削关系，因此在进行农村阶级教育方面是有一定意义的。其次是继承传统戏剧的优秀遗产。《老虎妈子的故事》是将三姐妹、老虎和猎人的唱词连接在一起的儿童歌舞剧。整部歌舞剧具有较强的象征

① 人民教育出版社编：《毛泽东同志论教育工作》，人民教育出版社 1992 年版，第 46 页。

② 崔牧：《九件衣》，东北书店 1948 年版。

意义：三姐妹象征着底层百姓，是“待宰的羔羊”；老虎象征着“中央军”，是“吃人的魔王”；猎人象征着人民子弟兵，以消灭“吃人的野兽”为己任。三个象征使整个戏剧具有超出戏剧本身的意味：解放军为人民伸张正义，消灭“中央军”，解放东北。《老虎妈子的故事》将“大灰狼和小白兔”“老虎和小女孩”“小红帽”等中国民间故事糅合在一起，以歌舞剧的形式表现出来，凸显出民族化的特征。除话剧、歌剧外，京剧、评剧、秧歌戏、大鼓、落子、二人转、快板、活报剧等本身就是民族戏剧（戏曲），其民族化、中国化主要表现在对旧戏的改造和“旧瓶装新酒”上。这类剧作有很多，如鲁艺根据评剧曲调改编的歌剧《两个胡子》。经过内容和形式的改造，东北解放区戏剧实现了民族化。

东北解放区戏剧具有大众化的特征，这种大众化指的是戏剧具有广泛的群众性。东北解放区戏剧涵盖的剧种较多，不同的剧种所面对的观众群体不同。话剧和歌剧的观众以青年学生、城镇市民、知识分子为主，改造后的京剧、评剧的观众以城乡老派民众为主，地方戏曲为普通工农大众所喜爱，而秧歌剧和新歌剧则受到新派市民的喜爱。在毛泽东《在延安文艺座谈会上的讲话》精神的指引下，东北解放区戏剧创作呈现出全面为工农兵服务的态势，剧作内容主要反映东北土地改革、剿灭土匪、解放战争等一系列革命政治事件。受到当时政治文化语境的影响，东北解放区戏剧创作者的主体意识减弱，非主体意识增强，因此各个剧种的主题和内容自觉地统一了。统一为工农兵题材的东北解放区戏剧得到了各个剧种观众的认可，从而实现了大众化。翻身后的东北解放区人民不只做戏剧的观众，还踊跃参演他们喜爱的戏剧。秧歌剧早在陕甘宁边区时期就已经发展成熟。有着丰富的创作经验的鲁艺文艺工作者到达东北后，将东北旧秧歌中的色情成分剔除，在剧作中加入了反映社会生产、生活的新内容。源于对东北地方舞蹈——大秧歌的喜爱，东北人民非常喜欢这种融民间音乐、民间舞蹈和狂野表演于一体的秧歌剧。在秧歌剧的演出过程中，东北人民被剧作感染，踊跃参加演出活动，“这些节目的演出，增强了东北人民当家作主的自觉性”①。东北秧歌剧具有贴近大众、对演出场地要求不高、适合露天表演等特点，因此这种大众参与、自娱自乐的形式很快就成为东北解放区的重要剧种。在东北解放区，秧歌剧种类繁多：有翻身秧歌剧，如《欢天喜地》《农家乐》等；有生产秧歌剧，如《二流子转变》《十个滚珠》《献器材》等；有锄奸惩恶秧歌剧，如《挖坏根》《买不动》《揭底》等；有拥军秧歌剧，如《拥军碗》《妯娌争光》等；有部队秧歌剧，如《荣誉》《斗争》《谁养活谁》等②。除秧歌剧外，快板、落子等剧种的大众化程度也很高。

东北解放区戏剧的大众化还表现为创作上的大众化，即作者的大众化。东北解放区戏剧的作者阵容庞大：既有来自陕甘宁边区的戏剧作者，又有东北本土的戏剧爱好者；既有文工团的文艺工作者，又有各行各业的普通劳动者；既有成熟的老作家，又有初出茅庐的学生。而各行各业的劳动者创作的戏剧，成为东北解放区戏剧的亮点。工人很爱话剧（包括秧歌剧），很爱从事戏剧活动，工人还善于迅速地把自己的新生活、新问题反映到戏剧创作里

---

① 弘弢：《生气勃勃　丰富多彩——解放战争时期东北解放区的文艺工作》，载《党史纵横》1997年第8期。

② 任惜时：《东北解放区的新秧歌剧创作》，载《辽宁大学学报》1995年第1期。

去。[①] 群众创作的戏剧有很多,如《二毛立功》就是大连锻造工厂工人王水亭根据自己的经历创作的。除了工人参与戏剧创作以外,东北解放区还出现了农民创作的戏剧。这类工农群众直接参与创作的作品反映的是工厂、农村、部队的真实生活,塑造的形象是他们身边熟悉的人物,戏剧的语言是大众化的群众语言。东北解放区戏剧真正实现了文艺为工农兵服务的目标,成为《在延安文艺座谈会上的讲话》精神在东北解放区得以全面贯彻的典范。

东北解放区戏剧的乡土化特征主要表现在地域文化特色上。1946 年,延安的革命文艺团体集中转移到东北,延安文学和东北地域文学在哈尔滨交汇。以《在延安文艺座谈会上的讲话》作为指导的延安文学比东北地域文学更具革命性,这就使得延安文学具有无可争议的合理性和正统地位。根据东北革命文化的发展需要,文艺工作者对东北地方曲艺的各剧种进行了整合和改造,并将其纳入新的革命文艺体系中。在对民间艺术进行改造的过程中,东北大秧歌和二人转是最早被改造的。改造前的东北大秧歌以娱乐为目的,舞蹈多,说唱少,色情成分多,教育意义小,舞蹈多为东北民间舞蹈,音乐多为东北民歌和二人转小调。改造后的秧歌剧加大了情节和台词的比重,内容以劳动生产、拥军优属、参军保家、肃清敌特为主,如《三担水》《参军保家》等。二人转在东北地区拥有大量的观众,民间有"宁舍一顿饭,不舍二人转"的说法。正因如此,二人转的宣传作用非常大。"蹦蹦又名二人转,亦称双玩意儿,流行于东北农村中(俗称蹦蹦戏,其实戏剧的意味较少),流行的戏有《蓝桥》《红娘下书》《卖钱》《华容道》《古城》《王员外休

① 草明:《翻身工人的创作》,载《东北文艺》1947 年第 2 卷第 3 期。

妻》等。演唱时一人饰包头(即花旦),手中拿一块红手帕,一人饰丑,用板胡和呱啦板伴奏,演员一面轮流歌唱,一面扭各种秧歌舞。舞蹈内容,主要是以逗情逗笑热闹为目的,与唱词往往无关。"①对二人转、拉场戏的改造与对秧歌的改造相同,主要是内容上的改造。二人转歌唱的内容大多源自民间故事或历史传说,如《干活好》就用了两个秧歌调子和一段评戏,其他都是蹦蹦戏。改造后的二人转减少了封建迷信内容和黄色故事情节,净化了语言,增加了拥军、生产等新内容,如《支援前线》《陈德山摸底》等。对东北大秧歌、二人转和拉场戏的改造集中表现在内容方面,而艺术上的改革力度并不大。秧歌继续"扭"和"浪",演员仍然"逗"和"唱",角色还是分为"旦"和"丑",样式还是耍龙灯、跑旱船、踩高跷,步法始终离不了"编蒜辫""十字花""九道湾"。秧歌道具有所改变,红绸子、手绢、大红花、红灯笼的使用多了起来。在音乐方面,二人转的改变不大,音乐仍然是文武咳咳、胡胡腔、快流水、四平调等传统曲牌。秧歌剧的音乐还是以东北民歌和二人转曲牌为主。例如,《自卫队捉胡子》采用了东北民歌曲调"寒江调""锔大缸调""绣荷包调";《光荣夫妻》采用了"花棍调";《姑嫂劳军》《一朵红花》等秧歌剧还采用了二人转的文武咳咳、那咳等曲牌。东北有秧歌剧和二人转等表演形式,它们被东北人民认同,已经打上了乡土文化的烙印,其乡土化特征极其显著。

此外,东北解放区戏剧的乡土化特征,还离不开原汁原味的东北方言的运用。东北解放区戏剧"语言的运用都达到了当时话剧

---

① 肖龙等:《干活好》,东北书店 1948 年版。

创作的高水平”①，尤其是东北方言的运用。受到东北戏剧大众化的影响，原汁原味的东北方言的运用是戏剧被观众接纳和喜爱的重要因素，如嗯哪、老鼻子、下晚儿、眼巴巴、磨不开、个色、胡嘞嘞、膈应、猫下、不大离儿、拾掇、整、自个儿、消停、不着调、疙瘩、硌叽、重茬、唠扯、差不离儿、麻溜、急歪、昨儿个。此外，东北民间谚语和歇后语的运用也不容忽视。在这些剧作中，东北方言土语、民间谚语随处可见，使东北人民感到亲切和乐于接受，拉近了剧作和观众的距离，加强了宣传的效果。

四

东北解放区戏剧是中国现代戏剧的重要组成部分，具有承前启后的作用。它忠实而客观地记录了东北解放战争时期的历史风云，在戏剧史、革命史和社会史方面都具有重要的参考价值。东北解放区戏剧在民族化、大众化、乡土化和革命化的进程中，积累了丰富的经验，形成了鲜明的艺术特色，实现了从现代戏剧到当代戏剧的过渡。

在创作方法上，东北解放区戏剧继承了延安戏剧的传统，除《老虎妈子的故事》运用了象征手法外，其余剧作皆采用现实主义创作方法。剧作家们运用现实主义的方法，通过戏剧的形式把刚发生或正在发生的事情真实地反映出来。这些剧作集中描写了工农兵的日常生活，起到了鼓舞斗志、颂扬先进、宣传政策、支援前线的作用。在戏剧结构上，戏剧冲突尖锐而集中，叙事模式多元：劝诫模式的剧作有《二流子转变》，成长模式的剧作有《杨勇立功》

① 柏彬：《中国话剧史稿》，上海翻译出版公司 1991 年版，第 307 页。

《刘巧团圆》，误会模式的剧作有《三担水》《比有儿子还强》等。东北解放区戏剧具有多种表现方式，既有多幕剧，又有独幕剧。在人物塑造上，东北解放区戏剧作品塑造了一个个爱憎分明、个性突出、敢作敢为的人物形象，如《好班长》中的刘振标、《二毛立功》中的二毛、《买不动》中的王广生等。这些人物形象生动丰满，有血有肉，观众熟悉并易于接受。

东北解放区戏剧在取得较高的艺术成就和起到重大宣传作用的同时，也存在着不足。第一，东北解放区文学是典型的“革命文学”，东北解放区戏剧是典型的“革命戏剧”。导致这种状况出现的原因有两个：一方面，文学具有反映时代的使命，这是文艺的功用；另一方面，受到政治的影响，剧作家创作的自主意识弱化了，而政治意识强化了。《在延安文艺座谈会上的讲话》要求文艺为政治服务，这就使得戏剧创作出现了公式化、概念化的倾向。第二，不少剧作都是因宣传需要而创作的，是应时应事之作，因此创作时间短，艺术水准不高。此外，工人、农民、学生也参与创作，因此一些作品粗糙，质量不高。从整体上来看，专业作者要好于业余作者，鼓词、话剧等剧种要强于秧歌剧，多幕剧要优于独幕剧。第三，反动人物被类型化和丑化，语言也存在粗鄙、不干净的问题，脏话较多。不少剧作对“中央军”、地主阶级、特务等反动对象较多地使用脏话。这类语言的使用者多为革命的工农兵人物，针对的多为反动军队或地主阶级等对立的角色，因此这些粗鄙的语言被作者美化、合理化和合法化，这降低了戏剧语言的纯净度。

虽然东北解放区戏剧有以上不足之处，然而瑕不掩瑜，其民族化、大众化、乡土化的特征，使得戏剧的启蒙性、宣传性、教育性、战斗性的作用得以充分发挥。东北解放区戏剧对光复后东北人民进行的文化启蒙、拥军优属、动员参军、生产建设等具有重要意义，对解放区的土地改革和解放战争做出了不可磨灭的贡献。

（作者系哈尔滨师范大学教授）

◇罗立韵　于永宽

姑嫂劳军

人物：姑（小荣子）

嫂

老田头

铁子——老田头的孙子

老杨——农会会员

（锣鼓开场，嫂嫂手拿一只小篮，篮里盛着一只芦花公鸡；妹妹手里拿着一双鞋、胰子和手巾上）

嫂：（白）我说妹子快去劳军。

姑：（白）我说嫂子快去劳军。

姑、嫂：（唱第一曲）天气晴和日色又光华，腊梅呀呀咦呀呵，姑嫂们二人劳军离了家，走来走来，谁也别拉下呀，嗳……哟。

嫂：（唱）嫂嫂把公鸡装在篮子里。

姑、嫂：（唱）腊梅呀呀咦呀呵。

姑：（唱）妹妹我就把鞋子夹，胰子、手巾又在手中拿。

姑、嫂:(唱)嗳……哟。

嫂:(唱)嫂嫂便在前呀前头行。

姑、嫂:(唱)腊梅呀呀咦呀呵。

姑:(唱)妹妹就在后边跟。

姑、嫂:(唱)走来,走来,前去劳军,嗳……哟。

姑、嫂:(唱)行行正走来呀来得快,腊梅呀呀咦呀呵,农民会不远就在跟前,姑嫂二人休息一番嗳……哟。

嫂:(白)唉!走了多半天,农民会不远了,在这儿歇一阵再走。

姑:(白)嫂嫂说得是理。

嫂:(唱)嫂嫂把篮子放在地。

姑、嫂:(唱)腊梅呀呀咦呀呵。

姑:(唱)妹妹我就把鞋子放地下。

姑、嫂:(唱)好儿来,好儿来,在这解解乏,嗳……哟。

嫂:(唱)芦花公鸡黑呀黑尾巴。

姑、嫂:(唱)腊梅呀呀咦呀呵。

姑:(唱)鞋底和鞋帮密密纳。

姑、嫂:(唱)姑嫂二人笑呀笑哈哈,嗳……哟。

姑:(白)这只芦花公鸡长得真肥,"约约"够三斤半。

嫂:(白)这鞋底纳得真密,手工真不错。

嫂:(唱)我说芦花公鸡长呀长得胖。

姑、嫂:(唱)腊梅呀呀咦呀呵。

姑:(唱)我说这鞋底密密扎。

姑、嫂:(唱)好儿来,好儿来,手工真不错嗳……哟。

嫂:(唱)我说你做鞋子为呀为的啥?

姑、嫂:(唱)腊梅呀呀咦呀呵。

姑：(唱)我说你送公鸡到底为的啥？

姑、嫂：(唱)好儿来，好儿来，快点告诉咱，嗳……哟。

嫂：(白)我说妹子，你送鞋为了啥？

姑：(白)我说嫂子你送公鸡又为的啥？

嫂：(唱)小鸡长得三呀三斤半，腊梅呀呀咦呀呵，军队吃了好去把仗打，反动派，蒋该死，一齐消灭他，嗳……哟。

嫂：(白)幸亏人民解放军解放了全东北，把那些“中央”胡子全都逮住了，咱们老百姓才有这好日子过，我就把这只芦花公鸡拿去慰劳人民解放军。

姑：(唱)叫一声嫂嫂你先别说话，腊梅呀呀咦呀呵，我这里有话对你发，我送这双鞋情理更佳，嗳……哟。

解放军打仗为呀为百姓，腊梅呀呀咦呀呵，爬山、越岭费鞋底，穿上这双鞋不把脚来扎，嗳……哟。

嫂：(白)嘿！我说你有私心。

姑：(白)嫂子你说的啥话，人民解放军打“中央军”是为了咱老百姓，爬山越岭的挺费鞋底，我给他们这双鞋穿在脚上走起路来不扎脚。

嫂：(白)吆！你女婿不是在人民解放军吗？我看你是送给他的。

姑：(白)去你的，别说笑话了。

姑：(唱)我女婿他把解放军来当，腊梅呀呀咦呀呵，骑着大马扛上枪，打起仗来万人难挡，嗳……哟。

嫂：(唱)我说你别把你的女婿夸，腊梅呀呀咦呀呵，我女婿当民兵也不赖其他，站岗放哨把那坏人抓，嗳……哟。

姑：(唱)我女婿还把蒋介石来打，腊梅呀呀咦呀呵。

嫂：(唱)我女婿当民兵又把特务抓，打更查夜也是为大家，嗳……哟。

姑:(白)我女婿当人民解放军骑大马扛大枪打起仗来可勇敢啦。

嫂:(白)你别把你的女婿夸啦,我女婿在民兵队里,站岗放哨还抓坏人呢!

姑:(白)我女婿还打反动派。

嫂:(白)我女婿还检查特务坏人,每天晚上打更查夜还不是为了大家伙。

姑:(白)你别把你的女婿夸了,人民解放军才光荣呢!

嫂:(白)当民兵也不赖呀!

姑:(白)好啦,好啦,别说啦,反正人民解放军比当民兵强!

嫂:(白)好啦,好啦,别说啦,反正当民兵比当人民解放军强!

姑:(白)反正我女婿比你女婿强。

嫂:(白)反正我女婿比你女婿强。

姑:(白)比你强。

嫂:(白)比你强。

姑:(白)比你强,比你强,比你强。

嫂:(白)比你强,比你强,比你强。

姑、嫂:(唱)姑嫂二人都把女婿夸,腊梅呀呀咦呀呵,她不让我来我也不让她,姑嫂二人谁也不说话,嗳……哟。

(二人都生气各向一面,老田带两捆粉条上)

田:(唱第二曲)打胜仗乐欢天,东北蒋匪完了蛋,庆祝胜利年心喜欢,老田劳军抢上前。

(小铁子一手拿小鞭一手拿"陀螺"上)

铁:(白)爷爷,爷爷!你上哪去呀?

田:(白)我劳军去,一会儿就回来。

铁:(到爷爷跟前)(白)我也去,我也去劳军。

田:(白)你什么也没有,你去给人家什么,挺冷的天快回去吧!

铁:(白)(铁默思一下)爷爷有了,我姥姥给我的压岁钱,我直留到这晚儿,她告诉我长命百岁,我送给咱们队伍,叫他们打仗胜利万岁,不更好吗?

田:(白)哈哈哈哈好孩子,你比爷爷想得都周到,那么就走吧。

铁:(抬头看见姑嫂)小荣姐,你在这干啥?

姑:(羞怯地把头一扭不答)

嫂:(到田跟前)老田大爷,你说是当民兵好,还是当人民解放军好?

姑:(白)老田大爷,你说,是不是人民解放军好?我嫂子硬说当民兵好。

田:(白)咳!人民解放军第一好,当民兵第二好,当民兵好了可以升主力,都是为了打那个王八蛋哪!都好都一样啊!

铁:(白)都好,都是打那个王八蛋哪!

嫂:(白)妹妹别生气啦,咱俩还吵啥,老田大爷不是说当民兵和当人民解放军都一样吗!

姑:(白)可不是怎么的,还争啥,咱们快跟老田大爷一块走吧!

田:(快板)回头想,在提前,吃没吃来穿没穿,自从来了工作团,帮助穷人把身翻,分到了土地和浮产,从今再不受饿寒。

嫂:(紧接着)扔过去,说今年,东北蒋匪消灭完,长春沈阳都解放,老百姓这才乐欢天。(众说)对!老百姓这才乐欢天。

姑、嫂:(白)那咱们快一块走吧!

田:(唱第三曲)解放军在前方流血汗。

铁:(唱)流血汗多艰难。

田:(唱)爬冰卧雪去作战。

姑、嫂:(唱)为咱翻身拼命干。

众:(合)这才过着太平年,咱们劳军应占先。

(老杨急躁地从后喊着,手持红缨枪,背一块猪肉上)

杨:(白)老田大爷,你咋不等我?

田:(白)唉!怎么靡等你,若不就早到啦!

嫂:老杨大兄弟,别上火啦,走吧!

姑:老杨大哥,你们劳军都拿的啥?

杨:拿的啥!(唱第四曲)新割的猪肉二十斤。

田:(接唱)细长的粉条两大捆,东西虽少心思到呀呼咳。

众:(合唱)大家赶快去劳军咦得呀儿哟。

田:(白)对呀!(唱第四曲)共产党的力量强。

杨:(唱)毛主席他有好主张。

姑、嫂:(唱)人民解放军打胜仗,呀呼咳!

众:(合唱)领导翻身不能忘,咦得呀儿哟。

杨:(白)嗳!大伙先别走,上回农会分给我三尺红布,我做了个劳军旗子。(边说从怀里掏出来一个做好的旗子,上面写着"庆祝东北解放大胜利"的字)

铁:(高声的)唉!庆祝东北全部解放。

众:东北解放胜利呀!哈哈哈……

(杨把红旗套在红缨枪上)

姑:那咱们就赶快走吧!

众:好!走吧!

众:(唱第五曲)

一、××大军真勇敢,抓来俘虏成千万,东北蒋匪消灭完,东北解放万民欢,全国胜利就来到眼前,到眼前。

二、大家努力搞生产，慰劳军队要争先，你送鞋来我送钱，援助大军打进关，大家劳军一齐走向前，走向前。

（众下）

（剧终）

一九四八年十二月李林增编

选自《女英雄刘湖兰　姑嫂劳军》，辽北书店 1948 年 12 月

◇周平章　钱树容　景楠　丁毅

老耿赶队

时间：一九四七年，冬季，天刚亮。

地点：行军途中。

人物：排长、班长、战士耿长富。

（班长从队伍中留下，等待掉队的耿长富，嘴里一面喊一面在嘟囔）

班长：（全副行军装束）老耿，耿长富，怎么还不上来呢？他妈的，连个人影都不见。

（唱）行军一夜要亮天，

宿营地不远在面前，

咱四班个个走得快，

独不见老耿赶向前，

耿长富掉队实在远，

全体的同志都走完，

我下来回头把他找，

连他的影子还不见。

（喊）老耿，老耿，耿长富，怎么还不上来？他妈的，人都是两条腿，咱班个个人都能跟上队，就是他，行军几天啦，天天掉队，怎么还没个影啊？

（唱）老耿掉队我犯难，

他一人把全班来牵连，

立功计划完不成，

捞不上那模范班。

（白）老耿，老耿，耿长富……哎，前面是不是他？老耿……队伍都过去啦，你还不赶上来啊，慢腾腾的笨牛样子，你那秧歌舞少扭点吧，（自语）真是个窝囊废。我看我们这四班要落后，就落后在他身上，不是吹的，打仗啥的，五班六班都比不上咱们，讲群众纪律吧，咱们四班从来就不带犯的，对老耿这样人真没治。这几天行军他老掉队，跑来跑去尽跟他操心啦，就这样排长还批评我方式态度不好，凭良心说我哪一点对他不好？

（唱）说起来，我班长，心头窝火。

耿长富，他掉队，倒批评我。

前夜里，为等他，没吃上饭。

昨夜里，为等他，把路走错。

到今天，他还是，掉队落后。

我还得，耐心地，把他等着。

（白）（望一望，还没赶上来）你看，他还是一摆一扭的，哎！你别迈四方步啦，这个聋子，还听不见咋的？真气死人啦。唉，我就坐这等他，看他能走到哪一天。（坐下）

（战士行军装束，脚穿破鞋，疲惫已极，一歪一扭上）

(唱)北风吹,透骨寒,

雪地行军整三天。

同志们猛走快如飞,

一夜强行一百三。

路又长,道又难,

耿长富后面把队赶,

走得我鞋破脚又痛,

走得腰酸腿又软。

论打仗,说练兵,

平时工作从没落在人后边。

就怕天天光行军,

累得我老耿不能干。

(白)这几天行军真把人累疲了,打不上仗成天光行军。一天一百好几十里,真他妈的够呛。一双合适鞋也没有,磨得脚走一步痛一步,班长还一个劲地熊人,真叫人憋气。

班长:老耿!老耿!你还在后面嘟哝啥呀,还不给我快走!

战士:(旁白)班长又叫我啦,又该挨熊了。唉,班长!我来了!

(唱)听得班长前边叫,

□□□□□□□。

顾不得疼来顾不得痛,

翻身爬起往前熬。

班长:快走吧!队伍过去老半天了。还磨蹭个啥呀!

战士:班长,我来啦!

班长:得了,你是我的活祖宗,快点走吧!

(班长头前行,战士后边跟,班长急急走了一丈来远,回头看,战

士只艰难地移了几步)

(唱)我班长急急前边行。

战士:老耿我苦苦后头跟。

班长:赶上队伍我好交待。

战士:长途行军把我坑。

班长:又掉下了,又掉下了,你咋整的?三岁孩儿都不如了,还要你娘老子来背你不成?(看战士不作声)低着个头,又不是叫你来数步子的,抬起头来快走嘛!

战士:(低声嘟哝)他那燥劲儿又上来啦,开口就熊人。

班长:日头出来这么高了,还不快走,告诉你,我们这班的立功计划要是完不成的话,哼,就得你负责!

战士:我走不动,班长,那有啥办法?(颠着脚,快步赶几步到班长身边)

班长:(走几步回头)哎,我问你,你是存心要掉队还是咋的,你还寻思想坐大车?大车后边没有了,早从大路绕过去了。

战士:谁想坐大车来。

班长:不想坐车就快走啊。

战士:我不一个劲地走着吗!

班长:(旁白)他怎么也跟不上,对,我给他把背包背上,(回头摇战士)你咋的啦?妈的,倒像我欠了你二百钱债似的,(碰战士背包)拿来,背包拿来我给你背。

战士:(不哼气,低头)

班长:咋不哼声儿呢?你咋的啦,你哑巴了吗?(到战士耳边,大声喊)背包——拿——来,我给你背。(伸手取背包)

战士:(躲开,害怕又梗头梗脑地)不,我自己儿背,我背得动,(旁白)

看他那凶神样儿。(不理班长,低头走)

班长:看!帮助他他也不要,这叫我当班长的有啥办法?

(唱)老耿装作木头人,

我诚心帮助也不成,

莫非他想耍死狗?

叫我班长吃批评。

回头来叫老耿,

你耍死狗可不行。

战士:听见班长把我骂,

叫我老耿气心中,

班长你说的哪里话,

我不是拼命往前跟。

班长:往前跟往前行,

队伍都跟得没了影,

人家都是两条腿,

就你掉队又耍熊。

战士:班长你说话不知情,

我这腰酸腿又痛。

班长:又没灾又没病,

哪一个走路不腿痛。

战士:班长你说话不相当,

我鞋破脚痛哪能行?

班长:鞋破为啥不早讲?

半道上叫我啥法生。

(白)到这节骨眼你说没鞋子,那能行吗,我也是脚上一双鞋,有啥法呀？

班长：人家没穿鞋的还能走，你就不能走，我看你就是要熊。

战士：你说我要熊就要熊。

班长：（旁白）真操蛋，这咋整，对，我把他拉上看他走不走，（对耿）来，把绑腿解下！

战士：解下干啥，不冷吗？

班长：解下，叫你解你就解！

战士：（不作声，犹豫）

班长：解下！解下！解下！（过去给战士解）来，扣在皮带上。

战士：（莫明其妙扣上）

班长：（拉着）走！快走！

战士：（旁白）这简直拿人不当人。

班长：（唱）拉起老耿把路赶。

战士：拉得老耿我心里烦。

班长：拉你看你走不走。

战士：班长他存心丢我的脸。

班长：气得我浑身直打战。（下）

战士：累得我浑身直淌汗。（上）

班长：再拖再拉我使完劲。

战士：我坐在地上不动弹。

（走到滑地班长一下滑倒，战士在后边也同时滑倒，一齐坐地下）（他跟他生气，他也跟他生气）

班长：他妈的，你咋的，你，路都不会走，人家拉着你走，你还不会。

战士：班长，你枪毙我吧，我就是不走啦。

班长：操，真急死人啦，我问你，你打的是啥主意啊，你是想存心调理我还是咋的？老耿，你说句良心话，你掉队，我天天等你，是不是为你好？

战士：是。

班长：你走不动我给你背背包，是不是为你好？

战士：是。

班长：你走不动我拉你走，是不是为你好？

战士：是，（旁白）再好就把人当牲口啦。

班长、战士：真气死人啦。（下）

班长：是你为啥不走啊？（上）

（排长上）

排长：（唱）太阳出来遍地红，

叫我排长喜心中，

前边目的地就要到，

恢复疲劳要宿营，

这一次行军咱要立功，

没有掉队咱保证，

战士干部互相帮助，

大家一心才能完成。

四班长回头找老耿，

为啥还不见他转回程？

我回头再把他们找，

看看发生了啥事情。

（白）那不是他们俩吗，怎么坐着不动啊？一定又是吵起来了。

（唱）四班长有个坏气性，

方式态度把不定，

莫非他俩人吵了架。

让我上前问个清。

(白)哎,你们这是干啥啦,都坐在这儿生闷气?

班长:排长来啦,你有本事叫他走吧,我真是弄不动他。

排长:怎么回事?

班长:你问他。

排长:老耿,为啥不走,起来走吧,前面已经到啦。

战士:……

排长:咋的?

班长:咋的,我下来半天才等着他,他走不动,我叫他把背包给我,他不给,推他他也走不了,末后我拉他,拉得我浑身是汗,他还是不走,还坐在这儿赌气。这回排长来啦,看你走不走。

排长:行啦,行啦,你别吵吵啦,(向耿)起来走吧,前边就要到了。

战士:……

班长:(旁白)我费了半天事,他都没动弹。

排长:走吧。

战士:不能走了。

排长:老耿,你怎说这泄气话,你忘了你那立功计划了?

战士:……

班长:(旁白)早忘了。

排长:你一向工作都努力干,为啥今儿就不能加把劲赶上去?

战士:哼,打仗打不死,走路把人累死,还说人要熊。

排长:哎,老耿。(唱)

(唱)老耿你不要发怨言,

你平时工作走在前,

行军作战一样重要，

走路也不该落后边。

战士：排长你不知我的困难，

累得我腰痛腿又酸，

什么苦活我都能行，

就是这行军我不能干。

排长：你不见那伙房老李头，

担着油桶把路赶，

你不见那连部通讯员，

小小的年纪走得欢。

克服困难要有决心，

不走路打不上“中央军”，

咱们的冤仇报不完。

克服困难要有决心，

目的地不远在面前。

战士：人家能走人家能行，

我的那两腿不受使唤。

排长你快赶队，

你们别把我来管。

班长：排长他把老耿劝，

气得我心里火直窜。

老耿存心耍死狗，

再说一百句他也不干。

排长：这怎整呢，对，（向耿）来来来老耿，我把你背上。咱们都是好同志，说啥也不能把你撂下。

战士:不,不,排长你们别管我啦,说啥我也不能干啦。

排长:不,老耿,我背你走,我还有劲,四班长,你把他背包背上。

班长:(旁白)还背他呢,啥法也没治,白搭。(背上背包)

战士:这……这,排长,这不行!

排长:(背起耿)(唱)

(唱)背上老耿走得欢,

爱护战士要周全,

老耿实在不能走,

我把他背上把路赶。

班长:排长背老耿把路赶,

这样的办法实在冤,

他不仔细想一想,

背着人又能走多远。

战士:排长,排长,你把我放下吧!

排长:不要紧,我背得动。

战士:不,不,排长,你放下我吧!我能走,我自己能走,你也是走了好几天啦……

排长:我不要紧,你别磨不开,你再歇一会。

战士:不,不,你放下吧,我真能走。

排长:真能走了吗?(放下)

战士:能,能行。(唱)(走)

排长背我把路赶,

伸手我把他来牵,

这叫我心里太不安。

人有脸树有皮,

再不走路太难看。

排长：老耿决心把路赶，

伸手我把他来牵，

你扶我来我搀你，

咱们一同赶上前。

班长：排长背他不多远，

他跟上排长走得欢，

我费劲半天没作用，

还是排长有经验，

低头仔细想一想，

把我的工作来检点，

一怪我态度太不好，

二怪我照顾不周全。

(白)一样的事，我一整就糟啦，看这样一定得好好跟排长学习。

战士：排长他又把我来搀，

真心实意帮助咱。

这样的好心哪能辜负，

咬牙忍痛往前撵。

排长：老耿他前边把路赶，

我看他走路实在困难，

赶上前仔细看一看，

他的脚破鞋又烂。

(白)怎么，耿长富你的鞋破这样了？

战士：排长，你不知道，发了几次鞋，我都没贪上双合适的。

排长:(脱己鞋)来,给,你穿我的。

战士:不,不……

排长:没什么,你穿上试试……

班长:(旁白)怎么,排长把鞋换给老耿了,看,嗳,我就粗心,刚才我就没想到……嗳,嗳,排长,还是把我的给他穿吧……老耿穿我的!

排长:不,把我的给他,我还有袜子,到前边我想法搞一双。

班长:不,排长,说啥也得穿我的。

排长:不,说啥也得穿我的。

战士:排长,班长,我哪一个的也不穿,我自个能走。

班长:(追上)老耿,你不要记住刚才那个,刚才都是怪我,你要不穿我的鞋,你就信不着我,给……

战士:班长……

排长:怎么,你们刚才……

班长:排长,刚才都怪我不好,我回去好好检讨。

战士:刚才也怪我,我回去检讨吧。

排长:你穿得合脚不?

战士:(蹬蹬脚)好,排长,好……

排长:好,你就穿吧,怎还没打绑腿,那不冷吗?来,我给你缠好。

班长:我给他卷好。

战士:我自己卷吧。

排长:你快穿鞋吧。(班缠绑腿带,耿排穿鞋)

班长:(唱)从此我要下决心,

把我的态度来改变,

关心他鞋破脚又痛,

关心他绑腿不受寒。

战士：排长又给我把鞋换，
　　想起将才太没脸，
　　不该出心不走路，
　　给他们两个来为难。
班长：老耿，我给你打上。
战士：不，我自个打。
班长：（上去打）老耿，你不要记住刚才那个，刚才都是怪我。
战士：不，班长，刚才也怪我有点不大想走道。
排长：这回好走些了吧？
战士：好多了。
排长：那咱们快赶队去。
班长：对。（唱）
　　咱们的队伍是个大家庭，
　　同志就是亲弟兄，
　　大家团结一条心，
　　要为人民立大功。
排长：爱护战士要周到。
班长：解决困难态度要和好。
战士：服从上级要有决心。
　　（合唱）什么任务都能做到。
　　官爱兵来兵爱官，
　　心里高兴走得欢，
　　看这阵走得多么快，
　　队伍不远在面前。

选自《东北日报》，1948 年 2 月 3 日

◇胡零　庄严　涤心

参　军

时间：冬天。

地点：东北解放区的一个乡村里。

人物：李德发——五十三岁，农会会员。

李妻——五十岁。

李二小——二十三岁，德发次子。

二小妻——二十岁，一个才过门不到百天的新媳妇。

王德臣——三十来岁，屯里一个二流子，曾抽过大烟。

老张头——五十八岁，一个倔强的老农民。

乡长——四十多岁。

第一场

开场：（锣鼓声中李二小跑上）

二小：（唱第一曲）

大风吹散满天云，咱村来了民主联军，

清算恶霸大地主，穷棒子哥们翻了身。
砍倒旗杆挖穷根，牛马土地分给穷人，
吃穿不愁有房住，家家户户不受贫。
（转快板）
我，李二小，今年二十三，家住一区朝阳川，
从小就是庄稼汉，祖祖辈辈种庄田。
起大早，贪黑天，刮风下雨不偷闲，
一垧打下两石粮，东家拿走一石三，
逼得我，一家人，又没吃来又没穿，
万般出于无计奈，咬牙去借印子钱。
利滚本，本滚利，穷人挤进牛角尖，
打掉门牙肚里咽，成年眼泪擦不干。
"满洲国"，十四年，穷人的日子更艰难，
地主勾搭日本鬼，警察特务遥地钻，
三根绳子拧成一股劲，专在穷人身上打算盘。
出荷粮，经济犯，又是税，又是捐，
挑国兵，奉公队，抓劳工，上矿山，
强占土地开拓团，害得穷人苦连天。
"八·一五"，翻了天，救命恩人是苏联，
红军打垮日本鬼，老百姓这才见青天。
共产党，为了咱，派来下乡的工作团，
发动斗争搞清算，帮着穷人把身翻，
咱一家，六口人，分了土地五垧半，
一头老牛一匹马，朝阳的草房分三间，
有吃有住又有穿，从今再不受饥寒，

从今再不受饥寒。

(白)唉！要没有共产党呵！咱们穷棒子哪有今天哪！

(唱前曲)水有源来树有根,喝水没忘掏井的人,

要是没有共产党,穷人哪辈子能翻身！

(白)哼！可是蒋介石呵！

(唱前曲)蝎子的尾巴马蜂的针,狠毒不过蒋介石的心,

见咱翻身红了眼,拿咱百姓当仇人,

发来中央军打内战,收买胡子害良民,

还想变成"满洲国",叫咱永世不翻身。

(白)穷人刚吃两天饱饭,蒋介石又来打内战,别说共产党不答应,咱老百姓也不干！昨天区长来咱们屯子开了个参军大会,王四有、李海他们五六个人,当场就报了名,又戴花,又披红,又拍掌,又欢迎,吓！那个热闹劲儿,真比早先年中状元还露脸哪！我回家一宿也没合眼,翻过来,掉过去,到底打定了主意,天一亮,从被窝里爬出来,饭也没顾得吃,脸也没顾得洗,咱找乡长去,也报上他一名。

(兴冲冲地向乡公所跑去)

(唱前曲)

要想打跑反动派,全靠大伙去参军,

参加民主联军最光荣,咱找乡长去报名。

(远处有人喊:"二小,二小,你等一等!"他一回头,见是王德臣赶来,便收住步子)

德臣:(跑上)你这么急急忙忙干啥去呀?

二小:咱找乡长报名去。

德臣:正好,我也是去报名,咱俩一道走！

二小:(迟疑地)怎么?! 你也报名?

德臣:(局促地)是——

二小:区长在大会上讲的话,你没听见? 凡是从前做过警察、当过特务、干过胡子、抽大烟、打吗啡的都不要,你不是抽过大烟、扎吗啡吗?

德臣:(唱第二曲)

我虽然,在早头,不务正道,
抽大烟,打吗啡,懒种庄稼,
在今天,咱已经,准备学好,
政府里,他也许,要我参加。

二小:(唱前曲)

如今晚,你虽然,不做坏事,
在从前,你总算,抽过大烟,
政府里,不一定,让你参加,
我劝你,莫不如,暂且回家。

德臣:(唱前曲)

咱们俩,一块去,报名参加,
还得要,求求你,多说好话,
政府里,他看我,诚心诚意,
他也许,会把我,暂时留下。

二小:(唱前曲)

政府里,从来是,说话算话,
说不要,就不要,谁也没法,
你要是,不相信,我这句话,
管保你,跑一趟,也是白搭。

德臣:不到黄河不死心,实在不要,咱再回来。

二小:好,那咱就走吧!

二小、德臣:(合唱第一曲)

咱俩一道找乡长,报名参军喜洋洋。

德臣:但愿政府也要我,

二小:大家一起保家乡。

二小、德臣:(合)

三步并成两步走,恨不得马上见乡长,

心里着急走得快,不觉来到大门旁。

二小:乡长!

德臣:乡长!

(乡长从屋里走出来)

乡长:啥事儿呀?

二小:(抢上一步)乡长!

(唱第一曲)

区长开会讲得清,参加民主联军最光荣,

咱二小一听动了心,特为找你来报名。

乡长:(拍拍二小的肩膀)哈哈!你是个好小子,好!好!跟你们家都说好了吗?

二小:没有。

乡长:没商量可不行。

二小:怎么,还得跟家里商量?

乡长:是呀!这个参军,可不像“满洲国”挑国兵,也不像中央军抓壮丁,你本人就是自愿,家里不乐意也不行。你赶紧回去商量一下!

二小：要商量不好呢？

乡长：没个商量不好，你先回去跟家里商量，我这就去请咱们农会长，找你爹帮着你说去。

二小：好！那我就回去商量一下去，你先让老王报上吧！

（急急跑下）

乡长：（向着二小的背影）回去好说好道，别吵别闹！

德臣：（局促地）乡长，你——给咱报上行吗？

乡长：这——唉！王德臣，

（唱第三曲）

叫声老王听我说，

参军的条件非常苛，

过去你曾抽大烟，

今天报名不够格。

（屋里有人高声地："乡长，乡长，完了没有啊？"）

乡长：（向屋里）老张头，等一会儿！这就来。

德臣：（唱第三曲）

我也知道不够格，多请乡长帮助我！

过去虽然抽大烟，但是坏事没做过。

乡长：什么?!（唱前曲）

你说你坏事没做过？不是偷来就是摸，

大会坦白不彻底，今天你还想来骗我！

德臣：（唱前曲）

乡长乡长别怪我！过去的事情我认错，

只要参军能要我，一定好好去改过。

乡长：（唱前曲）

只要你好好能改过，政府待你不会错！

败子回头恶事勾，参军的机会也还多。

（白）老王不要着急！只要你把坏毛病都去掉，咱政府里见你改得踏踏实实的啦，一定会要你参加的。

德臣：好！那就这样吧！以后你要是看到我有什么毛病，可要勤说着点儿！等多会看着行了，你可要保举我！

乡长：那一定，不但我保你，就是咱们全村都会出来保你。

（老张头在屋里等得不耐烦了，跑了出来）

张头：我那事儿到底行不行啊？

乡长：唉！老张头，你先等一等。（向王德臣）就这样吧！你要没事儿，替我跑一趟，请咱农会长到这儿来一下。

德臣：好吧。（下）

张头：乡长，一句话，你应了不就结了吗！啊！给咱报上个名。

乡长：算了吧，老张头，你这么大年纪啦，还参的什么军，人家参军都是要青年，不是要咱们这老头子队，你还是在家守着你那两垧地吧！

张头：（不服气）那不行！咱拿起枪杆来，还顶他一个哪！

乡长：来！来！来！外头挺冷的，到屋里咱们说去！

第二场

（李二小跑上）

二小：（唱第一曲）

刚才乡长对我讲，叫我回家去商量，

急急忙忙走得快，进门叫声爹和娘！

（白）爹！妈！快出来！有事商量一下！

李妻:(上)二小子,什么事呀? 大惊小怪的!

二小:我爹呢?

李妻:你爹上农会开会去啦,干什么?

二小:我爹回来,你告诉一声,我要参军去。

李妻:咳! 二小!

(快板)好铁从来不打钉,好人谁肯去当兵,咱家辈辈庄稼汉,你怎么要想去当兵,去当兵。

二小:(快板)叫声妈妈你是听,现在和从前大不同,不是好人还不要,自愿参军最光荣,最光荣。

李妻:过去没地咱受穷,现在有地你又要当兵,分来的土地谁来种?你要离家怎能行?! 怎能行?!

二小:国民党要想来进攻,大家这才去当兵,不然他们来到这儿,咱们全都活不成,活不成。

李妻:你爹的岁数这么大,担不动来挑不动,你要出去当了兵,咱家的土地谁来弄? 谁来弄?

二小:家里还有我大哥,帮着我爹把地种,只要好好来侍弄,明年一定好收成,好收成。

李妻:参军的人像一窝蜂,少你一个还不行? 先让别人头里去,明年你再去当兵,去当兵。

二小:你支我来我推你,半夜坐着等天明,"中央"胡子杀来了,大家全都活不成! 活不成!

李妻:(一赌气)我不管啦! 反正说你也不听,等你爹回来,你跟他说去!

二小:(不高兴地)等着就等着,反正说啥我也得去。

(二小爹李德发正好一步跨进门来)

德发:怎么啦?你们又吵什么?

李妻:(有了仗恃地)这不是你爹回来啦!

二小:爹!我……

李妻:(赶紧抢过去)(唱第四曲)

咱家二小要当兵,怎么说他也不听,

不叫他去不高兴,跟我老婆子把气生。

(白)咱家二小非要当兵去不行,你跟他说去吧!我管不了……

德发:(到二小跟前)二小,是你想去吗?

二小:是,爹!

德发:(高兴地)好!好孩子!刚才我们在农会开会,就是为了这个事,在回来的路上,我琢磨了一道,是叫你去呢?还是让你哥去呢?

二小:(不等爹说完)爹!我去!我去!

德发:好!好!既是你乐意,就把你哥留家里。

李妻:(劈头盖脸地)看你这个老糊涂的!你不说拦着点儿,你倒宠着他去,他走了,我看家里的地谁种?

德发:咳!你才是老糊涂啦!(唱第四曲)

蒋介石发兵来进攻,想把咱们推下火坑,

大家都不去当兵,"中央军"来了活不成!

二小:对呀!妈!

还是我爹看得清,人人都该去当兵,

穷人要不拿枪杆,一辈子也别想太平。

李妻:(向李德发)

他要当兵去外边,寡剩大小子来种田。

德发：这些事儿别挂牵，政府他会帮助咱，

参军的家属有优待，公粮还少缴一垧半。

二小：是呀！乡长也说过，谁家出来人参军，农会就派人到他家里，帮他种，帮他铲，帮他割，帮他拉，帮他打，要是赶上青黄不接的时候，又帮柴，又帮米，那不比我在家强得多吗？

李妻：噢！还是那么回事儿啊！那就随你们吧。

德发：这不结了吗！（向二小）什么时候起身啊？

二小：听说今天就集合到区上去。

德发：那你就去吧！

二小：好！那我先报名去啦！（转身要走）

李妻：（想起一件事，连忙喊住二小）唉！你别忙，净我们当老人的愿意啦，你倒和你媳妇也商量商量啊！

二小：还跟她商量个啥！妈告诉一声就算了。

（头也不回，一溜烟跑下）

李妻：二小，二小！（见已走远，转回身向丈夫埋怨）

说风就是雨，要走也不能这么急呀！新娶的媳妇，还不到三个月呢，也得和人家商量商量啊！

德发：我看你先给说一声，待会儿二小就来！走！咱们到屋里给他拾掇拾掇东西去！

（二人下）

第三场

（几声咳嗽，乡长从房里走出来，后面老张头跟着追出来）

张头：（一把拉住乡长）你别走啊！乡长！我跟你说了这么半天啦，你就给我报上名儿呗！

乡长:你别麻烦啦！我去找农会长还有事呢。

张头:我这参军也是要紧的事啊,先给我办一下?

乡长:(耐心地劝说)咳！老张头,

(唱第三曲)

不是不要你参加,你的岁数这么大,

人家都是二十上下,你今年已经五十八。

张头:(不服老地)

我虽然活了五十八,耳不聋来眼不花,

别看人老心不老,比那小伙子也不差。

乡长:(开玩笑地)

老王卖瓜别自夸,看你满脸胡子拉碴,

嘴里就剩下半嘴牙,谁还要你这老爸爸!

张头:咱在地里收庄稼,谁也把咱落不下,

要是去打反动派,一个准能顶他仨。

乡长:好汉别提当年勇,打仗不比种庄稼,

年轻小伙子有的是,要你老头去干啥?!

张头:(越发不服)咦!

不会结果会开花,不能跑来还能爬,

只要军队他要我,叫咱干啥咱干啥。

乡长:老张头你还是听我的话,就是送去也白搭。

你还要回家等开春,看着你那二亩瓜。

张头:(有点生气)你这是什么话,难道我老头子,一辈子就死在那二亩瓜地上啦!

(唱)我比年轻小伙子,就多两根胡子茬,

你把我送到区上去,要是不行再回家。

乡长:(安慰地)老张头,别生气,老不讲筋骨为能,这个事儿啊,还是让给他们年轻的吧!你这么大年纪啦,留在家里,帮着咱们乡上做点儿事,不也一样吗?

张头:做啥呀?

乡长:啥不能做呀,你既有这份心,在咱乡里帮着多动员几个小伙子出来,也是你的光荣啊!比你自己去不强吗?

张头:(无可奈何地)唉!我真有点不服老啊!

乡长:(拍拍他肩膀)你不服老不行,看看人家队伍上,哪有咱们这么长胡子的呀?你去了,不成了他们的老爹啦吗!

(这时二小兴高采烈跑上来)

二小:乡长,乡长,我商量好啦,给咱报上吧!

乡长:好啊!都是和谁商量啦?

二小:和我爹和我妈呗。

乡长:他们怎么说呀?

二小:说什么,自愿呗!

乡长:跟你哥商量了吗?

二小:我哥送俺嫂子回娘家去了。

乡长:跟你媳妇商量了吗?

二小:(不好意思地)怎么,还用跟她商量什么?我爹妈愿意就行了呗!

乡长:那可不行!才过门两个多月的新媳妇么,不商量还行。

二小:这……这……怎么这么麻烦呢!

乡长:不麻烦还行,你走啦,你媳妇要是哭哭啼啼的,那成什么话呢?

二小:那怎办呢?

乡长:你再回去商量一下去吧!

二小:我媳妇要是不答应呢?

乡长:不要紧,你先去商量,要是不行,我去找妇女主任和她说去,一定能行。

二小:那好。(急急跑下)

乡长:老张头,走!咱们一道上西头,动员庆有他们那几个去!

(二人下)

第四场

(二小媳妇缝着手里的活计上)

媳妇:(唱第五曲)

谁家的庄稼谁家爱,自己的骨肉自己亲,
毛主席是咱救命星!咱跟共产党一条心,
天上无云不下雨,地上不冷不结冰,
要是没有共产党,穷人怎能翻了身!
我的娘家住前村,祖祖辈辈庄稼人,
我爹在我七岁上,许下李家这头亲。
自从翻身分了地,这才把我娶过门,
刚才婆婆对我讲,丈夫想要去参军。

才刚婆婆告诉我,丈夫要参军去,问我乐意不。你说叫我怎么说好呢?说不乐意吧,又怕别人说什么,再说参军又是这么露脸的事儿;你说乐意吧,可是……这……这……怎么说好呢?

二小:(上)(唱第一曲)

一心为了参军去,跑得我两脚不沾地,
爹娘已经商量好,还得老婆也愿意。

(白)喂!你在这儿哪!

媳妇：干什么？

二小：我有个事儿，跟你商量一下。

媳妇：（望着地，默默不语）……

二小：我想要参军去，你愿意吧？

媳妇：（低头不语）……

二小：看你这人，你倒说话呀！

媳妇：（偏过身去）我不管，你问妈去！

二小：看！妈叫我来问你么！

媳妇：（依旧不语，低下头去做自己的针线活）……

二小：（不耐烦）怎么着？

媳妇：（仍然不语）……

二小：（逼近一步）唉！乐意不乐意，你倒是说话呀！别这么徐庶进曹营一言不发么！

媳妇：（闪身避开，仍然不语）……

二小：（着急地）真急死人啦！一扁担轧不出个屁来，倒是怎么着啊？

（二小妈闻声走出来）

李妻：唉！好好商量么！吵啥呀？

二小：妈！你看，我跟她说了半天，她就是不吱声。

李妻：唉！二小！

（唱第四曲）

叫声二小听娘言，媳妇过门不到百天，

她既然不愿让你去，何必一定把军参。

二小：这次参军去外边，又不是离家万水千山，

多会打跑反动派，我就回家来团圆。

（白）妈！你刚才说得好好的，这么一会儿，你就又变了卦啦！

李妻:谁变卦啦！我是想在家样样好,出门步步难,既然你媳妇不乐意,又何必非走不行呢。

二小:好！好！好！(赌气子一屁股坐在地上)对！有人问我,我就说你们扯后腿。

媳妇:(恐丈夫生气)谁扯你后腿啦？你乐意走就走呗,我哪拦你啦！

二小:(高兴得跳起来)哈……哈……你乐意啦？

媳妇:这是你自个的事,自个拿主意！

二小:妈你听见啦？她乐意啦！

李妻:二媳妇,你可乐意啊？

媳妇:妈你叫他去吧！

李妻:好！那咱就给他拾掇一下东西吧。(下)

媳妇:(走近一步)啥时候走啊？

二小:今个就走,你有什么话吗？

媳妇:(再走近一步)你……(不好意思地低下头去)

二小:(摸不着头脑)我怎啦？

媳妇:(鼓起勇气)你出去了可不要……(难于出口)

二小:(似有所悟)噢！你是怕我脾气躁,在外边儿和人家弄不到一块堆儿？唉！

(唱第六曲)

自己的,坏脾气,自己知道,

这一回,到外边,一定学好,

大家伙,在一起,有说有笑,

人不亲,土还亲,哪能争吵。

媳妇:(一摇头)……

二小:不是?！那你是怕我在外有了钱胡花吧？唉！

过去的，苦日子，怎能忘掉，

血一点，汗一点，受尽煎熬，

如今晚，翻了身，刚刚吃饱，

有了钱，绝不会，胡花乱糟。

媳妇：不是么！看你这人……（羞涩地低下了头）

二小：（恍然大悟）噢！我明白了！

你怕我，一出门，把你撇了，

咱两个，好夫妻，谁不知道，

又勤俭，又孝顺，样样都到，

你放心，我和你，白头到老。

（白）我出去参军，你在家放心！不要说队伍上不许咱那样做，咱也不是那路人。

媳妇：（一语道破心事羞红了脸）看你倒小点声呀！

（一眼瞥见乡长和王德臣走来，急忙一推丈夫，自己闪在一边）

乡长：（第三曲）二小一去不见回，

德臣：准是老婆扯后腿，

乡长：一脚踏进门里来，

德臣：只见新媳妇噘着嘴。

乡长：（笑容满面）怎么样啊？二小！商量好了吗？别人都在乡政府集合等着走呢！

（二小妈闻声走了出来）

二小：已经都商量好啦，乡长！

乡长：真的呀！李大嫂！你们都乐意吗？

李妻：（笑着）乐意啊！

乡长：李大哥呢？

德发:(急忙跑出来)乐意!乐意!哈!哈!

乡长:侄儿媳妇你也乐意吗?

媳妇:(不好意思地一偏头扭转身去)……

乡长:(半开玩笑地)看!摇头不算,点头算,我一问侄媳妇把脑袋这么一拨楞就扭过去啦,这是不乐意啊,我看二小你快别参军啦!(惹得大家哈哈地笑起来)

媳妇:(信以为真)我啥时候说不乐意呀?

乡长:哈哈!把新媳妇可挤出话来啦!那好,我这带了一朵大红花来,(向二小)给你先戴上,咱们好去坐席。(把花戴在二小胸前)李大嫂,他的东西都拾掇好了吗?

李妻:拾掇好啦,二媳妇,你快去拿出来吧!

(二小媳妇下)

德臣:二小兄弟你先去吧,我在家好好生产,乡长说我什么时候去都行。我还是得要去啊!

二小:那好!你在家好好干吧。

(老张头把胡子剃得光光地嚷着跑了上来)

张头:乡长!乡长!我到处找你找不见,你还是给我报上个名吧!

乡长:(诧异地)咳!你怎么把胡子剃啦?

张头:我回去想了半天,还是要参军去,把这拉碴胡子我一赌气就剃下去啦,你看,我这还不像个小伙子吗?到区上去,准验得上。走!我跟你们一块儿去。(惹得大家哄笑起来)

乡长:唉!你这不是胡闹起来了啦吗?我劝你还是留在家里帮着咱乡上办事吧!

张头:(固执的)不,不,不行!你不要我,我自个儿找区长说去。

乡长:(见拦阻不住)那好,咱们一块去,可是见了区长你自己说去。

（二小媳妇拿包袱上）

德发：（向二小妈）看见啦，你还拦下咱家二小，连他二大爷这么大年纪啦，自己还非去不行呢！

李妻：（怕让别人听见）过去的事儿啦，你别说啦。

乡长：李大哥，二小的东西拿出来了吗？

媳妇：拿出来啦，都在这儿呢。

（李德发接过来）

乡长：好！那咱们走吧！

二小：爹！妈！我走啦，把包袱给我吧！

德发、李妻：走吧！送你两步！

（大家愉快地欢唱起来）

（锣鼓喧天，欢跃扭下）

众：（唱第七曲）

参军的人儿堆成山，堆成山，
参军的口号喊连天，喊连天，
穷人翻身拿枪杆，参军好比中状元。
参军的花儿朵朵红，朵朵红，
参军的人儿真英雄，真英雄，
齐心打倒反动派，咱们要做主人翁。

（完）

东北书店牡丹江分店 1947 年 8 月

◇南沿汶农村剧团

邹大姐翻身[①]

人物：邹大姐——刘文惠家的丫头。

刘文惠——落后地主。

袁氏——文惠的老婆。

桂清——文惠的闺女。

丁大嫂——妇救会长。

识字班队长

识字班学员甲

村长

群众

第一场

布景：刘文惠的家。

---

① 本剧由刘梅亭、张安荣执笔。

幕启:刘文惠出,数板。

刘:我刘老爷,今年三十五,外人送号刘二马虎,自从建立了民主政府,就要我来实行二五减租,我有心不把租来减,又怕讲理会上把我斗得苦,只得马马虎虎来应付,来应付。

(袁氏出)

袁:桂清她爷,你才将说些什么?什么吃粗吃细的?

刘:你老婆家知道什么,就知道糊涂热啦吹吹。

袁:哟,你看看,怎么还瞧不起俺娘们啊!俗话说的:"男人是个搂钱笆,老婆是个盛钱匣。"你怎么有话还不对我说呢?

刘:(唱泗州调)叫一声孩她娘你听知,民主政府要我减租,我心里真不乐意,哎哟哎哟,我心里真不乐意。

袁:你不乐意,谁乐意来!

刘:(唱)减租减息又增资,叫我干吃哑巴呀亏,我心里怎不生气,哎哟哎哟,你说呀这怎么治。

袁:怎么治?有的是办法。(唱)叫声孩她爷听我说,他要减租咱呀不怕,把那薄地呀全卖了它,哎哟哎哟,留着呀好地自己种。

刘:对呀,这是个办法,留着好地抽回来自己种,山高薄岭都卖了它,把钱放到商号里,咱净赚红利,把穷种羔子都饿死他。

(邹大姐手执笤帚、干瓢簸箕上)

袁:死妮子,你做什么去来,这一半天不来?

邹:大婶子,我去推碾来。

袁:推碾?推这么一大"盘"子?还不知道又跟谁在燎牙啦!还不快给我把锅刷刷,把碗擦擦,把孩子抱上,把炉子生上,把茶叶下上,把——

(识字班队长、学员甲同上)

队:大叔、大婶子在家吗?

刘、袁:你姊妹俩没事不来俺家,快坐下。

队:俺两个人特为来叫邹大姐去上学的。

袁:哎哟,怎么还叫她上学吗?(唱泗州调)稀奇稀奇真稀奇,哪有女子去上学的,男女呀混杂在一起,哎哟……她闺女家怎能进去?(回头对邹)还不给我烧茶去。

(邹下)

甲:大婶子这话从哪里来的?(唱)大婶子说话理太差,妇女解放来把学上,怎么是男女混杂。哎哟……你不该把腿来扯。

袁:她去上学,我扯什么腿啊!笑话!

队:大婶子你别生气。(唱)自从来了共产党,咱们妇女才得翻身,上学呀来求解放,哎哟哎哟,上学呀来求解放。

甲:是啊,大婶子,你今天说的话也不知道是从哪里诌来的,什么叫男女混杂,你讲给咱听听。

刘:(唱傻子调)你两人不要呀把气生,上学的事情咱商量,大家不要忙啊,哎哟哎……(重)

甲:商量什么你说吧。

队:对啦,大叔你啦啦!

刘:(唱同调)上学呀识字明道理,妇女解放也是好事情,怎奈(指邹)她不行。哎哟……傻大姐不能开脑筋。

袁:对啦,她又笨又傻的小"潮巴",你叫她怎么上学啊?

甲:大婶、大叔,你真是光说废话,说来说去你是不想叫她去就是啦,怎么还说人是"潮巴"呢?我看她邹大姐才不傻呢。

队:(唱同调)男女呀平等求解放,你们不知什么心肠,还把好人装啊,哎……(重)

甲:(生气)真是,说了半天,你两口子一个唱丑,一个唱旦,心里就是不想叫邹大姐解放。哼,告诉你们,你不让她上学,倒是小事,你家压迫剥削穷人的事可多着呢,随后咱再讲,走。

(二人生气下)

(邹提茶上)

袁:(气得在后面指着骂)你看那个浪样。

刘:(气得半天说不出话)娘的,这两个熊识字班,也跟我刮起这么一阵大风来啦!

袁:(气发在邹身上)死妮子,你滚到跟前来做什么。

(桂清上)

桂:娘,爷,你们跟谁生气的啊?

刘:(唱同调)桂清呀,我孩你听知,都是为了这妮子,叫我来受气,哎哟……受了识字班的气。

桂:(唱同调)尊一声爸爸别生气,现在的事情不讲理,地主到处受人欺,哎……不能同往年比。

袁:老头子别生气啦!(指邹唱)都只为了你这个丑丫头,叫俺老头吃了气,肚子气得鼓鼓的。哎……你还不给我去赔礼。

邹:大叔,别生气啦!

刘:哼,滚一边吧,看见你更生气。

袁:过来,你听着,今天要再来叫你上学,你可不许答应。你想,俺哪有那些闲工夫。

邹:是。(唱)大婶子说的是实话,上学亦要分人家,咱这样的想上也没法,哎……(重)

袁:哦,你还想上学的。好,你别不识抬举啊!你来到俺家六七年啦,管着你吃,管着你穿,咱算算账吧!

桂:娘,你先别说,我对邹丫头还有一事呢。(唱)今早晨不把脸水泼,跑来跑去做什么,你得说一说,哎……(重)

邹:大姐,那是我忙推碾去忘啦!

桂:哼,忘啦!(唱)邹丫头还敢把嘴犟,你装聋装傻不干活,吃饭赶两个,哎……干起活来把嘴噘。

邹:大姐,叫我做什么,我没有不做!

刘:算啦,你给闭死嘴,你要敢强辩吗?上一回打了一个瓷盆子,你大婶说说你,你把嘴噘着,把脸呱嗒着,听见没有。今天还不是为着你,我受了一肚子气。

袁:是啊,又提起上学来啦,我才将说的话听见没有?

邹:听见啦!

袁:要是那些×识字班,再浪来的时候,我就明着叫你去,你就得推着自己不愿意去,就说你自己又笨又傻,不能上学,记住没有?

邹:记住啦!

袁:还不快去给你大叔办饭。

刘:我也不吃啦,我到商号里去看看去。

袁:那你得早点回来啊!

刘:嗯。(下)

(丁大嫂上)

丁:大婶子,邹大姐在家吗?

袁:(赶紧放下笑脸)哎哟,妇救会长也上俺门来啦,快坐下。(对邹)死啦吗,还不搬个凳子来。

丁:哎,别客气啦,大婶子,我来还是为着邹大姐上学的事。

袁:唉!(唱小放牛调)尊一声大嫂听我说,三番五次叫她去上学,那丫头自己不愿去,外人呀不知还怨我阻拦她依呀咳。

（白）妇救会长，你不信你问问她吧！

丁：既是大婶让你去啦，俺也不多说了，邹大姐咱走吧！

邹：我生来又笨又拙，恐怕识不着字，白搭工夫。

丁：唉，谁生来就会的，还不都是现学的吗？你看，你家大婶子都叫你去啦，你还怕什么，去吧，快跟咱走吧。（对桂清）大妹妹，你不去吗？

桂：（赶紧回转身去）俺不去。

邹：（看了看袁）大婶子，我……

丁：（推她下）哎，走吧，走吧，快去快回来。

袁：（气得瞪着两眼看她们下）个浪×，真是欺侮人，这还成个什么世界啊……

桂：娘，你怎么放她去了呢！

袁：哼，让她浪去吧，日头不能常晌午，管怎么还有那一天啦。

（幕下）

第二场

布景：仍是刘文惠的家。

幕启：袁氏抱着孩子正和丁大嫂谈话……

丁：大婶子，现在咱解放区的老百姓都是丰衣足食，过着幸福自由的日子啦，男女都得到自由平等啦！大婶子，你家还有不平等的事情，你知道吗？

袁：哎哟，妇救会长，俺家还有什么不平等的事，你和我说一说。

丁：现在你家谁还没有被子啊？

袁：俺家都有。

丁：是吗？

袁:可不,你看这十冬腊月的时候,没有被子,还不冻死了吗?

丁:那……邹大姐也有吗?

袁:她啊? 她是没有,我是说俺孩子都有啦!

丁:大婶子,这不就不平等了吗?

袁:我说大婶子啊! 我原来说的到明年秋天收了棉花的时候,给她做新被子新棉袄。

丁:(唱泗州调)大婶子说话理太差,被子还得现拾棉花,明明是压迫人家,哎哟哎哟,明明是压迫人家。

(白)大婶子。

(唱)邹大姐在你家整七年,没有衣裳没有棉被,你还要常常打骂她,哎哟哎哟,你还要常常打骂她。

(白)大婶子,你自己好生想想吧,我怪忙,我走啦!(下)

袁:(唱)骂一声贱人好大胆,走到外面说我坏话,我一定要治一治她,哎哟哎哟,这一回饶不了她。

(邹上,手上拿着课本欣喜地进来,一看见袁,立刻低下了头,慢慢走过来)

邹:大婶子。

袁:(假装笑脸相迎,但却是假笑奸笑)你今天上学学的什么来?

邹:学的是中国要和平民主,妇女要求解放。

袁:哦,又是解放。

邹:(去接孩子)大婶子,我抱着孩子。

袁:不敢用,怕累着你。

邹:我去推碾吧!

袁:狗拉犁使不得。

邹:大婶子,我套驴推磨吧。

袁:怕你使重啦。

邹:我烧火去吧。

袁:那俺更不敢啦！往后得我伺候你了,你现在解放啦。

邹:大婶子,我……

袁:桂清！咱去推磨。

桂:(出)哎,做什么？娘。

袁:走,咱推磨去,叫邹丫头在这里歇着吧！

桂:娘,俺不……

袁:(一巴掌打在桂脸上)死丫头,你光吃不做吗?

桂:(大哭)

邹:大姐,我去吧！

袁:不用你,你该歇歇了,你乐意怎么着就怎么着吧！(对桂清)还不给我走。(拉桂清下)

邹:(不觉掉下眼泪来)(唱光荣牌调)(一)邹兰英真是苦,七岁就没有了亲娘,后娘把我赶,哎哎哟,流落在刘家门。(二)我今年二十一,受苦受气挨打骂,又有谁来可怜,哎哎哟,怎不叫人好凄惨。(三)我今天去上学,她就不给好脸看,打鸡骂狗把我治,哎哎哟,指桑骂槐给我看。(四)我要干活她不用,还说她要伺候我,这叫我怎么说,哎哎哟,真逼得我没法活。(白)唉,这日子可怎么活。(想)哦,这橱底下还有做豆腐剩下的卤缸水,我喝上死了吧。(跑橱前拿出卤水,倒出一碗)(唱)喝卤水送残生,我不能再受这压迫,不如一死见亲娘,哎哎哟。(重)

(端起卤水喝,不觉肚痛,倒在地下打滚)

桂:(拿着干瓢上,见邹躺地下)好,真解放啦,躺在地下睡觉啦。(走前一看不觉大惊,往外跑着叫着)娘啊,快来啊。

袁:(进)什么事,你大惊小怪的?

桂:娘,她死啦!

袁:什么,死啦!(跑前一看)这死丫头,喝了卤水啦!好啊,她倒想赖着我啦!

桂:(害怕的)娘,怎么办,我去叫人吧!

袁:叫什么,叫妇救会长那些人知道了还了得吗?快去推豆子,咱偷着把她灌回来再说。

桂:(急下)

队:(上)邹大姐回来啦吗?

袁:(假装哭起来)哎哟,你是叫识字班给逼死的。

队:哎哟,怎么啦。

袁:她叫你们逼得喝了卤缸水啊!

队:什么,喝了卤缸水?(跑出去)大家快来啊,邹大姐喝了卤水啦。

桂:(端豆浆出)

袁:你吆喝什么,快灌吧!

(群众齐上)

群:怎么回事啊!

丁:(从人丛里挤出来)怎么喝了卤缸水。

群:妇救会长来啦。

丁:快灌醒再说。

(大家七手八脚地灌)

邹:(渐吐水醒来)

群:醒啦!醒啦!

丁:邹大姐。

邹:(慢慢睁开眼,看见了,一把捉住了她,哭起来)

群：唉，咱快把她架到妇救会长家去吧！

丁：对啦，上我家去，把你那一肚子苦水向我说说。

（幕急闭）

第三场

布景：一个靠庄很近的场上。

幕启：村长，工农青妇民兵都在场上评论着，丁大嫂陪着邹大姐在一边坐着，识字班的大姐们都围着她，好像是鼓励邹大姐发言似的。

村：大家别说话，开会啰。

群：开会，开会，坐下，坐下。

（大家安静了）

村：今天咱们召开这个村民大会，为了刘文惠家两口子，压迫邹大姐，逼得她喝了卤缸水，这件事需要大家来解决，要不，恐怕要逼死人命。咱现在把刘文惠两口子叫出来。叫邹大姐和他讲讲理，大家伙来教育教育他，叫他在会场上检讨检讨。咱就这样开，大家同意吧！

群：同意，咱就这么办吧！

村：谁去叫刘文惠。

民：我去。（下）

丁：（站起来）咱们妇女这几年都解放了，可还没彻底，你们看邹大姐还是受着压迫，今天咱妇救会里各人要大胆地发言，帮助邹大姐翻身。

民：报告，来啦！

群：（都站起来看）来齐啦！

村:来齐了,咱就进行开会吧!咱得先选个主席。

群:就是你主席吧!

村:还是妇救会长吧!今天是妇女的事。

丁:哪里,妇女的事,也有你们男人的份啊。还是你这一庄之主当好。

群:对啦,还是村长吧!

村:那大家选我,我就不推辞啦!(唱傻子调)今晚开会我先谈谈,刘文惠全家老封建,压迫咱穷人呀,哎……(重)

邹大姐逼得喝了卤水,全村老少谁不伤心,真是可怜人哪,哎……(重)

谁有意见大胆地提,封建势力反对它,邹兰英你说说吧,哎……不要心害怕。

(白)邹兰英,你先说说你受的压迫吧!

群:对啦,你大胆地说吧!

邹:(唱妈妈好糊涂调)众乡亲听我把言发,刘文惠全家压迫我,一天也说不完哪,哎……(重)

村:你从头至尾慢慢地说吧!

邹:(唱同调)未开言不由我,珠泪滚滚流满腮,我伤心得说不出来,哎……(重)我在她家七年整,三年睡门四年睡柜架。七冬天没有被盖,哎……盖了个破大衫。

群:唉,还不给冻死啦吗?

邹:(唱)七年整没见一文钱,没捞着一件新衣裳,赤着两脚没有鞋,哎……(重)

群:(呼口号)反对地主,把穷人冻死。

邹:(唱)不给穿还疼俺吃,成天嫌我吃得多,“属猪的光吃不干活”,

哎哟……他顷多地都叫我吃穷。

群:反对刘文惠,不叫人吃饱。

刘文惠才是“属猪的光吃不干活”。

村:唉,还有什么冤屈都说出来吧!

邹:(唱)打和骂更是家常饭,那回他儿自己来发贱,烧着手指他怨我,哎哎……又打又骂不叫活。

群:反对地主打骂穷人。

他打过来咱再打回去。

群:叫刘文惠答复。

村:对啦,刘文惠,你答复答复吧!

刘:这几年没给她被子盖,没给她衣裳和钱都是真的,打骂她,疼她吃,这个我经常不在家,我不知道。

群:报告主席,叫刘文惠老婆答复答复。

村:你说说吧!

袁:是,她提的都对。

村:这些他俩都承认啦,谁有意见,再往下说吧!

甲:报告主席,我有意见,那回我上她家去动员邹大姐上学,他两口子都说邹大姐傻,不能上学,这不明明是压迫妇女,不叫妇女翻身吗?

丁:报告,她还自己装好人,叫邹大姐说自己不愿意去,这手段多厉害啊,你们说她对不对啊!

群:不对,反对不让妇女上学!

雇:报告主席,我有意见,我那年在他家做活,我去参军给简了回来,他就不要我了,我没法子了,到南乡找俺娘去,她说到路上遇见“中央军”,一定要吃个洋圆枣。

群:叫他答复答复!

袁:识字班和老高发表的意见都对,我都承认接受。

丁:邹大姐别哭啦,有意见赶紧提。

邹:(同调唱)那一年我拾了八斤麦,她拿去放在大囤里,从此不见面,哎哎……(重)我喂了几年的蚕,她哄着给我做绢袄,谁知半尺也没有,哎……都给她闺女做嫁衣。

群:反对剥削穷人,该人绢还绢!该人麦子还麦子。

邹:(唱)刘文惠心也狠,他要把我说给顽固主,省下了东西还压迫我,哎……他要我一辈子翻不了身。

群:打倒刘文惠,他出卖妇女。

反对压迫妇女的刘文惠。

邹:(唱)公家的麦子存他家,逼着我偷出来推磨,不准就不能活,哎……麦子煎饼他吃得多。

群:捉住偷公粮的刘文惠啊!

吃的麦子叫他吐出来啊!

叫他答复!

刘:我给邹丫头说个顽固主是不对。是想讨好人家,送个人情,自己又可以不花钱。

村:你说。(对袁)

袁:她说的都对,偷麦子我当是公粮没有数……唉,太多啦!我也找不着窝答复啦!

村:刘文惠他两口子都答复啦,大家还有意见吗?

群:我还有意见。

三天三夜也说不完。

村:真是,我看这样吧,对刘文惠两口子的意见再提三天三夜也说不

完，大家把意见都写到纸上送到村团部去，今天晚上的会，就这样结束吧！大家有意见吗？

群：没有，主席，做总结吧！大家欢迎！（鼓掌）

村：我就简单地说说吧，今天这个会，大家提的意见很多，这说明了咱穷人都有了力量，都翻了身，邹大姐今天也把苦水倒出来了，这还得要和他们算账，这七年的工钱，邹大姐拾的麦子，喂的蚕，都要找清，以后再不许打骂，要放邹大姐出来上学，参加识字班活动。偷公家东西也要还，明天到村团部算账，大家还有意见吗？

群：没有啦！要他俩答复。

刘：我……保证还她钱……

袁：我再也不打骂她啦……

村：大家呼口号。

打倒地主刘文惠压迫穷人剥削穷人！

穷人们团结起来才能翻身！

我们永远跟着毛主席走！

……

（幕急落）

选自《解放区农村剧团创作选集》，东北书店 1947 年 10 月初版

◇旅大文艺工作团

一条皮带[①]

时间：一九四八年。

地点：中长铁路某工厂。

人物：郭玉刚——三十六岁，工人，性格坚强，勇敢。

郭万年——郭玉刚的父亲，六十五岁，直爽，小鼻子时代工人。

妻子——三十岁，玉刚的妻子，狭隘。

赵老献——三十二岁，班长，老诚。

李清——三十五岁，工友。

刘正顺——二十一岁，工友。

老刁——二十五岁，二皮脸子。

小花——十四岁，玉刚的孩子，天真，活泼。

厂长——四十岁。

白工友——二十七八岁。

---

① 本剧由傅春和执笔。

工友——甲、乙、丙、丁。

第一场

时间:午饭休息时间。

地点:一个职厂门前。

出场人物:郭、赵、李、刁、刘、厂、白、甲、乙、丙、丁。

布景:职厂门前。

(没开幕,后台有合唱,幕随着歌声起)

(合唱第一曲)

工会号召立功运动,

工友各个好高兴。

立功首先要动员,

立功条件要弄通。

条件多来又完整,

一条一条讲得分明。

多发明来多创造,

废物利用节省原料。

(赵拿锤上)

尊师爱徒不藏奸,

(郭、刁、刘、李、甲、乙、丙、丁,手拿小锤、标语,抬着立功榜上)

多献工具也能立大功。

立功的钟声响遍全厂,

咱们要坚决来执行。

赵:(唱第二曲)

立功榜放红光,

众:(合)立功榜你的名字多响亮。

赵:(唱)你是立功的大战场,

众:(合)立大功劳表在大榜上。

郭:(唱)谁上榜来谁光荣,

众:(合)好比上了状元榜。

嗨!嗨!

好比上了状元榜。

赵:唉!就是这疙瘩,就搁在这儿吧。

郭:咱们合计的也是这个地方。

李:这疙瘩不错,咱们出来进去一抬头就看见了。

甲:咱们这个厂子的立功准备工作做得就是快呀。

刁:这可不是吹大个的,论起干活咱们厂子也不次其他们。

赵:别说了,咱们现在动手吧,家伙什准备好了没有?

众:好了好了动手吧……

郭:好?咱们干吧。

(这时音乐随着起来,大伙也干起来)

赵:(唱第三曲)

赵老献站在立功榜的前面,

我左看右看来吊线。

郭:(唱)赵师傅你把线调准,

我把立功榜来安得稳。

李:(唱)调得准来安得稳!

我李清把榜来钉得深。

(乙、丙拿着标语唱)

丙:(唱)立功榜是真新鲜,

乙：（唱）标语口号也齐全。

众：（合）立功榜是真新鲜，

嘿！大伙干得是真喜欢，

嘿！大伙干得是真喜欢。

众：（齐唱第四曲）

我们有了立功榜，

增加我们的生产量。

我们不怕一切的困难，

工人的力量强又强。

我们有了立功榜，

它指明我们工作方向。

多献工具多生产，

争取功臣把榜上。

我们有了立功榜，

大伙使劲干一场。

榜上的名字是好榜样，

谁要见了谁夸奖。

赵：咱们的立功动员现在做得差不多了，可是昨天计划科又下来十辆客车的任务，这个任务叫咱们在这个月底保证修理完，现在东北快要完全解放了，咱们要争取早日通车，大伙可得努一把子劲啊。

郭：赵班长，只要电锯不坏，木料跟得上，修理车皮那个活，我老郭，到月底保证完成任务。

李:咱们有了立功榜,就不怕它活多,活越多,咱们是越能干,越干越有劲。

甲:咱们外边名誉吹得可是呱呱叫,里边干活可别像草包似的,光说嘴不干活,那可不行啊。

刘:这还用你说,谁有粉不爱往脸上擦,还有愿意往腚上抹的。

刁:那可真的咱们干包活的还怕活多呀,活越多咱们还能多挣几个,背着抱着还不是一样的事。

郭:钱不钱倒是小事,咱们讲的是完成任务多出活。

赵:我看现在大伙吃饭吧! 休息一会儿,下午好干活,今天晌午就在这吃,小王你去拿饭吧。

(丙、丁下)

刁:赵班长的话,我可同意。

乙:老刁你同意什么? 你同意完成任务啊,人家老刁可真积极啊。

刁:我肚子早就提意见了,现在立功榜已经安好了,咱们快吃饭吧。你们也得接受接受肚子的意见。

李:你这个小子,我说你不能为活打算吗,吃饭精神可倒满积极,一听吃饭眼就红了。

甲:对对对,要是这么一来,老刁这不是升了吗?

乙:升了什么,升个组长啊?

甲:组长,叫他候候吧!

乙:那么升个积极分子?

甲:积极分子可不一般大,他是吃饭的积极分子。

郭:别闹了! 你们看老刁的脸。

刁:(摸脸)我脸怎么了?

乙:发红了,发红了!

甲：他的脸还能发红，做自行车车轱轮带一气能跑到金州也磨不破啊。

（大伙笑，丙、丁拿饭盒上）

赵：吃饭了，忙乎大半天了。

郭：下午还有很多的任务呢。

（大伙开始吃饭，一会儿厂长上）

众：哎！你们看厂长来了。

（厂长拿着立功名单上）

厂：哎！咱们立功榜做好了，还挺新鲜的。

郭：厂长你看怎么样，你来有什么事吗？

厂：我代表评委会来给大伙贺喜来了。

甲：贺什么喜厂长？

厂：不是厂子有几个工友立功了吗？咱有了立功榜，就要表扬一下。

众：都谁立功了？

郭：咱们立功榜这回可开了火啦。

众：谁立功啦？谁立功啦？

郭：你念给我们听听吧！

（厂刚要去贴叫工友拉回来）

厂：第一个是白师傅带徒弟。

刁：哪个白师傅？

甲：刨床子那个白师傅呗！

众：刨床子那个白师傅你还不知道啊？

厂：（念）他几天就教会徒弟割木料，他的徒弟，现在从二级升到三级了。

众：第二名是谁？

厂:第二名是孙连币工友,他把一些破机器凑在一起对了个刨床子。

众:那个早发表过了,还有谁?

厂:第三个就是老王那个组,他们那个组集体超过任务。

众:那个组干得可撒野了,第四个是谁呀?

厂:第四个就是你们这个组的老赵班长啊!

(大伙鼓掌称赞)

厂:他头几天不是献了一副刨刃子吗?以上这三个人、一个小组经评委会评定都立小功一次。

(厂长把立功榜名单贴在立功榜上)

李:你们看,咱赵班长也上了榜了。

甲:立功榜这回可开啦花了。

刁:我看看什么花,我看看什么花。

李:是咱赵班长。

刁:你们躲躲,我看上一鼻子。

甲:你快去吃你的大饼子吧,你不用看,你看你也上不了榜。

刘:赵班长上榜了,真不简单。

甲:可是我倒忘了,郭师傅上一回献一块大焊为什么不记功呢?

乙:郭师傅献的大焊什么样?

甲:人不大记性可不好。

厂:噢!郭师傅,那个评功委员会讨论过,不够个功,要提出表扬一下。

郭:不,表扬也用不着,那么点东西算不了什么,反正放在家里也没有用。

甲:这还行吗,伙计,都一样地献东西,赵班长评上个功,郭师傅为什么不评呢?

厂:这个工会是有规定的,看献的东西对于生产起多大的作用,这个东西,多少大小才能立功呢,我还有事我走啦。(厂长下)

(这时大伙还吃饼子。后台修理机器声响。丙、丁工友也收拾饭桶走下)

刘:哎!到点了是怎么的,我怎么没听见笛响,谁现在就干起来了?

刁:哎!这是谁这么积极呀?

乙:得了,听说老白那个组床子也不知怎出毛病了。

刁:你这个小×养的,你怎么知道?

乙:刚才我跟那走,我怎么不知道,我看白师傅两个眼急得通红。

甲:管怎么那个床子可别出毛病。

郭:噢!可是我还忘了……(忽然想起这个事)

刘:你忘了什么郭师傅?

郭:噢……我,我说咱们大伙都应该向赵班长学习呀。

刘:郭师傅,咱们赵班长真不愧为老献,到底叫人家打头一炮早献了。

李:得了,赵班长光荣,咱们全厂子都光荣,连老刁你,也跟着光荣。

刁:可就是光荣,我就是没有钱,我要有钱拿出几个钱买点东西献上,我也能来上一个光荣。

甲:老刁,你这个小子不是做大梦吗,大白天你就瞪着两眼胡说这是!

刁:你不了解况况,你别乱发言,我看你才是胡说。我说得不对吗?

众:不对不对!你这个话是什么意思?

郭:别吵别吵,老刁啊!

(唱第五曲)

叫声老刁你听我言,

献工具是为了大生产。

赵:(唱)工会的号召是自愿,

并不是强迫叫你献。

甲:(唱)东西不是用钱买,

你要有来本你自愿。

李:(唱)谁要有来谁就献,

献了立功就是好汉。

郭:老刁,刚才大伙不是跟你提过了吗?

甲:老刁呀,要想立功首先要搞通立功条件,你不懂可以问问大家伙,你不能胡说乱说呀。

李:老刁,你对咱这厂子立功献工具还有什么意见吗?

刁:哎!给你们个棒槌,你们还当针(真)纫(认)了!我这是说个笑话,你们还把我当二流子改造了。我早就搞通了,说个笑话你们当真的了。

赵:你说笑话是可以的,不能拿着工作打哈哈,你要是真不懂,大伙还可以帮助你呀。

刁:不是呀!赵班长,你还不知道我吗,我是真地说笑话,我再不说就行啦。

(刁的话没完后台响,忽然咔吧一声皮带断)

众:(惊讶地回头)这是怎么的啦?

刘:他妈八成是老白那个床子又坏啦。

郭:糟糕!床子怎么坏了。

众:去看看,去看看。

(老白上)

众:唉!哪厂出毛病啦,你上哪去呀?

白：这一下子可糟啦。

郭：怎么啦？怎么啦？

白：（唱第六曲）

糟糕糟糕真糟糕，

凑巧床子不动了。

我本想趁着休息时间把它修理好，

没想到越急越修理，越修理越糟糕。（过门继续）

众：哪个地方坏啦，你快说呀。

白：你们别耽误事，我去报告厂长去。（要下，众给拉回）

赵、郭：你讲给大伙听听怎么的。

白：别扯巴啦，讲给你们听不是白费吗？

郭：大伙研究研究，你怎么知道就不能解决呢？

白：好！你们能解决呀？

（唱第六曲）

床子使用了十多年，

我准知道它不保险。

众：哪个地方坏了，看你这个拖拉劲。

白：（唱第六曲）

我想任务这样重来可别显眼，

哪知道那条皮带一断好几段。

白：想办法，大伙都想办法呀。

（全厂人都撒气的样子）

白：我说你们不能想办法，偏要跟我啰嗦，班长，你说怎么办？

赵：你去报告厂长吧。

（白下）

郭:唉！你等会再走。

白:等什么,再等就抓家伙啦!

（后台)(众不语)

刁:你们这些死心眼子,不好想个办法把它接上呀。

刘:对！不会接上吗?

郭:对什么,那个皮带我知道,小鼻子时代就用,早就老掉牙啦!

刁:哎呀！这下子可糟啦。

甲:皮带这一断哪,任务可得白瞅着啦!

刁:那有什么,不好换个新的。

甲:你一张嘴就说出来了,那,那,那么容易。

刁:哎！我想起来了,那个皮带就是花钱买,也买不着。

刘:怎么买不着,市场有的是。

李:市场是有的,能用吗?市场卖的是些散边的,白给使用也不要,使用不到两天半,就回老家,净耽误事。

乙:上材料科去请求还不有的是。

刘:那还用你说,材料科要是有的话,老白不早就换上了,还用着这份急。

（众不言)

赵:这个事呀,可真搔头,它那个皮带这下坏呀,非耽误了不可,没有电锯,咱们这十辆客车任务拿什么完成呢?

李:真他妈糟糕,这叫穷赶上,临到咱们干活,尽是负担事。

郭:不要紧,还愁什么?那个皮带我想还会有的。

乙:哪有,郭师傅,你知道吗?

李:你有吗?

郭:我……

李：我说呢，除非是你有，要不是可难买到。

众：唉！郭师傅，你能弄着吗？

郭：我弄……

赵：咱们都想办法，那样皮带还可以找到，要是找不到这不害了吗？（这时笛响）还完成什么任务呢，这真是个事。

刁：这下献吧，谁有谁就献吧。

赵：到点了，干活去吧！

（众下）

郭：赵班长，你等会再走，我有点事和你商议商议。

赵：郭师傅，什么事你说吧。

郭：赵班长，你看咱们这个活……

赵：咳！我也是愁啊，活又这么急，什么事都赶到一块啦。

郭：赵班长，再不这样吧！今晚上你到我家里去一趟，咱们商量一下，保险明天耽误不了事就是了。

赵：好，那可好啦，今天晚上我一定去，走吧郭师傅。

（二人下，郭又转回来）

郭：你先头走吧，我拿点东西就走。（郭自己很急躁地在想）

（唱第七曲）

抬头望见立功榜，

打动了老郭难心肠。

现在活儿忙床子上需要，

有心想献又想不好。

工友问我你有吗，

为什么过去说是没有。

都是老娘们瞎捣乱，

把皮带东藏又西掩。

(白)要不叫那个臭老娘们把皮带藏起来,我就跟大焊一块拿来了。刚才工友问我你有吗,我为什么说没有呢?现在我要是拿出来,不知底细的人又好说我撒谎,再不又好说我投机,怕老婆,叫老婆这么一藏就不拿出来。老郭老郭呀!你做事太莽撞,这不急死我吗。

(白急上)

白:郭师傅,你一个人在这干什么?

郭:没……我,没干什么,你到厂长那去,厂长没说皮带怎么弄?

白:厂长也难住啦,材料科也没有,买吧,也缺乏,厂长说等几天再解决。这个问题,我问厂长得几天,厂长说,顶少得一个礼拜才能解决。

郭:怎么还得一个礼拜?

白:这还行吗,老郭,任务这样地紧,又是立功运动,别说是一个礼拜,就是三四天也不行啊,我看要抓家伙!走,老郭。(急下)

郭:(稍停)好!就这么办,别人说我撒谎,我也不管啦,为了这个活,我一定要拿出来,臭老娘们再要是东藏西掩,我就和她拼啦。

(唱第七曲)

我郭玉刚的主意一打定,

老娘们阻挡就不行。

别人说啥我不管,

为了任务早完成。

(白)我就这么办!(急下)

(幕急落)

第二场

（开幕曲第八曲）

时间：当天的傍晚。

地点：郭玉刚的家里。

出场人物：郭、父、妻、小花、赵。

开幕：（老头坐在凳子上，刚吃完晚饭，妻在收拾桌子）

父：小花，给爷爷把烟袋拿来！（向媳）大媳妇，把饭坐锅里，忙活了一天回来，管怎么得吃点热乎饭哪。

妻：（用手摸桌上鱼刺）还给他留饭，厂子有人给他热乎饭吃，小花，你把鱼刺送猫食碗里。

（小花唤猫，后台猫叫，小花拿碗下）

妻：花，你把灶里添把火。

（花在后台说：好啊！）

父：小花，出去看看你爹爹回来没有，快回来和爷爷把萝卜窖上。

花：好！（下）

妻：你就别指望他啦！（拿起鞋底干活）我不是说他，他还能把家里的事情挂在心上。

父：八成是这几天活忙。

妻：忙什么？我跟他说好几次啦，我说早点回来，帮咱爹干点什么，老人家这么大的年纪啦，管怎么说他一声也不响，除了什么立功就是开会。

父：嗳哟！立功倒是个好事，玉刚要是立个功，咱老郭家也增光啦。

妻：增什么光？再住几天连家也增光光啦。

父：怎么呢？

妻:怎么呢?你没看见他这几天一回来家就是忙叨叨的,走坐不稳,一说就要把家里的东西拿厂里去,直翻。

父:翻什么?咱家有什么给厂子,不管事,玉刚那个孩子老实,出不了外道。

妻:哎!爹呀,你哪知道前几天把咱家那块大焊也给厂子啦,你知道不?他跟我说要把那条皮带也要拿给厂子,幸亏我看得紧,要不早就拿走啦,爹,你说,这是个什么事呢?

父:咳!照着现在这个世道来说,可就变啦,小鼻子时代我在厂子那当儿,工人偷都偷不到手。

妻:他呀,他可不像你呀,就为这个东西,一回来家还给我打通思想呢,我可没有思想!

父:是呀,今天咱们工友就指着两只手,指着工厂吃饭哪,多干点活倒没有什么,直向外捣动可不大好。

(花上)

花:爷爷,俺爹还没回来,你看,天好黑了,爷爷,咱们窖萝卜吧?

父:好!他妈的,到这么时候还不回来,厂子就是怎么忙也得回来帮我干点什么,走,跟爷爷窖萝卜去。(父、花下)

(妻很忙地望了门一下,转回头来)

妻:(独白)刚才和爹提起皮带这个事,我倒想起来了,听说厂子这几天立什么功,他一回来就是忙叨叨的,仗着我把皮带藏起来啦,今天这么时候还不回来,回来说不定还能跟我要呢。不如我精细点,再把它挪挪窝吧。

(唱第九曲)

急忙就往里屋走,

赶紧去把皮带求(取)。

这回再把它挪个窝，

一辈子不叫到他手。（进屋）（拿着皮带上）

（白）你看这皮带多结实啊，这么宽这么长，能够我们娘们做多少鞋底子用，就是磨坊也顶用啊，可稀罕死我啦，我可不能叫他拿去。

（唱第九曲）

皮带拿在我手心，

左看右看美滋滋。

这个皮带多结实，

留给俺娘俩做鞋底。

（稍停，到处看了一会）

（放在炕洞里又拿出来）

（唱第九曲）

我越想来，越不安，

藏在炕洞里不保险。

做饭烧火炕冒烟，

把皮带熏黑了可怎么办。

（放在小柜底下又拿出来）

（白）我还放在箱子里吧，箱子上次他已经翻过了，这一回他一定不能翻。

（放箱里，一想又不好）

（唱第九曲）

我又想来还不好，

放在箱子里也不牢靠。

箱子放在眼皮上，

他顺手就能掏一掏。

（手拿着皮带，一下发现了麻袋包）

（唱第九曲）

巧又巧，妙又妙，

地下有个麻袋包。

埋在苞米里不显眼，

叫他想瞎眼睛也找不到。

（把皮带放好）

（白）你看这麻袋包多严实，用苞米这么一培，就是神眼也看不着。哎哟！他爷爷在园子里窖萝卜，我去帮他一把去。

（唱第九曲）

东西两屋藏了个遍，

属这个地方最保险。

一块石头落了地，

我就拐筐上菜园。（下）

（郭拿饭盒上，到里屋看看又回）

郭：人都哪去了，（想了一会）正好，他们都不在家，我就这个机会动手翻吧。

（唱第十曲）

举目抬头四下看，

一个人影也不见。

正好老娘们不在家，

就着这个机会把它翻。

（过门）（到里屋只听屋里有翻东西的声音，一会儿又出来）

（唱）（过门后）

屋里柜箱我翻了个遍，

不见皮带在那边。

（随着音乐又在台上翻了箱子又望了炕洞底下）

（唱）（同前）

打开箱子也没有，

炕洞里边也不见。

我看看麻袋包，

有没有。

（白）×他妈猴精八怪的，藏到哪个×养地方啦？

（气得坐在麻袋包上）

（妻拐一筐萝卜上，忙把筐放下）

妻：你还来家吗？你一回来就翻，看你把东西翻个底朝上，你还吃饭不？（郭不理）你怎么了，你疯了吗？

郭：（起）你快说吧。

妻：我说什么？

（唱第十一曲）

郭：（唱）你说皮带哪去了，

妻：（唱）什么是皮带我不知道。

郭：（唱）你快拿来我要要，

妻：（唱）在哪疙瘩我不知道。

郭：（唱）这都是你捣的鬼，

妻：（唱）你有本事你就翻。

郭：（唱）臭老娘们瞎捣乱，

什么事情你都要管。

妻：（唱）你找皮带没别事，

我早知道你要献。

郭:(唱)我的东西我要管,

献给工厂好生产。

妻:(唱)你的皮带我要管,

留给俺娘俩做鞋穿。

(老头上来)

父:怎么又吵吵起来了!

(唱第十一曲)

你来到家里就呱呱,

这哪像过日子人家。

东西邻居知道了,

不怕叫人家笑掉牙。

(白)玉刚,放工不会早点回来啊!帮我干点活,家里就一点活都没有了?我这么大的年纪,不会早点回来帮我干点什么。

妻:他还有个家。这个不是你的家,你有本事,你就搬到厂子去住。

郭:这是你的家,真是臭不要脸。

父:你们两个没有一个好干粮,这是民主领导咱们才有个家,要是没有民主领导,咱们哪来个家?

妻:一天到晚张张罗罗好像工厂有你的份似的,就知道献。

父:有什么献的,工厂对咱们好,咱们加劲多干点活不就得啦,上一次不是献了吗!心思到了就得啦!

(赵在外召唤:"大哥在家吗?")

父:别吵了。小花,看看谁来了。

(赵上)

花:大叔来啦。

父:老献来了,坐下吧。

郭:老赵来了。

赵:大嫂,怎么地站在这儿,嘴上挂油瓶啦?

父:咳! 住家过日子的。

赵:大叔,今年秋天受累了吧,收成怎么样,萝卜白菜什么都窖下了吗?

父:今天正窖呢,还没窖完呢。

花:大叔啊,俺爷爷今天窖萝卜还窖个大萝卜精,长两个小尾巴。

父:去吧,什么萝卜精,那是双棒的! 玉刚要是早点回来就窖上了。

赵:厂子这几天也是忙啊! 正搞立功运动,大哥一个人干的活能顶好几个人干的。

父:厂子忙啊,我也忙啊,窖萝卜还得把它刨个坑,还得窖上。

赵:大叔,这么大的年纪,倒不怕受累。

父:怕什么! 受点累也比小鼻子时代打铆工匠强,累点也没有什么,肚子不遭罪就行啊。

赵:今年打多少粮,够吃吧?

父:这都是民主领导,分给咱几亩官地,能打三四石粮,再加上玉刚在厂子领的粮,今年吃的粮食可保险啦!

赵:这个月我们厂子也要领粮啦,现在厂子对咱们真不坏。

父:是呀! 你们年轻力壮,多干点活算不了什么,我就是老了,要是倒退几十年,我还去干我的活去。

赵:大叔身板可结实啊?

父:上年纪啦,今天窖了一天萝卜,胳膊腿都不好使啦。

妻:爹呀! 你去睡觉吧,干了一天活上炕歇一会儿吧,小花,给爷爷放被子去。

赵：对了，大叔，你去睡觉吧。

父：那么我就去睡啦，老献，你多坐一会儿，咱也不是外人。

妻：爹，不叨咕，走吧！（父下）他赵大叔，你还没吃饭吧？

赵：我吃完饭来的呀。

妻：你大哥还没吃饭呢。

赵：大哥，你吃饭吧。

郭：忙不了我不着急。

妻：可不没吃饭怎么的。今天来家有点别的事。（下）

赵：大哥，咱们厂子这个活怎么办，你不是说有办法吗？

郭：咳！

赵：怎么办，这个皮带一坏啊，咱这十辆客车的任务就垮啦，那个皮带一时半时再买不到，我看这个功也难立上。

郭：上午老白到厂长那听说也没有办法，我想总是有办法的，要不明天我把我……

妻：（在屋里听着上）你说什么大兄弟？

赵：我们厂子皮带断了，我来和大哥商议商议怎么办。

妻：皮带呀？那个东西住家过日子可没有，除非是开磨坊能有。饭都凉啦，快吃饭吧！

赵：这个事怎么办，你不是说，明天机器床子能动弹吗？

（静场）

郭：是呀，老赵！你放心吧，明天叫机器床子动弹就是了。

赵：你有什么办法？

郭：我一定想办法就是了，你放心吧，我保证不能让它耽误事。

妻：哎呀！饭都凉了，他赵大叔你不是没吃饭吗？你也跟着吃点吧，天好黑了，你再不少吃点吧。

赵:不吃了大嫂,我走了,大哥,你要是想不出什么办法,明天早上到厂子咱们两个再合计合计。(下)

妻:你不吃啦?(把饭收拾下)

郭:你妈上屋干什么,把她叫回来!

花:(召唤)妈!俺爹叫你。

妻:(上)你叫我干什么?你是不是都告诉他啦?

郭:我告诉不告诉他怎么的,你说你给皮带弄哪去啦,你要不给我就……(举手欲打)

妻:哎呀!你还要动手啊?你打你打,看爹起来骂不骂你。

郭:你不给我还是翻。

妻:翻,翻你就翻。

郭:×他妈,她不能藏屋里,一定是藏到外边。

妻:我怎么那样傻,放在外边不怕叫别人拿去。

郭:谁信你那一肚子鬼。(急下)

妻:(冷笑)你翻吧!你一辈子也翻不到手。

(幕落)

第三场

(第十三曲开场曲)

时间:午前十一点钟前后。

出场人物:郭、赵、李、刘、刁、甲、乙。

布景:一个厂子的景,后台有做好车的景,在窗就能看见,舞台有个凳子,李在打眼,当中放一个大桌子,上搁一些木头,甲和郭在刮刨子。

(赵和乙在台右下料;刁和刘来回运木板)

开幕：（幕随着音乐起）

（合唱第十三曲）

我们是工人阶级，干起活来真积极。

为了人类全解放，不怕辛苦修车辆。

赵、刘：（唱第十三曲）

我们是工人阶级，创造社会所有的东西。

客车货车机关车，都是我们工人来做。

郭：（唱）刮一刨来又一刨，刨刨刮得木花飘。

李：（唱）举起手锤用力钉，把紧锤把不动摇。

刁、甲：（唱）响应工会的号召，我们齐把车箱子造。

快造快造快快造，提高技术节省原料。

众：（合唱）多造车辆运粮草，生产战线打头一炮。

甲：（白）老刁呀，还有多少料啊？

刁：你他妈瞎，还有多少你不知道么？多说能干两天。

赵：哎！大伙猛劲干啊，这一辆车眼看要干完啦。

（后台有的答应好）

李：你们看郭师傅累得大汗珠子吧嗒吧嗒直往下滚。

刘：对啦！郭师傅是一贯地积极，他多咱还不是这样。

刁：郭师傅是积极啊，光积极不顶事，咱们那个……

甲：可是赵班长，你说咱们那个电锯床子不动了可怎么办？

赵：我比你们还着急呢，昨天给我急得没办法到老郭家，合计了半天也没想出个道道来。

郭：咱们这辆车干得可比往日快啊。

刘：晚上这辆车就要出厂子了，伙家！

刁：快可是快呀，床子不动弹，料用完啦，咱明天还不是停摆啊。

李：咱们这个厂子自从有了立功榜干得是又快又出活啊。

刁：别光忙这一阵就泄气了，木料怎么办！

赵：没有关系，就是床子不动也不要紧，也不会垮台，你先别泄气呀。

刁：不是我泄气呀，你不说我还忘啦。

乙：你忘什么啦老刁？

刁：自从前天咱们厂子立功榜做好，有好多厂子的工友都跑来看。

甲：他们看什么，怎么，还眼馋么？

刁：唉！这谁知道，还有的拿尺量！

乙：唉！我知道，定规是别厂子看咱们立功榜样好，就照着咱们学习学习啊！

赵：嗯！他们是向咱们学习啊，那么咱更应该好好地干啦，好叫他们向咱们学习啊！

李：对啦！还有个事儿啊，昨天我听加工厂老王说他们那个厂子要和咱们挑战，也不知是真的是假的。

赵：怎么要挑战？！

刁：挑战？！不行啊！伙家过些日子再挑吧，现在不到火候。

甲：你这个话是什么意思啊？怎么不到火候？

刁：哟！别闹啦，你们还瞪着两个眼睛装熊啊，床子皮带断了你们还不知道么？电锯不动弹拿什么割木料，这一辆干完了还不得闲着么？

乙：老刁说的是个理，咱们不挑战吧。

李：怎么不能挑，就那么熊包啊。

刘：我看也是两手攥空拳，拿什么挑倒是。

刁：可真是的，挑，挑还不得挑在人家腚后边啦！

李：别光咱们瞎吵，看看赵班长是怎么个意思。

赵:我的意思啊,你们问问郭师傅吧。

乙:郭师傅你怎么不说话啦?

甲:郭师傅多咱都是有的是话,今天怎么不吭气啦伙家。

刁:你先别挑那些毛病,人家郭师傅研究性可大啦,郭师傅看皮带断啦,在闷着想办法呢。

郭:没有什么,我是在想挑战呢。

赵:郭师傅在想办法呢。

刁:郭师傅你说咱们战能不能挑?要叫我看哪,够×呛!

李:老刁!你这个小子就是不爱挑战哪,人家挑战书还没来,你就害怕啦!

郭:对呀!我看咱们大伙放心吧,咱厂子也不比别的厂子落后,咱们为什么就不敢挑呢?就是厂方不给解决皮带问题,咱们自己也得想个办法解决啊,只要他们敢挑,咱们决不熊其他们。

赵:现在这个困难,就是皮带没有啊。

郭:赵班长你别着急。

李:对啦!趁着这个时间,我去找找老白去,再问问厂长,他不是说要想个办法么?

赵:你去看看,咱们干活吧。

郭:对!咱们到晚上一定要把这辆车完成,皮带这个事儿大伙就别发愁了。

众:好!干吧干吧!

(音乐随着起来,工友都拿起工具)

(郭领唱第十四曲)

咱们大家齐动手,

众:(合唱)齐呀么齐动手啊。

郭:(领唱)干起活来多加油哇,

众:(唱)多呀么多加油啊。

郭:(领)木板刮得平又平啊,

众:(唱)平又平哇。

郭:(领)咱造车箱子起带头啊,

众:(唱)起呀么起带头啊,

咳嗨! 咳嗨!

快呀快动手啊,

多呀么多加油,努力干,起呀么起带头哇。

乙:老李回来啦,手还拿的东西呢!

甲:什么东西伙家?

刁:东西? 东西它也不是皮带。

赵:怎么样? 老李,老白是怎么说的,到底是有没有皮带,能不能想出个办法?

(李拿挑战书上)

李:厂长说没有这个东西。

刁:材料科说没有? 材料科管干什么的?

李:厂子里没有,就是买也得五七六天的。

刁:怎么? 还得五七六天的,现正是立功,活又那么紧,你别说五七六天的,就是等一两天就要好看啦。

李:厂长送给我一个表,叫咱们大伙研究研究。

赵:什么表? (拿挑战书看)

甲:赵班长,是不是挑战书?

刁:管它可别是挑战书,要是挑战书就害啦!

李:你先别这么说,还不知人家和不和咱挑呢。

郭:不管他们挑不挑,咱们也得想个办法,就是不挑,咱们也得一样地干哪,反正任务是要完成的。

刘:这是什么玩意儿?赵班长,你看了老半天啦,你念给我们听听吧。

众:对啦,念给我们听听吧。

赵:别急呀,这就是挑战书,厂长叫咱们研究,那么咱们就研究研究吧。

刁:这是哪个厂子的?

赵:加工厂。

刁:我×他个妈的,我正担这份心!

(唱第十五曲)

越怕挑战越挑战,你说这可怎么办?

乙:(唱)没有皮带床子不能动,

不割原料也没有木板。

甲:(唱)这个皮带要是不断,王八蛋才不敢和它挑战呢。

皮带断了不保险,我看趁早不挑战。

刁:(白)报告,我提个意见。

赵:好,你提吧。

刁:我看这个挑战书谁接的,谁就和它挑吧,再不就叫他送回去。

李:不是,厂长说叫咱们研究研究。

刁:没有皮带你还研究什么,趁着这个热乎劲,快把它送去吧,再住一会儿就凉啦。

郭:你这是说到哪儿去啦,老刁呀!

(唱第十六曲)

叫声老刁你别胡闹,

这个战来咱们得挑，

无论如何咱们不能熊，

不能见困难就往回跑。

赵：（唱第十六曲）

郭师傅的话真不假，

咱们大伙想个办法。

他们敢挑咱们就敢迎，

管说什么也不能熊。

刁：（唱第十七曲）

谁爱挑来谁就挑，

没有皮带就拉倒。

什么办法不办法，

我老刁同意坐个蜡。

郭：老刁，叫你这么说，咱们没皮带就不能干啦。

李：对呀！我看咱们大伙还是研究研究吧。

甲：我看这个战不能挑。

刘：我看这个战也挑不得。

李：我看就能挑！

刁：就不能挑，没有皮带你还挑什么？

李：就他妈能挑。

（两人吵起来）

郭：咱们别吵啦，过去干的猛劲都哪去啦，遇到这么点困难就低头啦。

刁：好，郭师傅你说不低头，你说个办法给我们听听。

郭：我倒有一个。

甲：你倒有个什么？

郭：我还有个办法，不知能不能行，我提出咱们大伙研究研究。

众：什么办法？

郭：咱们不是有个刨床子么，坏啦，这两天也修理不好，咱把那上的皮带弄下，安在那上不就行了么。

刁：不行不行，那个刨床子管多修理不好啊，再说拿下来还不知大小相不相应呢。

李：那个以后再想办法，到那时候厂子给买来也说不定。

甲：咱们试试看。

郭：大伙放心，那个皮带我敢保，就是不行我老郭也有办法。

赵：对，咱们拿它来试试看怎么样，老李你去问问厂长行不行。

李：好，我去。（急下）

郭：厂长要是同意的话，咱们马上就动手，千句话做一句话说，大伙别发愁，就是厂长不同意，我老郭也是有办法。

刁：那还保准啊，张三的帽子戴在李四的头上，他就会相应啦？

乙：这个事儿我看不贴谱，还不知厂长让不让呢！

赵：那个大伙放心，只要我们能完成任务，厂长就没有不同意的事儿。

甲：我看哪，好歹咱试试看，就是不好，也没有什么关系。

（李急上）

李：厂长同意啦伙家！

郭：同意啦，同意咱马上就动手。

李：郭师傅你先去，赵班长，我去找老白去商量商量就动手吧。

赵：好吧，快去吧。

（李下）

郭:我去换皮带,大伙同意不?

众:同意同意!

郭:大伙别泄气,该怎么办就怎么办。皮带合适咱们挑战,皮带不合适也挑战,我先去啦。(急下)

赵:咱快干咱的活。

(唱第十四曲)

他们敢挑咱们就敢迎啊。

众:(唱)咱们就敢迎啊,

赵:(领)大胆迎战才是好汉哪,

众:(唱)是呀么是好汉哪。

赵:(领)只要咱们有信心哪,

众:(唱)有那么有信心哪。

赵:(领)竞赛胜利不费难哪,

众:(唱)不呀么不费难哪。

哎嗨!哎嗨!挑战是为生产哪,

咱们敢迎战哪,有信心,胜利不费难哪。

刁:(运完了木头)你再怎么说啊我看也不牢靠。

刘:这个事儿啊,可是个事儿。

甲:看你们俩这个尿泥劲,来不来就泄气了,照这样看,差不多有个八达啊。

刁:赵班长你怎么不知道着急,老说等,等到多咱是头。

甲:人家赵班长着急在心里,当像你!

赵:我不着急,昨天把我急得没办法,我到老郭家去啦,一进门他家就像闹什么别扭似的。

刘:准他妈和他那个娘们当当起来啦,不怎么我管多不爱上他家。

甲:郭大嫂干活可是个好家伙。

刁:干活是个好家伙,就是属庙里香碗一头热,有个小毛病,就知道往家里划拉。

刘:上一回厂子里分洋袜子,郭师傅分个矮筒的,她硬逼着郭师傅回来换,郭师傅没换,她和郭师傅俩吵起来了,我就格厌这样小头鬼人,所以我就不爱上她家去。

赵:那个家伙干起活来是行啊。昨天我到她家去,她家好像有什么怕人的事儿似的,我坐了不大会儿,她硬向外支我,给我弄得二虎虎地就走啦。

甲:咱们叨咕这些干什么,快干活吧。

(这时后台有李声"哎!小心点郭师傅",还有别的工友也说;郭声:"不要紧哪。"只听得后台郭师傅从机器上掉下的声音,郭喊:"哎呀妈呀!"李说郭师傅怎的啦)

赵:郭师傅怎么啦怎么啦——快去看看!

众:快去看怎么啦。

甲:快走呀老刁。

(幕急落)

第四场

(开幕曲"瞌睡昏"第十七曲)

时间:午后四点左右。

地点:郭玉刚的家里。

出场人物:郭、父、妻、花、厂、李、赵、刁、甲。

布景:同第二场。

(幕随着乐开)

（妻在凳子上坐，给她男人补袜子，很困的样子，一面做活，一面唱着小调）

妻：（唱）瞌睡昏，瞌睡昏，瞌睡上来由不得人。

公婆早死十年整，一觉睡到大天明。

（打一个哈欠，忽然想起皮带）』

妻：小花！你知不知道今儿个是几号啦？

（小花在后台回答）

花：做什么妈呀？

妻：花！你来！你知不知道阳历是几号啦？

（小花上来用手算）

花：今儿个是二十二号啦。妈，我想起来了，俺爹厂子里住两天好领粮啦！

妻：是真的二十二号吗？

花：妈！我还能哄你呀！

妻：这可好了！又到二十四号，你爹好领粮啦！

（后台鸡下蛋叫几声）

妻：花！你去看看是不是小黄鸡又下蛋啦，快去看看。

（花下，妻从凳上起来）

妻：你看我这个记性。（怨自己的样子）

（唱第十八曲）

我这个记性真是坏，今儿个是初几都想不起来，

后天领粮用麻袋，可别叫他看见我的皮带。

妻：（白）哎呀！你看我这个忘魂脑子，大堆儿不中用了，昨天老献来还说快要领粮啦，我怎么没把这个事放在心里呢？领粮用麻袋，家里就这么一条麻袋，这一下子不把我的皮带露出来了吗？我

可不能叫他给拿去，我再挪个窝。

（把皮带从麻袋里拿出来，想往屋里头藏，一想不好，马上转回头来）

（唱第十九曲）

手拿皮带我心中忙，哪个地方再把你藏。

大小地方都藏遍，哪儿再找一个新地方。

（白）连耗子洞都藏遍了，我再上哪找一个新地方？

（稍停，想一下，又瞅会皮带）罢，罢，罢！

（气得将皮带扔在地，又到桌子上拿起袜底想补，忽然发现桌子上的剪子，把剪子拿起）

（白）看这个世道反正我是争不上啦，不如把它剪了吧！

（唱第十八曲）

手把剪子紧又紧，咬咬牙根，我狠狠心，剪一尺来，我赚一尺，剪一寸来，我赚一寸。（管怎么剪，也剪不动）

（白）这个倒霉的剪子，用着你倒来劲啦。（把剪子扔在地上）

（花急跑上）

花：妈，你看俺爹怎么啦，手上包着药布，还有人给送回来，妈，快去看看。

妻：啊！怎么啦，你爹今天怎么回来这么早，你快看看去。

（花下）

（妻急急忙忙地把剪子拾起，又把皮带藏在箱子里，用钥匙把箱子锁上，拿着钥匙坐在箱子上）

（小花在门外伸头看见把皮带藏在箱子里，缩回头去）

（花在后台问：爹，你手怎么啦！）

厂：（在后台说）你爹把手跌坏啦。

妻：谁呀？进来坐吧！（从箱子上起来）（厂长、小花、郭上）唔，厂长来啦，你手怎么啦？

（郭不语）

（郭坐在地下的箱子上）

花：你看俺爹手。

妻：你手怎么啦！（郭不语）他这是怎么啦厂长？

厂：大嫂，你放心吧，郭师傅头晌在厂子，上电锯上的皮带，没加小心，从那顶上滚下来，把胳膊抃坏了。

妻：厂长，是不是折（断）了？

厂：不管事，大嫂。

妻：不管事吗，厂长？

厂：不要紧，我刚才领他到病院看了一下，医生说不管事，只是把筋触了一下！你放心吧，大嫂。

（妻拿起桌上的茶壶、茶碗）

厂：老郭，你觉着怎么样？

郭：不要紧。（痛的样子）

（妻想下又回头）

妻：你觉着怎么样？

（郭不语）

妻：你若是痛得慌，就上炕倚一会吧，反正厂长也不是外人啊。

（厂长起来）

厂：对呀，老郭，你要是累得慌，就上炕倚一会吧，多咱养好了多咱下厂子，你的活叫别人替你干，你可别着急。

郭：不管事，厂长，这么点小事算不了什么，这个熊家，我不能待，我明天就下厂子。

（父从外边上）

厂：哎呀！大爷回来了。

父：哎哟！厂长，你怎么有工夫到这来，今儿又不是礼拜，快坐吧。（发现了玉刚的手）玉刚的手怎么啦？是不是又扑着啦？干活这玩意一时不加小心就出差啊！

厂：对了，大爷，现在厂子里搞立功，任务跟得很紧，昨天头晌不凑巧电锯的皮带断啦，郭师傅上去挂皮带，没加小心把胳膊触了一下，我领他到病院看了看，医生说不管事啊！

（妻从屋里拿茶壶上）

妻：厂长，喝水吧。（给倒水）

厂：不要忙活了，大嫂，这还有些药。（放在桌上）

父：怎么，厂长你领他去的？厂子活又这么忙，这叫我说什么好呢！

郭：爹爹不管事，你老人家放心，就是一只胳膊，我也能干活呀。（站起）

厂：（把老郭扶坐下）哎呀，老郭你别这么刚强啦！大爷，你不用听他的，你看着他，在家多休息几天，不好可不能叫他下厂子啊，养活好了再去干活。

妻：厂长说得对呀，这是个筋骨病，常言说“伤筋动骨一百天”哪，可得歇一歇。

父：歇就歇几天吧，我过去在那厂子待过，那些床子我都知道，从那上边掉下来就是轻也是够呛啊。

厂：是呀，大爷，你看着他多休息几天，关于医疗费，完全由厂方给拿，你放心吧。

父：这真是，你们厂子活忙吧？

厂：现在活可紧啦，现在正搞立功运动。

父:哎呀!现在厂子还有什么立功,小鼻子那当我在厂子,就是混一天算一天哪,还有什么功不功的,咱不懂这些事。

厂:大爷,玉刚干得可撒野啦,这还不说,就是教徒弟也很热心。

花:大叔啊,俺爹现在又能看报,又能写字。

厂:这是实在的。

父:(乐得嘴都闭不上)哈哈,多干点活吧!

厂:(看看表)哎呀,我来了大半天啦,我要回去了大爷!管怎么你看着郭师傅在家里多休息几天,不好不能叫他下厂子啊,我走啦。

父:再坐会吧!

妻:走吗,厂长,不送啦。

厂:不用啊。

郭:(起来)厂长,你别把这事挂在心上。

厂:你还是多休息几天吧,我走了大爷。(下)

(父送下)

妻:你要是痛的话,上炕倚一会儿吧。

郭:去你妈的,用不着你管。

(父上)

父:玉刚,你到底是怎么把胳膀抃坏了,轻啊,还是重啊!你怎么不说话呀?到底怎么弄的,不行咱好到铁骨刘那去看看。

郭:这简直把人都气死了。

父:怎么回事你说说。

郭:提起这个事。

(唱第十九曲)

自从厂方开展立功,

工友各个干得凶。

任务是十辆大客车，

要在月底全完成。

哪知道床子上的皮带断，

割木料的床子不能用。

厂方到处买不着，

这个任务实在难完成。

父：怎么了？不好买一条啊？

妻：皮带断了该你什么事。

郭：去你妈的。

（唱第十九曲）

工友们都想立大功，

这样一来怎么能行，

咱们家的那条皮带正相应，

我很早就想拿出用。

遇着这个小心眼，

把皮带藏起来不见影，

无奈何我就把别的皮带换，

哪知道一不小心跌在地留平。

父：哎呀！玉刚，你还痛不痛挡不挡害啊？

郭：先生说过一两天就好了。（坐箱上）

父：管怎么的以后干活可得小心点，刚才厂长给你那个药，你把它吃啦吧，（对媳）你好好照管他，我去找点老枯花根子发发汗，能好得快一些。（下）

妻：你饿不饿呀，我给你弄点饭吃。你痛不痛，上炕倚一会儿吧，痛不痛，你到底饿不饿？

郭：（不语）

妻：你这是怎么啦，我十升都换不出你一斗啊，你到底也不放声。（又停一会儿）你到底怎么回事儿啊？

郭：去你妈的，我死了也不用你管。

妻：看你又这样风不顺啦，从你来家俺还说什么不好听的啦么？胳膊坏啦还怨着人家啦。

郭：你还打听，我胳膊不叫你还能扑坏呀？

妻：还怨着我啦，我叫你扑坏的呀！

郭：（起来）不怨你怨谁？

花：妈，不怨你怨谁呀，你要把皮带早给俺爹哪能把胳膊扑坏了。

妻：你这个小丫头尖嘴薄舌的，管什么都有你的，给我滚出去。（推花）

（花吓得跑爹身后）

花：不怨你怨谁呀，就是你的事儿，就怨你，就怨你！怨你！怨你！

（妻欲打花）

郭：妈拉个×的，我的孩子你敢打？

（外面有人叫："郭师傅在家吗？"）

妻：看这些人，又来勾搭啦。

（赵、李、刁、甲拿东西，李带钱上）

郭：哎呀！老赵来啦，李清来啦，老刁也来啦！

刁：我告诉你郭师傅，李清代表工会福利部，来瞧你病啦，这些东西是大伙花钱买的，你收下吧。

郭：这怎么能行呢，拿东西干什么，快坐下吧！

众：收下吧收下吧！

李：郭师傅你怎么样啦，从你走后我们大伙都不放心，这是工会福利

部给了三千元的治病费，你收下吧。（放桌上）

郭：怎么还拿钱，这个我可不能要。

赵：你收下吧，收下吧，刚才厂长跟这儿去叫我嘱咐你好好养病，多咱把胳膊养利索再下厂子，你别着急呀。

郭：不要紧，我明天就去干活。

甲：得啦，郭师傅你别着急，你的活我们大伙都分好了，我们替你干啦。

郭：可是我倒忘啦，咱们那个皮带到底合不合适呀？

甲：提不得了，正赶巧，宽窄倒是相应，就是长短不够头。

刁：郭师傅，你这一病不要紧，咱们厂子是功也不用立啦，战也不用挑啦。

李：你怎么那么不知深浅，得着什么说什么。

（父找老枯花根上）

父：嗳！老献来啦，你们大伙都来啦，小花，快叫你妈烧水！

（花在台上召唤："妈！俺爷爷叫你烧水！"）

众：你忙什么啦大爷？

父：玉刚不是胳膊坏了吗，我去找些老枯花根子发发汗，不是能好得快一些么。

李：我们都是来看郭师傅的，郭师傅是为工作把胳膊抃坏了，我们大伙都不放心啊。

父：听说你们厂子不是立功么？干得怎么样啦？

甲：别提啦大爷，提起立功这个事，我们厂子才难住啦，加工厂要和我们挑战，我们都不大敢和人家挑了。

父：怎么？挑战？你们这几个人都谁立功啦？

李：大爷，我们老赵班长立了一小功。

父:哎!老献立功啦,你怎么不对我早说呢?李清你立没立上?

李:我没立上,大爷,立功可不是个容易事儿啊,不但一方面好,各方面都得好,才能立上功呢。

甲:大爷,俺赵班长在这一次立功中打了头一炮。

父:接壁那个傅大头立没立上?

刁:傅大头那个小子酸急割流的,他还能立功?他立不上!

(众笑)

赵:别看人家傅大头没立上功,人家厂子立功劲可满足啊!

郭:对了,我有一天在厂子听广播说,他们那个厂子打头一炮。

李:噢!就是田大个子那个厂子,干得可满热乎。

赵:不但他们那一个厂子搞得热乎,哪一个厂子搞得都是热火朝天。

父:你们那个厂子怎么样?

刁:我们那个厂子,活干不完了大爷,没有皮带不能破木头啦。

赵:对了,大叔,现在就是皮带困难哪。

李:材料科没有这个东西,买吧,也买不着,眼看任务快到期啦!我们大伙都想不出什么办法。

郭:大伙放心,那么点任务算不了什么,只要上上皮带,我保证两天就能完成,大伙放心,我明天就去干活。

(妻拿水上)

妻:哎呀!你们都来了,我怎么还不知道呢?

众:来啦大嫂。

妻:你们不都是些忙人吗?怎么今儿个有工夫。

刁:可不是些忙人怎么的,下班啦还没有工夫。

(妻给大伙倒水)

妻:喝碗水吧!

甲:大嫂,你现在还是那么厉害劲吗?

妻:你怎么知道我厉害,我打过你,还是骂过你啦。

赵:人家大嫂这个厉害劲,可厉害到正经地方。

妻:得啦,别闹啦,快喝水吧!

李:不啦,大嫂,我们要走啦。

妻、父:再坐会吧!

众:不,大爷,我们走啦。(都起来了)

刁:大嫂,你把桌上的钱收下吧。

妻:这是怎么的,叫俺说什么好呢!

刁:你就收下吧大嫂!

众:咱们走吧。

父:你们四位不坐啦,闲着再来吧。

众:好!好!(齐下)

(父回来便进屋里去)

妻:这些个人就是张张罗罗,就知道讲工厂的事。

郭:你到底怎么回事?你呀!你呀!

(唱第二十曲)

你这个人就没有良心,
忘了厂方工会对咱们的恩,
人家为什么这样对待咱,
这正说明咱们是一家人。
一条皮带算了个啥,
耽误了工作任务那才是大事情。
咱们要是不拿出来,
你想想那还算个什么人。

（白）我说你还是好好想一想吧。

妻：哎！我知道，咱们上次不是献过了吗？献过了大焊就得了吧，还献两份啊，你没看见小花脚上的鞋，眼看光着啦，要留给孩子做鞋穿。

郭：哎！那个东西可不能做鞋，是一个材料，现在厂子里活等着要，你快拿来吧！

妻：拿，拿，拿什么。

郭：你不知道谁知道，你呀！你呀！

（唱第二十一曲）

你呀你呀你还赖，说千道万快拿皮带。

妻：（唱）狗肚子存不住一点油水，我看你是一个败家子。

郭：（唱）大材小用你混蛋，你想做鞋难上难！

妻：（唱）我看你是净显能，工厂是你的亲祖宗。

郭：（唱）你这个骚娘们知道个啥，

今天不给我皮带你瞧着吧！

（给妻推倒在地上）

（白）你说皮带哪去啦，你要不拿出来……

（各地找东西要打妻）

（花听了从屋里急跑上）

花：妈你快说吧，爹，你别打，我告诉你。

妻：你这小死丫头，看你敢说，说我给你嘴撕两半！

郭：你敢打我的孩子！

（妻拿起笤帚跑，追打小花）

妻：（唱第二十一曲）

我的孩子我敢打，

花:(唱)爹呀爹呀你快来拉,

郭:(唱)小花小花你告诉我,

看你敢来碰碰她!

花:(唱)爹呀爹呀你快来,

皮带就在你腚底下。

(把郭推坐在箱上)

郭:啊?!(从箱上惊讶地起来)

妻:你这个小死不了的!

父:(在里屋听见出来)你们俩想闹翻天哪!

妻:爹你快来呀,他要把皮带给工厂!

父:给就给吧!工厂不就像咱家一样么,你看厂子对咱们这个滋味,为了干活,一条皮带算了个什么,别说这条皮带是小鼻子时代拿出来的,就是花钱买的,给工厂也应当,你快就拿给他吧!

妻:(稍停不大会)爹呀,再不这样,给厂子一半咱们留着一半。

父:咳,留什么,那是块材料,你看厂子对咱们那个……

妻:咳,我知道啊,再不给小花留做鞋底吧!

父:你就是那么小气劲,哪能做鞋底啊,那是块材料,不能毁坏了,你快点拿给他吧!

郭:快把钥匙给我!

妻:给你!(把钥匙放桌上进屋)

(妻给钥匙,郭去开箱,此时幕急落)

第五场

时间:早上七点来钟。

出场人物:赵、李、刘、甲、刁、乙、厂、郭、白。

布景:同第三场。

开幕:奏第二十二曲,幕随音乐开。(早上学习完了众上场)

李:今早上学习的那个算料方法,我可得好好练习练习。

乙:郭师傅这一病,俺早上技术课都没有人教啦,早上技术课也没有了,我在练习识字,李师傅,你练习吗?我练习写字,你看好不好?

李:好!

刁:老孙,(群甲就是孙)今早上赵班长讲那些玩意,我怎闷闷糊糊的,老是听不懂?

甲:你这个小子又琢磨什么啦,我怎么听懂啦,你还是没专心听。

刘:那可是真的。

乙:老刁,你是不是早饭吃完了,又想吃晌饭啦?

刘:准是那么回事。

乙:(忽然一个字想不起来)这个字怎么写的,我怎么想不起来啦?(想起来)想起来了,你看这么写对不对?(给李看)

李:对呀。

(乙乐得唱起来)

(唱第二十二曲A,不配乐)

敲起锣鼓响咚咚,
咱们要争取当英雄。
英雄的胸前戴红花,
又好看来又光荣。
又好看来又光荣。

刁:你这个小×养的,唱什么,就你他妈高兴。

乙:我怎么高兴?我的嘴,我乐意唱。

刁:你爱唱啊？好,好,爱唱出去唱,不知人家心里什么滋味。

李:老刁呀,你这个小子,就是个泄气包,遇着一点困难,就低头啦,看你这几天老是闷闷不乐的。

乙:(写的字送李看)你看我这字写得比过去有没有进步？

李:有进步,写得还不坏。

(乙送给刁看)

刁:写得不坏呀！就是意思不大好。

甲:什么意思？

刁:叫我说呀,现在的立功运动,别的厂子都搞得热火朝天,就咱们这个厂子哑巴生生的,叫我看要熊。

赵:咱们别泄劲啊,咱们迎战书不是已经递上了吗？咱们更得加油干,床子坏了也不挡害,咱们不是还有材料吗？

刘:有材料？这不眼看没有了,还有五辆车没修呢！

李:那你先别着急,到那时候,厂子给咱们想办法也说不定,我看还是放心干活吧。

刁:管怎么说吧,我看咱这十辆客车的任务——就是够呛,这个战就是不能挑。

甲:郭师傅这一病,咱们算踢蹬啦。

李:郭师傅这一病啊,咱们厂子就像少了半拉膀子似的。不管事,有咱们赵班长领导着干,还怕什么。

甲:昨天到郭师傅那去,他不是说有办法吗？

刁:他早就说有办法啦,他可没有想出什么道道来,他说他今天来,他有病他能来呀？

赵:咳！咱们不能这样一言断定,我和郭师傅搿过老伙友,他逢不说,一说就有底。(拉笛)管他挑战也罢,立功也罢,咱们该怎么干,就怎么干,到点啦,干活吧!

(工友干起来)

甲:赵班长,郭师傅今儿个没来,他那活,谁替他干哪。

刘:那个活可重要啦,你忘了上一回张贵把窗户框对错啦,那不返工啦?

刁:谁干都行,我可不行,干坏啦怎么办?

李:赵班长啊,你昨天替郭师傅干,今天你还替他干吧。

赵:不行啊!我今个还得下料啊!

甲:对啦,赵班长今天还得下料,再要替郭师傅干,下料这个活就没有人干啦。

赵:这么办吧,老李你替郭师傅干吧。

李:我这两下子不行啊。

刘:行,老李你管怎么比我们多干几天,你替他干吧。

众:对,你替他干吧。

赵:对啦,老李你干吧!你还比他们多干几天。

李:不行不行,我这个手脚慢腾腾的,多咱能鼓动出一个,郭师傅干得又快又细又好,我不能行啊!

刁:你管怎么说吧,郭师傅不来尽是×蛋事,你们说咱们厂子除了赵班长外,谁有郭师傅心眼快?

李:干就干吧!

(李领唱第十四曲)

我们的意志真坚牢啊,

(众唱)真呀么真坚牢啊,

(领唱)困难面前不动摇,

(众)不呀么不动摇。

（领）互相竞赛来挑战哪，

（众）来呀么来挑战哪，

（领）为的是任务提前完哪，

（众）提呀么提前完哪，

哎嘿嘿，意志真坚牢，

困难面前不动摇，

任务提前完哪！

乙：（突然）哎！我怎么横看竖看像郭师傅来了！

刁：（扛着木头）他有病他能来呀，别扯淡啦。

李：嗳！可不真是郭师傅怎么的。

众：是他是他。（众跑下，郭师傅上）

（有的问："好啦？怎么今天就来？"）

（郭上来就唱，拿一块包的皮带）

（唱第二十二曲 B）

我谢谢工友对我挂心，

今个已经不痛又能动，

我想明天一定能上工。

众：你胳膊好了吗，郭师傅？

李：这是什么？

刁：打开看看。

李：这不是皮带吗？

众：你在哪儿弄的，郭师傅？

赵：你们看见了没有？

（唱第二十二曲 A）

我说郭师傅主意多，

他只要答应就能做，

我从来就有这信心，

你们看看错不错。

刁:(唱第二十二曲 A)

不错不错真不错，

郭师傅道眼就是多，

皮带断了我泄了气，

有了皮带我笑哈哈。

李:你不是说郭师傅吹大个吗?

刁:我那是说笑话玩呢！郭师傅,你快说,皮带从哪弄来的。

郭:(唱第二十二曲 A)

提起皮带话儿长，

日本时代我住工厂，

我一心要想破坏他呀，

我就把皮带拿出来，

拿出了皮带投了降，

拿出了皮带投了降。

众:你怎么憋这些日子才拿出来?

郭:(唱第二十二曲 A)

过去我本想把它献，

老娘们跟我瞎捣乱。

东藏西掩找不着，

直到昨天才发现，

直到昨天才发现。

赵:(唱第二十二曲 A)

过去的事儿咱不谈，

有了皮带乐坏了咱，

方才还是云遮月，

现在好比见晴天。

李：（唱第二十二曲A）

叫声郭师傅你真行，

献出皮带你真有功，

立功挑战两不怕，

修车的任务有保证。

赵：对！这回立功，挑战，任务，什么也不怕了。

李：赵班长，你先拿着皮带，我去告诉老白去，再去报告厂长好消息去。（急下）

甲：哎！我想起来了，不怪皮带坏了那天郭师傅净说半截话呀，就好像有似的。

刁：你这么说，我也想起来啦，郭师傅头几天就不大爱说话，一提起挑战，他好像有把握似的，我嘴没说，心里想郭师傅吹大个呢。

白：（后台问）什么事什么事？

众：有了皮带了伙计。

白：（上）谁拿的？

众：郭师傅拿来的。

白：哎呀！这大皮带呀。

（唱第二十二曲A）

手拿皮带我心喜欢，

左看右看我看花了眼，

大小尺码正合适，

又厚又结实又新鲜。

忙把老郭叫几声，

老郭老郭你真行，

这个皮带哪里来，

你快说给我们听。

（白）这个皮带哪里弄的，你快说给我们听听。

刁：你打听这些干什么，有了皮带管比什么都强。

赵：你看看怎么样，还是郭师傅办事有底吧。老白，你拿去试试看合不合适。

（白下）

厂：（上）是郭师傅弄皮带来了吗？

众：有了有了。

厂：他胳膊好了吗？我叫李清上工会给郭师傅报功啦，厂子这个大困难没解决，叫你解决了。

赵：这回有了这根皮带，咱们的任务一定能提前完成，咱们的挑战一定能胜利。

甲：这都是郭师傅的力量。

郭：没有什么，这都是苏联老大哥把咱们解放，政府和工会领导得好，咱们才有今天，这工厂就像咱们家一样，咱们家要用这条皮带，我把它拿来，还不一样吗。

赵：老孙，你快去看看，老白安得合不合适。

（甲下白上二人同上）

白：正相应正相应。

厂：你看这皮带纯粹是老牌子货。

刁：这回有了这根皮带，谁要不挑战是王八！

厂：老赵，你拿去安上，要不没有料啦。

赵：走，咱们去安上吧。

众：好，好。

（后台播音机响）

刁：听听，这是什么事。

（厂里）工友们注意喽，工友们注意喽！工会宣传部通告，报告立功的好消息：今有郭玉刚工友，不顾自己一切的利益，把自己心爱的皮带，献给了厂方，在生产任务上，起了决定的作用！经工会评委会评定，特给郭工友立大功一次。咱大伙都应该向这样工友学习，看齐！

众：快往榜上写呀。

（李上）

李：我已经写上了。

赵：走，咱们把皮带安上吧。

（合唱第二十三曲）

唉……

立功生产，

生产立功，

生产里面立大功，

爱护工厂多生产，

我们在生产战线当英雄。

我们无产阶级是一家，

团结起来力量大，

谁要阻挡我们前进，

我们要坚决消灭他！

我们是新中国的主人，
我们在毛主席的旗帜下，
打倒国民党反动派，
我们工人阶级要当家。（众齐下）

（幕落）

（全剧终）

大连东北书店1949年5月初版

一只手的功臣[1]

时间：一九四八年秋末。

地点：旅大地区某胶皮工厂。

人物：于顺兴——三十二岁，一只手的功臣，工作积极、耐心、性刚强、沉着、政治认识清楚。（简称于）

董同志——二十八岁，工务科员，工作不深入，摆架子，好发火。官僚主义。（简称董）

李主任——二十七岁，工会委员，工作深入群众，对人热情，诚恳。（简称李）

侯掌柜——四十岁，私人铁工厂的掌柜，商人习气，虚伪狡猾。（简称侯）

老谭头——四十五岁，烧锅炉的工人，互助性差，脾气暴躁，好犯个冷热病。（简称谭）

---

① 本剧由董伟执笔。

小张——二十岁,聪明伶俐,能干,学徒三年。(简称张)

小孙——十九岁,蠢笨,埋头苦干,学徒半年。(简称孙)

小王——十七岁,活泼,顽皮,学徒半年。(简称王)

妇女部长——二十岁,工作认真,积极,制鞋部长。(简称妇)

老婆——四十七岁。(简称婆)

群众——女:甲、乙、丙、丁。男:二、三、四。余者无数。

第一场

时间:上午十一点半多钟。

上场人物:于、张、王、孙、董、侯、婆、妇。

布景:胶皮工厂碾子房,右边有一个小门,可以通制鞋部,中间有一个大窗户,隔窗可以看见有许多女工在案子前干活,架子上挂着做好的水袜子,前台左面有一台压胶皮的碾子,碾子跟前有一个缠胶皮的车子,右边有一个油桶、火油箱子、工具箱子和压好的胶皮、笤帚、簸箕之类。小黑板挂在墙上。

开幕:(愉快劳动的气氛,前台机器在转,后台女工在制鞋,张在压胶皮,孙缠胶皮,于师傅拿着胶皮,小王一趟一趟地往外扛胶皮)

后台女声唱:(第一曲)

秋风阵阵吹过窗,工友们个个精神爽。

两手一刻也不停,粘鞋底呀,粘鞋帮。

为的多生产,大家制鞋忙,

快点粘哪!快点粘!要完成水袜子两万双。

前台唱:(第二曲)

碾子轰隆轰隆地响,压出胶皮软又光,

压出胶皮一张又一张,长长的胶皮缠在车上。

于:(唱)我这里开动碾子压得快。

王:(上唱)扛了一趟又一趟。

于:(白)你快叫他们制鞋部来拿胶皮。

张:你们快来拿胶皮呀!

妇:(上唱)忽听小张一声喊,急急忙忙走上前。

(白)哎呀!

(唱)你们压得真是快,一会儿压了一大堆。

于:(唱)我们压得快。

(白)老孙哪!你得领头快点粘。

妇:(唱)那是当然,那是当然,拿回皮子快点粘。(下)

后台唱:快点粘哪!快点粘哪!制鞋部干得更是欢。

前台唱:压出胶皮一张又一张。

后台唱:做出水袜子一双又一双。

前台唱:一双又一双。

后台唱:一张又一张。

前台唱:胶皮攒了一大堆。

后台唱:水袜子挂得一流两行。

王:(白)咱们干得真快呀!(对后窗)咱们比比赛吧?

后台女:比一比就比一比。

前后齐唱:(第三曲)

咱们干活的情绪真高涨。

于:(白)五天哪!

(唱)要完成水袜子两万双。

为了全国早解放,做出水袜子送前方,

战士们穿了打老蒋啊,战士们穿了打老蒋!

于：咱们胶皮工厂啊，接到这两万双水袜子的任务，大伙干得劲可真足哇！光咱这一台碾子，一天就能出两千多双胶皮底子。

王：光说制鞋部干得快，你看看，咱门攒这一堆一拉的胶皮。他们制鞋部都不跟趟啦！

孙：他们割底子部也跟不上趟儿。

张：你可别那么说呀，割底子部那帮子人，干得可撒野啦！切那些底子，案子上垛得一摞一摞的。

孙：你看见啦！你没有不知道的事，像你在那切底子似的。

张：我可不看见啦！你当我骗你啦？傻乎乎的，一天到晚光知道闷子头摇你那个车子。你知道什么？

王：（对张）你知道？你知道个屁好烧呀。

张：我可不知道呗！你当我说胡儿呀！刚才我上试验室去拿粉子，跟切底子部走过来，我亲眼看见那疙瘩案子上，切好的底子，造了这么一大堆。

王：唉！你的眼这不是还挺抓色吗？跟切底子部走了这么一趟，就看见了一大堆底子。你知道还不如我知道得彻底哪！你还没看见啦！切底子部攒那些皮子，还没切啦！

张：真的吗？

孙：真的吗？

王：谁还撒谎吗？别看咱这台机器，管比哪台都快呀，切底子部哪能跟上趟儿？

于：你们三个别叨咕啦！快点干吧！光顾说话，可小心挤了手哇！

王：怎么的？于师傅，咱可不是吹牛啊！咱们有这台快碾子，干得就比他们干得快。

张：哼！就是压出来的皮头哇！制鞋部干得也得紧凑哇！

于：唉呀！我还忘啦！才头制鞋部拿出的皮子还没记账！（欲记账）

张：小王送的底子记啦吗？

王：没有，没有。唉！于师傅，你念叨着，我记我记。（去抢于粉笔）

于：好，我念叨，你写吧！黑底子十六张，黑皮头六张，浆子三个。

（小王添码，浆字没写）

王：上面还没写“浆”字来。

于：你再写上“浆”字。

王：“浆”字那个“浆”是哪个字？

张：就是那个“浆”字呗！连那么个字都不会写呀？你起来，我写给你看看。（写完）

王：我会写呀！我可不写，特为鳖唬鳖唬你呗！

于：你这个小家伙，一肚子猴儿，不会写，还硬装相啦！

孙：净装相。

齐笑：哈哈哈……

于：快干吧！

众：快干，快干。

前台唱：（第四曲）

碾子部师徒一齐忙啊，为的是提高生产量啊。
不耽误各部门的生产，压出胶皮供全厂。
不叫他们等着咱，咱叫他们赶不上，
咱叫他们赶不上，赶不上。

于：（白）快干，（唱）咱叫他们赶不上，叫他们赶不上。

（碾子轴杠断）

于：怎么啦？

（后台女工趴窗上看，吵吵：“怎么啦！哪坏啦哪坏啦……”）

妇:(上)怎么弄的?

(婆与妇上)

于:唉!轴杠断了,糟啦!

(唱第五曲之一)

轴杠这一断,给咱们添麻烦。

胶皮压不出来,影响全厂的生产。

王:这么粗的轴杠还能断?

张:这不糟啦!

于:(唱)这几天的任务紧,碾子尽夜不得闲。

磨得杠轴发了热,上个礼拜轴杠已经弯。

妇:(白)为什么不早些修理?

于:(唱)我对工务科说了好几遍,说轴杠已经弯。

他说弯了不管事,将就将就用几天。

妇:(白)将就使唤?这下可就出了大岔子啦!

于:(唱)前天我又对他说,他也没来看一看。

这几天我就不放心,今天果然轴杠断。

张:(白)工务科是干什么的?

(唱第五曲之二)

工务科他干什么的?为什么一点不负责?

王:(唱)三番两次告诉他,他一次也没有来过。

孙:(唱)轴杠断了怎么办?还使什么来干活?

妇:(唱)工作任务这样忙,碾子坏了还了得。

众:(白)这不糟啦!碾子坏了,这还使什么来干活。

于:(唱第五曲之一)

轴杠断了难坏了我,影响全厂的工作,

咱们的任务全靠它,这真叫我抓家伙。

(白)唉!

婆:唉……这台碾子可给咱厂子用急啦!坏了,可不可惜了的。

张:工务科不负责任,去找厂长去。

王:你上哪找厂长?你忘啦!厂长不是上安东啦吗?

于:厂长在家还好说啦!

孙:现在就人家工务科管事啦!

张:指着他呀?什么事都耽误啦!

婆:你说工务科这个人是怎么的?该不该?这个机器就和个人一样啊!人得了病,该扎咕不扎咕,等死了再扎咕,还来得及吗?

妇:你忘了?那会咱们制鞋部案子东头快塌了,我找了他好几趟,后来叫我生追死追,他才来看看,给整治了。

张:×他个妈,工务科是干什么吃的?

孙:你骂人家干什么?

张:于师傅,你看怎么办?

于:我也没有办法,还得找工务科。(于下,十二点铃响了)

妇:大娘,到点啦!咱吃饭去吧!

婆:唉……这号人我就看不来,唉……他这个工务科的责任是怎么当来?

(二人下,后台无人)

孙:这两天,我听这个碾子开起来就不是个动静,我可没说。

张:你又知道了?你这不成个明公二大爷啦吗?

孙:我听出来了么。

王:你又听出来了?你早知道尿炕,你还一宿不睡啦!

孙:咱吃饭吧!吃完饭再说。

张:吃饭?还有心思吃饭?

(于、董上)

董:坏得挺重吗?还能不能将就使唤?

于:董同志,我不是跟你说了吗?你看看,你看看。

张:你看看,你看看!(生气的)

王:你看看吧!(讽刺的)

孙:断啦!(失望的)

董:(看)断了?(稍停)这么粗的轴,你们也能把它鼓捣断了?你们怎么搞的?

(唱第六曲之一)

你们这是怎么搞的?干活为什么不注意?

这么粗的轴杠都弄断,一点也不爱护工厂的机器!

(白)干活为什么不注意点?就是坏了,也得早些说呀!

于:(白)董同志,(唱第六曲之二)

董同志你别发脾气,不是我们不注意,

发现轴杠出了毛病,已经告诉过你。

董:(唱第六曲之一)

什么时候你告诉过我,我看你净瞎胡扯。

于:(唱第六曲之二)

请你好好想一想,到底我跟你讲没讲?

上礼拜告诉你两次,大概你把这事忘。

董:(白)上礼拜?告诉我两次?

于:(唱)前天我还告诉过你,当时你也没搭理。你还说……

董:(白)行了,行了!我整天忙着给公司写汇报、开会、发材料……这个事那个事,忙得一塌糊涂。哪能记住这些事,你也真不赶巧，偏偏前天忙了，你告诉我，今天上午没有事，你怎么不去找？再说……

张：于师傅，讲了一大气，到底怎么办哪？

于：董同志，旁的话咱不用说，还是这码事要紧哪！这台碾子坏了，咱这两万双水袜子的任务可就完不成啦！

董：得啦！得啦！

（唱第七曲）

拉倒吧！拉倒吧！不必修理它。

那边的几台小碾子，不是还能用吗？

张：（白）不行啊！那几台小碾子太慢啦！压个料什么的还来乎子事，压胶皮底呀！活像滴拉油儿似的！

于：（白）不行啊！

（唱第七曲）

董同志你没看见，那几台小碾子真是慢，

又不光来又不软，疤疤褶褶的真难看。

一天能压百八十双，这样怎么能跟上趟。

张：（白）那几台小碾子一天能压个百八十双的，哪能跟上趟呀？

孙：你就是多嘴多舌的，管什么事瞎不了你，人家工务科还赶不上你呀？你插的什么言倒是。（吃着饭）

张：你当像你啦！就知道忙斥忙斥生吃一个门。

于：董同志，我看还是找个懂得的人来看看吧！全厂子就这一台最快的碾子，咱们不能停着，耽误了工作。

董：当然不能耽误工作，嫌小的慢，那不是还有一台大碾子吗？使唤那台。

于：那台碾子出活更慢，这多少年没用啦！

董:出活慢?我叫公司给写封信,上甘井子去拉个一百马力的大电滚来安上。你看它还慢?

于:(不语)

(张与小王悄悄说:"那怎么该电滚的事?")

孙:董同志,一百马力的电滚多会能拉来?

董:这两天车不便利,等过几天再说。

于:那不是个办法,还是另打主意修理修理吧!

董:打什么主意?修理修理,谁能修理?你能修理呀?张罗什么?

妇:(隔窗)于师傅,皮子剩不多啦!待会到了点,不一会就干完啦!你快想个办法吧!

于:你们先粘那些吧!董同志,你看制鞋部又来催啦!

董:好,要不你们去找对门铁工厂侯掌柜的来看看。小张,你去。

张:嗯!(下)

于:你叫他快点来。

董:我还有事哪!我走啦!等他来了,喊我一声。(下)

妇:(上)噢!走啦!于师傅,你跟工务科商议得怎么样?

于:唉!谁知道,等铁工厂侯掌柜的来了再说吧!

妇:工务科说那排子话,我都听见了,那个态度,真叫人……

于:唉!别提啦!还剩两张皮子,你先拿去吧!

妇:唉!真没想到,这么好的碾子能坏。(拿皮子下)

王:真是做子梦也没想到。

(侯在后台唱上,张上)

侯:(唱第八曲)

听说胶皮工厂的机器坏,急急忙忙我就来。

早上喜鹊对我叫几声,莫不是今天要发个财?

（白）于师傅，你的活可忙啊！吃过晌啦？

于：侯掌柜，唉！你快来吧！

侯：碾子哪疙出了毛病？

于：轴杠断了！

侯：哎呀！大轴断了！

于：侯掌柜，大轴一断，工作就停了摆。你给好好看看怎么修理？可真等子用啊！

侯：等子用？（摇头）唉呀！大轴一断两折。这个活缠手，不好摆弄。

王：侯掌柜，能修理吗？

侯：修理倒是能修理，可是不好整呀！得慢慢来。你们打算几天要？

于：越快越好，你说待几天？

侯：这玩意儿？

张：得几天？

侯：着急可不行啊！（看）轴断了，得换新的。眼时我手头还没有这个材料。嗯！我朋友那里也许能有。我多跑几趟腿，颠弄颠弄看看；再者这个电滚要拆下来；机器得卸把卸把；洋灰也得另灌；这么一来可是个大拆呀！管怎么的，叫我柜上的伙计多来几个。嗯！可也用不几天哪！

张：真急人，你倒是说得几天？

侯：小老弟，别着急。一天来三个人，换轴、刨坑、拆机器，不用多少日子，顶多不过是个月起程的。

于：唉呀！还得那么些日子呀？

王：唉呀！我的妈！

侯：唉唉！这么得啦！我看你们这个碾子是真等子用，再不我上我表弟那去找几个快手来。你放心，怎么快怎么好。我约莫子四十来个工差不多。快呀！一天六个人，半个月怎么还不干完它。

于：侯掌柜，你等等，我去找工务科来合计合计。

侯：好，好……

（于下）

张：侯掌柜，你能修理好哇？

侯：哈哈，小老弟，你瞧好吧！咱是“手到病除”。

王：你过去修理过这个活吗？

侯：修理？哎呀！赶子修理过啦！那当儿，我鞍山哪，奉天啦，吉林啦，新京啦，哈尔滨啦，走南闯北的，比这个大的都修理过。

张：（讽刺）哈哈，你这不是“剃头棚关板”，还不简个单（蛋）啦！

王：你当是还简单吗？

侯：（得意的）哈哈！

（三个徒弟笑）

（董、于上）

侯：唉！同志，你来了！（握手）我刚才和于师傅合计了。

董：侯掌柜，你说能修理，可是得多少钱哪？

侯：什么钱不钱的，咱们都是为了建筑新旅大，成立新民主，兴隆咱们的大生产嘛！

董：干脆，你说要多少钱算啦！

侯：不能多算，不能多算。

于：侯掌柜，话是这么说，咱还“人是人，钱是钱”，你还是说个价码打个见积①吧！

侯：我倒好说，咱们可有外找的人。少算，照四十个工吧！连拆带

---

① 一个活，计算人工、材料的总数，估价，按着见积给工钱。

装，换根新轴，一包在内，得十八万哪！咱们两家，就算十五万吧！

董、于：十五万？

张：真敢要！可够背的。你能背动十五万哪？

孙、王：十五万？

侯：我没多算，我没多算……

董：算啦！算啦！不修理，不修理啦！

于：侯掌柜，还必得换新轴吗？使这个半截的行不行？

侯：半截的？行？不行？那不是闹玩意吗？错过是换新的，半截的也不结实呀！钱还有白花的吗？一分钱一分货呀！换个新的抗寿。董同志，咱再合计合计。

董：用不着合计，我们不花那份大头钱。你先回去吧！

（侯欲下）

侯：（对于）这不净多事吗？找这个找那个，趁早拉倒，别花那份大头钱。

于：（不语）

侯：（回来）唉！同志！咱们再另合计合计。

董：这台碾子不要了，等拉大电滚来开动那一台。

侯：唉！我权当帮忙，十四万五怎么样？你们找谁也不能贱啦。这个活呀！反正你们自己也不能修理。

董：你快回去得啦！别磨菇啦！

侯：好。你们有本事，你们自己干。你们能修理好哇！我都不姓侯。

（幕落）

第二场

时间：下午。

上场人物：于、张、孙、王、李、谭、董。

布景：与第一场同，后台已经剩了一两个人，鞋架子上已经没有鞋了。场子上的东西是零乱的，碾子上的压轮已经卸下来了，一根大轴杠也卸下来了。

开幕：（碾子坏了，人都在闲着。场上有于、张、王、孙）

张：于师傅，碾子坏了，能不能修理？

王：这遭可该咱歇子啦！

孙：没有活干啦！

张：于师傅，你给我们找个活干。

于：你们到割底子部帮子他们干去，就说我说的。

（王、张下）

后台女声：走吧！到第一部去干吧！这边也没有皮子啦！

于：（唱第九曲）

看着碾子我干着急，想来想去没主意。

我本想把它来修理，怎奈这胳膊不吃力。

李：（上）老于，我听说碾子坏了，找侯掌柜的来看看，他怎么说的？

于：他说："要修理，就得换新轴杠。"要了十五万哪！看那样子，至少得十四万五。

李：工务科怎么说的？

于：白提啦！工务科说这台碾子高低不要了。

李：怎么？没有这台碾子哪行？不要这台碾子，任务也赶不出来。你别光听工务科的，老于，你打算怎么整？

于：咳！我也是没主意呀！咱自己也不是干这一行的。咱也没有那一套本事。

李：看看是不是能想个办法？

于:想什么办法?人家工务科也不让修理。

李:什么?咳!老于,你别这样想啊!

(唱第十曲)

老于你不要这样想,你别和他一个样。

要是咱们能修理成,他也不能不答应。

(白)老于,咱还是得想个道眼哪!

(唱)平常干活你真积极,千千万万别泄气。

工厂的活这样忙,咱们还得想主意。

(白)工厂的活这么忙,还是得打个主意呀!你别光听工务科的。那个同志,他平常那个作风,你还不知道吗?

于:说什么,人家是负这个责任的,咱说了能算吗?

李:咱这是为了工作,为了完成任务么。你只管想办法,我跟工务科谈谈,他不能不答应。

于:你说他能答应啊?

李:咱们是工作第一么!咱全厂子数这台碾子最好,不修理好,全厂子的工作马上就停下来了。那还谈什么完成任务?超过任务?我想他一定能答应。老于,就在这个时候,才看我们起的作用呢!这是我们立功的时候到了!

于:唉!李主任,你说这些话,我不是没想过。

李:你想过你就干吧!有什么困难你跟我说。

于:困难倒没有什么,就是少家把什儿。

李:都少什么东西?

于:洋灰、铁锯……什么家把什儿也没有哇!

李:那些好说。你说吧!还是看看怎么修理好?

于:我也想过,照侯掌柜说那个话呀!这个半截的轴,备不住能用。

咱是不是试验试验看看。

李：怎么不可以？可以么！你先撞撞看。

于：对！就撞撞看。

李：你就把你想的办法说说吧！

（二徒弟上）

王：于师傅！

张：于师傅，割底子部也没有活干啦！人家跟咱们要皮子。

于：这就要修理。

王：能修理啦！人家工务科让吗？

张：你听于师傅说么！

于：李主任，你看原来这个大轴，这半截是带动压轮，带动电滚。可是那半截就是个压头儿。这会断了，咱就把它铲下来。不要那半截，光使这半截就能行！

李：光使这半截儿，它不能决呀？

于：不要紧，找个沉一点的东西压住它。

李：弄个什么东西压住它？

于：弄个轴瓦夹上，它就不能决。

李：对，对！

于：我听侯掌柜的说，要把原来的洋灰地刨起来，另灌新洋灰。这样，咱就使几个螺丝把轴瓦把在洋灰地上，等洋灰一干，就更结实。

李：对，就这样干！

于：对，这个办法不大离儿。

（唱第十一曲）

这个办法不大离儿，我看一定有个门儿。

就用这个半截轴，再把轴瓦夹上头。

李：（唱）两旁夹上大铁板，螺丝钉子往上扭。

我们就把坑来挖，随后就把洋灰打。

（白）对，咱就这样干。

于：就这样干。

孙：于师傅，这能保准呀？

张：你怎么知道不行？你知道什么？

孙：咱也不是干这一行的，连个家把什儿也没有。拍子巴掌就干啦？

于：镐头、扳子、锤这几样都有，就是少洋灰，还短个铁锯。有个扁铲也行啊！

李：老于，扁铲好整，我给你上外面去借一个。

王：唉……唉……李主任，不用上外面借，我看见锅炉房有一个，我去拿。（欲下）

张：唉！唉……你毛二噶啷的，那个老头儿，你去，他让你拿呀？

于：好！不用你去，我自己跟他借去。（欲下，又回来）唉！我还忘啦！上哪整点洋灰去？

李：好，我去看看。

于：好，你们先收拾收拾，我借扁铲去。

（二人分头下）

张：这下子可好啦！

孙：好啦？我看要够呛啊！咱也不是干铁匠活的，咱自己能调理好哇？

王：那可是真的。咱要能调理好，人家铁匠喝西北风啊？我看咱于师傅真敢造。压胶皮的还能干铁匠活？

张：你怎么知道不能干？

孙:哼! 再说咱于师傅那一只手也不吃力呀!

张:别看咱于师傅一只手,干起活来可真不含糊,比咱们两只手的还能干。

王:管怎么说,多花几个钱,又省工夫,又妥当。就咱于师傅,还不知哪辈子才修理好。

张:哪辈子能修理好? 你就一碗凉水看到底啦? 咱于师傅干了八九年活,干的也比你看的还多。你说人家是怎么干来?

王:怎么干来? 还不是那样? 你光知道于师傅能干,你知道他的手是怎么坏的?

张:当然我比你了然啦! 你才来了几天?

王:你知道? 你说说呀!

张:说怎么的? 于师傅告诉我多少遭了。当初他学徒的时候,他那个熊师傅,跑到锅炉房去烤火,扔给咱于师傅自己干。他才学徒不几天,也不摸底细。一下子呀! 就这样,叫碾子把手压住了。他疼得呀! 直门叫妈……

王:(伸舌头)唉呀! 我的妈。

张:你先别叫妈,你还没看见啦! 于师傅疼得往外这么一撑哪! 手指头撑得这么老长!(一下打了王)

王:妈个×! 你找别扭怎么的?

张:唉! 对不起……

王:对不起就行啦? ×你个妈!

张:×你妈,你嘴干净点!

(二人打起来)

王:×你妈! 你嘴干净点!

(孙给拉开)

孙:你们俩干什么还动手动脚的?

张:我告诉你说,小×养的,连你自己干什么吃的都不知道哇!你好好想想,咱今天修理的碾子,做出鞋来,是给谁穿的?你还做大梦啊?

王:我不知道,就你知道。(欲打,于拿扁铲上)

于:你们俩干什么?还待动手哇?

孙:于师傅,你没看见,我好歹拉开啦!这又……

于:唉!你们俩好好检讨检讨自己。你们天天上学习班,学习就饭吃啦?忘啦:"咱们工人团结起来有力量,咱们就是亲兄弟一样。"你们可倒好,再可别这样啦!

孙:你们俩闹些什么事?

于:我刚才到锅炉房去,把扁铲借来了,咱就开始修理吧!

孙:干活是大实话呀!

于:小张,咱们把轴抬出来。(对王、孙)来,来……(四人抬)你们俩就刨这个坑。

王:使什么刨?

于:上后面拿洋镐去。

孙:我去拿。(下)

于:小张,我把子扁铲,你来打锤,就在这个×口上铲下来。

(老谭头上)

谭:你们这屋汽管子没闭呀?

王:早闭上啦!

谭:唉呀!你们自己修理呀?

于:不自己修理谁给修理?找对门铁工厂侯掌柜的来,人家工务科不让修理。

谭:工务科谁说的?

王:就那个姓董的呗!

谭:他妈的,那小子,这当晚可展扬啦!在早和咱们在一块干活,挺好的小伙子。这以后升了,就不是他啦!动不动就好摆个架子。上次我去领煤,叫他开个条子,您都没看见,他那个态度。(学董)叼着个烟卷,说没有工夫。叫我等一会儿。我着急了,追了他两句,他火来了。您都看看,他就这么拿眼斜拉我。(欲下)

(扁铲断了)

于:哎呀!

张:哎呀!扁铲断啦!

谭:扁铲?啊!这不是我们锅炉房的扁铲吗?是谁拿来的?

(唱第十二曲)

你们真能瞎倒动,谁叫你拿我的扁铲用?

这么老粗的大轴杠,这个小铲怎能行?

扁铲是谁拿来的?为什么不告诉我一声?

于:(唱)谭师傅,你别把气生,不是我没告诉。

先头找你你不在,只有你徒弟在锅炉房,

我对他说过了,他说叫我拿来用。

谭:(白)他说就算啦?他当家啦?

(唱)锅炉房我当家,我的工具不准外人拿。

要是徒弟说了算,我这个师傅可怎么干?

(白)你们简直是越了锅台上了炕啦!拿扁铲都不通过我,再说这么个小扁铲跟个刀刃似的,铲个洋铁片什么还来乎子事,铲这么粗的大轴哇!这不是像小孩闹玩意儿吗?向下锅炉房的东西,就不准你们随便乱拉。

于：谭师傅，对不起，等我给你修理修理。小张，给你，你拿去蘸蘸火。

张：你吵吵什么？不就是个扁铲吗？

谭：你倒说个轻快，站子说话不害腰痛。咱们是个胶皮工厂啊！你当还是个铁匠炉啦？

（董上）

董：你跑这吵吵什么？

（张下）

谭：我吵吵什么？（对张）给我，不用你们修理。

于：我们给你修理修理吧！

谭：亏叫我来碰上了，我要不看见，你们还不知扔哪去啦！修理好了，快给我送去。（下）

于：董同志，你看看，我们刚才研究了，有个门儿。我们自己来修理。李主任找你弄洋灰，你给操持点，灌灌这个坑……

董：干什么用洋灰？你们想修理呀？我上哪弄洋灰？厂长也不在家，咱也负不起这个责任来。

于：活这么忙，你就操持点，怕什么？

董：等厂长回来再说。

于：那不耽误工作了吗？不修理哪行？

董：谁叫你们修理来？不叫你们修理，你们偏要修理，我说的话成了耳旁风啦？你们简直是瞧不起我。

于：你不能这么说。我们修理碾子，是为了工作嘛，并不是我瞧不起你呀！耽误了工作谁负责任？为了工作，你还是买点洋灰得了。

董：不能买！（唱第十三曲）

不能买，不能买，工务科不能买。

你修理碾子想立功，你自己回家拿一袋。

于：（唱）我要有来我就拿，何必用你想办法？

我不是为立功才修碾子，修理碾子是为大家。

董：好，你想立功吗？你如果自己家去拿一袋子来，不是功劳更大吗？

于：我不是为立功才修理碾子，我是为了咱们两万双水袜子的任务早些完成，我家没有洋灰，要是有，我马上就拿来。

董：好，好！你能行，你领导我吧！

于：我怎么能领导你？

董：你这不是领导我是干什么？我叫你使唤那台小碾子，你嫌乎慢。我又说到甘井子去拉个大电滚来，你还说不行。你这不是领导我吗？

于：不是我来领导你，你说拉电滚来，到现在也没拉来，工作还能停吗？

董：好。我现在就不准你修理！可告诉你，如果是安上半截轴杠，把碾子决了、压轮弄坏了，你可得负全部责任。厂长回来，我看你怎么交代？（下）

（幕边人喊）

谭声：小×养的，给我，给我。

张声：为什么给你？

李声：吵什么？得了，得了！

于：（唱第十四曲）

耳听得那边闹嚷嚷，老于我心中暗思量。

这个工作真困难，一层一层压在我头上。

为了要洋灰，工务科把我耍一顿呛；

为了一把小扁铲，惹得老谭把火上；

东风过了西风起，弄得我老于没主意。

没有洋灰，没有铲，这活叫我怎能干？

（白）算了，算了，唉！拉倒吧，拉倒吧……

（张上）

张：于师傅，扁铲叫老谭头夺去了。

于：夺去夺去吧！

张：李主任待那跟他说。

（李上）

李：老于，洋灰有了，上次修理房子剩了一些，在制鞋部窗外啦！我已经和好了。

于：李主任，不用啦！真气人。

李：怎么？不用啦？扁铲我都拿来啦！

于：唉！

李：别泄劲哪！碰几个钉子算什么？你想想，管干什么事，哪能顺顺当当地就成功啦？就拿我们今天革命来讲吧！这是一天两天的事吗？什么样的困难没有？就因为我们在困难面前不低头，才有今天的胜利。前方的战士在流血，咱们就该流汗。老于，干！

（许久）

于：干，我一定不在困难面前低头。（接扁铲）干，干。

李：老于，你先干着，工会今晚上有事，我走啦。

于：干，一定干。

（唱第十五曲）

我不怕困难，我要干。

挽起袖子，握紧扁铲。

(白)小孙、小王,把那个筒子抬过来垫着,干。

(唱)我坚定信心,把碾子修。

不管轴杠硬,不管我一只手。

(音乐伴奏,于一锤一锤打得紧,打在胳膊上手套掉,露出了一只手)

张:于师傅,我来吧!

于:不用,不用。

于:(唱)今天我一定要修理好,不修理好我心不甘。(打锤)

(幕落)

第三场

时间:上午九点来钟。

上场人物:婆、妇、于、甲、乙、丙、丁、谭、群众无数。

布景:是制鞋部。左边有一个小门,可通碾子部。中间有个大窗,隔窗可以看见后台于、张在修理碾子。舞台左边有一制鞋案子,架子上挂了几双鞋。墙上挂一个小黑板。右边有一张桌子。

开幕:(许多女工都没有活干,大家情绪不高。一部分人在干活,粘底,一部分人在擦玻璃,一部分人扫地,几个小孩趴在桌上学习)

(奏第十六曲)

甲:咳!从大早清来,也没有个正儿八经的活干,真闷不闷死个人。

乙:可不是怎么的,心里难受不拉的,也不知干点什么好。东一头,西一头,走子坐子都不舒服。闲子就是难受。

婆:哎呀!闲得心里幽幽默默的,也不知抓弄点什么好。

乙:一时不摆弄胶皮,就觉得两手空落落的。

婆:可不是空落落的怎么的。

（丙、丁二人学习,两个喳喳话）

丙:小丁,我告诉你个好事。

丁:什么事?

（丙趴在丁的耳朵上小声说）

甲:您喳喳什么?有什么怕人事?

丙、丁:喳喳什么?没喳喳什么。

甲:怕人没好话,好话不怕人,那不怕给耳朵咬掉了?

丙:怕什么人?俺说俺半拉那个于大婶,昨天生个小孩。

甲:你说哪个于大婶?

丙:就是碾子房于师傅他媳妇呗!

婆:是个丫头?是个小小儿?

丙:是个小小儿,挺胖挺胖。

婆:啊!生个小小哇!

乙:你们干点什么不好?讲弄这些事,没有味。

丙:今早晨我上他家去,于大婶问于师傅怎么昨晚也不回家看看。

甲:你没告诉于大婶,说于师傅昨晚打夜班修理碾子来。

丙:我告诉她来。

婆:该不该?于师傅昨晚没回家去呀?

乙:人家于师傅,这两天碾子没修理好,什么心思也没有,连饭都吃不下去。人家于师傅为了工作,多咱不是这样?像上回突击运动鞋的任务,人家一连子好几天没家去,超过任务百分之二十。

丙:唉呀!光说那个?人家于师傅前几天,在地板底下扫出来那些粉子和零碎胶皮,一包在内有八十多斤哪!能值五六万块钱。

丁:扫点粉子算什么?

婆：小小孩儿，可不能那么说呀！你说？谁能闲子没有事躬在地板底下吭哧吭哧地扫？这真错过于师傅能这么干，那个地板多少年没有掀开，谁也没理会，地板底下能冲那么多粉子，能掉那么些胶皮。

乙、丙：可真，谁也没想到。

（谭上）

谭：哎！哎！昨天晚上你们那个汽管子门为什么不关上？

丁：谁说没关？

谭：可不没关怎么的。

丁：今早晨来，我亲眼看见俺部长把汽管子门扭开了。

谭：你别跟我犟，昨晚你们都走了，我来看看，还直冒气，我才把它关上了。看你小嘴巴巴的，说得挺有理。

丁：我看见来！

谭：你怎么咬子屎橛子硬犟？

婆：你怎么和个孩子一样？那么大年纪，倒是吵吵的什么劲？

丁：怪不得人家都叫你锅炉房是杠子房啦！

谭：退，退……

婆：你那个脾气就是那么暴，一点事，就压不住火啦！昨天为了一个扁铲，倒是值得，跟于师傅闹得……唉……跟小张吵得……

谭：哼！我们锅炉房的东西，就不准外人随便拉。

婆：于师傅还是外人哪？都是一个厂子，使使怕什么？

丁：你们锅炉房的东西成了宝贝蛋啦？管谁不让动，你没想想，你能管多不沾着别人？

谭：他们可给弄坏了。

婆：坏了？人家不是给修理好了吗？

谭:弄好了还不大离儿。要不……

（妇上）

妇:什么事？谭师傅又火了？

丁:没有什么事。他说咱汽管子门昨晚没关上去,部长,今早晨我看见你又扭开了。

谭:扭开了？

妇:啊！昨晚我上工会去了,临走的时候,忘了这码事。你别干什么,你就是好上个火。

乙:部长,你到碾子房去,于师傅没说多会能给碾子修理好？

妇:咳！于师傅说啦！一会就好了。碾子动了,马上就压胶皮,决不能耽误了任务。

（后台碾子动了,群众趴在窗上看,妇、谭跑下去）

众:碾子动了,这遭可好了！好了！好了！

（妇上）

妇:好了！好了！碾子动了！

众:于师傅倒是修理好了,倒是修理好了！

妇:于师傅说马上就压胶皮,咱们就把屋子整理好了,把案子收拾收拾。

众:好,好,咱收拾收拾。

妇:（唱第十六曲）

一看碾子动,我心中好高兴。

大家快整理工具,准备好动工。

众:好,好！

齐唱:咱们大家快整理,准备好动工。

甲:（唱）挽起袖子快点扫,

乙：（唱）我赶快把玻璃来擦好，

婆：（唱）急忙戴上了围裙，

丁：（唱）我快把汽油倒。

齐唱：快点擦，快点扫，准备工作要做好。

单等压出胶皮，咱就把鞋做好。

众：快点周理呀！快点周理呀！等于师傅压出胶皮来，咱就动手做鞋。

婆：这两天弄得吊上吊下的，没有活干。这遭可好了。那都说，人家于师傅就有这个劲儿。

乙：人家于师傅可是一贯地积极呀！

妇：于师傅这个人，我算佩服啦！管什么困难的活，他都能克服啦！碰了多少钉子，人家也不耷拉头。你说，修理这个碾子，叫工务科那个董同志，不三不四地“刻”了多少遭？你尽管“刻”你的，他怎么的也能修理好。小王，你去看看于师傅给皮子压出来了没有？

乙：好！就去看看。（下，谭上）

妇：你把鞋挂到那边架子上。

谭：老于这个老儿，真有两下子，碾子修理好了。还挺好啦！我看也不次其在早，倒挺牢靠的。

婆：你就是那样，一阵风一阵雨的。碾子修理好了，你也说好，没修理那当儿，使你的扁铲你都不爱意。

妇：谭师傅，你这个互助精神真是太差尺了。碾子修理不好，咱什么活也不用干了，光靠那几台小碾子压的胶皮也不够粘的。谭师傅，你昨天不对呀！咱们都是一个厂子，就和一家人是一样的，谁都该互相帮助。只有这样，任务才能完成。

谭:唉!真是。我这个人,就是这样,上火了,什么也不顾,火消了,也就没有事啦!管怎么说,是我不对。这方面,我就不抵人家于师傅,人家算没有个比,真有耐性,到底把碾子修理好啦。嗯!那么说吧!这回可给咱们厂子省了不老少哇!

婆:就是嘛!你说这台碾子要修理不好,大伙天天闲子,人工、材料能浪费多少呀!

(乙上)

谭:嗯!多不说,一百来万可不止呀!

乙:部长,于师傅已经压出一张胶皮来了,这一张眼看子就压好啦。

丁、丙:我去看看,我去看看。

(于上)

于:(唱第十七曲)我老于笑嘻嘻,拿着两张大胶皮。

众:(白)哎呀!于师傅拿胶皮来了。

于:(唱)送给你们制鞋部,大家好粘胶皮底。

(白)老孙哪!给你。

(谭上)

妇:哎呀!于师傅,压得可真是快呀!

众:可好了,可好了,有了胶皮就不愁任务啦!于师傅,你真行啊!你真行啊!

妇:(唱)于师傅你真行,到底把碾子修理成。

这几天,大家没有活干,工友们各个不高兴。

今天把碾子修理好,咱们的任务有保证。

丁、丙:(唱)看见皮子我美滋滋儿,你真是个好老师儿。

甲、乙:(唱)于师傅你真辛苦,黑天白日修碾子。

婆:(唱)你别看老于一只手,干活跑在最前头。

谭:(唱)老于你真不善,一只手真能干。

大家伙都来夸奖你,我也来称赞。

(白)真不善,伙家!在咱厂子里,你算数这样的。(伸大拇指头)等到立功会上,我先投你一票。

众:我也投你一票,我也投你一票……

于:大伙别这样啦!要不着李主任督促着我,我的信心可也没有这么大。我还差得远啦!全指大伙都帮子干。

妇:应该帮子干么,咱们也不是给旁人干的,咱们是给自己干的。早些做出水袜子来,早些送去,同志们穿了好上南京啊!

于:我就是为了这个么!咱们今天干活,就得猛劲干,前方的战士流血,我们就该流汗。

众:对呀!前方流血,咱们就该流汗,就该猛劲干……

谭:咱就得猛劲干哪!老于。

于:唉呀!谭师傅,我还忘啦!真对不起你,昨天给你的扁铲弄坏了,又惹你生了一顿气。

谭:唉!咱们多年的老伙友,你还不知道我这个熊脾气吗?昨天我回去,越琢磨越不是味,何苦来的?这不都是为了工作吗?可是于师傅,你也别往心里去。我应该先检讨。

众:(笑)

妇:快铰皮子吧!快铰皮子吧!

(后台轴杠断声)

张声:于师傅,大轴决了!大轴决了!

王声:快关电门,快关电门。

张:(趴到窗上)于师傅,快来呀!大轴决了!

于:啊!大轴决了?(急下。群众跑到窗前看。有的跟于跑下去)

(幕急落)

第四场

时间:五点钟放工时。(晚上)

上场人物:于、孙、王、张、李、董、妇、甲、乙、丙、丁、婆。

布景:碾子房,与第二场同。

开幕:(于、王、张、孙在厂修理碾子,因为碾子上午决了)

后台女声唱:(第十八曲)

今天碾子刚刚动,谁知一会儿它又停,

不知明天怎么样?修理不好可怎么办?

铃声响,放了工,收拾收拾回家中。

(妇、甲、乙、丙、丁、婆上)

众:到点啦!你们还不走吗?

于:我们今晚带夜修理碾子。把碾子修理好了,明天大伙好干活。

婆:唉!倒是窝不窝囊人,头晌碾子刚刚好了,大伙都乐呵呵地要干啦,唉!谁知道又决了!

于:决了没有什么,就是因为洋灰不干,没有别的毛病。

妇:于师傅,那么,我今晚也来帮子干吧?

众:我也来,我也来……

于:那赶是好啦!那赶是好啦!

乙:我也来吧?

于:用不着那么多的人,你们要来,就来一两个吧!

众:我来,我来,我来……

于:用不着那么多的人。老孙和小李你们俩来吧!你们先回去吃饭。

妇、甲:走,走,俺吃了饭就来。

（众下，李上）

李：老于，你们今晚上还修理吗？

于：嗯！李主任你来啦？

李：来啦！我看你们明天干吧！你们一连子两夜没睡啦，反正这碾子是没有问题啦。

于：不行，不行，今晚上非给修理好了不可。要不修理好，明天大伙又耽误了一天。

李：好。那么的，工会今晚上也没有别的事，我也来帮子干，早些修理好了，早些干活。这个碾子的力气头可真不小，它怎么就能决了呢？

于：就是洋灰不干的毛病。再不就把这个瓦挪到轴杠中间？

李：这可是个办法。

于：这是个办法，把瓦压在轴杠中间，两头的力气头一般沉，它就不能决。

李：这是个门道。

于：对，咱就把这个瓦挪到轴杠中间，再把洋灰深子点挖着。

李：上次挖了多深？

于：上回挖了一尺多深。这会咱挖它一尺五深。

李：对，深子点挖着。再找块长铁板，宽一点，夹住了就更牢靠。

于：对，对，就这么干。小张，你领着他们俩把坑挖一尺半深，把牙轮卸下来。

李：咱俩干。

孙：能保准呀！于师傅？

张：唉……唉……干吧！干吧！你就干呗！你没听见于师傅说吗？

王：哼！于师傅说倒是行啊！可是灌上洋灰哪辈子能干？

张：唉！你就干呗！不干再想办法。

（妇、甲上）

妇：于师傅，我们回来啦！帮子你干吧？

众：好，好……

于：你们有工夫吗？

妇：有工夫，反正闲子也是闲子，俺也没有事，早些修理好了，大伙好多干点活。

李：你们吃晚饭了吗？

甲：吃过啦！

妇：我们吃过啦！李主任，你今晚怎么有工夫啦？工会没有什么事吗？你也待来帮子干哪？

李：我也是来帮子干。工会今晚上没有事。

张：李主任昨天还来帮子干了半下晌啦！

李：昨天晚上，我也打算子来，可是没倒出空来。今晚你们俩也来了，咱都帮子干。

妇：俺可不懂得呀，于师傅，你告诉俺干什么好？

甲：你看俺能干哪样，你就分配俺干什么。

张：你俩抬洋灰吧！

于：对，你们俩抬洋灰吧！抬筐在那儿。

甲：洋灰在哪疙？

李：我给和好了，在制鞋部窗外。

王：你真是好大个眼，你没看见你们制鞋部那边一大堆洋灰？

于：你们俩去抬吧！可少抬点呀。

王：你们能抬动啊！可别压倒了还得人家抬你。

妇：去你的吧！你们能干，我们就能干。

孙:跟他们叨咕什么?

李:这两个家伙,膀大腰粗的,能干。唉!老于,你还没吃饭,我去弄点饭。

(二人抬下去)

(工务科在后台说)

董:天都黑了,你们还不回去呀?

妇:我们帮于师傅修理碾子么!

(董上)

董:我听说碾子修理好了,还压了两张胶皮,怎么又决啦?还能决呀,压轮是不是坏了?

孙:没有,一点没坏。

董:没坏?倒好。老于,怎么样?我说么,咱不能修理这个机器呀!你们偏说能修理。打那么深个坑?再深子点也不行啊!这么两个小螺丝就把住啦?这是个大轴哇!你当这是闹玩意呀?这不是明摆子的事吗?若是半截的轴能好使,当初人家造机器的还弄个长轴干什么,人家还不如你呀?(许久)我一天价是干什么的?我是为了工作啊!也是为了照顾你。我不是跟你说了吗?等几天去拉个大电滚来,安到那台碾子上干。你偏要修理,就你呀!不知哪年哪日能修理好啦!(看洋灰)你看,你们糟蹋这么些洋灰,这叫无原则的浪费啊!

于:浪费?你说这是浪费呀?你说咱们厂子还有几台这样好的碾子?过去你也在咱碾子房干过,哪台碾子好坏,你也不是不知道哇!这样好的碾子扔了不修理,这不是个浪费呀?现在咱们工会号召“节约”反对“浪费”呀!同志!

董:好,好,反对浪费不是吗?你该修理好哇!

于：修理好，为了工作，我们就有这个信心，一定要修理好。同志！咱今天干活是给谁干的？修理好这个碾子是谁的？

董：你还待训训我呀？我还不知道是给谁干的？

于：好，你知道不是吗？为什么要把这台好碾子扔了不修理？

董：我不是告诉你到甘井子拉个大电滚来。

于：咱还是财神爷呀？同志，咱不能忘了本哪！

董：这不是空口说漂亮话呀！

于：同志，我们说了就能干。干不成再干。一次不行，两次；两次不行，三次……我们一定要干到底。

董：你行啊！你行啊！好，好，你干吧！你干吧！我看你干个样看看？（下）

于：我们就能干。小张、小王快干。

（李上）

李：唉！唉！老董，老董，这个人。老于，你吃饭吧！

于：等干完了再吃，李主任，（对徒）你们饿不饿？

张：不饿。

（妇、甲抬洋灰上）

妇：董同志这个人真是……

甲：他呀！就是厂长不在家。要不是呀！哼！

于：小张，把这个坑再往底下打它半尺，两个螺丝钉还不够，再卡上四个，看它还卡不住？小王，你上那破铁堆里再找四个螺丝钉来，今晚非给修理好了不可。

（于一个人卸螺丝，李、王、张、孙刨，妇、甲抬）

于：（唱第十九曲之一）

拿起扳子下决心，铁杵也能磨成针，

别看我老于一只手，干起活来可有劲。

张、王、孙：（唱第十九曲之二）

铁锹举得高，一锹一锹往下倒，

咱们倒它二尺深，这回不叫它再决根。

妇、甲：（唱）二人这里抬得忙，抬了一筐又一筐。

不管担子多么重，我们不怕压肩膀。

（白）于师傅，洋灰都抬来啦！

于：好。都抬来啦？

王：你们俩这不抬得还挺快吗？咦！没给腿肚子累得朝前哪？

妇：滚你的，你个小地豆子。

于：咱们马上就把坑灌好。

李：你扯子那头，我扯子这头。（倒洋灰）老于，你歇歇吧！

于：不累，不累。

李：老于，你真是好样的，今晚上倒是又把碾子修理好啦！这样啊咱两万双水袜子的任务，可就不能耽误啦！唉！老于，你这样的工作精神，真值得学习。我看这回立功会上，管保你跑不了一大功。

于：这都是大伙干的。（对徒）抹没抹好？

徒三人：就好啦！就好啦！

于：咱明天就开车。

王：怎么拉？于师傅，明天真待开车呀？那可不行！洋灰还没干。

于：不要紧，架上柴火烤，架上柴火烤。

李：唉呀！老于，洋灰使火烤那不裂了吗？

于：不挡害，不挡害，咱一面烤一面弄水润。

众：对。架火烤，架火烤。

于：小王、小张，你拿抬筐把这些泥抬出去。老孙，你们找劈柴去。

齐唱：（第二十曲）

架火烤，架火烤，架火烤，架火烤。

咱们急忙去把劈柴找。

火光四射放红光，照得各处亮堂堂。

我们的心似火热，生产情绪真高涨。

今天把洋灰来烤干，明天开动碾子把活干。

（幕落）

第五场

时间：是立功会的下午。

地点：账房门外。

上场人物：于、李、谭、董、张、王、孙、婆、甲、乙、丙、丁、妇、一、二、三、群众若干。

布景：舞台中间有一个通礼堂的门，门上挂匾——“迎接功臣”，墙上贴标语，门上挂彩绸。

开幕：（谭、乙、丙、丁、孙、王、一、二八人在布置礼堂，一个个拿了东西往后面送，准备迎功臣，大家是愉快地忙活着）

（齐唱第二十一曲）

谭：（唱）十月里来，好时光。男女工友迎接功臣忙。

乙、丙：（唱）我这里急忙来安排，快快布置大礼堂。

大红的彩绸挂起来，

红的、绿的、蓝的、黄的，

新鲜的标语贴满墙。

谭：（唱）你快把功臣匾挂上，

孙:(唱)我这里急忙就挂上。

丁:(唱)白瓷的茶壶拿在手,(白)谭师傅,搁哪啦?

谭:(唱)你快快送到大礼堂。

乙:(唱)山珍海味样样有,

丙:(唱)还有香喷喷的糯米酒,

丁:(唱)我端着花生糖,功臣吃了喜洋洋。

王:(唱)不知这糖什么味?拿起一块尝一尝。

谭:(唱)小家伙你先别展扬,要想吃糖得把功臣当。

当功臣要埋头来苦干,先吃苦来后吃糖。

谭:(唱)你们快去抬箱子,赶紧快点腾地方。

一、二:(唱)咱们二人抬箱子,

谭:(唱)功臣马上就回来。

齐:(唱)快快布置迎功臣,欢迎功臣进大门。

谭:(白)往哪撞?把鞋都给踩掉了。去,去……赶快抬呀!赶快抬呀!腾出地方来,摆设大礼堂。

乙:唉呀!水袜子都装出来了吗?真快呀!

王:真玄乎啦!

谭:你当怎么的!要不咱们厂子就出这么些功臣啦!

乙:可不是说,俺制鞋部干得可真是快呀!

二:我们切底子部切得更马溜。

三:你们干得马溜?我们蒸鞋蒸得还含糊呀?

谭:少了哪一部都不行啊!

孙:你们!你们都别把尖儿。

王:要不着我们于师傅,你们还干什么活?

谭:这可是实在话,要不着于师傅白日黑夜地把碾子修理好了,哪能这么早就完成了两万双水袜子呢？

乙：别说啦！谭师傅，你给大红旗挂上了吗？

谭：挂上啦！您听我说呀！于师傅修这个碾子，这一下子就省了十五万哪！唉！可真是费点好事呀！找对门铁工厂的掌柜的来看看，张口就要了十五万。

王：那天哪！侯掌柜的又来了，问俺修理不修理，又涝价了，伙计！十三万。

众：多会又来了？多会又来了？

王：就是于师傅当了副部长的第二天。

众：哈哈，他还想子这码事呀！心事还没死，他没想想于师傅是谁？

谭：于师傅可真能干，一只手可是不容易，不怪人家这回被选为碾子部的副部长，又当上了功臣。

众：对呀！对呀！是呀！是呀！可真的，于师傅一只手真不简个单，可真有两下子……

乙：于师傅人家不光是干活积极，你说哪一方面吧？学习上起带头，搿合工友，教徒弟，都是非常热心哪！这回咱们厂子评功的时候，人家那个功臣事迹可多啦！

谭：咱们厂子都像于师傅这样么，可就好啦，别看咱年纪老了，也得好好学习人家呀。

三：谭师傅，你怎么没立上功？看你工作那么积极。

谭：我就是差没点儿呀！要不……

丙：要不什么？你就是脾气不好，动不动就好发个火。

王：你还有个缺点儿！光知道把你锅炉房的活干好啦，一点不帮助大家。

谭：他妈的，你又提这些干什么？我不是检讨过了吗？

众:唉呀! 谭师傅人家检讨过啦!(众笑)

(后台声,李、董声)

李:董同志,你今晚不能走哇! 今这个日子你哪能走,等喝了喜酒再走。

董:上级下来通知,叫今天就到,我一定得走。

谭:(下)怎么的? 你待走哇? 你不能走哇! 今天庆祝功臣,你喝了喜酒再走么。

董:不行啊! 不行啊! 今天一定得到。

(谭上)

谭:这怎么能走呢?

众:什么事? 怎么的? 谭师傅!

谭:董同志不是调去学习吗,今天要走。我说:"今天庆祝功臣,你不能走哇!"他非走不可,一定要走。

众:可真的,怎么能走呢? 不能叫他走,不能叫他走。

(李与董上)

众:不能走,不能走,喝完了喜酒再走。

董:好吧! 我把功臣迎回来,喝了喜酒再走。好,我现在就回去收拾收拾,整理整理东西。(下)

二:功臣回来了,功臣回来了!

李:你们都回来啦? 于师傅呢?

功臣众:于师傅待后面,于师傅待后面。

(锣鼓响,大家看功臣的小花和奖状)

众:你立了几分功? 你立了几分功? 你呢? 你呢?

谭:功臣都往礼堂请,往礼堂请。瓜子、糖、茶水、烟卷请随便用。

请,请,往礼堂请。

（于、妇、张、婆上,其余的功臣都戴着小花,唯有于师傅戴着一朵大花）

王:(喊口号)向于师傅看齐! 向于师傅学习! 于师傅是一等功臣……

谭:(禁止打锣鼓)别打了,别打了!

婆:您都看看,您都看看。

（几个人看婆奖状,大家都看于）

谭:看什么? 你才立了几分功? 退……你看人家于师傅立了一大功。

婆:管得大功、小功,反正都是立功呗! 你可没有……

谭:我这回没立上功,五一再看。你算什么! 你看人家于师傅,咱全公司,就有三个立大功的,于师傅就占了一名,咱们全厂子可都光荣啊!

李:对呀! 咱们全厂子都光荣啊! 咱们大伙都光荣啊,咱们都得跟于师傅学习。

众:咱都得跟于师傅学习,咱都得跟于师傅学习。

于:还是大家帮助我,才当上了功臣。李主任对我的帮助真是……

谭:我去看看酒席摆好了没有。(下)

（侯上）

侯:你们的功臣都回来了吗? 大喜,大喜,我在窗上,老远就看见于师傅戴着大花,我就跟来了。哎呀! 于师傅,我早知道你有这两下子。

于:太夸奖啦! 侯掌柜你来啦。

侯：我来给你道个喜儿。

张：得了吧，侯掌柜，你这十五万还没挣到手哇，又来啦，你不说你不姓侯吗？

侯：小老弟，得了！得了！

李：咱们别干什么，没有什么！没有什么！

于：别说啦，多少日子的事啦！

（老谭在后面招呼）

谭声：快点吧！酒席都摆上啦！

众：走，走吧！走吧！

李：大伙先别走，还有个好事啦！

众：什么事？什么事？

李：咱们会餐完了，一块到俱乐部看话剧去。

众：还看话剧吗？还看话剧吗？好哇！好哇！（鼓掌）

谭：（上）酒席都摆上啦！酒席都摆上啦！我们大家今天喝你的喜酒。侯掌柜，你也来喝一杯吧！

侯：这哪好这么的？

于、李：别客气啦！别客气啦！

侯：好，好，我就喝你个喜酒。

（锣鼓响）

众：走，走，会餐完了，好看戏，好看戏。

齐唱：（每唱一句，谭说请，请，把功臣一个一个让进礼堂去）

齐唱：（第二十二曲）

于师傅是能手，生产战线起带头。

今天当上了功臣，大家喝你的喜酒。

功臣的名字真响亮，轰动了咱们全工厂。

群众选你当功臣，功臣在群众中生长。

我们都要当功臣，人民的功臣真光荣。

要为人民多生产，要为人民立大功。

（幕徐徐落下）

（全剧终）

大连东北书店 1949 年 6 月

◇曹会平　赵育秀　张在虞　刘少馨

翻身年

时间:一九四七年冬季。

地点:东北解放某农村。

人物:赵老头——五十三岁,忠厚。

赵老婆——四十九岁,泼实。

媳妇——二十岁。(赵老头儿媳,丈夫参军)

淑春——十八岁,天真活泼。(赵老头女儿)

小锁——十三岁,顽皮。(赵老头次儿)

老妇——四十多岁。

村长——四十余岁。

文书——三十八岁。

群众甲——四十六岁。

群众乙——二十余岁。

群众丙、丁。

第一场

时间:旧历腊月二十七日。

地点:村头上。

开幕:(媳妇扭上,四处眺望)

媳妇:(扭唱)(第一曲)

太阳满天红,共产党相情穷人,
帮咱翻了身,穷人就变富人。

雪花已飘过,眼看年来到,
往年和今年,那可差多了。

往年的年来,哭的哭来叫的叫,
今年的年来,喜的喜来跳的跳。

(白)爹和兄弟上城里办年货去啦,妈和妹妹上村上领浮产,到这么"前"怎么还不回来呢?

(接唱)(同曲)

爹爹清早起,和兄弟城里去,
去把年货买,准备过新年。

妈妈和妹妹,到了村里去,
领浮产回家来,过个翻身年。

丈夫去参军,前线去打老蒋,
打倒狗"中央",全国人民得解放。

（唱毕，发现赵老婆与淑春由远处而来，自语）妈和妹妹回来啦。

（赵老婆与淑春提包袱上）

媳妇：（上前接包袱）妈你回来啦！

老婆：噢，回来啦，你爹上城里回来啦吗？

媳妇：还没有啦，我正在出来望你们呢，（低头看包袱）妈和妹妹怎么领这么些呀，这回村上浮产不少吧？

淑春：（蹲地上整理包袱，跳起说）嫂子，村上浮产“远去”啦。

（婆春齐扭唱）（第二曲）

村上领浮产，院子溜溜满，

李家拣裤，张家拣袄，家家都喜欢。

媳妇：（白）这回家家都领得挺多的吧？

婆、春：（接唱）

浮产领得好，先尽贫雇农挑，

红的绿的堆得高，俺们领得真不少。

媳：（白）那你和妈都领些什么呢？

春：（解包袱唱）

妈想得可周到，给爹挑件皮袄，

给你挑个银镯子，还有件大花袍。

媳：（问婆）妈你还挑什么啦？

婆：（接唱）

挑了一大包，说也说不了，

小锁裤子春的袄，三丈花布真正好。

媳：（白）这回领得可真多啊。

春：（拿出饭兜给媳看）嫂子你来看，还给你挑个饭兜儿呢！

媳：嗳呀，还挺好看的呢。

婆：别看啦，还有很多的呢，回去再看吧，要不是共产党来了，咱哪能捞着这么些好东西呀。

（春包衣服）

婆、媳、春：（齐扭唱）（第二曲）

红裤和花袄，你看好不好，

要不是共产党，咱哪能捞得着。

（三人扭下）

（老赵头与小锁扭上）

赵：（在幕内喊）小锁快走啊。

（赵挑着担，锁手拿画扭上合唱）（第三曲）

早起城里去，城里人儿挤又挤，

买的卖的都欢喜，买的东西真合意。

赵：（唱）

往年过年，无吃无喝又无穿，

一年到头扛大活，到了年底还不闲。

赵、锁：（合唱）

今年过年，可不比从前，

样样买个遍，年货办得真齐全。

（赵唱）纸和香，

（锁唱）葱和姜，

（合唱）胡椒大料各三两，

（锁）花呀彩呀，炸呀炮呀，

（合唱）都买到一样也不少。

赵：（停止唱和扭，放下担子问锁）这回什么都有了，锁呀，把毛主席

的像给我拿子，你别把它“窝巴”啦，在城里好些人都还没买上呢，我好容易买了这么一张呀。（伸手向锁要画）

锁：（躲开）爹，不能啊，我拿得这不挺好吗，管保“窝”不上一个褶，爹啊！咱回去把毛主席的像挂得高高的哈。

赵：挂那么高干什么？

锁：挂矮啦，可好叫东院那些孩子到咱家给弄“埋汰”（肮脏）了吗，爹你说对不对？

赵：对，小孩心眼真多呀，买回来鞭炮可别随便放啊，等过年时再放。

锁：回去不放，就放一个听听“试应”响不响。

赵：“试应”它干什么？你买“前”不是都挑好了吗，就说你要放个就是啦。

锁：俺长这么大俺也没放个鞭炮啊，爹你回家告诉俺怎么放啊。

赵：好，天不早啦，咱快回去吧。

锁：我比你走得快呀。（跑前）

（赵挑起担与锁扭唱）（第三曲）

加紧脚步往家走，买的年货一大挑，

给他们看看好不好，给他们看看好不好。

（父子扭下）

（村长与群甲提肉和鸡蛋上）

村长、群甲：（扭唱）（第三曲）

今天腊月二十七，家家户户都忙急，

抬着猪肉往前走，军人家属去慰劳。

送完李家又往赵家来，军人家属多光彩，

青年小伙上前线，家里事情不用难。

（赵与锁又上，和村长相碰）

赵：嗳！村长你们上哪去？

村：给你们军人家属送肉来啦。

赵：嗐，村长就是周到，现在俺什么都不缺啦。

锁：村长，俺家分口大猪，还给俺送肉干什么？

村：这是村上一点小意思。

赵：这又麻烦村上啦。

群甲：麻烦什么哪，还不应该照顾军人家属吗，你儿子在前方打蒋介石那些狗儿的，保护咱们的好日子，还不应该照顾吗，可真！你早晨领锁上城，怎么这么"前"才回来呀？

锁：（抢说）大叔，俺上城里洗澡去啦。

赵：一辈子没洗个澡，这回共产党解放了咱们，我也来个大解放，从里到外我都叫他干净干净。

村：老头子说得真对，从里到外都叫他们干净干净哈……

赵：那么到家坐吧，到家喝点水，我还买的茶，都尝尝怎么样。

村：好吧。（挑起担齐唱）（第三曲）

参军保家又保田，幸福日子才能实现，

青年小伙上前线，家里事情都帮忙。

（齐扭下，第一场闭幕）

第二场

时间：旧历年除夕及初一。

布景：（正面挂毛主席像，放一张桌子，左侧设一张床，床上有被子及炕桌，右台前角放一面板及面具）

开幕：（媳妇与淑春在面板前包饺子，小锁来往拾饺子）

媳、春、锁:(齐唱)(第四曲)

饺子包得大又大,饺子肉儿香,

咱们全家人真高兴,

今年有米又有面,去年到处去要饭,

今年过年有吃穿,多亏来了共产党,

(媳、春)越包越高兴,

(锁)我捡得更起劲,

(媳)我包得好,

(春)我擀得快,

(锁)捡得快,簸箕满,(曲子反复两小节)

(合)全家老少忙得欢,痛痛快快过个年。

锁:(白)快包,快包吧。(把饺子端下)

媳、春:(合唱)(第四曲)

饺子包得大又大,饺子肉儿香,

穷人今天也能把福享,

(媳)你知这是谁给的?

(春)屋里坐的那一位毛主席呗,

(锁上,合唱)他是咱们穷人大救星,大救星,大恩人,领导咱,斗争翻身,永远跟着大救星。(指毛主席像)

春:(白)对,跟着毛主席走,咱穷人都跟着他走。

赵:(上,听到"跟着他走"莫名其妙)跟着他走,你们都跟着谁走啊?(各处看)

春:(与媳笑)哈……爹,跟着你走啊。

赵:(怀疑地)跟着我走!跟我上哪去呀?

媳:爹,看你的耳朵吧。

赵：（摸耳）我的耳朵好使啊，从共产党来啦，我哪都好使啦，心亮堂啦，耳朵也亮堂啦，（媳与春笑声）你看看你们到底是闹的什么事呀？

春：爹，说你老啦，耳朵不好使啦，你还说亮堂啦，俺说跟着他走。（指毛主席像）

赵：噢，跟咱们毛主席走啊，哈哈哈。（接唱）（第四曲）

你们跟着他走，我也跟他走，

穷人永远忘不了他的恩。

（锁）爹爹今天真高兴，

（赵）翻身为什么不高兴，

爹爹我活了五十三，从来没过着这样年，

（合）翻身年，欢乐年，自由年，解放年，一家大小忙又忙，今年过个太平年。

赵：（白）一百个年也不如今年这一个年啊，这都是毛主席给咱们的呀，毛主席不单领导咱翻身，还叫咱好好生产呢，多打粮食，发家致富，丰衣足食，安家立业，再过年还叫它比今年这个年还要富余呢。等会咱吃完饺子，咱全家订个生产计划。一个人也不叫闲着，一亩地也不叫它荒啦。

春：（高兴地跳着说）对，等咱吃完饺子，开个家庭会，合计合计怎么生产好，咱全家一个人也不要闲着，咱也争模范，看谁能当上模范。

（婆在幕内喊：你们包出来啦吗？锅里水都放开啦）

春：妈，包出来啦。

赵：（看面板上的饺子）包出来就煮吧。

媳：（与春抬面板，边下边说）我就去煮。

赵:(对锁)锁啊,帮子往下拿,收拾,收拾好发纸啦。

(春又跑上,婆随上)

赵:锁啊,告诉你嫂子一声,饺子就下吧,这就换衣裳发纸。

(锁下)

赵:把给我领的那些衣裳都给我找出来,今天我都把它穿上,我老头子好好过个年。

(锁上)

锁:妈,我还有件衣裳早晨忘穿啦。

婆:你领的衣裳,不是都穿身上啦吗?

锁:还有件蓝褂子,你忘了吗?是大上回和这件一块领的。(低头解衣裳)这两件是头回领的,这件是这回领的,对不对妈?

婆:噢!对啦,是少一件,我就去找。(下)

赵:穿那么些干什么?

春:锁,你穿那么些不热吗?

锁:热!我今天叫它大发一发,忘了去年过年穿那个棉袄,还露着肉呢,今年翻身,咱就大翻一翻,穿多一点衣裳出去放鞭不冷啊,(问赵)爹,鞭炮多"前"放啊?

赵:别着急,等发纸"前"就放。

婆:(抱衣服上)小锁,这是你的大褂子。

锁:唉呀!这褂子真好啊。

婆:淑春,这是你的花夹袄。

春:(高兴接)妈,还有俺嫂子的呢!

婆:你嫂子的衣裳,昨天我都找给她啦,等会就叫你嫂子去穿吧。

春:好。

婆:(递给赵)这些都是你的。

赵:(高兴地)噢!

婆:我老头子的衣裳还真不少呢!

(赵边穿衣裳边唱)(第四曲)

这些衣裳真正好,乐得我哈哈笑,

这件大皮袄,里面都是绸子料。

(问锁)爹爹这件好不好,

(锁)这件活像大龙袍,

(春)和今年,

(合)不一样,

(婆)一家都穿得,

(合)饱饱暖暖净净亮,里面外面都一样。

赵:(看衣)这样衣裳啊,我活了多半辈子,还头一回穿呢,从前穿这样衣裳的,都是住大门楼的呀。

婆:可不是呗,淑春,你去看看锅,叫你嫂子去换衣裳吧。

春:好,(边下边叫)嫂子,你换衣裳吧,我看锅。

锁:妈,快发纸吧,我好放鞭哪。

婆:等你嫂子换好衣裳就发。

赵:我去把门口那个灯笼拿来点上。(下)

锁:我也去。(随下)

(幕内春喊:"都来看,嫂子好看哪。"媳与春穿好衣裳上)

婆:(对春)三十午"经",你吵吵什么哪?

春:我叫你们来看,俺嫂子穿上新衣裳好看。

婆:谁穿上新衣裳还不好看,饺子好没好?

媳:开两开啦,等一会就好啦。

婆:我去看看。(即下)

春:(对嫂)嫂子这么一穿,活像个新媳妇,比你出门子那天还新新呢。

媳:(装怒地)你再说,我去告诉妇女会开会斗争你,说你在家硬要嘴。

春:我不怕,我不怕,你告诉也不好使啊,(玩戏地)嫂子你这么一穿哪,要是俺哥哥回来,还不敢认识你啦。

媳:你就不说正经的。

春:(顽皮地)不高兴噜,想俺哥哥啦。

媳:(又笑)俺想他干什么?现在不缺吃的不缺穿的,比他在家强得多吗!

春:你嘴里说得这样好听啊,谁知道小心眼想的什么呢?

媳:(撵春)你再说!

(春跑)

赵:(提灯笼上,锁随后上,发现春跑)怎么过年把你们乐得满屋直跑啊,收拾收拾发纸吧。

(后面鞭炮声,灯笼放桌上)

锁:(喊婆)妈呀,发纸啦。

婆:(由屋出)发纸把灯笼点上吧。

(婆拿蜡台等)

锁:好,我点。(取灯点上)

婆:把桌子搬外面去吧。

春:把供碗端出来吧。(跑下)

锁:快发纸吃饺子呀,(幕后鞭炮声)妈,别人家都发纸吃饺啦。

赵:你就是忘不了吃,等会发完纸就吃。

锁:快端供碗啊。(跑下)

（赵与婆把桌子抬至舞台前，唱）（第五曲）

（赵）搬出桌子点上蜡，

（婆）香纸酒肉全来拉，

（合）叫声你们快点拿，哎哟哎哟哎嗨哟，

叫声你们快点拿。

（春端出一碗鸡，舞唱）（第五曲）

（春）急忙端出大公鸡，公鸡一叫东方亮，

穷人家家哈哈笑，

（合）公鸡一叫东方亮，

穷人家家哈哈笑。（婆下）

（锁端出一碗鱼，舞唱）（第五曲）

（锁）鲤鱼大来味而香，家家劳动多生产，

年年富有余，

（合）家家劳动多生产，

粮食收满仓。

（春下）

（媳又端一碗上，唱）（第五曲）

（媳）肉丸炸得圆又圆，天下穷人是一家，

从此得团圆，

（合）天下穷人是一家，

从此得团圆。

（婆、春各端一碗上，舞唱）（第五曲）

（婆）端出一碗，

（春）又一碗。

（赵）桌上摆得溜溜满，样样都齐全，

（合）哎哟哎哟哎嗨哟，样样都齐全。

（赵、婆、媳、春、锁齐扭唱）（第五曲）

明灯蜡烛过除夕，烧香燃纸辞旧岁，

张灯结彩迎新春，哎哟哎哟哎嗨哎，

张灯结彩迎新春。

锁：（白）你们发纸磕头，我放鞭啊。（跑下）

赵：好，我磕个头。（欲跪）

春：（上前拦住）爹你怎么还迷信呢？从前咱们靠天靠地和拜天拜地，咱也没过一天好日子，你忘了吗？爹别磕了。

（后台有鞭炮声）

赵：（思索一时）对，不磕啦，再过年连碗也不摆啦，咱把这些老规矩都免了。

锁：（跑上）放鞭啦，放鞭啦。

赵：好啦，把桌子抬屋里去吧。

（音乐奏起第五曲。赵、婆抬桌子放至原处。媳、春、锁端供碗及蜡台下）

锁：（跑上）拜年，拜年啦。

婆：我给毛主席磕个头。（对毛主席像欲磕）

春：（跑上，拦住）妈，你也别磕了，咱心里不忘毛主席就行啦，你给毛主席拜个年吧。

婆：我磕个不要紧。

（嫂、锁齐上前拦住）

锁：我磕，我磕。（抢上前）

春：（拦住）你也别磕啦，咱打破封建吧！来个文明式的，就行礼吧。

锁：好，那我就行礼（鞠躬），给毛主席拜年啦。

赵、婆：有啦。

锁：给嫂子拜年。

媳：有啦。

春：（抢鞠躬）我也给毛主席拜个年，给爹妈拜年啦。

赵、婆：有啦。

媳：（上前鞠躬）给爹妈拜年。

赵、婆：有啦。

锁：爹不给压岁钱吗？

赵：给，今年的钱有的是，（掏钱）你小给你两千，给你嫂子四千，（锁、媳接钱）给淑春也四千。（春接钱）

锁：快吃饺子吧。

赵：对，就串元宝吧。

婆：到后屋吃吧。

（齐下）

（音乐奏第七曲）

婆：（端碗饺子上）我老婆子七八年也没捞着吃个饺子，这回毛主席解放了俺，俺也捞着吃这样白面饺子啦，毛主席离俺这么远，叫他老人家尝尝俺的翻身饺子。（刚欲跪下）

春：（跑上）妈，你这是干什么呀？（扶起）

婆：叫毛主席尝尝咱的翻身饺子呀。

春：妈你这又迷信啦，咱翻身不忘他老人家，心里有就行啦，妈你吃吧。（推婆）

婆：好，不磕就不磕吧，我不吃啦，你拿下去吧，等我饿啦再吃。

春：好吧。（拿下）

（后面妇女会、儿童团唱第八曲及词，配锣鼓声）

锁:(跑上,擦嘴)姐姐,妇女会、儿童团来拜年啦,快走快走吧。

赵:(上)锁啊,把灯笼拿子,我领你拜年去。

锁:好。妈,俺拜年去啦。(与赵下)

春:(跑上)嫂子走啊,看外面那热闹啊,妇女会都在外面呢。(媳上)走,走,俺走了妈。

媳:妈,俺出去啦。

婆:好啊,叫妇女会到咱家耍。

媳、春:好。(跑下)

婆:(自语)今年这个年真热闹啊。

(群甲、乙扭上)

甲:快走。(进屋内)大嫂过年好啊?

乙:大娘过年好啊?

婆:好,好,都好哇。

甲:大哥上哪去啦?怎么都出去啦吗?

婆:你大哥领锁去拜年去啦。媳妇和姑娘在外面看热闹哪,都坐子吧,我去倒点水去。

乙:大娘不用倒啦,我们刚在家喝过啦。不用忙乎啦,大娘今年过年可欢喜啦?

婆:欢喜,大伙都欢喜,一百个年也赶不上今年这一个年哪。

甲:家里收拾得真亮堂啊!(看画)这是多咱的画?还挺好看的呢。

婆:这是搞了好几年的画啦,从前住那房子你们还不知道吗?没有个狗窝大,连挂画地方都没有,今年搬这房子来,我把它拿出来挂上啦!叫它大新鲜新鲜。

乙:这画还真不错呢。

婆:你们在这儿坐,我去倒碗水,现成的水啊。

乙:大娘别倒啦,我们就得走啦。

婆:坐会再走吧。

甲:我们还要到张大嫂家去拜个年去。

婆:好吧,那再来耍吧!(出屋)

乙:大娘,大娘,别送啦。

婆:好等叫他大婶子来耍吧。

甲、乙:好,好……(扭下)

(婆出门送)

妇:(扭上,碰见婆)大嫂你过年好啊?

婆:大妹子你过年好啊?

妇:好啊,我刚才在外面看热闹,淑春非叫我到家坐,说家里就你自己。

婆:他们听见外面锣鼓一响,就都跑出去啦,小人心就是野呀。

妇:好啊。大嫂你别忙乎啦!你看家摆布得这新鲜哪。

婆:新鲜,去年和今年比,那就天上差地下啦!

妇:谁家去年那个年也没过好啊。

婆:去年那个年也不叫过年哪。

(第五曲)

人家过年,咱躲难,

“中央”胡子逼得咱,妻离子散,

今年共产党在这里,不愁吃和穿。

妇:那些事真提不得啦!现在翻身就好啦,

等把国民党打净啦,那就更好啦!可真!

锁他哥在前方过年没来信吗?

婆:没来呢!腊月初几来了一封。

（幕内传出：快走，快走）

（锁、春、媳跑上，后面跟着村长的文书和赵老头）

锁：（跑入室）妈，俺哥哥来信了。

春：哥哥来信啦！

婆：你哥来信啦，在哪？（高兴）

春：文书给拿来啦。

（赵与文齐上）

赵：他大叔进屋吧。

文：进屋吧。（见婆张牙舞爪）大嫂，可了不得啦！

婆：（惊慌地）啊！怎么啦？

文：你那个大儿在前方啊！

群众：怎么的啦？

文：来信立功啦。

婆：那么你大叔快念念吧！

文：你们都好好听着啊！我就念。（打开信，读信）父母亲大人，过年安好，儿现在一切很好，望父母不用挂念。部队此次进攻辽阳，儿在战争中俘敌五十六人，缴机枪五挺，大枪廿支，被部队选为功臣，儿甚为高兴。家中此次所分的地，父母没计划出都种什么吗？今年是大生产年，部队现已计划好生产，现在正在捡粪，过完年准备开荒，家中也定要计划好，多多生产，支援前线，我们前方后方一齐干，来比赛。淑春妹妹、小锁弟也应多加生产，帮助没有劳动力的军人家属。儿在前方定和反动派定做至死的斗争。

文：大嫂听没听懂啊？

婆：听懂啦噢！在前方立功啦！（高兴）

群众:立功啦! 好啊。

文:我说你的儿子有出息么! 怎么样?

赵:(吩咐锁)小锁啊! 你去拿笔和纸来,叫你大叔再给你哥哥写个回信。

锁:(下)好。

文:对啦! 你们有什么都说说,我都给你们写上。

锁:拿来啦! 大叔。(研墨)

文:那么你们就说吧! 先说说过年。

赵:好,告诉他过年一家挺好,有面有米,村上还给送的猪肉。

春:大叔,告诉他,我过年还穿新衣裳啦。

锁:大叔,告诉俺哥哥过年我还洗澡剃头啦还……

(后面锣鼓响,村长与群众上)

春:(跑出看)妈呀,村长来啦!

村:(及群众进屋)都好啊……

婆:好啊,村长来啦。

村:来啦! 村上人来给你们军人家属拜年来啦,大嫂你可欢喜啦! 儿子来信啦!

婆、赵:都欢喜啊。

村:这回大哥大嫂更喜欢啦! 区上来了这么一个报功单,(掏出红单)说叫村上给顺全开贺功大会,这等着村上讨论讨论,规定哪天就开。

群众:(高兴地)对,对,开个大会给顺全贺功。

村:(向文书)你没把信念给听听吗?

文:刚才念完啦!

村:信上都说什么?

文:信上顺全说,他在部队被选上功臣啦!俘虏了五十六个敌人,得了五挺机枪、二十支大枪呢,还叫家里好好生产,前后方比比赛。

群众:真是好样的。(赞美地伸出大拇指)

村:顺全这孩子真能行。

赵:(向群)这回村长大家都在这里,我把我的兴家计划也告诉他。(向文书)你再给我写上几句,你们大伙听听我计划怎么样,计划得不好,你们大家也给我提个意见。

村与群众:好啊!大哥你说说,俺也跟你学学。

文:那么你就说吧,我写。

赵唱:(第六曲)

告诉顺全,家里的事不用他把心来操,

家里我们会计划。

(全家接唱)七步龙咚枪咚枪,家里我们会计划。(群众齐扭随唱)

(赵上众前唱)(同曲)

东边八亩地,种上苞米,

(婆上前唱)

西边那三亩,种上地豆,

七步龙咚枪咚枪,种上地豆。

村:再种三亩什么哪?

(同曲)(赵唱)种上谷子整三亩,

(媳唱)再有二亩种地瓜,

(婆唱)剩下二亩种棉花。

(合唱)七步龙咚枪,剩下二亩种棉花。

(同曲)棉花成熟收家来,纺线织布用处大,

（合唱）前后方都用它，

（合）七步龙咚枪咚枪，前后方都用它。

（锁唱）（同曲）小锁也要订个计划，早起上山放牲口，还要捡粪和搂草，

（合）七步龙咚枪咚枪，还要捡粪和搂草。

（合唱齐扭）（同曲）

生产计划都订好，一家大小都不闲，

看看谁是英雄汉，七步龙咚枪咚枪，

看看谁是英雄汉。

群众：一家计划得真好……

村：老头子算得真好，十八亩地一点也不剩。

群众：这个家真称得上模范家呀。

村：（喊口号，群众随着喊）

我们要跟赵老头学习，生产发家致富，挖掉穷根，栽上富根。

群众：（唱）（锣鼓齐响，扭唱）

（第六曲）

（群众唱）锣鼓齐响咚咚枪，一家计划真正强，

生产做榜样，七步龙咚枪咚枪，生产做榜样。

（合唱）

生产生产大家干，大家流汗齐动员，

才能吃饱饭，七步龙咚枪咚枪，才能吃饱饭，

丰衣足食好呀吗好喜欢，可别忘了支援前线，

七步龙咚枪咚枪，支援前线。

铜锣花鼓闹喧天，如今本是穷人的天，

共产党领导咱，七步龙咚枪咚枪，

好日子全靠了他。

（全幕终）

辽宁省白山文艺工作委员会 1948 年

◇雪立　兴中　百慧

荣　誉

人物：宋鹤年——二十五岁，四平战斗负伤后，左臂已断，然而愉快达观。

白政委——“荣校”政委，三十五岁，老干部，一口四川话，左目失明，右目也不大好使。

薛传生——二十三岁，左臂负伤，影响到左手无名指及小指蜷曲不能活动。

丁管理员——右腿因伤而瘸，走起路来右脚总要晃半个小圈子才能落地。

第一场

（开场锣鼓后，过门中宋鹤年上）

宋：（唱一曲）

四平战斗负了伤，

休养到后方。

出了医院进荣校，
闲得我心发慌。
宋鹤年我干革命，
打仗为人民。
冲锋陷阵是本分，
流血也光荣。
左臂虽然被打断，
还能把工作干。
能做什么就做什么，
决不吃闲饭！
咱们荣校白政委，
我找他三四回，
每次要求分配工作，
他总是往后推。

（白）我已经给白政委提了好几回意见了，要求赶快分配我工作，可是他总给我做解释："同志——慢慢来嘛，不要着急！这是个时间问题，工作有的是！"他那番好意，我是知道的，可是现在全国都在大反攻了，前方后方哪一个都不闲着，我这胳膊断了嘛，也碍不了大事，伤口封了也很久了，还要待到啥时候去呢？我这回说啥也要去工作了。才刚郭主任那个报告，你听听，各路大军反攻，都打到了长江边上，离汉口才几十里地了，我还这样待着呀？！不，我再找白政委去，一定要他给我分配工作。（绕台走一圈）报告！

（政委捻着毛线上）

白：哪一个？请进来！

宋:(进门,敬礼)

白:(热情地)宋鹤年,请坐。(给宋倒水)

宋:政委,这一回你可要分配我工作去了吧?

白:(笑)嗳——你这个同志,不要性急。我不是跟你说过了吗?你那个伤才封了口,还是过一个时期,革命工作是长期的。

宋:政委,你看现在全国都反攻了,到处都在打胜仗,叫我怎么能待得住呢!我的伤没问题,我早就能吃能喝的了。政委,我不挑工作,叫干啥就干啥,只要不在后方待着就行。

白:我知道你是个好同志!这样好了,你先回去,回头我把你的意见提到党委会上讨论一下,决定了以后我再答复你。

(唱二曲)

宋鹤年,别着急,

将来一定分配你。

宋:(接唱二曲)

老休息,真着急,

哪天才叫我工作去?

(插白)政委,我实在待不下去了!

白:我不是不叫你去,组织为的是照顾你。

(插白)组织上不是不叫你去嘛!

宋:组织上,是好意,这个道理我懂的。

白:既然是,你懂的,那就再等一个时期。

宋:在这里,几星期,光吃不做真着急。

(插白)光叫我闲着真着急。

白:伤再犯,就难医,革命同志要爱护身体。

宋:我的伤,不大离,担任工作没问题。

（插白）政委，我的身体做工作没有问题。

白：一条臂，成残废，工作不合适太费力。

宋：一条胳膊，没关系，做不了大的我做小的。

白：你的精神，是好的，有合适的工作我分配你。

宋：我要求，快处理，只要有工作我定努力！（重复一句）

（白）政委，干啥我都努力去干，一个胳膊我还是能克服困难的！你看，自卫报上报的那个邹乃迟排长，人家一个胳膊还不是一样在前方打仗！

白：好，你这种精神很好，只要你伤口不犯就可以，现在各地方来要……

宋：（抢着说）政委，我这伤口不会犯，不会犯！你就分配我工作吧！

白：嗳，你也要等我们商量一下呀，你先回去，等决定了我叫通讯员来叫你。

宋：（还想说什么）对！那你可一定要答应我！（敬礼，下）

白：这个同志，实在是个好同志！从来到荣校就一贯表现很好，在前方医院，还是个休养模范。这几天要求工作，找了我好几回，我是怕他伤口才封不久，太劳动了又会犯，那就麻烦了！不过，他那样大的决心，我还是找老郭商量一下，现在地方上都来要干部，看是不是叫他去？通讯员！（内应声：嗳！）去看看郭主任在不在家，要开会啰！（捻毛线，一回线棒掉了，就在地下吃力地找）眼不好，找东西真不方便！

（内声：政委，郭主任在家等着呢！）

白：对。嗳——给我扯上一块羊毛啊！空时候捻点毛线打副手套戴。（下）

第二场

（薛传生得意扬扬上）

薛：（快板）清早起，吃饱饭，没有事儿我心发烦。同志们有的爱学习，有的参加去搞生产。我可不愿跟着做，跟着是个傻瓜蛋。前方作战流了血，后方休养就该玩。应该玩，我就玩，蹽到街上溜了一遍，还是觉得不带劲，又到戏院去把戏看。嗨！今天我可去得早，一去就把头排占，开场锣敲打一通，三个大戏就往下演！（过门）头一出是古城会，黑胡子张飞的嗓门儿实在得，哇呀呀呀呀一声叫，站到桌上就把鼓擂。关公假装往后让，白胡子老头就往前追，又耍刀那个又踢腿，两个人打了好几回。照我说啊，这出唱得实在美，实在美。第二出叫荒山泪，演的是恶官当道百姓受苦罪。

（白）他奶奶的里边的那个坏家伙！（快板）就像蒋介石那个卖国贼，抓丁逼粮要捐税，看着看着我掉了泪，看着看着我就掉了泪。（过门）第三出，可不好，玉堂春那娘儿们瞎吵嗓，吱吱哇哇直装蒜，故意装起个猫儿叫。（学着唱）王公子呀啊……（白）没意思。一早出来，溜了街，又看了戏，眼看天色不早，回家去吃饭就不赶趟了。快回去吧！（转一圈，向幕后）老孙！咱们吃过饭了没有？

（内声：早吃过了！你上哪去啦？你的饭给你留在伙房里了）

薛：留伙房里了？对，我去找丁管理员去！（转半圈）

管理员！管理员！我的饭呢？

丁：（一拐拐地上）薛传生，你怎么才回来？

薛：看戏啦！我的饭呢？今儿可把老子饿坏了！

丁：等一等，我看看去！（下）

薛:快,快!真把我饿坏了。

丁:(上)嗳呀!今儿人多,大米饭吃光了,还有些高粱米饭,叫伙房给你炒一炒吧!

薛:(生气)那不行,吃大米饭是上级规定了的,一天一顿细粮,谁给我取消的?!

丁:谁说取消了?今儿你自己看戏回来晚了嘛!

薛:看戏看你的?回来晚了也有我的一份!

丁:你事先又没有关照一声,误了饭那怪谁呀?

薛:怪谁呀?就怪你!今天不给我煮大米饭不行!

丁:嗳,同志,不要不讲理嘛!伙房同志一天到晚挺累的,为你一个人煮饭,不太好吧!

薛:谁叫你不留饭?那是你自己惹的。咄,老子在前方流血拼命,到后方来受你们的气,真他妈的看不惯!

丁:同志,残废又不是你一个人,谁的伤也不是狗咬的,你卖什么功呢!

薛:好!你不做饭还说我是狗咬的!好!你说的,他妈的,你有种……

丁:嗳——同志,你可别骂人,就冲煮大米饭你也不能骂人哪!

薛:骂了你怎么样?八路军就不骂好人!

丁:好,你骂人,我不跟你说,咱们见政委去!

(丁扯薛衣,给薛甩开)

薛:去就去!谁怕你不是娘养的!走!

丁:走!(同下)

第三场

白:(上)通讯员!找宋鹤年来一下!

（唱三曲）

全国反攻大胜利，
同志们要求工作更积极，
整天谈话谈不完，
都说不愿再休息。
今天听了时事报告，
大家的情绪更加高，
纷纷要求上前线，
再为人民立功劳。
刚才研究好半天，
宋鹤年工作有条件，
干啥工作没决定，
还得征求他的意见。

白：刚才在党委会上研究了一下宋鹤年的问题，决定分配他去工作。搞什么工作嘛，还没有做决定，先征求征求他自己的意见。嗳，这几天要求工作的真不少，一个接着一个，荣校就像嫁女儿一样，忙得个不亦乐乎！

（薛与丁边吵边上）

丁：（到政委门口，抑住了气）走，见政委去！

薛：去就去，政委又不是没有见过！

丁：报告！

白：进来！

（丁与薛入内，丁敬礼）

白：（与薛握手）坐，你们坐！

丁、薛：……

白:什么事呀?

丁:(对薛)你先讲吧!

薛:(背过身来)你叫我来的,你先讲!

白:什么事情啊? 哪一个先讲都一样嘛!

薛:(稍停)政委,我这里待不下去了,我要求走!

白:(笑,半误会地)怎么,你也要求工作啊? 同志,不要着急,分配工作也要一个一个地来嘛!

薛:(急辩解地)不,政委,我……

白:(抢着止住他)不要性急,同志,慢慢谈!

丁:政委,我要求回部队,到前方去!

白:(又误会他)嗳,怎么? 你工作得好好的,也要走? 你那个身体还能到前方去!(笑)哈哈! 我看你们再听两回时事报告,前方再打几个胜仗,就一个也留不住了! 同志,后方工作也是一样的嘛,你们都要求上前方,后方工作哪个搞啊?!

宋:(上)报告!

白:请进来!

宋:(焦急地)政委,分配我工作了?

丁、薛:(同时)政委,我是……(政委,我坚决……)

白:(急制止)你们等一下,稍微等一下。

丁、薛:(同时)政委!

白:等一下,你们两个等一下!

(薛与丁欲辩不能,只得一旁等着,情绪却很不安)

宋:政委,我的事情怎么样了?

白:刚才我跟校长他们商量了一下,可以分配你工作。

宋:(高兴)好,那我就去捆行李!(转身欲走)

白:嗳嗳,你忙个什么?看你高兴得那个样子!你晓得上哪去哟?

宋:反正是回部队去呗!

白:你回部队去干什么呢?你一把手还能到前方作战?

宋:(茫然)那……(看自己臂)那不要紧,不能打枪,还不能扔炸弹、送炸药?!

白:嗳,后方工作也是一样,都是革命工作嘛。你那个身体在后方找工作还是比较合适。

宋:对!可是政委,我在后方搞什么呢?我是个大老粗,又不像丁管理员能写能算,干什么都能行!

丁:(乘机插话)老宋,你分配工作了?

宋:呃,听郭主任报告,现在全国都反攻了,再待下去真不带劲!

薛:(在一旁有所感动,想要检讨自己吵架不对)政委,我……

白:(止住他)你先等一等,不要急嘛!你还怕工作分配完了!(对宋)搞铁路,县大队,区政府,独立团,还有那么多工厂机关,后方工作有的是!

薛:政委,我不是说这个……

白:(并不看他)我知道,你不愿在后方工作,是不是?那可以考虑嘛。

薛:(越弄越不清楚)唉——

宋:政委,那我就到独立团去吧!

白:独立团将来也要开到前方去打仗啊!

宋:打仗就打仗呗,我正盼着呢!

白:嘿,又来了,工作多得很呢!你再想想,有更合适的那不更好吗?

宋:那——对了,我到工厂去做工吧!

(唱一曲)

革命同志要劳动，

我到那工厂去做工，

部队打仗消耗大，

多生产多补充就有办法。

白：当工人好倒是好……（对薛）可以锻炼锻炼劳动意识，革命同志本来就应当劳动嘛！（对宋）不过你那个伤口刚好，干这工作也不太合适，我看还是搞你熟悉的一行吧！

宋：对！（唱一曲）

一参加革命我就当兵，

四大技术样样精，

既然不能去前方打仗，

我就到县大队去练新兵。

（白）那到县大队去练新兵行不行？

白：好，这倒很合适！（对薛）这也不亏在部队上干了几年，把你那个作战经验，教给新兵，那很好嘛！就决定到县大队去工作吧！（伏桌上写信）

丁：老宋，什么时候走？你在这里当经济委员给我帮助很多，现在要走了，给我提些意见吧！

白：管理员，你去告诉伙房，明天早上多做两个菜，欢送欢送宋鹤年同志！

丁：（高兴，忘了吵架事）对！对！老宋，伙房同志也要送送你呢！（下）

宋：（笑）不……

薛：（虽然是“挂”在一旁，内心斗争很厉害）唉！

宋：薛传生同志，我出校工作去了，你得给我提些意见。

薛：（强笑，尴尬地）没有意见，你平时对我帮助很大。

宋：政委，你也给我提提，我的缺点很多！

白：好，你让我想一想。（一边写一边说）你这个同志在这里一贯很好，能团结人。我们荣誉军人，到处受人家尊敬，自己也一定要保持这份光荣。我也是个残废（这时薛内心斗争很激烈，站起想说话），所以我就处处小心，不把“荣誉”两个字糟蹋了！（刚好冲着走起来的薛传生，薛难受地退回坐下）今天我们的形势是快接近胜利了，我们荣誉军人，只要肯努力上进，那我们的前途真是远大得很呢！

薛：（内心深感惭愧）

宋：我一定记住政委的话！

丁：（上）老宋，同志们听说你要出去工作了，大家都准备欢送你呢！

白：这是介绍信。你也想一想，对我们领导上有什么意见？（对薛、丁）现在该你们的了，讲吧！

薛：政委……

丁：（抢着说）政委，今天他出去看戏回来晚了，没给他留上饭，咱俩就闹起来了。刚才我已经叫伙房做了，薛传生，你去吃饭吧！刚才是我不对。

白：噢……闹了半天，我还以为你们是来谈工作呢！（有趣地）薛传生，怎么，看戏去了？唱得好不好？（转语调）在后方休养老是出去看戏还是不好！空下来自己要学点本领才对！

丁：政委，刚才我们说的是气话。

薛：（突然爆发）不！政委，我真是要求工作，我要求上前方去！

白：（不信地）什么？要上前方？同志，有问题好好谈嘛，不要这样。

薛：（诚恳地）政委，真的。刚才我是说气话，可是现在你看宋鹤年同志一个胳膊还这样积极要求工作,还要求上前方,我的残废比他轻多了,我为什么不能工作?!政委,这次我下决心要工作了,过去我没想明白。

(唱一曲)

刚才听了一番话,

我心里真难受,

各个同志都进步,

就是我落后!

天天逛街把戏看,

不想把工作干!

这回决心要工作,

马上回前线!

(白)政委,这是真心话,不是调皮。我是个荣誉军人,决不能再落后下去了!我的身体很好,我要求重上前线!(转向丁)丁管理员,你也是个残废,还比我重,你都早就在工作了,我还要态度跟你吵架,是我的不对,我向你赔礼!(敬礼)

丁:薛传生同志,刚才我的态度也不好,我也向你赔礼!(敬礼)刚才我已经关照伙房给你做大米饭了,你待会就去吃吧!

薛:不,不用!我吃高粱米就行!

白:(笑)哈哈!真像三岁小孩子打架!薛传生同志,你这个要求我们商量一下再做决定。这几天要求重上前线的同志太多了,我们要检查一下,可以上前方的就上前方,能在后方工作的就分配工作。训练新兵啊,或者参加土地改革啊,总之,我们荣誉军人,一定要尽最大的努力,在我们身体条件允许的情况下,组织起来,参加一切我们能够担负的工作,打垮蒋介石,彻底消灭封建!

我们要保持我们的荣誉，发扬我们的荣誉！

众：对！

白：（唱四曲）

我们是荣誉军人，

我们要支援战争。

众：消灭蒋匪，解放人民！

薛：上前方，重拿枪杆杀敌人！

宋、丁：在后方，生产建设练新兵！

众：积极工作，英勇斗争！

众：（全体重复一遍）

宋：对，政委，我对领导上没有什么意见，完全满意！我这就回去拾掇拾掇去！

丁、薛：我们帮你收拾去！

宋：敬礼！

（三人下）

白：哈哈！明天早点来啊！到校部来吃饭！（捻着毛线下）

（注：此剧曲子可自由选择，为适应演出方便，剧中唱词格式，很普通易配曲）

一九四八年一月

选自《东北日报》，1948 年 1 月 21 日

◇常功　胡正　孙千　张朋明

大家办合作

人物：王志众——合作社的主任，四十岁，忠厚诚恳。

马会计——合作社的会计，五十多岁，小心谨慎。

白油子——合作社的采买，二十多岁，好吃懒做，流里流气。

田有宽——三十多岁，农村积极分子，办事果断。

田妻——二十多岁。

二婶——四十多岁，田有宽的叔伯婶子。

宁喜——六十岁。

小女子——十几岁，宁喜的孙女。

三十二——二十多岁，有点冒失。

刘五——二十多岁。

疙瘩——二十多岁。

张六儿——二十多岁。

刘二贵——近三十岁，小商人，近视眼。

雨生——二十余岁。

第一场

时间:十月的一个早晨。

地点:合作社里。

人物:王志众、马会计、白油子、田有宽、刘五、刘二贵。

道具:酒罐子、纸烟、饼子、水烟袋、旱烟袋、毛口袋、背绳、拨浪鼓、小货包、酒瓶。

(王主任上)

王:(七锤子起板,唱七字调)鸡叫了三遍东方亮,合作社的王志众起了床,我这里上前来开门两扇,(绕板)取出那饼子洋旱烟,烧酒罐子搬上柜,再把那枣儿豆腐齐摆上。(流板)

(田有宽背粮食上)

田:(唱十字调)十月里天气凉下了霜,没有那棉衣穿心里慌,田有宽背谷米进城去,粜了米要买布缝棉衣。我家离城四十里,来回八十里真熬死人,前面那王家庄有合作社,绕几步到那里看上一看,假若是有布就用米换,没有布我再去到城关,正行走我这里抬头看,王家庄不远在面前。(切住)

王:(白)有宽"拜识"[①]干甚去?

田:就到合作社来,(田进门,王帮田放下口袋)咱们合作社有布吗?

王:布?没,你吃烟吧。

田:怎么,咱们合作社连布都不卖?

王:听说布价不稳。

田:不稳怕甚?天凉啦,谁家都要穿布,今天你能买四五个布来,不

① 即朋友之意。

到天黑我保险你卖完。

王：(点头)的确，这几天家家都要穿布……

(马会计一面扣扣子一面上)

马：哈哈，田家塔田有宽来了，干甚？

田：买布。

马：没啦布，到城里去吧。

田：(放下烟袋)你们在，我就走了。

马：不多坐一阵？

(王帮田背上粮食)

田：在吧。(出门)以后顶好还是贩些布回来。(下)

马：(打扫桌凳，整理货物，猛然记起)夜天二喜拿了一匣洋旱烟，还没啦记账呢。(记账)

王：二喜又欠账了？

马：嗯。

王：以后可不能再欠账了，如今账欠了几千，一个都收不回来！

马：(点头)嗯，(计算账)王主任，这是怎么闹的？咱们的货总是卖不出去，合作社开得连个生意铺子都不如了！

王：总得想些办法。咱们这是合作社，是给大家做生意，给大家赚钱。(想)快过年啦，年货得早点办上些，还能赚些钱。

马：嗯。

王：这几天买布的人可多啦，咱们合作社也该贩些布卖。

马：布倒是快，就是价钱不平稳。(数饼子数目，对账)

王：不平稳也不怕，少赚上几个不要紧。

马：或许不至于赔本，王主任，咱们今早吃甚？

王：你看吧，有甚就吃甚。

马:还是吃稀饭吧。

王:行。

马:我就做去。(下)

马:(在后台叫)油子! 油子!

油:(在后台)干甚?

马:起来,快吃饭啦。

油:再睡上一阵阵吧!

王:(向内)油子,你还不起床?!

油:嗯,起——

王:唉,(踱起步子来)好难呀!

(七锤子起板,唱十字调)王志众我这里自思自想,合作社办得好不兴旺。一不为好吃偷懒不动弹,我和那贸易局常有来往。二不为装了腰账目不清,王志众办事情正大光明,我一心为大家办好合作,可是呀看现在不成样子,照这样办下去无有出路,好些事我还得费心思量。

(白油子上,眼皮未睁,仍带睡意,扎上裤带,随便扣了几个扣子,打了个哈欠,摸摸帽子)

王:才起床?

油:夜黑了睡得太迟。(蹲到凳子上,偷拿了一盒洋旱烟,划洋火点燃)

王:又抽纸烟了?

油:我夜天进城买的,你也吃一根。(递一支给王)

王:(未接纸烟)油子,你今天再进一回城吧。

油:干甚?

王:到贸易局,问刘局长贩上四五个布回来。

油：贩布干甚？

王：咱合作社卖么。

油：哎，贩布不顶事，这些时布价不平稳，一下子跌下来，那可死下人啦！

王：这几天买布的人可不少，今早一开门，田家塔的田有宽就背谷米来，要换些布呢。

油：布不保险，赚不了几个钱。

王：老百姓都紧用布，就是少赚几个钱也不怕！

油：如今咱们买布迟了，再有两个月就过年，不如办些年货回来存下，过年时候卖，保险赚他几个。

王：你还是进一趟城看一看吧！

油：我家今天吃油糕，我想回家去看一看。

王：糕都没吃过？

油：只耽误今日一天，误不了甚事。

王：这也是工作么，误一天就有一天的事。

油：（不高兴地）一天的工夫还那么着计较，实在……

王：（生气）那么由你！

油：我明日去，明日一早就去。

（刘五提油瓶子上）

王：刘五来了，吃烟。

刘：你吃，（不要烟袋）今日我、马驹、六孩变工打场，吃油糕，有油没有？

王：咱这里没油。

刘：前几天你们不是说倒些油回来？

王：还没倒回来，再有三五天就倒回来了。

油：刘五哥，你才“日怪”[1]哩！咱们合作社有的东西你偏不买，没啦的东西你就三番五次地要买！看一看咱们这饼子，多大，多重，只要十块钱。

刘：（拿起饼子看了看，摔下）吃不起！（要走）

王：刘五，坐一阵吧。

刘：不。（下）

王：再等几天来买吧。（自语）哎，老百姓要的东西咱们就偏偏没啦！

油：咱们有的东西，他就偏偏不买！单和人找麻烦。

马：（在后台叫）王主任，油子，吃饭啦。

油：甚饭？

王：稀饭炒面。

油：你回去吃吧，我在前面照着。

王：（看了一遍货）好。（下）

油：（自语）整天价吃谷米，嗯……（拿了一个饼子咬了一口，倒了一壶烧酒，吃喝起来）

（刘二贵背货包摇“拨浪鼓”上）

贵：（唱七字调）刘二贵向前行，心里不断想事情，家里有山地十五垧，破窑一眼把身存。自幼识下几个字，能打算盘记账本，到大吃了生意饭，背上货包串小村。各村闹起合作社，小本生意难谋生。如今天冷布最快，贩布是件好事情。因此我到合作社，去找油子走一程。

（白）油子。

油：二贵来了，来，来。

---

① 即奇怪之意。

贵:你发了,烧酒饼子的!

油:给你也吃上两个。(拿两个饼子给刘)

贵:(接过饼子,用近视眼看看)不要我出钱吧?

油:不,这一回算我请你,你来干甚?

贵:咱们两个伙买的那些布怎么办呢?

油:布还是存下不要卖,如今一共有几个?

贵:五个。

油:存下它!

贵:存下不怕?

油:你才是,太看不远了!如今布缺,咱们再能存上它一个月,一个布保险能赚五个白洋。

贵:就是怕布到那时候便宜了。

油:便宜不了,我整天价在城里头跑,还不如你!有便宜的风声咱们就卖了它。(想起一件事)二贵哥,我看咱们两个的生意还要往大里闹,再买上五个布存下它,一定赚钱。

贵:可不敢,油子,这一下弄不好,那咱可赔不起!

油:看把你怕的,我保险赔不了。(耳语)

贵:我可是胆小人,真的,想不周到我就不敢动手。

油:不怕,我今天就进城,到贸易局去拿咱们合作社的名义买布,一定比平常人买得便宜。

贵:(想)可要想得周周到到的。

油:没错,你如今有多少票子?

贵:票子也没啦甚。

油:你看这个人,我又不用你的!

贵:不用?上一次买布你不是借了我五百块票子。

油:我给咱们跑腿,你多出些钱怕甚?

贵:怕是不怕,你老是说没啦用过我的票子……

油:算我用过你的,反正咱们弟兄两个,还分什么你我。

贵:可要快还我那五百块票子哩!

油:还,谁敢不还你。今日呢,要买布就得再拿些票子。

贵:票子只有一千五。

油:拿来。

贵:(小心地将票子拿出,仔细数过)给。

油:(接过钱,一面数一面说)布还是存下不要卖了!

(马会计上)

马:油子,快回去吃饭吧。(看到二贵)二贵来了。刚才是说甚来?二贵,你买甚他不卖给你?

贵:没甚,你们在。(欲走)

马:不坐了?

贵:不了。(出门,不放心地屈指计算,摇着“拨浪鼓”下)

马:油子,饭给你留着,快回去吃吧。

油:不想吃。

马:(发现桌上短了饼子)你又吃饼子来?

油:嗯。

马:饼子是卖的,你先自家吃了!

油:反正都是要到肚里头去。马先生,记到账上。

马:王主任清早说啦,谁也不能欠账。

油:不记你说怎么办?为了这一点事,咱们两个还去打一回官司?

马:谁和你去打官司?

油:那就对啦。我腰里也没一个钱,记上,明日我有了……还你。

马:自闹合作社以来,你的账还没还过一回哩。

油:还是记上吧。马先生!

(马无奈记账,白油子吸烟)

马:(数烟)纸烟又短了一盒。

油:嗯。

马:你吃了?

油:管他呢,记上吧!

马:嗯。(记账)

王:(上,擦了擦嘴)油子,快回去吃饭吧。

油:不想吃。

马:吃了六个饼子,账也上了。

王:又上账了?马会计,以后无论他是谁,都不能上账,天王老子也不行!

(唱双十字调)合作社本是为大家办事,任何人都不能耍私情。从今后再不能往外赊账,以前的外欠账也要弄清。为大家办事情要尽责任,做买卖私自用都应公平。

马:(接唱双十字)王主任说的话句句是实,为众人办事情要凭良心,办得好办得坏还在其次,银钱事不糊涂一清二白。

油:(接唱急板)你们说不赊账咱就不赊,一个人拗不过你们两个。给别人办事情不比自家,又何必那样地啰哩啰嗦!哼!(切板)

马:(白)王主任,咱们自家合作社的人能赊欠不能?

王:不能!

马:对。

王:整天地欠账,快把合作社欠倒塌了!

油:王主任,我今儿还是进城去给咱买布去。

王：今日去？

油：吃了公家饭，就得给公家办事情，甚时用甚时方便。

王：马会计，取上三千块钱给油子，再给贸易局写上个介绍。

马：对。（先将钱给白油子，又记账，写介绍）

油：（装钱，忽然发现一信）王主任，这是我那一回进城去遇见区抗联老张，哈哈，他给你的信。

王：这灰后生，（看信上日期）五六天了，你怎的这时才拿出来。

油：哈哈，忘球了！不要紧吧？

王：不要紧？叫今日到区上开会，检讨合作社的工作。

油：对么，刚刚好就是今天去。夜天给你也不顶球事！

马：给，进城去的路条，介绍。

王：快收拾去吧。

（油接过路条，介绍）

油：我走了。（下）

王：快走吧。（自己也收拾东西）

马：王主任你干甚？

王：到区上开会去，今日天不早了，到区上还有三四十里路，马会计，你好好在家照护着门，我也许赶天黑回来。

马：好，好。

王：我走了。（下）

（马看看无人，叹了口气，闭门收拾东西下）

第二场

时间：接着第一场。晚上。

地点：田有宽家中。

人物：田有宽、有宽妻、二婶、三十二、王志众、刘二贵、宁喜。

道具：鞋底、背绳、口袋、一匹布、簸箕、一包水烟、水烟袋。

（田有宽之妻手拿鞋底上）

妻：（唱七字调）适才间做好了饭，到门口去看一看，一打早他去买布，（绕板）到此刻不见回还。

（二婶上）

婶：（唱七字调）我婆子真是难上又难，十月间没有件棉衣穿，清早起出门来银霜满地，到黑间西北风吹得骨寒。

妻：（白）那是二婶？

婶：有宽家，你干甚？

妻：看一看我"那"回来了没？到我家坐一阵！

（二人进家）

婶：有宽哪儿去啦？

妻：买布去啦，一打早就走了。

婶：有宽家，你家的簸箕在不在？我用一下。

妻：你要簸箕做甚？

婶：你看，如今十月天了，我还换不转"季"。要碾些米换个布穿。

妻：嗯，人们如今可都等着用布啦。你等一下，我给你寻去。

（田妻下，田有宽夹布上，三十二在后跟上）

三：有宽，哪儿去来？

田：进城换了几个布。

三：城里布甚行情？

田：可贵啦！

（二人进家）

婶：有宽回来了。

田:二婶串来啦。

妻:(上)怎么才回来?早就把饭做上等你咧!

婶:你买了些甚东西?

田:布,还有给宁喜叔捎的一包烟。

婶:布甚行情?

田:(做手势)×[1]千多。

妻:多长的?

田:四八布。

妻:咱家换了多少?

田:二斗半换了××。甚的东西也是缺者为贵,如今正是换季时候,城里头买布的人可多啦,人挤得"疙拥疙拥"的。我先到几家字号里,那些灰生意人简直想吃人咧!要×斗谷米换××丈布。

婶:怎这么贵?

三:这些私自抬高市价的买卖人非处置上几个不行!

妻:那你是在哪里换的?

田:后来我就打听,人们都说合作社的布便宜,我就去了,果真便宜,买卖做得又和气。

(刘二贵上)

贵:有宽,城里买布回来啦?

田:刘二贵,来坐吧。

贵:噢,我看这布,(用近视眼翻来覆去地看布)甚行情?

田:×千。

---

① ××布或×千钱,是布价或斗和粮食的数目,可按照当地的实际情形而规定。

贵：（看田手势惊喜）×千？！

三：怎，比你的布贵贱？

贵：不离乎，差不上下。（自语）要是多存上些布那可……

三：可是能多赚钱么！

妻：你的布卖完了没？

贵：没。

妻：怎么人家尽买布的，你的还没卖了？

贵：这——这几天忙，过几天再卖吧。

（宁喜上）

宁：有宽回来啦。

田：宁喜叔，来坐下。

宁：你给我捎的水烟呢，多少钱一包？

田：（将水烟递给宁）这水烟可没买好，宁喜叔，我在那家字号里买的五十元，后来到合作社买布问了一下，合作社只要四十五，我想再退吧，已经买来了。

宁：合作社卖得便宜呵！

田：人家那合作社可红火咧，我听那主任说，人家不光是给老百姓卖这些东西，布啦、油盐碱……还教妇女们纺线，没啦花的领上回去纺下再换布。

众：可是办得好呀！

婶、妻：还教妇女纺线织布？

田：（唱十字调）人家的合作社办得不赖，老百姓需要的样样都卖，有布匹有油盐，要甚有甚，价钱小看利少东西实在，做买卖公平对人和气，最要紧处处是为咱打算，开办纺织训练班，贷棉贷花解决困难。

婶:那可好了,我倒是会纺,就是没啦花,也没啦车车,纺不成。

妻:要是咱们有这样一个合作社教人纺线线多好,咱家倒是收下些棉花,可是咱不会纺,眼看有棉花弄不成布。

田:一年家尽拿粮食换布,也得些粮食哩! 要是婆姨们学会纺织,咱们多种上些棉花,把这个穿衣问题解决了,那咱们的光景可就更闹好了。

妻:咱村里不是也有个合作社,我看咱家入股的那二十块钱又是冤出了。

田:哼! 咱村的合作社要是有布,我倒不用来回八十里地进城啦——误一天工。咱们合作社不卖布,人家卖的是烧酒饼子洋旱烟。

三:合作社里还有我的股子,我看咱们提个意见讨论一下,合作社要是这么办下去,那可不行!

妻:讨论也教人纺花织布。

婶:咱们婆姨们都能纺花织布就好了。你们去讨论吧,叫合作社给咱们割车车闹棉花。

三:咱们老百姓用甚,合作社就办甚,这才叫解决困难,像如今这样,不如趁早"打折"①了。

贵:合作社是公家的生意么,像油子那样干手,准能赚钱。

田:公家的生意? 还有我的股子呐。光赚钱不能给老百姓办事顶球甚!

三:真是,咱们用甚,他偏不卖甚,真气肚子……

宁:我看合作社就是"白作社",闹上多时啦,甚球事也不顶,入上的股子那就顶上了布施啦。

---

① 就是"收拾了"的意思。

田：咱们给王主任提个意见，也叫他贩布。

贵：这阵布正贵着哩，合作社买布非赔不可！

三：（有点生气）不叫合作社卖布，只你一个人独卖？！

贵：叫我一个人也顾不过来。

三：你想得倒好！

田：不单是卖布，还要闹纺线。我看咱村这合作社，得好好地整顿才行。

贵：真是，你们就不知道做生意的门道，现在快过年了，贩上些烧酒，枣子花生，香表纸炮，保险能赚钱。

三：那咱们就“赤着肚子”光喝酒吧。

妻：那还成个世界！

宁：不是我反对你们后生们，像油子那后生，流里流气，唉！成不了个“气候”[①]！

田：油子不好，咱们可以推翻了他！

贵：为甚推翻人家？

田：为甚？就因为他不好好地给咱们干么。

贵：我看你们就是甚也不球懂，灰拾翻。

三：（立起）你这是干甚？竟说这号灰话，你不是破坏吧？！

贵：我破坏？

三：你这不是破坏是干甚？

（唱急板）我说你是破坏你不服气，你这人一肚子自私自利，你的那鬼主意我都明白，合作社办好了你不愿意。

贵：（接唱）三十二你不要破口伤人，合作社好不好与我无干，我不过

---

① 就是说办不成个什么事情。

按情理就事说事，你这样胡乱说于理不端。

三：（白）我看你和那白油子就……

贵：你说怎？你可不能诬赖好人呀！

宁：走球吧，二贵！（推二贵下）

三：你不要装孙子，你的那些底细，哪一天不高兴了全给你抖搂出来。

（后台小女子叫：娘娘，回来吧）

婶：噢，（正要走出，又返回）唉，人老了尽忘事，有宽家，簸箕。

妻：你看我也是尽顾说话。

（二婶拿簸箕下）

田：走，咱们找农会干事商议去。

妻：你怎么就走？跑了一天还没吃饭。

田：提意见要紧，回来再吃吧。

妻：我给你拿个窝窝去。（下）

王：（在后台叫：田有宽，田有宽在家不在）

田：在，（王上）啊，王主任来了。

三：怎家天黑了才来？

王：今天到区上开了个讨论合作社的会。

田：讨论了些甚的事？

王：讨论了一下，咱受了个批评。

三：因为甚？

王：咱合作社大的方向上有毛病，没走对，没啦真正为咱老百姓解决困难！

田：（点头）这批评得对。

王：要我回来马上就通知各村开社员大会，提意见，选上代表，讨论咱们合作社以后怎么办。(对三十二)你就去和你村农会干事商议一下召开社员大会吧。

三:对。(下)

(妻拿着窝窝上)

妻:王主任来了,(给田窝窝)给。

田:不用了,把咱的白面"和"上,给王主任做些饭。

王:不用了,有宽。

妻:好多天王主任也没到咱村来,吃上些再走吧。(下)

田:王主任,布可贵得怕死人!刚才我还和三十二商议,咱们合作社也办上个纺织训练班吧。

王:今日会上也讨论到了,今后是咱庄户人用甚就卖甚,如今最数布要紧,咱们就要办训练班织布,然后再一步一步地往大里闹。

田:对,你的这意见我赞成,我看咱们合作社要办好,油子那人就得……

王:那就看大家的意见,大家叫谁办,谁就可以办;大家不叫谁办,他就想办也不行。

(后台三十二叫:开会了,开社员大会了)

田:今黑夜会上都要讨论些甚?

王:今日先请入股的发表发表,以后选出代表来,再开全行政村的代表大会,那会上就决定今后怎么办。

(后台又喊:开会了,开社员大会了)

王、田:走,咱们走吧,人不差甚到齐了。

(二人同下)

第三场

时间:过了几天。

地点：合作社里。

人物：王志众、马会计、田有宽、三十二、疙瘩、白油子、刘五。

道具：酒罐子、纸烟、饼子、水烟袋、旱烟袋、茶壶、茶碗。

（田有宽、三十二上）

田：（唱七字调）前几天各社员开会讨论，

三：（接唱）为咱的合作社大家操心，

田：（接唱）选举下我二人当了代表，

三：（接唱）前去那合作社讨论事情。（流板）

（疙瘩上）

疙：（白）哦！前头那是有宽"拜识"？

田：噢，疙瘩"拜识"。

疙：你们两个干甚去？

三：我们村里前几天开了个合作社社员大会，大家选我们两个去开社员代表大会。

疙：我也是选上的代表。

田：那咱们相跟上去吧！

（三个人一面走一面唱）

三：（唱七字调）三人去开代表会，代表大家提意见，

疙：（接唱）要想办好合作社，

三：（接唱）就要时常来讨论。（流板）

（三人同下）

（白油子上）

油：（唱七字调）这几天整天价就是算账，算得我头发晕眼睛又花，王主任尽批评咱的不对，谁想到办合作如此麻烦，我有心到城里闲游两天，这得和王主任商量一番。

(白)王主任。

(王主任拿一本账上)

王:叫我干甚?

油:王主任,我今天想进一趟城去,给咱们合作社买些布。

王:上一次你去了三四天,一尺布也没啦买回来,今日要开会,你又想要到城里去?

油:会嘛,我不想开了!

王:今日里的会可重要哩,区上把咱们合作社可批评了个详细,以后怎么办都得要在今日的会上来讨论。

油:球,那些庄户人谁能知道怎么做生意,他们能讨论个甚?

王:你这后生才是——合作社是大家办的,出本钱的都是东家,给大家办事,要怎么办当然是由大家来决定。

油:"大家来决定"?哼,一定甚也办不好。

王:(着急的)不单是讨论以后的工作,就是以后叫谁办也得由大家讨论决定,这才叫民主哩。

油:"叫谁办也要由大家来决定"?球,一定讨论不好!

王:我这一次到区上开会,就是讨论了这个问题——合作社要由大家来办。

油:这才麻烦!

王:怕麻烦?如今咱们给大家办事,就得提倡这个不怕麻烦哩!

(收拾东西)

油:(唱十字调)今日里开的会不比往常,我这里可得要仔细思量。

(田有宽、三十二、疙瘩、刘五四人上)

田:(唱七字调)一路走来一路讨论,

众:(接唱)不觉得来在了合作社门。(落板)

疙:(进门,打招呼)王主任。

(大家都进家)

王:各村代表来啦。快坐,说来就一齐来了。

田:路上碰见的。

王:给吸烟,(代表们都坐下,油子蹲在一边,王主任递烟袋,向内喊)马会计,快来吧。

马:(在后台)就到,我把这炉子生着。(一面说着,擦着手上)啊!代表们都来了。

疙:马先生忙啦?

马:没甚,生炉子,坐了壶水。

王:好,咱们就开会吧。我先报告一下,报告了以后咱们大家再来讨论。

田:对。

王:咱们合作社是年时腊月成立的——

马:(接上)腊月,腊月十四。

王:是的,到如今还不到一年,本钱是五千,如今连货带现款一共是一万二,长余了七千多。做的事情是冬天磨豆腐,夏天卖凉粉打饼子,再贩上人家些洋旱烟,手巾,胰子,烧酒……

田:赚了多少?

王:七千多。

马:一块钱长余一元四角多。

油:看!看!有些人还整天价批评合作社哩。开合作社就是为了营利,有利就行!

三:一年来的光景才闹了那一点钱,还把你得意的。

田:赚了那两个钱的事小,没啦给老百姓解决困难的事大!

油:这还不是解决困难? 你真是——

三:什叫解决困难? 卖饼子卖凉粉也是解决困难?

刘:真是,做那些灰营生!

王:大家先等一等,我还有报告哩。

田:先叫王主任报告吧。

王:如今钱是赚了七千多,有三千多欠在外面。

三:还在外面欠着?! 都是些谁们欠着?

王:(对马)你把那些欠账的给大家念一念。

马:刘三保欠五百,二喜欠三百,油子欠一千五百二十五——

油:谁?

马:你么!

油:我甚时欠下这么多?

马:你不信? 有账在,(让油子看账,油子不看)我念给你听吧! 年时腊月十五取洋旱烟两盒,十八取豆腐五斤,二十取饼子四个,今年正月初五,取洋旱烟三盒,十三取烧酒斤半,十五借大洋三百元,十六取豆腐二斤……

三:(接上)算了,不用念了。你们看,合作社只赚了那几个钱,就有一半多叫那些二大流欠着! 三保,二喜,谁不知道是有名气的二大流。

油:怎么"日鬼"①的? 我就欠下一千多?

马:你说我给你把账算错了? 给?!(给油账,油不接,马又收回)

三:怎么日鬼的? 你一天价烧酒饼子的,那敢是白吃哩!

田:我看,油子你家也不算赖,你回吧,取上一千五百块钱给咱合作

---

① 意思是怎么搞的。

社补上。你是办过合作社工作的,这件事上也该模范一下!

油:实在说不来,一下子就欠下一千多!

三:你欠下怎了?不想还?你家是个富农,这么一点账也还不起?

田:在合作社里有你自个赚的,为甚还要欠账?

王:是么,咱们每人一月都有四十五斤谷米,和村长赚的一个样样。

疙:照这样大家都欠下账,那就要把合作社欠倒塌了!

刘:对么,照你这样十个人,就把咱们合作社欠倒塌啦!

田:这是应当还的,油子,你要不还的话,我们大家和你区上县上都敢去,你可不要想你的嘴会说。

三:赖不过去!咱们是给大家办事的,哪里也敢去。

油:唉!这些人,真是不识好赖人。

田:你说甚哩?油子。

三:怎?你还是个有理的?

油:你说我不对,我敢就没给合作社出过力?

三:你出过甚力?你齐说。

油:(立起)咱们就说吧,办合作第一是赚钱……

三:就是赚钱也不能只卖那些饼子洋旱烟。

油:要赚钱只有卖那些零星吃的东西利大,你不信,一升黑豆就能做二斤豆腐,这就是对半的利!你们说做甚东西还有这么大的利?

疙:赚了这几个钱,对咱庄户人可有甚的好处?

油:哎呀,办合作社就是做生意么,有利就行,要是照你们那么说,甚东西都不能卖啦。

王:油子的意见不对,过去咱们那是做小买卖,没给大家解决困难,不能算个合作社。以后咱们要大家想办法,把咱们合作社往好里办,只要是办得好,用得着人,就再多用上几个也成!

油:是呀,过去人少,我白油子经常跑这里,跑那里,也够着个辛苦了吧!

王:你跑路也是尽白跑! 前几天你往城里跑了三趟,什东西也没啦买回来。

田:(向油)那一天我不是在城里见了你? 油子。

油:嗯。

田:你不是夹着三个布打合作社出来?

油:(慌张的)我? 我没啦。

田:我清清楚楚见你夹着布,你怎说没啦?

三:不是拿合作社的名义给你自己做生意吧?

油:不,不,没的事。

王:没的事? 你夜天回来给你自己买的布,是在哪里买的?

油:我,我在贸易局买的。

田:你怎价就能自己在贸易局买出布来? 我就不能。

三:你有甚的面子呢?

王:这里头有问题,油子,那一天买布去不是给你开了个介绍,既然没买下布,你把那张介绍交回来。

疙:交吧。

刘:交吧。

油:(没办法之下恼羞成怒)我就是买了布又怎样? (又蹲下)

三:说得怪好听,用合作社的名义私人买下便宜布,再贵卖出去,哪里有这么便宜的事?

油:这又不是犯了王法。

田:不是犯了王法,可是犯了咱们大家的规矩,咱们大家商议吧,依我的意见,油子把布退出来。

刘：退出来，我同意。

三：你这算给咱们大家办事？合作社的东西用了不给钱，成年成年地欠着，又拿上合作社的名义给你自己做生意，尽是你一个人的啦！快“爽利”①些把布退出来吧！

众：退！退！

田：照这样的人还能给大家办事？依我的意见，咱们不要他了！

众：对，咱们不要他了。

油：不要啦——（想）不要啦我这阵就走！（欲走）

三：（阻住白）你倒想了个好！欠下的一千多元和布呢？

疙：退布！还钱！

马：油子，按理说，你应当退布，合作社照原价给你钱，也不能叫你吃亏。

油：（低头无言）

王：到底怎了？利利索索的！

（白不语）

三：（生气）你不还的话，咱们就到区上去！（拉油）走！走！

马：油子，快说吧，到底怎办？都是本乡本土的。

油：我没啦甚还的。

三：没啦还的？你家还雇着长工。

王：油子，限上你五天吧。

油：怕，怕不行吧……

疙：不行？你再拖上一年？你可不要耍死皮！

王：就是五天吧，布在家里一取就成，一千多块钱你家往出拿也

---

① 痛快些。

不难。

油：（低头沉思）唉——

马：油子，你也要想开些，大家今日也不是故意和你为难。

王：你看看，这里坐的人和你往日没冤，近日无仇，这都是为了大家。

油：唉！这些我也解下，是我自己做错啦！

马：这就对啦！油子，快回去取钱取布吧。

油：嗯，（在马劝与推之下下场）唉！

三：灰鬼，他就不是为了办合作，是为了躲兵。

疙：对的，就是为了躲兵哩。

刘：（对疙瘩）这可又给你村添了个二大流。

疙：他算个甚？我村农会干事保元把比他还厉害的拴儿都改造过来了。他，他算个甚？

马：大家喝茶吧。

三：以前的合作社没啦办好，就是油子一个人捣鬼……

王：哎，三十二，也不能全怪油子。年时成立合作社时，我自个就没啦认识清楚，这一次区上的批评是对的，以前我就认成做生意，赚钱。马先生，你说？

马：对的。咱们……

王：这我得先自己批评自己一下。

田：我看这还不能单怪王主任，开头咱们就都没认识对，我自个也当成咱们要开铺子，入了股也就再没理。按照说要解决困难，办好合作社，非要大家努力不行！

刘：有宽的话对。开头咱也以为油子做过两天生意，识两个字，就用上了。

三：可是，咱在当时提过意见，要多卖些咱老百姓用的，可是大家不注意。

王:是的,三十二的意见,当时我没注意,这主要由我负责,没给大家办好。

田:我看今日咱们好好地商量,过去的要当作教训,以后还是咱王主任和马会计给咱办,咱们大家也要都关心,这样就一定能办好。

众:对,同意有宽的话。

王:众人既这么说,我也就不再推辞了。那么咱们就商讨吧。

田:我还有个意见:咱们合作社办事的一月四十五斤谷米不抵事,合作社是给大家解决困难,咱们大家也得给办合作的人解决困难。像马先生,儿孙们刨闹得有样子,家里还不至于受饿,王主任就不行,家里只有婆姨和十来岁个猴孩孩,这不行,我的意见是在分红时,办事的也顶上入股子,也分红,大家看,对呀不?

三:对!这一下办事的人也就更有劲了!

马:我看不用啦。

王:(有些急)大家可不用这样,我婆姨叫她学纺织,孩孩也吃用不多。

三:不行!哎,王主任,你可不用推辞,你为咱们大家办事,咱们还能叫你受困难?

疙:大家的困难都得到解决么!

(稍停顿了一下)

刘:如今是布要紧,王主任,咱合作社还是先办纺织。

王:对,区上的指示也是叫咱们先办纺织训练班,今后是大家紧用甚,合作社就办甚。(看自己小本子上的记录)如今第一步办纺织合作社,准备棉花、车车,请教员,大家回去了就发动婆姨们来学。

三：妇救会她们做甚哩？她们也要发动呀。

田：发动婆姨们不成问题，你赶紧给咱准备车车、棉花，请教员吧。

王：再，咱们这里离城远，买下它几头牲口，再发动有牲口的人来参加上些，成立个运输队，驮粮食，贩油盐，以后就照人家×××[①]合作社的办法，又织布，又运东西，又开油房，反正是大家紧用甚，合作社就办甚。

马：大家紧用甚，咱们就办甚。

王：咱合作社要往好里办，我看就得咱们大家都负责任，各位们回去要给大家好好宣传，说明咱合作社以后的办法，叫大家以后多提意见。噢，还有件事，咱们合作社以后要往大里闹，这就得扩大资本，大家多入股子，入了股子按期分红。

田：没啦问题，只要咱合作社能给大家解决困难，入股子的事情容易。（向众人）今儿咱们回去就发动！

王：（唱七字调）大家的意见呀我都照办，从今后第一是解决困难，庄户人要用甚咱就卖甚，合作社一定要大大发展。

马：（白）讨论得好！讨论得好！这一下也给我老汉开了脑筋了。

王：再还有甚发表的？

马：王主任，咱们合作社要往大里闹，怕人手不够吧？

王：人手不够咱们再添，油子走了，还差一个采买，咱们大家都“瞅摸”[②]着，有了合适的人，咱们就用上一两个。

众：好。

马：还有，王主任，你不是说割车车，买棉花，咱们现在可是没多少现

---

① 以当地最模范的合作社为例。

② 物色之意。

钱啦。

王:这个我也计划好了,不用愁,我今日就去县贸易局,暂时先借上他个三几万元。

三:说起割车车,我倒想起来了,咱回村以后商量商量把咱村那五道庙拆球了吧,那木料可是不少哩。

疙:可多哩吧,割机子的大木料也有。五道爷爷算球了吧!让他也参加咱们的纺织运动吧!

(大家笑)

田:王主任,没甚事了吧?

王:(想了一下)没甚啦。

田:那咱们可就回呀。

马:再坐一阵吧,大家喝茶,喝茶。

众:不啦,你们在吧。

(四个代表下)

王:马会计,我这就去贸易局,你把那两眼西窑打扫一下,准备训练班的婆姨们来住。

马:对,对。

(二人分开下)

第四场

时间:一两个月以后。

地点:合作社里。

人物:王志众、马会计、田有宽、宁喜、刘五、张六儿、刘二贵、三十二、二婶、有宽妻、小女子雨生。

道具:油罐子、盐、洋火、布、棉花、线子、鸡蛋、水烟袋、旱烟袋、油瓶子、铺盖行李、西农票。

（王主任挑担子上）

王：（唱七字调）王志众挑担子去下乡，为的是卖货物调查情况。前些时开了个代表大会，决定了合作社的新方向。开罢会我去到贸易局，和咱那刘局长好商量，借下了纺车车和棉花，还借下了西农票三万五千。紧接着我又到区上去，请抗联王同志当教员，动员了婆姨们十多个，训练班一切都准备齐全。合作社又买回快机两架，拿线子来换布顶方便，成本轻布又好价钱又贱，老百姓买布的天天不断。我这里挑起担子快走几步，不觉地来到了合作社门前。

（马会计笑嘻嘻地上）

马：（白）哈哈，王主任下乡回来啦。

王：回来了。训练班今天结束，你的账算好了吧？

马：算好了。看把你累的，快到里面歇一阵吧。（王下）

（马会计整理货物，打扫桌凳货架，算账）

（唱冬石榴）咱们的合作社茂盛兴旺，男和女老和少来来往往，清早起直忙到天黑半夜，有时候连吃饭也顾不上。合作社能办得这么样好，是因为众人们多多帮忙，刚才我去训练班，婆姨娃娃纺线线；织布工人很起劲，一天能织八丈零。我把货架打扫净，再把账目算个清。

（马算账，张六儿急上）

张：（进门，大声白）哎，马会计！马会计！

马：（惊一下）这后生，把我吓了一跳，什事？

张：马会计，我婆姨夜黑间养下个娃娃，没想到她养得这么快，连一条替换的裤子也没啦预置下，急得我四处周转，可遇这两天手头又不方便，马会计，给咱赊上个布吧！

马：（摇头）六儿，这事情不行！王主任以前说过，天王老子来了也不给赊账。给众人办事不比自家那么方便。

张：赶我婆姨过了月子以后，给咱合作社纺线线，我还有些粮食还没啦粜了，马会计，赊一个吧！家里人还在等着呢。

马：咱可担当不起这事，你看，这可不是咱马会计不赊给你，这是给大家办事，一个钱也不敢含糊。不过看到你养的那个娃娃身上，我给你吼一下王主任来商量商量。（喊）王主任，张六儿他婆姨养下娃娃没穿的，想赊咱一个布嘞。

（王主任上）

王：六儿婆姨养下娃娃啦。大喜？小喜？

张：养下个小子。唉，谁能想到有这么急，婆姨连条裤子也没啦换的！王主任，合作社是解决咱庄户人困难的，老掌柜，给咱赊上个布吧，行不行？

王：行。解决困难顶数紧用要紧，“没了给一口，强如有了给一斗”。这是喜事，赊上一个没要紧。

张：那就真领情不过啦。等我婆姨过了月子，叫她好好地给咱合作社纺线线。

王：对。（拿布给张）给，拿回去赶紧给婆姨娃娃缝起穿上。六儿，婆姨养下娃娃可要好好地讲卫生啦！

张：对，你们在吧。（下）

马：主任，这个布也上了账？

王：噢。

马：（写账）哎呀，以后可不敢再赊账了。

王：怎？

马:以前我记得白油子在跟前,你说无论如何也不能往外赊账么。

王:这也要看对什么人。你的记性倒不赖,可是死记性,老守成规,没啦些灵活。我那时是说像白油子那样的二大流就不能赊给他,就是赊给他,他也是胡糟蹋了,到时候账收不回来,白瞪眼!照张六儿这样好庄户人,他们用的都是正经东西,不用怕,放大手,齐赊给他,这叫作给群众解决困难么。

马:(思索,点头)对对,你不说,我还翻不开哩。

(台后有小贩的拨浪鼓声)

(刘二贵背着货包,手摇拨浪鼓上,左边看看,右边喊喊)

刘:谁买布,谁买针,手巾胰子。

马:这是谁?啊,二贵。

贵:嗯。

王:来坐一阵。

马:来,回来坐一阵,吃两袋烟。

(二贵进门)

王:(看见刘二贵的布)二贵,你的这布甚价?

贵:(看布)四千二。

王:哎呀?多长?

贵:四丈八。

王:怕不够尺头吧!(取自己的布)给你看咱的布。

贵:(细看)不赖。多长?

王:四丈八,上秤称足够二斤半还多呢,你看值多少?

贵:这布……得……四千五。

马:哈哈!我们才卖四千。

贵:不至于吧?

王:谁还哄你?你不信就到街上打听去。

(刘二贵低头沉思)

马:二贵,你这几天的布快慢?

贵:不顶球事,没人买。

(刘五上)

马:刘五来了,还提着油瓶。

刘:快过年了,给咱倒上二斤油。

马:来!(倒油)

刘:二贵也在?

贵:哦。

刘:王主任可忙啦吧?

王:没甚。

马:刘五,给油二斤。

(刘五接油给马钱)

马:你走啦?

王:坐阵子吧!

刘:家里还有人等着呢,再坐吧。(下)

(马上账。田有宽在后台问)

田:刘五,你提的什?

刘:在合作社倒的二斤油。有宽刚下来?

田:噢。今天训练班结束,接我二婶和婆姨来了。

刘:宁喜叔也来了?

宁:噢,接我那猴孙女来了。

(田有宽、宁喜上)

田:有宽、宁喜叔来了,坐吧。

王:抽烟吧,咱合作社的好烟。(递烟)

马:二贵在这里干什?

王:我和二贵商量个事情。二贵,你和咱们合作社合作吧!

贵:甚?!

王:咱们两家合作吧。

贵:不!

马:怎?

贵:咱小本生意赔不起。以前倒跟你家白油子合作,可吃了个大亏——你们不要他了,叫他退布,那些布都是我出的钱。

马:我们早就把布价给油子了。

贵:嗯?

(唱七字调)油子跟我耍赖皮,那人实在挨不得,和他合作没半年,大洋花了我两千几。

王:就为了这事不合作?

贵:(低头)嗯。

宁:哎,二贵——

(唱七字调)办事情你要把人分清,白油子怎能比王主任,如今的合作有了转变,和以前真是个大不相同。

田、宁:(白)王主任,你是想怎么和他合作呢?

王:我计划是这么个:二贵给咱合作社卖布,赚下利四六分红。

(唱七字调)自己织布成本低,货又好来又便宜,除过本钱赚下利,六成就算是你的。

田:(白)抛过本,赚下钱四六分,这办法好。

王:是么。二贵——

(唱十字调)刘二贵你自己盘算盘算,生意人决不和你这么干,合作社办事情本为大家，这办法也给你解决困难。

马：（白）二贵，你的眼近视了，你的心也近视了？合作社也是为叫你得些利么。

贵：（自思自语）唔，一个布要是赚下一百，我分六十，合作社分四十……（忽然）王主任，你说的可是真的？

王：真的，我王志众就不会说虚话。

贵：（最后决定）对，我"诚当"[①]一下，先拿上你家五个布。

王：行，可是你不能卖得太贵，要和合作社的价钱一样。

贵：（想了一下）对，不能卖得太贵，一个布就卖四千，多卖一个是孙子！

马：走，到后头拿去。（和刘二贵边说边下，喊）五子（合作社里一个工人的名字），把咱们的好四八布，给二贵拿上五个。

声：嗯。

（刘拿布上）

刘：你们在。

王：哎，二贵，你一方面卖布，一方面给咱收回一些铜圆、"纸筋"[②]、麻绳头头，这些东西换货也行，零星的收回来，集中的多了，咱们就交贸易局，解决公家的困难，也就把这些无用的东西有用了。

田：这可是个好办法。庄户人家留下一点点破铜烂铁也没用项，你要换给他些针线洋火，可是高兴啦吧！

刘：行！合作社既然给咱利，咱还不能捎办这点事？能行，能行！你们在，我走啦。（下）

---

① 先做一次试验。

② 集起来的烂纸。

（马会计、小女子、有宽妻边说边上）

小：马会计，真的俺爷爷来了？

马：真的么，不信你看。

（小女子看见爷爷，跑到爷爷怀里）

小：爷爷！（对白有宽）有宽叔！

妻：你们来了。

田：二婶呢？

妻：在后头收拾东西。

宁：你们也快去收拾东西，我和有宽就是接你们来了。

妻：嗯！（边喊边下）二婶，快拾掇东西吧，人家倒接来了。（二人下）

（牲口叫声，织布工人声）

声：王主任，运输队回来了。

王：驮子下了吧？

声：下了。

王：把牲口好好地喂上，给老张做上饭。

声：对。

（三十二上）

三：啊，你们也在？咱们这合作社可真热闹啦。哎，主任，刚才看见运输队回来了，驮回来些什么货？

王：油和盐，还有咱们老百姓过年用的东西。

三：过了年，咱合作社有人进城时，给咱捎的订上三个铧子吧。明年要扩大生产。我们变工队得添办些铧子，咱们预先订上。

王：对。这我也早谋算过了，咱合作社跟咱工具厂和城里铁匠合作社已经订了一百个铧子，明春各村组织起变工队来，生产工具的问题咱合作社完全负责。

三:这就好了。你们在吧,我去找农会干事还有些事情。

王、田:再坐一会的。

三:不了。(下)

田:王主任,给咱村也订上五个。

王:对。(记在日记本上)马会计,你也给咱记着些。

马:记着呐。

宁:王主任,参加运输队的事情,你不是以前和我说过,我家那头黑驴,这会闲着没事,叫参加咱运输队跑脚吧,赚多赚少,先能刨闹出它的草料来。

王:好,把牲口送到运输队上,又有照护,又能赚钱,牲口是你的,人工一切都是我的,净利也是四六分,你看怎说?

宁:这顶好。我还有几斗黑豆想粜,不知什行情,咱合作社能不能给咱瞅个好行情粜出去?

王:能,你把黑豆拿来吧,要紧用钱时就把钱拿去,咱把行情打听好了告你,什会你觉着对事,你什会说句话,就给你粜出去。

宁:这可解决了我的问题啦。王主任,拿粮食入股,行不行?

王:什也能行,以实物作价是一样的。

田:提起入股了,我还给我村的李二大捎来二百五十块钱的股金哩。

马:来,我给你上账。这阵入一股用不了半年,给你一块上至少长一块。

(二婶、有宽妻、小女子上)

二:你们刚下来?

田:东西收拾停当了吧?

二、妻:停当了。

小:爷爷!(跑到爷爷跟前,宁喜摸着她的头)

宁：小女子没啦淘气吧？

小：嗯。

马：宁喜家这小女子真是人小心灵，手巧学得快。

王：这次训练班结束，学得快的好的我们都奖励。虽说初学，咱合作社可也给众人按纺的线线算了一些工钱，至于那点工钱，就入了咱合作社的股子吧，你们愿意不愿意？

妻：（向二）咱们入了股子吧，二婶？

二：我是行啦，你问你家有宽。

田：能行，这是你赚下的么，我就能干涉你？

马：你两人倒分得清楚。

宁：（向妻）你赚下的是你的，他赚下的可也还是你的，哈哈哈……

妻：这一个月训练班住的可学下本事啦，以后咱们换季可就不像以前那么困难了。（向田）哎，过年了，咱们扯上些布吧？

王：扯么！刨闹上一年，光景过好了，纺花织布也学会了，过一回年嘛，还不穿身新衣裳？

田：扯么。

（大家挑布）

妻：你看这布怎样？这个花格格布好看。

二：真的，又好看又耐实。

田：呃，花里胡哨的，好看顶甚用？我看还是这粗布，又耐实又厚。

妻：你不爱好看，人家也不爱好看？那就给你扯上粗布，给我扯上这花格格布。

田：（笑着说）由你的意见扯吧。这阵婆姨汉也得讲民主呢！

妻：二婶，你看得几丈？

二：富富余余得两丈五。

妻:那一共扯上五丈。

（王主任量布）

妻:我还得买两根针呢。

马:有,大针小针纳底绣花针都有。

（三个女人挑针）

妻:这针还不赖!

马:地道钢针,只断不“圪瘤”[①]。

小:哎,这个小针好。

二:咱们这合作社真比生意字号强。主任,给我领上二斤棉花,我回去纺线线,有二十天就纺出来了。

王:对。（将扯好的布给田,又称棉花）

（有宽和马会计算账。雨生拿线和鸡蛋上）

雨:田家塔家刚下来,买布。

田:啊! 雨生。

王:雨生坐吧。

雨:主任,这是我婆姨纺的半斤线子,再领一斤棉花。这回纺线赚下的工钱闹成盐吧,咱那菜瓮里可得多放些盐啦。这几个鸡蛋是我二姨家的,要换洋火。

王:对。（称线称花）

妻:看这线纺得细各匀匀的。

（女人们议论着雨生交来的线）

二:能做机线。

小:你们看这把把,才细得好咧。

---

① 不会弯。

宁:(看王称盐)好盐,好盐。

王:咱们边区过来的盐么!合作社自己驮的,价钱也便宜。

(马收下鸡蛋换给洋火,又忙着记账)

马:雨生不坐会了,忙得也没顾上叫你抽袋烟。

雨:整天价来嘛,再坐吧。(下)

女:爷爷,咱们回吧。

马:猴女子坐坐嘛,忙甚。你看人家都买这买那,你不买上点甚。

女:合作社又没啦人家挂的那劳动英雄画画,要有我早买了。

王:这你可是提醒我啦。马会计,咱们下回办上点文化上用的货:墨子,笔,书本本。夜天村长也说,孩子们明年上学要用些什,可以调查着买上些。

宁:孩子们的困难,咱合作社也能解决么。哈哈……

田:这才叫大家办合作,咱们回吧。

众:回吧,以后再来坐。

(大家收拾东西,田背行李,妻拿布,二婶拿棉花,宁、女都出门)

马:(送出门)就去啦,一路好走,再来坐吧。

田:以后再来,你们回吧。

王、马:送送吧,东西都拿上了?

田、宁:拿上了。不用送了。

田:看你们忙得,运输队回来还没顾上看货呢,回吧。

内女声:二婶子,有宽家,你们倒走呀?过我们村给我捎上个话,叫接我来!

二:啊。

妻:(回头,大声地)喂,咱们今冬看谁纺的线多,咱们比赛啊!

马:啊,你们这也是头一期的同学毕业生。

（众笑）

王：好，路上好走。（下）

马：（送走客人，看看王的背影，又看看货物）如今合作社可办好了，王主任真是有办法！哈哈哈……（下）

（全剧终）

东北书店 1948 年 12 月初版

◇鲁迅文艺工作团

永安屯翻身[1]

时代：从一九四四年秋天至一九四六年七月。

地点：东北牡丹江省宁安县的一个屯子。

人物：杨青山——四十岁。

杨妻——三十五六。

杨大祥——二十来岁。

曹兴业——三十五六。

曹妻——三十上下。

王嘎子——二十四五。

张六爷——五十来岁。

张妻——四十以内。

自卫团丁甲、乙（后变成胡子）。

崔贵——二十三四岁。

① 本剧由张庚、胡零执笔。

工作队白队长——三十多岁。

于老疙瘩——青年农民。

于妻。

农民甲——老农。

农妇甲——其妻。

农民乙、丙(基干队)。

工作队警卫员甲、乙。

男女群众若干人。

第一幕

第一场

时:一九四四年秋收后某日午后

地:杨青山家

(杨青山拿条空粮食口袋上场)

杨青山(以下简称杨):(唱第一曲)

忍气吞声没办法,满肚子闷气走回家。

可恨张六心太狠,逼死穷人他发家。

他和俺,说了话来不算话,

到今天,他拉下脸来变了卦。

俺老杨,费劲巴拉一年整,

打下的粮食全都归了他,

可叫俺,老婆孩子吃个啥?

成心要,活活逼死俺一大家。

(白)老天爷,俺杨青山的命这么苦啊! 三年前,从山东东昌府拉巴着老婆孩子逃荒到关外来，磕头捣蒜地租了张六爷这两垧荒地，一天到晚，起五更，睡半夜，成年溜辈，三根肠子两根闲着，开荒开得俺两手流的血把镐头都染红了，费劲巴拉地好容易把地侍弄起来了，把粮食打下来了，张六一下子要全给我抽了走啊！他当初和俺怎么讲的，"开荒三年不交租"，临了把算盘一拨拉，七折八扣的，他的荒地租比别人的熟地还要大三分租啊！唉！老天爷！你怎么就叫俺偏偏碰上这么个张六啊？

（唱第二曲）

（唱）俺老杨生来是苦命，走到哪里都受穷，逃来关外刨荒地，碰上张六这地东。唉！

（推门进院）

（白）大祥，大祥！

（大祥上）

大祥（以下简称祥）：爹！

杨：（把口袋掷给祥）给，把屋里的粮食装在口袋里，给我弄出来。

祥：干啥？爹！

杨：（没好气的）少问，叫你干啥你就干啥。

（大祥不高兴地噘着嘴，拿着口袋走下去）

杨：唉！老天爷多会才睁眼哪？

（杨妻从屋里跑出来）

杨妻：你把粮食又往哪儿倒腾啊？

杨：你管哪！

杨妻：你在外头这是遇到什么啦？一进门就像吃了枪药似的！（大祥从屋里扛出一袋粮食放在地上）咱干了一年就落下这点粮食，你再弄出去，咱们一家子吃啥？

杨:那有啥办法? 就这都给人家还不够呢!

杨妻、祥:(同时)给谁?

杨:除了张六还有谁呀!

杨妻:你才刚弄出去的粮食不是把租子都交了吗?

杨:那是交的今年的,现在人家要连头年、前年、大前年借他的、吃他的、籽种牲口租……一包在内,今年一笔还清。

杨妻:他这是为啥?

杨:废话! 为啥? 人家为了家产越发越大,为了房产地业越置越多,为了老婆越吃越肥。

杨妻:他总不能把咱弄到死路上去呀?

杨:(苦笑)嘿嘿! 咱们这几条穷命在人家眼里值几个大钱?

祥:爹! 我看咱干脆把地给他退了得啦!

杨:你真是吃灯草灰长大的,把话说得那么轻巧。

杨妻:那怎着? 一年到头拿人当牲口使,百鸣不落,这是为啥许的呀?

杨:那你说咋办哪?

杨妻:你说咋办哪?

祥:我看咱上山打柴也比这强,咱寡种地不打粮,这不成了赔本赚吆喝,为的落个买卖人儿么?

杨:咳! 要不是为这个,我受这个制啊? 你们不想想,咱要不种地了,不交"出荷粮"了,人家该又说咱不"增产报国",派劳工的早就摊到咱头上了,你倒想踏踏实实地在家里蹲着呢?

杨妻:唉! 反正咱怎么着也是该穷人死的年头。

祥:(气愤地)哼!

(杨青山整理粮食口袋准备背了走)

祥:爹!来我给背去。

(王嘎子带一帮闲上)

(即自卫团甲)

王嘎子(以下简称王):(嚷着跨进门来)杨青山在家吗?

杨:(抬头)噢!王先生,啥事儿?

王:你才刚和六爷讲的啥事儿,我就是为啥事儿来的。

杨:你来要账?

王:不是我来要账,是六爷打发我来要账。

祥:哼!比阎王要账还厉害哪,错了时辰都不行!

王:咦!

杨:(斥责大祥)一边待着,什么事都有你插嘴!

(指着粮袋向王)不么?我正说送去呢。

王:(打量一下)这是多少?

杨:四斗半。

王:你欠六爷多少?

杨:按照六爷算的,连前带后一包在内两石一斗四。

王:那你这还差得多哪!

杨:这就连缸底都打扫干净啦,你不信到屋里翻去。

王:哭穷当不了还账,你也得说说道道,我回去也好交代呀!

杨:你回去告诉六爷,我杨青山再穷也得守信用,这一冬俺爷俩上山打柴,先紧着还六爷的租子,下余的等明年收下庄稼来一准清。

王:那好,我和六爷讲讲看,再告诉你。(走到粮袋边)那我把这先带回。(帮闲上前扛粮袋)等一等,这是四斗半?

杨:你吃不透?那你就看着再过一下。(向大祥)大祥去把升子拿来!

王：不用啦，咱们一块儿到六爷那儿当面过斗吧。

杨：怎么着？还用六爷那斗过呀！

祥：（忍不住）爹！可不能拿到那儿过去，全屯子谁不知道他那儿是有名的绝户斗？

王：你年轻轻的可别逮着么说么！要是让六爷听见了，咱们大伙儿可全不肃静。

杨：（斥责大祥）你又插的什么嘴！（向王）你弄了去吧，六爷说多少算多少。

王：唉！你还是跟着去，三头对六面过斗，大家都心明眼亮。

杨：用不着啦！反正六爷拿囫囵我拿破，有一得一。

王：那好，把你早先和六爷立的那张租文书拿出来一下。

杨、杨妻：（同时）干啥？

王：六爷让我把你欠下的租子填到文书上边去，好有个凭据。

杨：（苦笑）嘿！怨不得人家六爷发财，真是想得周到。（向祥）去，把炕席边的破布包拿出来！

杨妻：我去拿吧，唉！（回到屋里拿一个破布包上交给杨）看是这个不是？

杨：（打开布包拿一张字据给王）你看该怎么填就怎么填吧，咱瞎字儿也不识。

（王掏出洋火划着将文书烧毁）

杨、杨妻：（同时大吃一惊）啊！你……你这……

（王用下巴向帮闲示意，其人扛起欲走）

杨：（上前一把拉住）倒是怎么回事儿？说清楚再走！

王：说什么？六爷叫我告诉你，租子要是交不齐，他要把地收回去自个儿种。（向帮闲）走！

（二人下）

杨妻：老天呀，这可怎么办啊？（呜咽起来）

杨：（气愤已极）好你歹毒的张六哇！你……你……你欺负得咱出不来气啦！你真是不杀穷人不富啊！（唱第三曲）

（唱）你肚里长牙心太狠，你笑里藏刀杀穷人，你过河拆桥真绝断，你烂了肠子黑了心。俺逃荒到这儿三年整，你就没把俺看成人。你的那块老荒地，蒺藜野草半人深，牛拉犁杖翻不动，镐头下去冒火星，虎口震开流鲜血，铁镐磨尽两三层——俺一年到头淋着雨，冒着风，睡半夜，起五更，忍饥挨饿一镐一镐下苦工。

（白）唉！（唱）到如今落个百鸣不落一场空！

杨妻：（抽咽地）地收回去啦！粮食也弄了去啦！可叫咱一家子依靠着啥活呀？

祥：（一跺脚）豁出去我跟他拼啦！我把咱的粮食夺回来！（祥追王嘎子下）

杨妻：（阻止不及）大祥！

杨：大祥！

杨妻：大祥！大祥！（追下）

杨：老天啊！穷人上哪儿去说理呀？

（曹兴业及其妻被两条大狗咬得出场）

曹兴业（以下简称曹）：（在后面用木棍挡着狗）狗！狗！狗！

（唱第四曲）

曹、曹妻：（同唱）白天愁来夜里愁，成年溜辈儿泪双流，家乡日月没法过，漂洋过海到“满洲”。离家快顶两年头，在外到处来漂流；草棚里住，庙台上宿，无冬没夏，从春到秋。今天走，明天走，像断线的风筝不停留。

曹妻：（唱）咱们只管走，走，走……走到哪儿才是个头。

（白）我说咱就在家里受吧，你偏要出外逃荒。看！闯荡了这么一年多，把腿都走细了，还连点指望都没有。这样走下去，可到哪儿算一站哪！

曹：到哪儿算哪儿，哪里黄土不埋人？在家里说不定这会儿早喂了狗啦！

曹妻：我饿得连一步也迈不动啦。（坐地上）

曹：嗳！嗳！你别又坐下呀，咱们到这一家门口试一试。（二人走到杨青山门边）

曹：大叔！

曹妻：大婶子！

曹、曹妻：（同时）给块饼子吃呗！

杨：（走门边）另赶门儿去吧！

曹妻：行好行善的大叔啊！打发打发吧！

杨：有什么打发呀？俺一家明天也得要饭啦！

曹妻：大叔行好吧！可怜俺们从关里逃荒在这儿没依没靠，从打昨天到这儿还都一口东西没下肚呢。

杨：你们是关里哪儿的呀？

曹：（望着杨青山）山东东昌府。

曹妻：东阿县太平庄。

杨：（注视曹兴业）你是曹兴业不是？

曹：（一时愣住）你？……

杨：不认得我啦？我不叫杨青山吗？

曹：（惊喜）噢！杨大哥，你怎么也在这儿哪？

杨：别提啦！快进来吧！（杨将曹兴业夫妻领进屋里，曹把背在背上的铺盖卷,他老婆把手里的烂铁罐一齐放在地上)大兄弟,你们怎么也来啦?

曹:(叹气)唉!不来怎么办!咱老家待不住啦!

杨:咱老家怎么样啦?

曹:唉!马尾穿豆腐,提不起来啦!(唱第五曲)

(唱)自从你那年离开山东,鬼子来到咱村中,村里村外修堡垒,杀人放火闹得凶。一年大水两年旱,连年地里没收成,树皮草根吃了个净,一眼望去不见青。蹲在家乡没法过,收拾破烂走关东。听说关东地方好,地多人少没人耕。

杨:哎呀!大兄弟怎么你也来上这个当呀?

曹:(担心地)怎么?

杨:你是不知道,大兄弟,这关外比关里日子更邪乎。那大粮户凶得很!我就吃了哑巴亏,如今连饭都吃不上呢。咳!你们也是不打听好了就冒冒失失地跑来了,非饿死在这儿不行。

曹妻:杨大哥,真的呀?

杨:看!弟妹,你们是谁,我是谁?咱们一块土地上长大的,我还能跟你们说瞎话?

曹妻:(向曹)俺说不来吧,你偏要来,我看你怎么办?

曹:看!已经到这地步了,你说这话又顶啥?

曹妻:(哭了)你把我害成这个样子还不让我说说!

杨:(排解)算啦!大家全少说两句,我给你们拿点东西先吃了再说。(下)

(杨妻拉着大祥上,大祥脑袋上流着血)

大祥:(一面走一面骂)打……打吧你……

杨妻:(紧紧拉着大祥)大祥!大祥!快回家去,快回家去!(把大祥

拉进屋里，正碰上杨青山从里屋拿出几个苞米面饼子给曹夫妻俩）

杨妻：（向丈夫）看！咱家大祥让王嘎子打成这个样子，也不说出去看看！你把两个叫花子弄到家来干啥，咱们明天还揭不开锅呢，你那么些闲心。

祥：好！你们打吧！不打死我你们不是人揍的！

杨：（又气又疼）让他们打吧！人家有钱有势，反正打死咱穷人又不偿命，让他们打！

杨妻：（推着祥）给我里屋去。

祥：好！你们欺负穷人，打死人不偿命……

（被母亲推进里屋去，二人下）

曹妻：怎么这么下黑手哇！看打得这个样子！

杨：（气得愣在那里说不出话来）……

曹：（向妻）咱们走吧！（夫妻俩站起身来）

杨：待着吧！吃完饼子，我给你们烧点水喝。

曹妻：不啦！你们家里摊上这事儿啦，心里怪烦的。

杨：你们打算上哪儿去呀？

曹：（茫然）这……咳！到哪儿算哪儿吧！

杨：可是大兄弟呀！这儿的大粮户一个好东西都没有！你要记住我的话，你在万不得已的时候，你找谁家可也别找张六家呀！他是这一带有名的张老绝户！刻苦穷人数他第一。

曹：嗯！我记着。（背起破铺盖）

杨：大兄弟，你们不要怪我，我想留你们住两天都办不到啊，明天我家里就得断顿儿啊！

曹：你这是啥话？你为难我都知道。你回去吧！

曹妻:杨大哥,你招呼大祥去吧!

杨:嗳!好!(回里屋下)

(曹夫妻俩走出杨青山家)

曹妻:咱们上哪儿去呀?

曹:咳!(唱第六曲)

(唱)走投无路奔哪方?远走关东空一场!千山万水回不去,思前想后没主张。(一阵杂乱的狗吠声把二人接了进去)

第二场

时:同日

地:张六爷家

(王嘎子上)(唱第七曲)

王:(唱)六爷上面支支嘴儿,王嘎子下面跑跑腿儿,反正咱是个穷光棍儿,怎么咱也赔不了本儿。人家六爷两三辈儿,又置房子又置地儿,我帮着他来做点事儿,还能忘了咱这一份儿。

(掀门帘往里一看)咦,不在!(高声)六爷!

(张六上)

张:啊!嘎子,什么事?

王:六爷,杨青山那儿背来的粮食,我叫他们倒在后边仓房了。

张:过了过斗没有哇?

王:过了,平平的刚好三斗。

张:文书要来了没有?

王:给我当场烧了。

张:杨青山说什么来着?

王:哼!说的就不用提了。他那杂种小子还想讲打呢!

张:哦！打了没有?

王:叫他打了还了得? 让我结结实实揍了几鞭子。

张:就听他这么发横也不行,得想个法儿治他一治,免得开了例,叫旁人学样儿。

王:六爷！这事放着咱们回头合计吧,你不是想找个不花钱的劳金吗?

张:找着啦?

王:有一家子逃荒的,就两夫妻,三十来岁儿,都挺结实的。我看着不大离儿,和他们随便聊了几句,像是老实巴交的,就带来了。你要看看么?

张:在哪儿?

王:就在外面,你要看我去叫进来。(走到门口)唉,进来吧!(曹兴业上)来了,六爷,您瞅瞅。

(曹进屋)

张:(上下打量了半天)你叫什么名字?

曹:曹兴业。

张:哪里人?

曹:山东东昌府……

张:哦?

曹:(继续下去)东阿县……

张:哦?!

曹:太平庄人。

张:哦?!!(停一会)你和杨青山是同乡?

曹:是的!

张:认识?

曹:是的。

张:知道他住在这屯子?

曹:刚才才知道。

张:你们见过面了?

曹:刚才见过。

张:(低声向王)咋碰得这样巧?(忽变脸色)你是杨青山的朋友?好哇!我这里没办法,你别家去罢!

曹:(害怕)您……您是谁?

王:还不知道?告诉你记住了。(唱第八曲)

(唱)他是这一方的大善人,刀子嘴来豆腐心,他姓张来……

曹:(一惊)姓张?

王:姓张!

(唱)人称六爷最有名。

曹:张——六爷?

王:对了!(见曹不知所措的样子)张六爷提起杨青山就有气,你还不多说两句求求情,看六爷是不是可怜你,赏给一碗饭吃。

曹:我,我……

张:可怜?值得可怜的我才可怜。像杨青山那号的,我可怜他半天,他欠下我的租子,短下我的粮食不说,反倒打一耙,拍我的反巴掌在背地里骂我,我为好为出仇来了,这是图什么许的呀?

曹:啊?原来……

王:(帮腔)咳!六爷,世上有几个像杨青山那样没良心的呀!(向曹)是不是?他准对你骂六爷来着。

曹:(惭愧)可不!……

王:他咋说来着?

曹:他……他说……(磨不开)

王:说呀!怕什么?六爷不在乎这个。

曹:他说,这儿大粮户就数六爷坏。

张:还有呢?

曹:他说六爷是这儿有名的张老绝户。

张:啊!!还说什么?

曹:他说克扣穷人数六爷第一。

张:(气极)还有?

曹:(有点害怕又不敢不说)他叫我在万不得已的时候,找谁家也别找六爷家。

张:(冷笑)你看这种人心多黑!自己不好好干,砸了饭碗子,还不让旁人吃饭。

王:可不?还是一个逃荒来的乡亲。

曹:(忽长叹)咳!这也是杨青山看见我穷,怕我们麻烦他。(自语)咳!杨青山,你这又何苦?我曹兴业就是马上要饿死,也不会住你的吃你的呀!

王:哼!杨青山哪!这他还挺客气的!日子久了,你就瞧吧!

曹:咳!人心隔肚皮,怎么也想不到!

王:六爷!我看他也是个老实巴交的人,您就行个好,赏他一碗饭吃罢。

张:赏碗饭吃倒没啥,只怕我好心得不到好报,那才没意思呢。

曹:六爷,人和人可不一样,俺将来可忘不了你老人家!

张:好罢,我也不缺人使唤,权当是行好,你们两口子就在我家里当个劳金罢!

曹:呃……

张：不乐意干吗？

曹：行，行！只要饿不着就行。

张：就这么地。嘎子，你领他去安置一下。

王：对！（向曹）咱走罢！

曹：好，（走了两步，想起什么，回头向张六）六爷！俺这劳金钱，怎个算法？

王：（忙接腔）这你不用挂记，咱们六爷还会叫你吃亏？走罢！

曹：那我谢谢六爷。

（二人欲下）

张：嘎子，你慢走一步。

王：好！（回头向曹）你先到下房里去等着，回头我叫你。

曹：行！（下）

王：什么事？

张：劳工齐了吗？

王：（皱眉）还差两三个，还没着落。

张：把杨青山儿子算上！

王：杨大祥么？对！对！对！对！他家地也没种，抓他去，他也没说的。

张：（冷笑）哼！骂我是老绝户，这回咱们瞧瞧你当不当老绝户？不叫你吃点苦头你不知道我张六的厉害！嘎子，今下晚就去抓！

王：知道了。（下）

张：哼！（唱第九曲）

（唱）我当上了村长掌大权，一手遮住半边天，杨青山你好大胆，我叫你吃苦在眼前。（下）

第三场

时：当天半夜

地：（一）屯中道上

（二）张六爷家中

（一）

（杨大祥喘呼呼跑上，后面王嘎子带自卫团甲、乙追上）

（唱第十曲）

祥：（唱）睡到半夜三更天，王嘎子带来了自卫团。

王：（唱）前门后门堵了个严，要抓他劳工上矿山。

祥：（唱）我迷糊眼睛爬起来，

王：（唱）你跳出窗户跑得欢。

祥：（唱）撒腿拼命往前跑，（让石头绊了一跤跌倒在地上，被躲在暗处的团乙上前一把按住）

王：（赶上）（唱）看你这回哪儿钻！

（团甲、乙上前用绳子绑住大祥）

王：好小子，你还想跑！（吩咐团丁）快送劳工主任那儿去！

祥：（大骂）王嘎子！我操你奶奶！王嘎子……

（团丁押大祥下）

杨妻：（跑上）大祥！大祥！王先生！你把我儿子留下吧，你行好啊！

王：妈的！尽跟我说啥？谁叫你们骂六爷来着？曹兴业都告诉六爷了。抓你儿子是六爷的主张，我做不了主，你们求他去。（下）

杨妻：（拉着丈夫）祥子他爹，咱走！

杨：哪儿去呀？

杨妻：找张六爷去，咱就给他磕上几个头，赔不是，求他把大祥放了。

杨:(不耐烦)没有用,没有用,他的心比铁还硬哪!

杨妻:有用,有用!你别一条道走到黑啦,你一辈子吃亏就吃在这坏脾气上。

杨:要去你去,我不去。(转身要走)

杨妻:(急忙挡住)祥他爹,我跟你过了一辈子啦,什么事全都是依着你呀!这一回你就听我一回呗!我求求你,我给你磕头。(跪下去)

杨:起来,起来!你这是干啥?(难过得哭起来)

杨妻:(爬起来)祥他爹,你就当疼苦了我,走!走!跟我去一下。(推着丈夫下)

(二)

(王嘎子上)

王:(匆匆忙忙,直擦汗)六爷!六爷!

张:(走出)怎么啦?劳工抓去了?

王:抓去了。杨青山儿子也抓来了。

张:好!

王:他娘直跟在背后哭喊,说不定一会儿还上这儿来呢。

张:来罢!来我好好收拾收拾她。

(杨妻在内喊声——张六爷!张六爷!)

张:(随手从王嘎子手中拿过皮鞭)给我!你走,我来对付她。

(杨青山夫妻上)

杨妻:(扑地跪在张面前)张六爷,我们来赔不是来了。

(唱第十一曲)

(唱)只怪我大祥子,年纪太轻,又怪他(指杨)老不死,不知轻重,千错万错说了些闲话,请你老高高手,别记在心。在今天,你千万，疼苦穷人，俺这家，只有他这一条根，屎一把，尿一把，拉巴长大，抓走了，可叫俺，依靠何人？

张：哼！你还有一个儿子，我连一个都没有，早成了有名的老绝户了。你找我，我找谁去？

杨妻：（唱）老人家，在今天，修福积德，我求天，保佑你满堂子孙。

张：哼！别求天了，我担不起，少骂两句就行了。

杨妻：（唱）人常说，公门中好行善，举头三尺有神明。只要你张口说一句，就留下我杨家一条根。死了免得成孤鬼，四时有人去上坟。这几个钱你别嫌少，这都是我家鸡抱蛋一个一个积攒成。

张：妈拉巴子的，你要后代我就不要后代吗？白天还骂我老绝户，现在又来求什么情。（越说越气）不行，这是国家的律条，谁敢不遵，不行！

（杨青山忍不住了，一把拉住自己老婆，连拖带架拉出门外）

杨妻：（又急又怕）祥他爹，祥他爹！你……你……你怎么……

杨：（气得浑身发抖）他……他……他这么可恶呀！咱跪在地下喊哑了嗓子，磨破了嘴头子，他……他还饶不过咱们哪！走！是儿不死，是财不散，走！走！咱们回去。

杨妻：（又气又急）你总是这么毛头火性的，咱回去咱大祥怎办哪？

杨：（暴躁地）你不回去，你在这儿，我受不了！（一跺脚转身急下）

杨妻：祥他爹！祥他爹！祥他爹！（杨已走远了）不到黄河心不死，就是钻刀山下油锅死，俺得跟俺家大祥见上一面。（迅速跑入，跪在张六面前苦苦哀求）（唱第十二曲）

（唱）张六爷，你今天，积德行善，请收下俺的这一点钱。你让俺，娘儿俩，见上一面，他走后，俺就是死也不冤。

（白）六爷，给你这钱，你要是一定非抓他劳工不可，俺只求你把他叫出来让俺看上一眼。

张:(跳起来,抓起皮鞭向杨妻劈头盖脸就几下)滚!给我滚!

杨妻:(痛得满地乱滚)哎哟!哎哟!

张:(抓住她的头发拖到门边,一脚踢出门外把门闩好)我叫你硬!我叫你硬!(下)

杨妻:(从地上爬起来疯狂地破口大骂)(唱第十三曲)

(唱)骂声张六烂了心肝,你依官仗势欺负咱,拿起皮鞭下毒手,一脚踢出俺门外边。穷人哪里去讲理?穷人哪里去申冤?挤得俺实在没活路,俺一头碰死在你大门前。

(一头碰在门上,满脸是血,晕了过去)

(杨青山上)(奏第十四曲一直反复奏到下场后为止)

杨:(赶紧跑过去,把她扶起)祥他妈!祥他妈!

杨妻:(精神失常地一把抓住丈夫)噢!大祥!大祥!你可不能走啦!

杨:(痛苦的)祥他妈!祥他妈!你醒一醒!祥他妈!走!我搀你回去!(把她搀起来,往回家路上走)

杨妻:(昏昏沉沉)大祥!大祥……(同下)

(第一幕完)

第二幕

第四场

时:一九四六年七月某日

地:张六家

(张六上)(唱第一曲)

张:(唱)日本一倒翻了天,小鬼倒把阎王爷拴,马粪子冒热气,穷棒子个个闹得欢。共产党派出工作团,到处斗争来清算,分房分地又分粮,吓得我坐卧都不安。

(张妻手中拿一小红包袱上)

张妻:这个包往哪里放呀?

张:(才发现其妻)什么?

张妻:还不是你的文书、地契、风水八字寿星图?这都往哪里放?

张:唉!给我,我自己想办法搁。

张妻:我问你,你叫曹兴业两口帮我收拾,底细都叫他们看出来了,咋办啊?

张:他们跟你说什么来啦?

张妻:他屋里的直冲着我问:"六奶奶,六奶奶!这个包是往外屯送的呢还是往地窖里放的呢?"

张:你咋说?

张妻:我咋说?我敢咋说?我只好说,你管它呢,要你干啥你干啥,别多问。

张:这还能瞒得他两口子过?咱们地窖在哪儿,他们两口子还不早知道啦?

张妻:那咋整?

张:唉!我们往后要办啥事,要瞒他两口子是瞒不过。

张妻:(愈急)咋整呢?

张:没有法子……

张妻:啊?

张:只有和他们两口子打通了才好办事。

张妻:他们肯干吗?他们来了二年,白天下晚干活,我们没有给过一个钱，十冬腊月没穿的，咱也没有给过一件衣服、一尺布。

张：这不要紧，现在给也不晚哪！你把他们叫出来，我跟他们说，准成。

张妻：（向内）老曹，老曹，你两口子出来。

张：你去挑件旧衣服来！

（曹两口子上）

曹妻：六爷叫俺们有事？

（张妻下）

张：老曹，你知道我叫你们两口子干啥？

曹：不知道。

张：大祸临头了，你们还睡在鼓里么？

曹、曹妻：（同声）什么大祸？

张：看着你们两口子也是老实巴交的，我就给你们讲明了罢！（唱第二曲）

（唱）日本皇军倒了台，八路共产党闯进来，说的是要分房分粮分土地，帮助那，房无一间，地无一块的穷人把头抬。（插白）你们听说了么？

曹：光听见那么哄嚷，还不摸底。

张：（唱）这都是他们先甜后苦的牢笼计，谁要不小心上了圈套啊，日后就要遭灾。

曹：是啊，我寻思也是这样。

张：（唱）这些事情还是小哇，只有一件最难安排。

曹、曹妻：什么事？

张：（唱）那工作团叫人把苦诉，说是申冤报仇理应该，杀人得偿命，勒大脖子的要清算，谁要碰上了就脱不开。

曹、曹妻:啊!

张:(唱)你呀!你要加小心多留意,有一个仇家要找到你门上来。

曹、曹妻:谁?

张:谁?你倒把他忘了,他可忘不了你们。

曹、曹妻:啊?

张:(唱)他本是你同省同府同县同村的同乡,姓杨他名叫杨青山。

曹、曹妻:他给俺们有啥仇?

张:(唱)皆因那年你逃荒来屯里,他对你把我骂了一番,那些话你是好意告诉了我,这件事他可牢牢地记在心间。又赶上他儿子抓了劳工,到今天音信全无人也不见,他说是你为了溜须卖朋友,把他一家害得不浅。这个冤仇,他说是深似海呀,如若不报他不算个男子汉。

曹、曹妻:哎呀!那咋整?

张:可也有一个办法。

曹、曹妻:什么办法?

张:这办法妙得很!

(唱)那工作团他来闹清算,要立个农会把事办,这农民会他有个会长,大小事儿他说了算。只要咱们当上会长,咱的事情看他谁敢管。

曹:六爷快当上这会长!

张:我不行。

(唱)这会长人可挑得绝:那有房、有地、有家、有业、粮户、地主、警察、特务,他都往外撇。

曹:那他要什么人哪?

张:(唱)你问他要的是什么人哪?他单挑那有衣没裤,有穿没盖的穷棒——(觉得自己话说错，忙改口)嘿，穷汉子，像你曹兴业。

曹：哎呀，我可不行！我一个庄稼汉，满脑瓜的垄沟，啥也不懂，日后办坏了事，要沾包哇！

张：这不怕，有我！

曹：啊！不行！不行！

张：老曹，你们两口子在我家里这二年，一个打杂，一个做饭，我瞧着你们老实巴交的，也没有把你们当外人，早就寻思扶帮你们一手。我打算把后院的间半房跟那块菜地送给你两口子，再到屯子南给你挑两垧熟地，另外再给你们一石安家粮，这么一来你后半世也有个指望。日后再生下一男半女的，这家业不就立起来了？

曹：六爷！(感动得双膝落地)(唱第三曲)

(唱)六爷你这番好心肠，好比我再世的亲爹娘，我老曹就是活到死，永辈子不能把你忘。

张：(搀起曹)唉！用不着这样，快起来，快起来！

曹：(立起)(唱)你若用着俺老曹，定把你的恩情报，哪怕刀山俺去钻，哪怕油锅俺去跳。

张：(拍曹肩)往后我六爷跟你交个生死朋友，不能同日生，也得同日死。你想，这杨青山他只记你的仇，也记我的仇啊！我们两个是一个船上的人，还能看着你沾包么？你要是出了岔儿，我也脱不开不是？

(张妻拿衣服上)

张：(顺手拿过衣服来给曹披上)看，把这衣一穿，谁敢说你不像个农民会长呢？

曹：可是这农民会长都干些啥事呢？

（王嘎子匆匆上）

张：（向曹）看，嘎子来了。（向王）嘎子，老曹已经当上咱屯的农民会长了，他该办些什么事情，回头你得教咕教咕他。

王：哦？恭喜，恭喜！教咕教咕？那太行了。

张：老曹哇！你去弄上点酒菜搁外屋里，回头你和嘎子边唠边喝。看东风，看西风，他都会给你点。

（曹、曹妻下）

张：（向王）粮放了？

王：放了。

张：杨青山也收下了？

王：这老家伙他不在家，我扔给他老娘们了。

张：那好。（指外屋）这家伙已经上钩了，就是胆小，不敢干，你给打点气罢。

王：（会意地笑，下）

张妻：（向外望，鬼头鬼脑地）杨青山来了。

（避下）

（杨青山背着一麻袋苞米上）

杨：张六爷，这是你的苞米，（把麻袋放地上）原封未动！（说完就往外走）

张：老杨，你这是干啥？我张六再做得……来，来，来，你先别走，你坐下咱们唠唠。

杨：你说吧！

张：老杨，你心上疙瘩还没有开啊？这谁也没有抱谁家的儿子下井，看在老地东地户的份上，有啥过意不去的？常言说："何事不可为？何人不可交？"旧芝麻烂谷子的陈账算不清！就说抽你的地吧！看起来我欠点情，可是后来你短我的两担来粮食，到老我也没跟你要哇！

杨：旧事不重提，我也没敢说你六爷待我不济呀！

张：对喽！宰相肚里能走大船，以往的事……

杨：以往的事我心一横牙一咬就过去了，没说的。

张：你要这么说也没有法子。我错当了这个屯长，招人怨背黑锅的事做下不少，就说我抓你儿子的劳工吧，那都是县上下的名票、公事，我张某还不是跑腿得罪人……

杨：细底我明白，我摸底。

张：摸底就好。大伙在屯子里熟人熟面的，低头不见抬头还能见不着？我瞧你家也挺困难的，我给你放二斗粮过生活，你收下才是理。

杨：往年"福台"不冒烟的日子都熬过去了，眼下日本一倒，再困难生活总能度过去，这粮还是六爷留着自己用罢。俺不敢领这份情。

张：我不会收你一颗粮的息。

杨：我知道。六爷你在，我还忙推碾子呢。（下）

张：老杨，老杨！（唱第四曲）

（唱）不由我六爷咬牙恨，我操个老眼子的你越来越硬！有朝一日你有事犯我手哇，不整你个狗日的我不把张来姓。（插白）唉！

（唱）偏偏赶上又来啥工作团，真他妈的要了老命！

（白）咳！"中央军"咋还不来呀！（摇头叹气下）

第五场

时：当天半夜

地：张六家后院

（张六及其妻上，张手中持一镐头）

（唱第五曲）

张：（唱）趁着下晚没有人，去到后院埋金银。

张妻：（唱）分田分地他拿不走，浮物干货可不行。

张：（唱）自己动手刨了个窖，叫谁来也摸不清。

张妻：看你这德行还能刨出个坑来？我说让老曹来刨，你偏不。

张：他要问你刨坑干啥，你咋说？

张妻：咱俩不是和他打通了么？咋又要瞒他？

张：你咋知道？

（唱）瞒不过的咱不瞒，瞒得过别嚷嚷。金银干货是老底，大枪匣子更不平常，这两件东西要露了相啊，被人刨去咱就溜溜光。

张妻：你刨，我打风。

张：别忙，先看看有人没有？

（二人张望，起音乐过门）

张妻：（唱）这边窗户望一望，

张：（唱）那边门口听一听，

张妻：（唱）全都没有点着灯，

张：（唱）全都没有人吱声，

张妻：（唱）趁着大伙睡觉，

张：（唱）赶紧到后院去刨坑。

张妻：（唱）可别把人来惊醒，

张：（唱）我来刨坑你把风。

（二人蹑手蹑脚走到树后，留神四望，张动手刨起来）

（曹兴业睡眼蒙眬地悄悄上）

曹：（唱）耳旁老听见嗵嗵嗵，别是小贼挖墙洞。

（张停止捶腰擦汗）

张妻：（向张）刨好了？

张：别问了，走，快去搬东西去。（二人下）

曹：哎！这不是六爷六奶奶吗？这早晚了，他们还在干啥？（走到坑边看看，忽听见脚步声，忙站起，躲在暗处）

（张六两口子各抱一瓷坛上，鬼头鬼脑四望后，一一埋起）

张：（向其妻）走，再拿！（二人又下）

曹：（等他二人走后，向内低声叫）

（唱）嗳，我说你快起来看！

曹妻：（在内）（唱）深更半夜的啥事情？

曹：（唱）你快起来，出了事儿！

曹妻：（披上衣）（插白）出啥事儿啦？

曹：（唱）两个瓷坛（比画）这么大。

曹妻：（唱）啊！（走过去）我看准是金和银……

曹：（点头）喂！

曹妻：（唱）咱们刨出来看一看，要是金子拿些用。

曹：（唱）你这说的是啥话？

曹妻：（白）怕啥！（唱）他一半天摸不清。

曹：（唱）唉！咱们别起坏心眼，举头三尺有神明。

（脚步声忽近，曹两口子慌张碰树上，张六两口子抬了几棵用油布包裹好的大枪吃力地上，两下碰在一起，双方大惊）

张：（撒手丢枪，一把抓着曹）谁？

曹：（声音发抖）我，我，六爷！

张妻：你们来偷金子？

张：（低声严厉制止）嚷个啥？！

曹妻：谁偷你们的金子来着，你们的金子在哪儿搁着？你倒说给听听，我们好走远些。

张妻：你们没有瞧见？哼！

张：别吵！！（向曹）今天这事，你们是都是知道了。本来呢，我也没有瞒你们两口子的意思，怕的是深更半夜打扰你们睡觉。

曹：是，是！

张妻：这金子埋的地方，除了咱们四个人，谁也不知道。要是丢了，你们可得包赔！

曹妻：（冷笑）哼！

张：（向其妻）你少瞎啰唆！（向曹）老曹，本来呢，咱们已经交下了生死之盟，你和我，我和你，还会有干啥的事情吗？可是古话说的，人都见财起意，备不住……

曹：（急了）六爷，我老曹可不是那种人！我两口子受着六爷的恩典，还能做出那昧良心的事吗？

张妻：口说无凭，你敢对天起大誓吗？

曹：（急欲表明心迹）行！行！行！（忙拉其妻跪下）来！

曹妻：干啥要起大誓！咱们又不拿他的！

曹：你还不给我跪下！（曹妻勉强跪曹旁）

张：唉！这样也好，给过往神仙写下一笔。

曹：（与妻同跪地下）我曹兴业夫妻二人，受了六爷的恩典，今天亲见六爷埋的干货不假，日后如果忘恩负义和拿其中一文……

张妻：还有放风走话，被人起走。

曹：放风走话被人起走的话，枪毙了我，死到阴曹地府，回不了山东老家。

张：快起来！往后咱们就好比一家人，你吃我的，住我的，我也不能说啥不愿意的话。

曹：(感激，忙拿起镐头)六爷，我来给你埋……(他还没有看清是大枪)

张：你吓着了，是大枪！

(曹去埋)

(远有脚步声)

四人：(惊慌地一齐)啊，来人了！

张：(跑到那边去偷看，一面催)快些！快些！(曹挥镐头声渐快，与渐近的脚步结合成有趣的节奏)

张妻：(拉曹妻)咱们快来帮忙踏结实了。

张：快走！来了，来了！

(四人慌张下)

第六场

时：同晚

地：屯中路上及杨青山家

(杨大祥上)(唱第六曲)

祥：(唱)深更半夜往家赶，心里越急腿越慢。恨不得一步就迈到，马上见到爹娘面。

(往前一望)(白)这不是张六的后院吗？

(唱)张六这个老不死，还有王嘎子王八蛋，只要他们还活着，这回要斗他个没处钻。

(白)哎，已经看见家门了。

(唱)已经走到家门口，心里直跳背淌汗，唉！不知道家里怎么样，提心吊胆站在门前。

（叩门）（白）妈！爹！快开门！

杨妻、杨：（在内齐问）深更半夜的谁呀？

祥：（愉快地）妈！爹！我回来了，快开门！

（杨持一灯，与妻快得异乎寻常地跑出。二人同时拔闩开门）

祥：爹！妈！

（杨将灯照祥面，半晌）

杨妻、杨：（同时）大祥子！

杨妻：可怜的孩子啊！（扑过去抱头大哭）

（唱第七曲）

（唱）一见我儿好心酸，两股热泪落腮边。

（白）孩子啊！

（唱）自从你离家出门去，爹妈日夜心不安。听说劳工吃尽了苦，想起来心里像刀剜，怕你有个长和短，怕咱们娘儿俩不能见面。去年鬼子完了蛋，劳工都回家团了圆，我天天站在村头望，天天是独个儿摸黑到门边，盼了半个月不见影，只说是命里无儿别怨天。

（白）这条心我是早死了，

杨、杨妻：（合唱）想不到今天还能团圆。

杨妻：孩子，这是做梦吗？

祥：妈，这不是梦，这是真的，我真的回来了。

杨妻：（以手摸祥许久）啊！这不是做梦，这是真的？你这回是真回来了啊！（又哭起来）

祥：妈，你别哭了。

杨：（向妻）看你，孩子没有回来你哭，孩子回来了你还是哭。（自己也忙着擦眼泪）

杨妻:(忙用衣角擦泪)我不哭了!(向祥)可是孩子,你为啥才回家呀?

杨:对了,你倒把在外面这二年的事从头至尾说给我们听听。

祥:慢点儿,爹,我先问你一句话。

杨:什么话? 你问罢。

祥:张六那家伙还在吗?

杨:(不懂他的意思)在呀!

祥:他那狗腿子王嘎子呢?

杨:都在呀,你问他们干啥?

祥:好!(胜利地)这回你们可逃不脱我的手掌心了吧?

杨、杨妻:你要咋的?

祥:这个呀,爹,妈,咱们可要报仇,申冤,要清算他,斗争他,要枪崩了这两个恶霸坏蛋!

杨妻:哎呀,孩子你才回,可别又惹祸啊!

祥:妈,不怕!

杨:孩子,你千万别胡来呀。日本虽然倒了,张六他们还是照样打腰呢。

祥:爹,不用怕,我是工作团派来的。

杨、杨妻:(大惊,同时)你是工作团派来的?

祥:我是农民工作队。

杨、杨妻:(同时)农民工作队?

祥:对了。这一带的屯子派来了好几十个呢。我们先来串联人,只等工作团一来,就斗争清算。

杨:哎呀,孩子,你在外边干些啥呀? 可别惹起大祸来呀!

杨妻:快给我从头至尾说说,可别瞒着呀。

祥:妈,爹,你们放心吧,眼时这关外地方遍地都斗争清算,穷人翻身。你们瞧着罢,不几时这一带的屯子都要闹起来了。

杨妻:你别说这些了,先说说你个人的事罢。

祥:好!(唱第八曲)

(唱)从打去年八月间,我就直奔家乡直向南。半路碰上胡子队,把我一下抓进山。

杨妻:哎呀!

祥:(唱)受苦受难五个月,把得紧又看得严。

杨妻:孩子,你是咋出来的?

祥:(唱)幸亏八路来搜山,一群胡子都打散,那时我没带半文钱,就在屯里把活干。

杨妻:这回你咋回来的?

祥:(唱)这时来了工作团,发动穷人斗坏蛋,棒子打来大枪崩,恶霸地主都完蛋。穷人个个翻了身,土地浮物分给了庄稼汉。

杨:啊!真分地给穷人?分给你没有?

祥:(唱)他们还分我两垧地,我说要回家把爹娘看。同志看我成分好,要我参加工作团,回家发动穷兄弟,大伙起来把身翻。(鸡声)雄鸡乱叫天快亮,(拉其父)咱们快去把穷人来串联。

(白)爹,咱们赶紧去串联一班穷人,等同志们一来咱就斗起来呀。看,天都亮了,爹!走,咱去找人呀!(欲下)

杨妻:(抓住祥)孩子!你别走,这回我可不能让你走了!

祥:(急了)妈,你别拉着,我又不走到哪儿去。

杨妻:你要去干这些事情我就不放心。我情愿不要地,可也不能再把你丢了哇!(又揩眼泪)

杨:孩子,可别冒失,往后要沾包啊!

祥：（又急了）唉！你们脑筋一点也没有开。你们个人不敢干还拦着我，你们误了我的大事了。待两天工作团一来，就要不赶趟了！

杨妻：你急啥呀！跑了一夜，也得睡睡觉呗！

杨：对！对！那些事咱爷儿俩慢慢合计，先睡会儿再说。

祥：（急得只叹气）唉！唉！

（杨与其妻推大祥下。鸡声大叫，天晓）

第七场

时：第六场数天后的一个午后

地：张六家及杨青山家

（王嘎子匆匆上）

王：六爷！六爷！

张：（慌张上）啥事大惊小怪的？

王：工作团来了！

张：（惊慌失措）怎么？已经到了吗？哎呀！我的帽子！我的拐棍！

王：六……六爷，你听我说，你不是要我上九彪队去取联络么？我才走到干沟子，就看见一伙人，两辆胶皮轱辘车，男男女女三十来个人。我一打听，可不是就是工作团。我二话也没说，转身就赶回来了。

张：他们现在到了哪儿啦？

王：六爷别着急，现在大约莫到了王家屯啦，还有二十里路，不至于也得今天下午才能到。

张：（放下心）唉！闹哄了半天，还是这么回事，现在啥时候了？（看表）三点。

王：（同时看自己的表）四点。

张：我操！三点，四点，没个准时候！算了，算了，还有好些事儿没办，他们一家伙"入"（音汝）进来可就糟了！

王：我让崔贵在村头上瞭着呢，他们一上岗就来报信！

张：不赶趟了，不赶趟了！（忽然想起）哎，厨子找来了？

王：来了！

张：酒菜呢？

王：齐了！

张：烟卷呢？

王：买了！

张：好茶叶？

王：买了！

张：点心？

王：买了！

张：毛巾？

王：买了！

张：牙签？

王：买了！

张：（焦急地）唉！老曹咋还不来？他那一堆子也不知道整得咋样了？

王：缨子扎枪都叫各户今一早赶起来了。

张：缨子全是新的吧？

王：全是！

张：够不够数？

王：不大离！还有儿童团的歌……

张：没人教！

王:有,有,有!

张:谁?

王:崔贵。

张:一个跳大神的咋行?

王:不大离!拉了秃子当和尚,材料还挺将就。

张:(直摇头)唉!(忽又想起)小旗扎好了没有?

王:扎好了!

张:(向外高叫)唉,来个人呀!

王:干啥?

张:那房子不知道拾掇得咋样啦?

王:我进来时候看见正拾掇呢。

张:还没整完?真他妈的磨洋工!几点啦?

王:这……

(两人各看表,正要互相说话时,崔贵跑上)

张、王:(同时)咋样了,崔贵?

崔:(喘息未完)来了!来了!来到了!

张、王:啊?!这样快?

崔:正下岗呢。

张:(慌张)快走,快走!(忽又转身)农民会、自卫队、儿童团、妇女会的都去接了吗?

崔:没见着啊!

张:咋整的?老曹呢?

崔:也没见。

张:他妈拉巴子的,这个废物,得了!得了!快走!

(三人出门,二道幕闭,迎头碰上曹)

曹:六爷,工作团到了!

张:我的亲爹,我早知道了,还用你来报。我问你,人呢?

曹:什么人?

张:(急得跳脚)唉! 叫你召集的那些人!

曹:我正为这事找六爷来了,我实在没办法! 大伙藏的藏,躲的躲,装病的装病,我一个也叫不动。

张:咳! 你真是……

王:六爷,我去跑一趟。

崔:我去,看我的!

曹:不赶趟了,工作团已经分散到各家各户去了。

张:团长呢?

曹:摸不清。听说到杨青山家去了。

张:真糟透了! (向王)嘎子,你快备酒席,崔贵,你快去催房子!

(王、崔二人下)

张:(向曹)快走! 跟我一道找团长去。

曹:(走了两步停下来)六爷,你还是另找个人吧,我实在干不了!

张:又咋的啦?

曹:我拙嘴笨舌的办不了事,待会儿见了官,心里一急啥也说不出来了,会误了您的大事。

张:(急得一跺脚)我的祖爷爷,你别蘑菇啦! 把胆子放大点儿,我怎么拉,你怎么唱,就得啦! 快走! 快走!

(二人往前走,在台上转了一圈)

曹:到了,六爷!

(二人站住)

张:(叮嘱曹)昨晚教你说的话可别忘了!

曹:记着了。

张:刚才的事,要说没有来得及去接,可别说大伙儿叫不动,记着啦?

曹:记着了。

张:(整整衣帽,咳嗽一声,扬声向内)请问工作团长在吗?

(工作队白队长及大祥出来)

张:请问这位就是工作团团长么?

(二道幕开)

白队长(以下简称白):啊! 什么事?

张:请问贵姓?

白:姓白,怎么样?

张:(毕恭毕敬)呃! 呃! 白团长,失敬! 失敬! 敝人是本屯屯长,贱姓张,草字林桥。(指曹)这是本屯农会主任,姓曹,大号是兴业。

祥:(插嘴)又叫曹老好。

杨:大祥,别乱插话!

张:(暗地吃惊,低声自语)大祥!(又装作若无其事,回头望曹,捅捅他,叫他说话)

曹:对了! 很抱歉! 很抱歉! 没想到你们来得太快,(结结巴巴)咱们农,农民会,妇女会,嗯,还有……(望望张六)

张:(接口)儿童团,自卫队。

曹:(急接下去)呃,呃,儿童团,自卫队,都在家里没来得及去,去接你们,很,很抱歉,很抱歉!

白:没什么。

张:咦! 真是失敬得很哪! 听说贵团来到敝屯,真是非常欢迎,我们已经把房子预备好了,特地来请贵团驾临到那边去!(把手里的红帖子递过去)

祥:(就白手中看了一眼)还下帖子哪!

张:(翻了祥一眼,又装成笑脸)嘿嘿,这是一点敬意!

白:(草草看了一眼,仍送至张六面前)你们不必费心,住的地方我们已经找好了。

张:(垂手不接)恐怕外边房子埋汰,还是……

白:(不耐)不要紧,不要紧,你们不用费心。

(硬把红帖塞还给张六)

张:呃,呃,团长既是不愿意去,我也不便勉强,只是我们预备了一点家常便饭,请团长一定要赏脸!

白:不用,不用!我们自己有人做饭。

张:咦!这是一点意思,团长还是不要客气,多少用……

白:(不大耐烦)嗳!太麻烦了,你们的意思我全都明白,你们快回去吧!这儿还有事!

张:是!是!是!恭敬不如从命,那就让农会主任陪着团长在这侍候侍候,有啥事方便些。(向曹)曹主任,你就留在这里照应团长吧!我先回去。

白:不要,不要,你们都回去吧!

张:曹主任你还是陪着团长吧,(向队长深深一鞠躬)以后希望多多指教!(向杨狡猾的)老杨,有工夫我家来串门啊!(向祥)大祥多咱回来的?也来串门啊!(祥嗤之以鼻)

(张出,二道幕闭,曹随后出)

张:(回头一看,见曹又急又气)你咋也跑出来啦?

曹:(老实地)人家不是让俺出来?

张:(一跺脚)你真是个窝囊废,你在屋里倒听听他们说些啥呀?

曹:人家不让留下有啥办法?

张：唉！你真是啥事也办不了！

曹：我说我当不了主任吧，你非硬打鸭子上架不可么。

张：算了，算了！回头再说，唉！（二人狼狈下）

第八场

时：第七场以后数小时

地：张六家

（张六匆匆上，张妻、王嘎子急迎出）

张妻：咋样啦？

王：酒席都妥了，人就来么？

张：（摇手）不用提了，糟透了！

张妻、王：（同时）咋的？

（唱第九曲）

张：（唱）我和老曹去找团长，进屋就碰见了杨大祥。

张妻、王：杨青山的儿子？回来了？

张：（唱）那团长，我请他来住他不住，请他吃饭他不吃，递上红帖他不接，三言两语把我赶出房。（一顿）

王：（又像叹气，又像有所悟）啊！

张：（唱）这回事情出了岔，不想办法要遭殃。

张妻：（慌张）咋整？咋整？

张：（厉声）你吵啥？

（大家沉默无言，崔贵鬼头鬼脑、偷偷摸摸上）

三人：（齐声）谁？

崔：是我，崔贵，（神秘地）坏了事啦！

三人：咋地？

崔:杨青山、杨大祥两个领着一伙穷棒子要来斗六爷啦!

三人:已经来啦?

崔:还没有,还在合计呢,完了就来。

张:他们有多少人?

崔:嘿!老鼻子啦!杨青山的那里外间,炕上炕下,都塞得满满的,连插脚的地方都没有啦!

张妻:哎呀!咋整?

王:得想法对付。

张:(镇定了)来罢,要地给地,要浮产给浮产,是这共产的时世,没说的。

崔:他们还合计着也要打六爷呢。

张:要打也只有让他打呗!

张妻:你咋受得了呀,看你这皮包骨的,一撇子不把你打散了架子!

王:这么地,我想了一个法儿,要是不打就算了,要是打的话,崔贵你和老曹两个先上前,假装着打,挡住众人,让他们打不着。

崔:哎呀,人多势众,拥上来这一顿揍,可扛不了!

张妻:崔贵,六爷平日待你不错,今天我们遭了难,你就不伸手救一把么?

崔:六奶奶,那哪能呢?可这顿揍谁也扛不了哇!

(张向其妻使眼色,做送钱手势)

张妻:(会意,急从衣袋里抽出几张票子)哎,你给六爷办事,六爷哪回亏过你。(给崔)这个你拿着花罢。

崔:(接过钱来)这咋行,这咋行!我先去看看他们闹腾得咋样儿啦。(下)

张:嘎子,我看这来势,九彪那边得赶紧着去联络,万一有点啥动静,

临时就抓瞎了。

王:啥时候去呢?

张:最好眼下就动身。

王:今下晚走?

张:下晚走免得耳目众多,(给王两沓子钱)这是十万,你去给九彪说,我和他俩是磕头弟兄,他那里的粮饷、子弹、烟份儿我是短不了接济的。我这边要有个用人之处,他可得记着来帮忙。这眼时是大伙全遭难,得彼此多扶帮着点,熬到"中央军"一来,大家全有了办法。这十万票子眼下虽说不顶用,我一时半刻也拿不出多的来了。叫他先用着再讲。(另拿一沓给王)这是一万,你拿着路上花。

王:还有什么事么?

张:你给山上的弟兄捎个好去,说我六哥惦记着他们。

(门外脚步声杂沓,人声嘈杂,自远渐近)

张:(推王)快走,他们来了,(王欲下)这边(指另一方向)后门!(王急下)

张:(慌张向妻)那一袋假血呢?快拿来!

(张妻忙找出假血袋来,张拿来搁在衣底肩下。四周望了望房子,指后面叫其妻进去,等其妻下后,开门迎出)

张:啊!老杨,诸位都来了,快请进,快请进!

(大家你看我、我看你说不出话来)

杨:呃!我们今天来找你张六,讲理清算,往年你糟害咱们黎民太苦恼了,要租子,抓劳工,非打即骂,把俺穷人当牛顶马,叫走就走,叫"吁"就得站住。今天共产党工作团来到俺们这地面,穷人要翻身,你吃进去的得吐出来,这就是俺们大伙的意思,你们说对不对？

众：（稀稀拉拉）对，不假！

张：这个对，我早就有这个意思，老杨，你是知道的，我不是早就对你说过？哎！请进来坐，大伙请进来坐。（往里让）

杨：（对大家）都进来吧！怕啥？大家有冤的申冤，有苦水的倒苦水，有话的就说！

（众人鸦雀无声，寂然不动）

张：大家随便坐，别都站着，（端凳子）谁想吸烟的这儿有。（把烟卷搁桌上）

（众人仍不动）

杨：有话的就说呀！

（众仍沉默）

祥：（持着火把从人群中跳出来）大伙怎么不说话呀？咋地？熊了？还没开门，就泚尿了啦，（又走入人群中将于老疙瘩提出来）于老疙瘩，你"摸"在那"黑各落儿"干啥？昨下晚倒苦水你不是哭了吗？你为啥不在这里说说？

于：（像笼里的耗子似的）这……这……

祥：好，你不敢说话，就拿着这个。（将火把塞在他手里。于站着一动也不敢动）大伙都是哑巴吗？昨天的话今天都跑哪儿去了？（众人像木偶似的站着，沉默）你们不敢动嘴，敢不敢动手？（众仍不动）我操！你们真是黑瞎子掉井，熊到底啦？（他回头一望张六，正在笑着一副脸看热闹）妈的！你笑什么？（上前便打）

杨妻：（从众人中跑出来，抱住大祥）大祥！你疯啦？（正在这时，崔贵抢步上前，借着杨妻拖大祥的劲，把大祥推开，把张六往没人的角落里推）

崔:(虚张声势)打! 打! 打! 打! (众惊得呆了)

(大祥推开了母亲,回身赶过去打张)

崔:(着急)老曹,曹兴业来帮忙啊! 来打啊! (曹无可奈何从一个什么黑地方钻出来。正在这时,大祥一拳打去,张忽倒地,满脸是血)

曹:(惊叫)哎呀! 打坏了,打出血来啦!

(张在地上哼哼)

张妻:(飞奔而出,坐地大哭)(唱第十曲)

(唱)唉呀! 这怎么得了哇!

你要有个长和短,可叫我怎么好哇!

你从前当屯长,可也没把良心昧呀!

就是有个小小不言的错,可也没个找死的罪呀!

曹:(劝着)六奶奶,你别这样伤心啦!

张妻:(不理)(唱)哎! 他们说要啥,你就给呀!

他们说要地,你就舍呀!

你已经五十来岁,体气也不强啊!

就是好好过,也活不了几年啦!

曹:(仍劝)六奶奶,你别这样伤心啦!

张妻:(仍不理)(唱)哎呀! 我说你,事情要看得开啊!

唉呀你可别舍了命,不肯舍财呀!

只要你活着,我什么都不要哇!

你要是死了,我可得上吊哇!

农甲:别哭了,大伙也不是要六爷的命,这也是官家的命令,要清算,要分地。

张:(装得有气无力)哎哟! 分吧,分地吧! 哎哟! 你们要什么,都拿吧！哎哟！我也没说过，哎，说过半句不肯的话呀！哎哟！

张妻：（她一直在哭着）（唱）你打断了筋骨没有哇！天啦！你打伤了哪里呀，天啦！

（她一边哭，一边和曹将他扶进内室，下）

（众人一直惊得目瞪口呆，直到他们进后，这才意识过来，面面相觑，不知如何是好）

祥：（向大伙）走哇！别害怕！跟进去和他算账去！

（众稍有迟疑）

祥：（领在前头）谁想分粮分地分浮物的跟我来！（下）

（众见有人领头，哄然一声，纷纷随之下）

（第二幕完）

第三幕

第九场

时：斗争失败后约一星期

地：农会

（于老疙瘩及其妻上）（唱第一曲）

于妻：（唱）可恨我男人心太差，撂下老娘们他不管家，成天没事农会串，站岗放哨少不了他。缺柴少米也不问，哼！我要找农会谈谈话。

于：（背着大枪赶上）你干啥去？

于妻：干啥？我找农会去！

于：你找农会干啥？

于妻：干啥，干啥！人还能不吃饭？你成天到晚不着家，办的还不是农会的事,我不找农会要饭吃找谁去?

于:(气极)你个落后老娘们给我滚回去!

于妻:(强硬)我偏不回去,你把我咋的?

于:咋地不咋地,老子揍你!(伸手即打)

于妻:你打,你打!

(正不得开交时,大祥、农甲及几个看热闹的群众:杨妻、农甲、农甲妻、农乙及杨青山上)

杨:别吼啦,有啥事好好谈吗,进屋来进屋来!

(二道幕闭,农会,众进门。崔贵偷偷在窗外听风)

于妻:杨主任哪,(唱第二曲)

(唱)自从他干上了基干队,家里的事儿全不管,成天缺米又缺柴,叫我个老娘们怎么办?

杨妻:(唱)咱们家里也一样!

农甲妻:(唱)咱们家里也一样。

于妻:(唱)他要不就整天不着家,要不是见面就瞪眼,诸位屯邻来评评这理,没吃没烧他该不该管?

农甲妻:(唱)咱家豆饼早吃上!

众:(合)眼时谁家也吃不上饭!

农甲:(唱)嘿,张六他家可不一样,

众:(合)嘿,不一样,不一样!

农甲:(唱)吃的粳米和白面!

农乙:(唱)下晚他吃鸡汤下饺子,

众:(合)嘿,喝鸡汤吃饺子!

农乙:(唱)白天他装穷可装得像!

众:(合)嘿,装得像,装得像!

祥:(唱)咱们吃赖他吃好,他还要把咱们笑!他说:"你们吃的是翻身饼,我张六吃的是白面饺!"

众:(合)真气人,真懊糟!

农甲:(唱)咱们分了块光板地,哼不动又卖不了!眼睛望着他干着急,身上还是件破棉袄!

众:(合)饿不死也冻得够瞧!

祥:(唱)谁叫你们斗争不积极,不敢冲前尽往后"稍",一肚子苦水不敢倒,今天来说话顶个屌!

(众无言)

农甲:(唱)这话可得说明白,斗倒了他又怎么着?还不是一间空屋子。

农乙:(接唱)空箱子,

于:(接唱)空柜子,

农甲妻:(接唱)破褥子,

于妻:(接唱)破被子,

众:(你一句我一句)

(接唱)饭碗筷子,扎脚带子,破锅盖子!烧焦的麦子,

农甲:(接唱)还有那臭老娘们的月经带子!(稍停)

众:(白)妈的!这是埋汰咱们哪!

农甲:(唱)咱们把他搬了个空,也把个张六搬不穷!他家有的是家底子,

农乙:(接唱)银块子,

于:(接唱)金条子,

农甲妻:(接唱)大银元,

于妻:(接唱)钞票子,

众:(你一句我一句)

(接唱)羊皮袄子狐皮袍子貉壳帽子金银镯子绸缎料子,

农甲:(接唱)都藏进他那黑地窖子,(稍停)

众:(齐唱)东西倒是不老少,咱们一件也捞不着,唉呀,捞不着!

杨:大伙也不要嚷嚷了,老于媳妇,你两口子也不用打吵了,没饭吃的也不只你一家,咱们要不想个法儿,怎么也过不去这个冬。我看张六家这个黑窖,只怕曹兴业最摸底,咱们想法问问他。

农乙:我去找他来!(转身欲下)

杨:老疙瘩,(于站住)这么多人在,他还肯说?

祥:就得这么问他。曹兴业这个人是个死脑筋,你不吓唬他,他一定不说。

众:这话不假!

(农乙出,崔贵见有人,急溜走)

农乙:(厉声)谁?(追过去)

杨:啥事?

农乙:(边追边喊)你们放个哨哇!外边有人听风呢!有点像崔贵,看不清,已经跑了。(下)

祥:没有别人,准是崔贵,咱们得派个人去看着张六,别让他又出啥花招。

于:我去!(背枪下)

杨:要是问出来了,还不知道工作团让不让挖呢!

祥:不要紧,一会咱们骑上匹马赶去问白队长去,行了回来马上挖。

于妻:别吱声,来了!来了!

(农乙、曹上,众紧张起来)

杨:老曹来了!

曹:杨主任!(他也有些紧张)

杨:是这么回事,你在张家吃劳金,他的事你可最摸底,他那黑窖在哪里,你该是清楚的。

曹:(想不到有这一问)这……这……我可摸不清!

杨:你真不知道吗?

曹:(决然地)不知道。

杨:老曹,咱们大伙都是穷人,你可犯不上给他瞒着。咱们要是挖出来,也少不了你的一份。

曹:杨主任,我的确不知道。

祥:(急了)你敢对天起大誓吗?

曹:这……这……我不知道就是不知道,还用起什么誓。

祥:妈拉巴子的,你不敢起誓,就是知道不说!

曹:(无法分辩)这……这……

众:你就说出来吗!

——他给你多少好处?

——你咋这么不开脑筋?

——你向着他有什么好处?

曹:(一口咬定)实在是不知道,实在是不知道!

祥:(气极,伸手欲打,终于忍住,愤而大骂)你真是一个死溜须货!

曹:(几乎要哭出来)我实在不知道哇!

祥:(终于忍不住给他一个耳光)你不知道!你不知道!

杨:大祥,好好说,不兴打人!

农甲:让他回去吧!

杨:好了,好了,老曹你先回去寻思寻思。

曹:杨主任,我的确不知道。

杨:行了行了,你先回去吧!(曹下)大祥,你太冲了!你这一打,就是想说的,他这会儿也不肯说了。

祥:不打他照样不说。他呀,是个有名的胶皮脑,你就是使劲也锛不出一个眼来。依我看还有一个办法:把张六抓来问,不说就揍,看他扛了扛不了!

于:这办法倒挺好!

农甲:这不大离,看他还是愿舍命还是愿舍财。

众:不大离,不大离!

杨:就是不知道白队长咋说?

祥:包他没二话。

杨:还是得问一问,我看这么地,我上工作团去一趟,(向农甲)老佟头,曹兴业那里还是得开开他脑筋。你是个调解委员,年纪又大,没火气,就你去慢慢和他蘑菇吧。

农甲:行!我去,我管保和他打不起来。

于:我得换岗去了。(下)

杨:大祥,站岗放哨的事你可要紧着点。这几天听说打散了一股胡子来这四近屯子,摸起来了。别出了事。

祥:你放心,我这就查哨去。(下)

杨:你们老娘们嘴可紧着点,别把今天的话都放出去了。

众妇女:知道了。(众下)

(杨青山取出匣子顶上子下)

第十场

时:紧接第九场

地:张六家

（崔贵慌慌张张上，叩门）

崔：六爷，六爷快开门！

张：（急出开门）啥事？

崔：哎呀，差点没有叫他们逮住了。

张：咋地啦？

崔：我在农会的窗外听风来着，被他们瞅见了追得够呛！

张：哎呀！你直奔我这里来不是给我惹祸么？

崔：没有，没有，我在屯子外面绕了一个大弯儿才来的。

张：（放了心）你听见些啥话啦？

崔：他们合计着要挖六爷的黑窖呢！

张妻：（急出）要挖咱们黑窖？

崔：是啊，他们说只有曹兴业摸底，要问他呢。

张妻：（脱口而出）哎呀。

张：（急向妻使眼色）那怕啥，我窖是有一个不假，那里头除了破烂、坏土豆子，还有两缸大酱，他们爱要只管拿去。

张妻：他们还说什么来着？

崔：我本想再听的，有人从屋里出来去找曹兴业，我就溜走啦。

张妻：我们马上就去问曹兴业。

崔：是呀。

张妻：崔贵你再去听听！

（崔正要出去，杨大祥、农乙上，走到张门口，想听，忽然狗狂叫起来）

张：（急止住崔，并高声问）外面谁呀？

祥：（只得应声）是查夜的，快开门！

张：杨大祥来了，快跳后墙走！（崔急下）

祥:快开门呀!

张:来了来了,在找洋火点灯呐。

(张妻赶紧躲进里屋,张六脱去上身衣服,点灯开门)

张:是队长来了,请进请进!

祥:叫你们开门怎么这样慢?

张:穿裤子,摸洋火,就耽搁了。

农乙:才刚谁上你家来了?

张:没有,没看见呀!我老两口天一抹黑就倒炕上来了,谁也没来呀!

(大祥在屋里走了一圈,一声不吭地向外走,农乙随下)

张:杨队长,不坐一坐啦,好,慢走!(关上门)

(祥、农乙下)

张妻:(从里屋出来)吓了我一身汗。

张:这小子好比一把刺扎到我肉里,不拔了他算没治。(王嘎子上,二人同时大惊)

张:谁?(用灯照王进)是你!

张妻:你把我心都吓出来了。

王:他们都走了吧?

张:你咋知道他们在这儿呢?

王:我刚走到后院,看见崔贵出去,我就没敢进来,好悬!

张:你这趟跑得怎么样?

王:唉!(直摇头)

张:(着急)见着九彪了没有?

王:不能提了,我走到李家窝棚,就听说九彪被打散了,果然不错,晌午就见部队押着三四十过去,有人说连九彪都给绑住了。

张、张妻：啊？！

王：可是我没见，后来到柳家屯碰老五啦。

张：他咋说？

王：他说你六爷只要肯出钱就行！

张：鳖换的，这是啥话哪？

张妻：哎哟，一见我们遭了难，连老五都说起这样话来啦。

王：老五叫你别见怪，他们弟兄和九彪断了线失了联络，落在这一带吃喝都整不上。我留了点钱给他们。

张：我六爷哪一次断过他们的给养？来不来先讲起价钱来啦。你说他们有几个人？

王：还有五六个人。

张：几棵枪？

王：五棵。

张：长的短的？

王：四棵匣子，一棵“南阳快”。

张：子弹呢？

王：就是这个缺，要六爷你给淘换。

张：操他妈，他们一棵子儿也没有啊？

王：他拿给我看的，只有十几发。

张：这帮人真好，你先说他们人现在都在哪儿“摸”着啦？

王：都散到附近三里五里的屯子里啦。

张：集合起来方便？

王：有什么不方便，说声有事，一个钟头之内就来了。

张：那好极了！今天就动手。

王、张妻：今天？

张:(坚决的)一定是今天晚上。(声音低沉,如斩钉截铁)赶快把人集合起来,半夜进屯,先下民队的枪,再把穷鬼们分的东西抢回来……

张妻:抢回来!

王:再呢?

张:咳!一不做二不休,(从压抑中叫出)我就杀他几个!(王、张妻急止之,赶紧四处窥听)(第三曲)

张:(唱)第一我要杀杨青山,不能留他活在世间。

王、张妻:好!

张:(唱)第二我要杀杨大祥,斩草除根一扫光。

王、张妻:好!

张:(唱)第三我要杀……

王、张妻:谁?

张:(唱)杀的就是曹兴业。

王、张妻:啊,为啥要杀他!

张:(唱)杀了他才能把口灭!

张妻:(恍然大悟)对,对,妙极了!(说完瞟了王一眼)

张:(唱)先杀曹兴业再抓杨青山,还有杨大祥一同绑上山。就说杨青山,和胡子有勾连,他杀曹兴业,为的报私怨。穷头杀尽,农会完蛋,这屯子的事情还是咱们说了算!

王:好,好,六爷,只有你才能想得出这个妙计来呀!(脚步声)

张妻:唉呀,查夜又来了!(急吹灯,全场漆黑)

第十一场

时:同日夜深

地：（一）永安屯村外

（二）曹兴业家

（三）村外

（四）村口

（一）

（于老疙瘩背大枪上）（第四曲）

于：（唱）半夜三更刮北风，屯子都在睡梦中。

多加小心瞭着哨，别让坏蛋来活动。

（白）小风挺厉害。（把大衣领子翻起来）

（这时胡子乙偷偷从他背后上来将他抱住，胡甲突然出现在正面以枪逼之）

胡甲：不许吱声！（于挣扎着鸣枪示警，胡甲急夺其枪，并打他一枪托）我操你妈！你放枪！（按住于的嘴）来，弄走！快！快！

（二人将于抱拽下）

（大祥急上发现哨不在，并见前面人影即紧追下）

（基干队农乙、丙上）

农丙：谁放枪来着？（无人应，时屯内忽有枪声，二人大惊）

农乙：糟了，出事了，快回去，妈的，杨大祥也不知道上哪儿去了。

（二人急下。屯内枪乱响。胡甲、乙扶于上）

胡甲：他妈的追得这么紧，（向胡乙）你押着他先走，我来！

（胡乙押于下，胡甲开枪随下）

（祥追上，开枪。后面枪声，祥被打伤左胳膊，仍坐在地上，用两腿夹着枪托开枪。王嘎子忽从祥后上，一下扑过去，夺其枪）

王：好小子，我要的就是你！（胡甲过来绑祥，祥挣扎）

祥：我操你祖宗，我操你王嘎子十八代祖宗！

王：（重重地打祥一个耳光，向甲）老五，把他交给我，你快上屯子去！

（胡甲下，王架祥挣扎下）

（二）

（人声，小孩子哭声，枪声中于妻上）

于妻：（敲门）曹大嫂，曹大嫂，开开门，快，快！

（曹兴业妻上）

曹妻：哎呀！胡子来了，咋整？（于妻敲门更急）

曹：快，快，从后窗户跳出去吧。（扶其妻欲跳窗户）

于妻：（敲门）快开开门吧！

曹：是谁？

曹妻：于老疙瘩老娘们。

曹：（走到门边）啥事啊？

于妻：（在外门）曹大哥快开门吧，老于不在家，我害怕，到你家来躲一躲。

（曹妻开门，于妻入后，急关门加闩）

于妻：哎呀！老嫂子！

曹妻：（急止之）别大声嚷嚷！

于妻：（小声）可把我吓坏了，他个要死的，偏偏今晚去放啥哨，把我一个留在家里，要是胡子闯进来了咋整？

曹妻：外面乱得厉害吗？

于妻：谁知道？叫他不要去偏去，现在也不知道是死是活。（哭起来）

曹妻：老妹子，别哭，不要紧的。

（胡甲、丙上，每人背上背了一个到两个包袱）

胡甲：（向胡丙）四海兄弟，这些交给你（将包袱交与丙），你去套上车在院套里等我，要加小心，碰上了基干队就干啦！

胡丙：你放心，不会出岔。（下）

胡甲：（看）这就是曹兴业家啦。我操，这回可别找不着人。（上前敲门）开门！开门！

曹：（在内）糟了，糟了！这回真来了！（来不及管两个女人，急跳后窗户出，两个女人吓得乱钻）

胡甲：妈拉巴子，不开！（将门打坏入）不许动！（将两个女人从角落里提溜出来，搜其身上，继又搜屋子，打一包袱背上。向二女人）你们谁是曹兴业老娘们？

于妻、曹妻：……

胡甲：快说，不说扣了你两个！

于妻：她……

曹妻：呃！呃！老爷饶命！（跪下）

胡甲：曹兴业躲在什么地方？快说！不说要你的命！

曹妻：老爷！实在不知道。

胡甲：妈的，你不说！（踢她）说不说？

曹妻：实在不知道，老爷！

（外面有枪声，胡甲一惊）

胡甲：（急）快说！

曹妻：老爷！……

胡甲：妈拉巴子，真腻歪！（一枪打死曹妻）

于妻：（惊而绝叫）啊呀！

胡甲：不许嚷嚷，你叫也扣了你！不叫没你的事！我们冤有头债有主，是杨青山叫我们来曹家报仇的，没有你的事。你听真了，是杨青山叫我们来报仇的。不许动……（胡甲下）

（于妻目瞪口呆半晌才清醒过来）

于妻：杀死人啦，杀死人啦！（奔出）

曹：（自后窗入，抚妻尸哭）杨青山你好黑的良心哪！

（第五曲）（唱）我和你无冤又无仇，为什么你下这么黑的毒手。要不是我躲在屋后，差点儿要把命丢。什么老乡？什么朋友？不能和你善罢甘休！我，我，我，我豁出这条老命也要和你拼到头！

（二道幕闭）

（三）

（工作团白同志、杨青山及警卫员数人上）

白：（看表）快走，都快五点了，回头天一亮，坏蛋们就要在群众中间活动起来了。（众急急下）

王：妈的，真蘑菇。（向胡乙）老九，叫前边车停一停，上去走得快些，蘑蘑菇菇一天亮就麻烦了。

祥：（一屁股坐在地上）你要杀就杀，老子不走了。

王：妈拉巴子，起来！（连连踢，祥不动）你真不起来？

祥：（忽地立起扑王）你妈拉巴子的，王嘎子！（用头撞去，王气极，举枪要放，于老疙瘩猛力将他一推，王踉跄两步，枪走火，二人大惊。时后台白同志等袭上，警卫员甲、乙从后面把王及胡甲的枪缴了，绑起来）

杨：（看见王）啊？是你？咱们回头算账！

白：（向祥、于）你们辛苦了。（伸手与二人握，见祥抬不起胳膊）怎么啦？

祥：不当紧，带了一点彩。

白：重不重？小李，快给绑一绑。（警卫员丙为祥裹伤）

杨:怎么带彩了? 伤了骨头没有?(回转身去重打王几下)我操你奶奶,你到现在还来害人!

祥:(向白)有两辆大车截住了么?

杨:(回头)妈的,还跑了啦? 都截回来啦。

白:别说闲话啦,快回屯子要紧。

杨:白同志,我得先赶回去,回头张六要穿了兔子鞋就麻烦啦。

白:好,于老疙瘩和你一道先走。大祥你放心,我们好好抬扶着。

杨:他那点伤不算啥。于老疙瘩,咱走。(二人下)

白:大祥,你上车去坐着。

祥:我能走。

白:不,还是坐车去好。(大祥在前,众押王及胡甲下)

(四)

农甲:(上唱)(第六曲)胡子半夜进村庄,

农甲妻:(上唱)抢牛抢马抢衣裳,

农甲:(唱)骂人打人还不算,

农甲妻:(唱)满屯子四处乱放枪。

(农乙、丙,农妇甲、乙、丙,齐上)

男女互问:受了惊了,受了惊了!

农乙:(向农甲夫妻)老佟头,你老两口受了惊了吧!

农甲:咳!(唱)你们民兵队像绵羊,胡子来了没人挡,平时扛枪四处晃,胡子来了钻裤裆!

农妇甲、乙、丙:真的,你们民兵队干啥去啦?

(崔贵上)

农乙:(唱)胡子来了一响枪,我就去找杨大祥,从东到西——

农丙:(合上去)——找不见,哎呀找也找不见,屯子已经乱慌慌。

农乙:到现在还不见大祥的影子。

农甲:咋的还没找见他?

崔:(唱)这个里头有花样,勾来胡子的是老杨。

众:(齐声)杨青山?

农妇甲:是他,我也听胡子说来着。

崔:(唱)父子两个不照面,一定是去把胡子当。

众:(合唱)为啥,为啥,为啥要把胡子当?

(曹及于妻上)

曹:各位父老兄弟,你们都在这里,我屋里的被杨青山害死了。

众:这是咋整的?

于妻:(唱)胡子进了曹家的门,拿出枪来对着人,逼着就把老曹要,吓得大嫂也不敢吱声,越逼越紧他生了气,乒的一枪把我吓昏,回头一看好害怕,大嫂已经送了命!

众:哎呀,曹大嫂被胡子害了!(互问)这是咋整的?(向曹)老曹这是咋整的?

曹:各位乡亲啊,都是那杨青山害的!(第七曲)

(唱)我和他本是同乡,他竟存这狠毒心肠,要不是我躲在屋后,差点儿也把命丧。

众:你咋知道是杨青山干的?

曹:(唱)胡子的言语说得明,勾他来的是老杨,他说杨家要把仇报,要把我全家都杀光。

于妻:是的,我亲耳听到的。

曹:(唱)我和他仇深似海,定要他拿命抵偿,各位乡亲门户,要给我做主张。(哭起来)

众:(议论纷纷)有这样的事?

（杨青山、于老疙瘩上）

众：他来了！（沉默一极短时间）

（曹忽冲上前抓住杨就打，为于老疙瘩拦住）

杨：（吃惊）干啥？老曹！

曹：我要你偿命，偿命！

杨：到底是啥事呀？

曹：你勾来胡子杀了人还装好人？偿命来！偿命来！

杨：我勾来胡子？谁说的？

曹：谁说的？大伙都听见了，胡子亲口说的。

杨：你别糊涂了。

（这时白同志等一群人上）

杨：你来看看，胡子到底是谁？（将王嘎子一把推在曹面前）

众：（同声）啊？是他？

杨：不是他还是谁？

农乙：打！

众：打，打，打……（一齐动手，打不到王的就打别的胡子）

王：你们别打了，我说，我都说出来。

杨：让他说，让他说，（高声）让王嘎子说吗！

（众渐停）

王：我说，乡亲们！这些胡子是张六叫我勾来的，计划着要杀杨主任、杨大祥、曹兴业三个人。

众：啊？

王：先当场杀了曹兴业，再把老杨父子两个绑走，就说胡子是他勾来报仇的。

众：啊？

王：老杨一死，农会就落张六手里，屯子里的事就归他说了算。我这些话，句句是实，一句没添，一句没减。

（警卫员抓张六上。在众人嚷嚷中，曹兴业一步上前，当胸抓住张六，一手脱下鞋子，没头没脸地打起来。群众拥上乱打，把曹挤在外面）

曹：（看见杨，扑通跪在他面前哭起来）杨大哥呀！

杨：大兄弟，快起来！

（唱第八曲）

曹：（唱）张六他把我骗得不轻，害得我兄弟当作仇人，跑到东颠到西，给他跑腿，还替他埋金银瞒着众人。我只说他对我真心实意，谁知道到今天要我性命。他还私藏了大枪盒子炮，他还置起了两坛金和银。这些我从前不敢说，今天我都要给指明。我今天把他看透了，他黑了肠子烂了心！他勾来胡子把屯子抢，开枪打死我的亲人。他要咱兄弟不和睦，他要咱穷人不齐心。咱不齐心他最乐意，大伙的江山他一口吞。都怪我糊涂透顶错又错，穷哥们面前难做人。咳！我，我，我，我是里外不像人！

杨：大兄弟，你也别难过了，只要你想清楚了，以后好好干还是一样。

于：（在人中高喊）打不得了，打不得了，再打就完了！

杨：（也喊）不能打了，还要留着问口供啊！

白：警卫员，帮助老乡把这群坏蛋带去押起来，回头审问。（警卫员等押犯人下）

白：老乡们！大家闹腾了一晚，回去歇歇去罢，明天把这些坏蛋都交给你们，你们要判什么罪就是什么罪。

众：大坏蛋枪毙，小坏蛋斗争！

白：都行！（众纷纷下）

第十二场

时:第二天正午

地:屯口广场

幕后歌声:(主题歌)(第九曲)

有仇的报仇,有冤的申冤,

杀人的偿命,欠债的还钱。

坏根挖尽,坏蛋除完,

穷人翻身万万年。

眼睛要放亮,耳朵要放远。

吓唬不倒,收买不了。

穷哥们个个是硬汉。(反复)

(锣鼓前导,基干队绑张六、王嘎子戴高帽,一脸灰色,低头不语,群众拥着过场。接着崔贵戴高帽,群众拥上)

崔:(大声喊着)大家别学我啊!我是专门溜须的坏蛋。我没有干过一件好事。这回乡亲们宽大我一条命,我要改过自新,重新做人,给各位父老兄弟专办好事。

众:(嬉笑揶揄之)谁让你办坏事来的?

——好事你办不了!

——我操,现在嘴可甜哪!

——你还敢给张六听风吗?

崔:不敢了,不敢了。给我一百万一千万我也不干这个了。

众:还敢,不要你命!

——再干就不饶了!

——你还敢跳大神吗?

崔：不敢了，以后一定学好！

众之一：（大声命令口吻）要好好生产！

众：说！

崔：是！今年好好生产。（众拥下）

（基干队押张、王上）

农乙：（对群众）别过去了！别过去了！

（二警卫员押张、王，往台左侧走，走得很慢，走到台中间）

杨：你俩认不认罪？

张、王：认，认！

白：群众一起审判你们！

（众忽沸腾，如决堤一般直向前奔去。主题歌起）（幕急下）

（全剧终）

一九四七年三月三十日初稿

一九四七年十月三十一日第三次改正稿

辽东书店 1947 年

◇鲁虹　萧汀

归　队

人物：张金彩——二十三岁，参加民主联军一年的战士。作战勇敢，但不爱学习又常想家。

张二嫂——二十一岁，金彩妻，是一个精明强干的农村妇女。

王班长——二十七岁，和金彩同时参军，思想进步较快，是一个爱护关心战士的班长。

王大嫂——二十五岁，班长妻，性情执拗，自私自利，多言多语的农村妇女。

刘主任——三十七岁，某屯的农会主任，办事认真，性情诙谐。

时间：一九四七年元月，旧历春节前夕。

地点：东北某农村。

第一场（安家）

（张二嫂在音乐过门声中上，唱第一曲）

眼看着就要过呀过新年，今年和往年不呀不一般，家里有吃又

有穿哪,农会帮助写春联,政府派人送米面哪,鸡鸭成群飞满院,恩嗳嗳呀,恩嗳嗳呀,不由我心中,好喜欢哪,恩嗳嗳嗨呀。

太阳出来乌呀乌云散,受苦的穷人把呀把身翻,我家丈夫入营盘哪,家中的事情我照管,妇女工作我来干哪,政府把咱另眼看,我家分地三垧半,代耕帮工照顾咱。家里的日子大转变,穷人个个笑开颜,民主联军救呀了咱。(落)

(白)我,张金彩"屋里的",大家都给我叫张二嫂,在"满洲国"的时候,金彩一年到头地给人家扛活吃劳金,还赚不上吃喝,家里少柴无米的。自从民主联军来到这儿,穷人翻了身,咱家就分到三垧地,之后金彩参加了民主联军,咱家里又多分了半垧地,金彩走后,农会上对咱照顾得真是太好了,春上大伙帮咱种,夏天大伙帮咱铲,秋天大伙还帮咱割,我也参加了妇女换工队,今年光粮食就打下了十七石五斗。这日子过得是一天比一天好了。今天廿九,明天三十。眼看年就到了,我还是收拾收拾蒸豆包去。(接唱第一曲)民主联军为呀为百姓,金彩当兵真呀真光荣,他在前方打敌人哪,我在家中守门庭,前方打仗打得好啊,后方工作更加紧,恩嗳嗳呀,恩嗳嗳呀,打垮反动派,享呀太平啊恩嗳嗳嗨哟。(下)

(王大嫂上,唱第二曲)

八月十五月不明呀,过那么新年我家冷清清,宝他爹参军一年整啊,怎不叫人挂心中恩嗳嗨嗳嗨呀。

虽然是去参军全家光荣,你呀不该过新年不回家中,半夜里睡不着尽做怪梦,但愿他早日离开兵营恩嗳嗨嗳嗨呀。(落)

(白)我,王大嫂,自从宝他爹当了民主联军,到如今是整整的一年啦。当初我是看见参军家能多分地,多领粮,那时候他要报名参加,我就没拉他,愿意他去啦。走后公家待咱倒也不错,咱们分来的地,春上大伙帮咱种,一年到头还帮咱铲,粮食可也没少打,吃穿都不愁啦。就是宝他爹离家一年,信也没来一封,我做了一双棉鞋也不知送到什么地方去。老张家和宝他爹是一块参加的,我不免到张二嫂家中打听打听,看看他家有信没有。(接唱第二曲)做双棉鞋没处送呀,找那么找着张二嫂去打听,急急忙忙往前行啊,不觉来到他家门恩嗳嗨嗳嗨呀。(落)

(白)到了,(喊)张二嫂开门来!

(张上,唱第三曲)

正在家中包豆包,忽听门外有人叫,急急忙忙往外跑,原来是东头的王大嫂。(落)

(白)嗳呀,大嫂子来啦,你看,我正忙着包豆包呢!你家的年忙得怎么样了?年货都办齐了吗?

王:齐啦,今年的年货办得可齐全啦,割了二十斤肉,杀了三只鸡,还在集上买了些鲜菜,又给小宝做了一身新衣裳,今年和往年可是大不相同啦,家里一年到头都吃得饱,穿得暖,这都是政府帮助咱的!你家的年办得怎么样啦?

张:我家里办得也不错,包饺子的馅子早就剁好啦,现在正忙着包豆包呢!

王:你家的年办得倒是不错,就是缺一样!

张:缺什么?

王:你想想!

张:(想了一下)缺门神?门神我请啦!

王:不是,不是!

张:缺春联?春联农会给写了!

王:也不是!

张:(呆了呆)我想不起来,你说吧!

王:你家里缺了个"一家之主"!

张:(当真地)哦,"灶王爷"呀?我早就请啦!

王:不是那个"灶王爷",是你白天想,夜里盼,做梦都梦见的那个"灶王爷"!

张:呸!我才不想他呢!有什么可想的,在队伍上比在家里强得多,你没见六月里在咱屯里住的队伍?穿的吃的都不错,一天不停地上课、上操,还学习很多道理,想他干什么?

王:(俏皮地)不用嘴硬,谁心里想不想,谁知道?

张:大嫂,你说你心里想不想?

王:(顿了一下)不瞒你说二妹子,我晚上做梦都梦见他啦。

张:你都梦见他些什么?

王:昨晚上我就梦见他回家来啦,穿着一身皮大衣,一双马靴,还挂着一个盒子炮呢!

张:梦是心头想,王大哥没有事儿,他回家来干什么?

王:说真的二妹子,我恨不得他开小差回来呢!

张:嗳呀大嫂,你怎么这样想?王大哥参军的时候,还不是你愿意他去的?他们走的时候,屯里、区上给他们披红挂花,还吹着喇叭欢送他们,咱们两家分的地,自他们走后,政府都给咱安排好了,一年到头大伙帮咱种,帮咱铲,还帮咱割,粮也打了,如今不愁吃不愁穿的,你怎么还盼着他开小差回来呢?

王:哼!那时候是那时候,到什么时候说什么时候的话!

张:话可不能那么说,你忘啦?他们走的时候你不是还上台讲过话么,说"同志们,乡亲们!王得功参军是我叫他去的,大家光荣……”什么的，大伙听了你的话，给你这么一鼓掌，你在台上乐得嘴都合不上啦……

王：哟！打人不打脸，骂人不揭短，谁比得上你呢？你在咱们屯里又模又范的！

张：模范不模范的，我可不能盼着男人开小差，要是我掌柜的开了小差回来，我打也把他打回队伍上去！

王：管你怎么的，我就是盼他开小差回来！

张：唉，大嫂！（唱第四曲）

王大哥去参军你的主意，到如今不该盼他跑回家里。

王：（接唱）我盼我想我愿意，用不着你来讲道理。

张：（接唱）我说我讲是好意，你为啥跟我发脾气。

王：（接唱）宝他爹是我掌柜的，盼他想他是应（啊）该的。

张：（接唱）王大嫂你真没有出息，看起来人心隔（呀）肚皮。

王：（接唱）一听这话我动了气，从今后再不到你（呀）家里。（落）（白）哼！今儿到你家是打听信来的，谁知道惹了一肚子气，往后再也不来啦！

张：不来就不来，谁稀罕你来！（二人生气地背过脸去各立一边。刘主任担着装满了猪肉、白面、白菜、粉条的两大篮子年货上）

刘：（唱第五曲）一条扁担，软呀软溜溜，嗳呀软的，咳呀闪的，软的闪的，闪的软的，软了一个闪，一筐是肉来，一筐是面，白菜粉条两头担，送给军属过新年。（接快板）

挑的重，我放下了担，把我的工作表一番，我的名字叫刘玉山，屯里的事情：分粮分地，开会清算，站岗放哨，民伕担架，大车耙犁，拆桥破路，欢送参军，代耕换工，优待军属这些事情都由我来办，（接唱）

恩嗳咳一个呀哈,慰劳军属我走一番哪恩嗳哟。

(白)到了。(进门)过年忙!过年忙!(放担)嗳,王大嫂也在这儿,正巧,我代表农会给你们两家送年礼来啦!咦,怎么都不吱声呀?(看了看两个人)张二嫂你们怎么啦?

张:(正在气头上)不知道!

刘:(看了看张,又走近王)王大嫂,你们这是怎么回事?

王:(气更大的)不知道!

刘:(会心地微笑了笑,仿着两人的语气)不知道!不知道!你们不知道我可知道,二营的队伍已经开到赵家湾啦!你们还不知道?!

张
王:(同时跑到刘的面前问)刘主任,二营真的开回来啦?你见

金彩
宝他爹 没有?

刘:(看了看两个人)我呀?(又仿着张、王的语气)不知道!

张:刘主任,别逗乐子啦,二营是不是真开到赵家湾啦?

刘:你想金彩啦?

张:(有用意的)那是我掌柜的,我怎么不想?我做梦都梦见他啦,我还盼着他开小差回来呢!(对王)哼!

王:(着急地)张家"屋里的",话要说到明处,你这话是说谁的?

张:说谁谁心里明白。

王:我问你,你倒是说谁?

张:说谁谁知道!

王:我就没说过这种话!

张:你就说啦!

王：没说，没说，偏没说！

张：说啦，说啦，就说啦！

（王、张争吵，刘明白了双方矛盾，急拦阻）

刘：（数快板）好，好，好，你们别争吵，外人看见可不好，今天我来有公事，代表农会来慰劳，送来猪肉整半拉，还有白菜和粉条，白面送来四十斤，给你们两家包水饺，你们看看好不好是好不好？

张：（接快板）多谢大家来费心！

王：（接快板）多谢大家来关照！刘主任，宝他爹参军一年整，连个信也没有捎，这回开到赵家湾，不知你见着没见着？

刘：（接快板）我见着啦，他吃得比在家里胖，红光满面他精神好，这回去江南打胜仗，他当了班长立功劳！立功劳！

张：（白）当了班长啦？怪不得大嫂还梦见王大哥挂着盒子炮呢！

刘：嗳！（数快板）你们没见宝他爹，怎知他挂的是盒子炮？这回江南打胜仗，得的胜利真不小，消灭敌人有一万多，有两个团长也没跑掉，活捉俘虏六千四，还缴了不少的枪和炮。有六零炮，战防炮，迫击炮和火箭炮，宝他爹不是挂的盒子炮，他扛一个两头通气像吹火筒似的美国炮，美国炮！

张、王：（同时地白）这可好啦，是真的吗？

刘：（白）怎么不是真的！昨天我和宝他爹唠了半天嗑，天黑才赶回来。今早晨区里下来公事，还叫咱屯里动员二十辆大车去拉俘虏的“中央胡子”呢！

张：刘主任，你见着金彩没有？

刘：没有，我去的时候金彩有事儿出去啦。

张：我想到赵家湾去看看金彩行不行？

刘：怎么不行！听宝他爹说，这两天队伍正在休息，要去就去吧！还可以顺便给他们带些年礼！

张：对，趁着天还早，我这就去，大嫂，你去不去？

王：我可不去，队伍上都是些穿军装的，怪臊人的！你去见了宝他爹叫他回来住几天吧！

张：好，还要赶二十里路，刘主任你给我打个路条吧！

刘：好吧，我到农会上给你打个路条。（把担的猪肉、粉条、白菜、白面各分给张一半）这是给你家的年礼！（张收下，下场。刘对王大嫂）咱们走吧，顺便把年货给你送回家去！（刘担年礼随王下）

张：（挂着小篮，上，唱第一曲）

队伍开到了赵呀赵家湾，张二嫂心中好呀好喜欢，这一去夫妻见了面哪，欢欢喜喜说一番哪，说呀说一番，恩嗳嗳呀，恩嗳嗳呀，好呀好喜欢。（下）

第二场（逃亡）

（张金彩全副武装上）（数快板）

张金彩我来站哨，把咱这次江南作战的事情来表一表，接到命令出发去打运动战，在江南得的胜利可真不小。歼灭敌人有四个团，缴来的武器是美国造，有美国枪、美国炮、美国的汽车和弹药。捉俘虏可就更热闹，打散的敌人，漫山遍野，这里也钻，那里也藏，他撅起了屁股拼命地跑，拼命地跑。（过门）

张金彩一见哈哈笑，找了个地形就卧倒。南边来了三个新一军，他一拐一拐往这边跑，我这里急忙上刺刀，端枪瞄准预备好，说时迟，那时快，敌人到了三十米外，我端起枪来一声喊："站住！缴枪！"（接快板）敌人一见，他跑得快，三八式"啪"的一声响，一个阵亡一个挂了彩，还有一个害了怕，他跪在地上不起来，只叫老爷你饶了我，两眼一闭他头也不敢抬。我止不住地心里乐，叫声老乡你快起来。只要你缴枪当俘虏，咱民主联军多优待，敌人一听他放了心，把他美式的步枪递过来。我带着两个俘虏三支枪，把他们送回连部来，连部来。（过门）

讲作战，我真勇敢，听说冲锋我在头前，从来作战我没落后，打死的敌人也数不全，同志们都说我打得好！（急转慢）就是有个想家的坏观念，提起家我是想念，白天黑夜心不安，自从参军离了家，现在算起来整一年，连长说参军的家属多优待，政府替他把家安，大伙代耕多打粮，吃得饱来穿得暖。听说起来倒不错，这事儿我可没看见，家中撇下"屋里的"，冷冷清清无人管，我家分地无人耕，思想起来心不安，心不安。（过门）

找着连长去请假，指导员和我把话谈，请了三次不准假，心中好像滚油煎。刚才班上开了会，大家给我提意见，这个说我思想太落后，那个说我意识不健全，老李说话我不爱听，老孙批评我心里烦，大家还要提意见，我背上了大枪来换班。同志们一定不满意，班长一定找我把话谈，把话谈。（落）

（白）他妈拉巴子，我家分有三垧半地，也没有个人侍弄，家里只剩下一个女人，吃了上顿没下顿，我进他妈的什么步？批评就批评，我给你个装不懂，看能把我怎的？（欲下，班长上）

班：张金彩！张金彩！

彩：（返身，不大高兴地）干什么？

班：将才开会你的态度又不好，为什么不接受大伙的意见呢？

彩：（负气地）我就是这样，爱怎么的就怎么的！

班：金彩！你不要这样么！咱们是一块参军的，又是十九年的老乡亲，在家里我是你的老大哥，在队伍上我是你的班长，还有什么不好说的？再说，咱们这队伍哪样不好？你怎么还不安心干呢？

彩：我安不下心去，他们尽是嘀咕我！

班：嗳！大伙对你的意见也对么，你打仗勇敢，大家都佩服你，就是你的个性不大好，好讲怪话，又不爱学习，加上想家不安心，所以大家才对你提意见嘛！

彩：想家？我怎么不想家？我家里你也不是不知道，自打参军到现在是整整一年啦，"屋里的"一个妇道人家，她能干什么呀？分的三垧半地也没人侍弄，我还能眼看着叫她饿死？

班：提起家里，我还不是一样？家里就你嫂子和小宝，也没有个亲戚朋友照顾，可是你没听指导员讲吗？现在后方到处都组织起来啦，有换工队、帮工组、妇女会、儿童团，耕地的时候先给参军家耕，铲地的时候先给参军家铲，秋天还帮助参军家割，保证参军家有吃有穿，多打粮，平时还帮助挑水、打柴、干零活，是处处优待呀！

彩：优待？谁见啦？我没亲眼看见，我不信这一套！

班：金彩，你想开一些么，指导员什么时候对咱说过瞎话来？（略想）好，你先去站哨吧！下了哨咱哥儿俩再好好唠一唠！（彩负气下）

班：（望着彩的背影叹口气）（唱第六曲）

张金彩他想家精神痛苦，影响他在班里不见进步，莫不是我能力小不会照顾，莫不是同志们不会帮助，指导员讲的话我要记住，我还得有耐心把他说服。（下）

彩：（上，唱第七曲）

张金彩在哨上，想了又想，又思前又想后，拿定了主张。我不免回班去，解除武装，趁大家正点名，我逃回家乡。

(白)天快黑啦,连里正在点名,看样子这几天又要行军,我再不走就走不了啦,我不免悄悄地回到班里,把枪和子弹放在炕梢上,用大衣盖住,大家回来也不知道,反正我不是反革命。对,趁着今晚上没有月亮,我赶他二十里路!我这就走!(急下)

第三场(归队)

(彩急上,畏缩地)(唱第八曲)

天上少星星,夜黑路不平,摸着小道我往前行,开小差的人哪我心里惊,心里惊。

放开大步,赶路程,恨不得一步回到家中,只觉得有啊人声,不见影,不见影。

一片白茫茫,寒风扑在身上,想起了"屋里的",我走得更慌忙,夫妻快见面哪,问端详,问端详。

前边黑影影,眼看到村中,(狗叫)忽听一片狗咬声,又怕人看见哪,我慢点行,慢点行。

(白)到屯上了,怎么心里光跳,(左右窥探)这不是李二顺家么?就到家啦,嗳!那边有个亮,别叫人看见我!(欲躲)

(刘主任兴冲冲地拿着两个"光荣灯"上。一个灯上写"参军光荣",另一个上写"光荣之家")

刘:农会开了会,要给参军的家属送个年灯,也显得光耀,将才开会又商议着明天请家属吃年酒,开完会顺便给老张家老王家把光荣灯插在门上。(发现有人)咦!那边好像有个人,鬼鬼祟祟地,别是个小偷,(刘用灯照着,二人转了个圆场,彩欲躲未及,二人碰头,照面)

刘:是谁?

彩:是我!

刘 :(同时旁白)好像是张金彩!
彩 :(同时旁白)好像是刘大叔!

刘:(用灯详照)啊,是张金彩呀!你什么时候回来的?

彩:(有点窘)嗳,嗳,将才到屯上。

刘:正好,我给你家送"光荣灯"来啦!走吧,到你家坐。(二人转圆场,刘开门)

彩:怎么?我"屋里的"不在家?

刘:(诧异地)你媳妇不是到队伍里看你去了吗?你没见着?

彩:(着慌地)怎么?到队伍里看我去啦?糟了,糟了,她到队伍里干什嘛?

刘:嗳,这也没什么,你媳妇到队伍里找不到你,她不就回来了吗?

彩:(着急地)不是,不是,你不知道!

刘:(莫明其妙地)怎么了?什么事儿我不知道?

彩:(掩饰地)不,不是,没有什么!

刘:来来来,咱爷们先唠一唠,你媳妇到队伍里,知道你回了家,一定会赶回来的!明天就过年啦!(彩蹲在一边默然无语)金彩,自打你们参军走后,这一年光景,咱屯里可是大改了样啦,帮工队、换工组、妇女会、儿童团都组织起来啦,妇女会刨槎子、薅青苗、挑水、送饭。儿童团站岗放哨,放猪捡粪,"老爷们"(男人)都参加了帮工队换工组,连那懒汉朱七、马洪五也上山干活啦,大伙勤忙活着点,精心侍弄庄稼,全屯男女老少没有一个闲人,要做到全屯不荒一垄地!

彩:(急问)大叔,我家分的三垧半地荒下了没有?

刘:没有,哪还能叫你们家的地荒下呢!自打你和得功参军走后,儿童团每天给你们两家抬水，地里的楂子没等翻地就给你们刨干净送到家啦，加上大伙慰劳的柴火，（用灯照）你看这院里不是满满地堆着呢！春上帮工队刚组织起来，就先给你们参军家翻地，今年光铲就给你家铲了四遍，蹚是蹚了三遍，再加上今年的雨水勤，庄稼长得旺，秋上大伙帮你把庄稼收了，这么一合计，这三垧半岗地，把打的麻子、小豆除外，光小麦就打了十一石二斗，再带上高粱、苞谷就足足十七石五！农会上明天请参军属吃饭的时候，还准备再合计一下明年怎样帮助参军家户建立家务的事呢！

彩：（有点兴奋）啊，打了十七石五，还要建立家务……这，这可真是好极了！

刘：金彩，你打算在家里住几天回去？昨个儿我到你们连上也没见着你，听得功说，你们过江打了个大胜仗，你给我唠一唠！

彩：我，嗳，请了五天假！（自语地）我媳妇她……

刘：噢，对啦，你家里真亏有你媳妇照管，你这媳妇可真不错，儿童团给你家抬水，你媳妇就不让，非自己挑水不行，刨楂子、薅青苗啥活都能干，又懂道理，屯里没有不说好的！

彩：（应付地）啊，啊……

刘：嗳！那得功"屋里的"可就不一样，得功和你走了之后，小宝他妈就盼着得功他回来，为这个宝他妈和你"屋里的"今天还吵了一架呢，宝他妈就盼着得功开小差，你媳妇可就反对！咱屯里的妇女会还要选你媳妇做模范呢！（彩默然）

刘：啊，你走路累了，别唠了，我还得给得功家送"光荣灯"去。明天农会里预备一桌菜，请你到农会喝年酒，咱爷们痛快地唠一唠！我走了！（彩无精打采地接过灯，送刘下，回身把门关上）

彩：真他妈的倒霉，我怎么看了这么个好皇历，偏偏今天回来？

(唱第七曲)我不该不相信家属优待,因此上犯错误开了小差。又谁知"屋里的"把我去找,听说我"溜了号"她不光彩。我越想,我心里,越不痛快,她回来我只得假装不明白。

张:(急上,唱第四曲)一路上,我越走,越不高兴,谁知道他开小差跑回家中。急急忙忙我往前行,回家去,见了他,把话说清。(喊)门!开门!

张
:(同时旁白)
彩

门关上啦,一定是他回来啦!
有人叫门,一定是她回来啦!

(彩开门,张进)

彩:你回来啦?累了吧?

张:(劈头一句)我问你,你是怎么回来的?

彩:(搪塞地)我,我回来就是回来了呗,你还问什么!

张:(气愤地)我问你,你倒是怎么回来的?

彩:(局促地)我,我是请假回来的!

张:呸!你真给我现眼,指望你在队伍上好好地干,人家也看得起咱们,我的脸上也光彩,谁知道你,你个没出息的开小差回来啦!

彩:我开小差?开小差还不是为了你?

张:(愈气)你为了我?我就用不着你管——自你到队伍上以后,政府农会大家伙对参军的都是高看一眼,大伙帮助咱家翻地、铲地、还帮助咱家割庄稼,今年光粮就打了十七石五,过年过节都给咱家送礼,一年到头不缺柴不少米的……就是你在家里又能怎的?

(彩瞪了张一眼,想要说什么,因为理屈,于是蹲在一边,张也气得走到另一边,默然片刻)

王:(兴冲冲地上)听刘主任说张金彩回来啦,我去打听打听我们宝他爹回来了没有。(进门)哟——金彩真的回来啦！是二妹子给你请假回来的吧？(转身对张)真是,二妹子,你就不给我们宝他爹请请假！

张:(正没好气)你有本事你去请,我给他请的什么假？

王:(莫明其妙)咦！不请就不请呗,也犯不上给我发脾气呀！

张:我们家里的事儿,用不着你在这里多嘴。

王:你这是怎么啦？为什么这么大的火？(奚落地)哟,金彩回来啦,气儿更足啦是不是？哼！咱明天到队伍上也把我们宝他爹叫回来！

彩:(急忙解释)大嫂,不是,不是,你不知道……

王:你们家的事儿,我怎么知道？哼！

(三人成了僵局,王班长全副武装急上)

班:金彩！金彩！(进门)唉,你真是想不开,怎么……

王:(出于意外,扑上扯住班的衣袖)嗳呀！宝他爹你可回来啦,年尽月满的,谁家不知道回家过年？你看人家金彩不是早就回来啦？你怎么才回来？

班:(将妻甩开)你别闹！我是有公事回来的！

王:什么公事不公事,先回家看看小宝,宝儿今下晚还哭着找爸呢！

班:(发急)你别啰唆！(对彩)金彩,连里来了命令,队伍明天就过江打仗,指导员写了一封信派我来找你,咱们还是赶快回队伍吧！(把信给他)

张:(对彩)你说你走不走？人家王大哥亲自来找你啦！

王:(了然地)啊,原来金彩还是开小差回来的呀,可真光荣！呸！

张:(激怒了)不要脸的！我可不能跟着你现眼,叫人家看乐子,你说,你回去不回去？

班：二妹子你也不用生气，我们今天一定回去！

王：回去？谁说的？你个没良心的，过年了，老婆孩子都不看一看就要回去？我就不能让你走！（唱第九曲）

宝他爹你不该心肠太狠，为什么你回来不进家门？

班：（接唱）宝他妈你不必太呀伤心，因为我奉命令公事在身。

张：（接唱，对彩）政府里待军属处处周到，你不该开小差私自逃跑。

彩：（接唱）你不要再对我唠唠叨叨，你不知我心里多么熬躁。

张（对彩）：（同时白）你赶快给我回去！
王（对班）：（同时白）你可不能回去！

彩（对张）：（同时白）我怎么也不回去！
班（对王）：（同时白）我得赶快回去！

张（对彩）：（同时白）好！你不回去，不回去我走，我回我娘家去，我没脸跟你过啦！
王（对班）：（同时白）哼！你要回去，我也走，我领着小宝到他姥姥家去，咱都不过啦！

班：（对张）二妹子你不要生气啦，我跟金彩说一说，你帮我劝劝宝他妈。（对彩）金彩，你是个明白人，想开些，咱们已经在队伍上一年啦，你在战场上打仗又挺勇敢，现在你回家来什么也看见啦，家里的地有大伙帮助种，粮食也打下了，二妹子在家有吃有穿的，还有什么不放心的？

彩：嗳！嗳，我没脸回去，我回去怎么办呢！

张：（对王）大嫂，你不要拉着大哥啦，人家知道了笑话！

王：我家的事儿也用不着你来多嘴，你好，你掌柜的还不是开小差回来的？

张:(唱第九曲)人有脸来树有皮,你为啥这样不讲理。

王:(接唱)不讲理,不讲理,就不讲理,狗咬耗子你多管闲事!

班:(接唱对彩)我这里再三地来劝你,你要是再不听我就不客气!

(态度强硬地白)你倒是走不走?

王:宝他爹,你要干什么?

张:(对王)我家的事儿用不着你管!

(刘主任暗上旁白:"深更半夜的老张家怎么吵起来啦?"窥听)

王(对张)(同时白)你真不要脸!
班(对彩)(同时白)你给我回去!

张(对王)(同时白)你才不要脸!
彩(对班)(同时白)我就不回去!

刘:嗳,不对,怎么这么多的人?

王:(对张)你不要脸!

张:(对王)你不要脸!

班:(对彩)走!你非回去不可!

彩:(对班)我!我就不能回去!

(王与张,班与彩,相互争执吵成一团,不可开交)

刘:(急上,数快板)好,好,好,你们别争吵,有什么事情大不了。

(白)啊!宝他爹也回来啦?你们这是怎么回事?

张:(唱第三曲)

刘主任,你是听,金彩逃跑回家中,我劝他,回队伍,他不该赖着不回去。

班:(唱第六曲)

刘主任,听我说,金彩把事来做错,指导员,他派我,回到屯里把他找。

王：（唱第二曲）

刘主任，你做主，宝他爹太糊涂，一年不回一次家，不该马上回队伍。

彩：（唱第七曲）

我这里，叫大叔，这事你与我来做主，我已经做错了事，怎么有脸回队伍。

刘：（唱第五曲）

叫声他哥们和他嫂，这事儿我已经明白了，不用争来不用吵，听我对你们说分晓，听我对你们说分晓。（接快板）

宝他妈你听我讲，听我给你说端详，宝他爹是个班长，为了公事回家乡，虽然明天要过年，公事在身自己不能做主张，你要留他住几天，误了公事可不相当，干部一定批评他，战士一定把怪话讲，那时得功无话说，显得脸上多无光，就是咱屯的妇女会，也一定对你乱嚷嚷，这事儿本来你无理，那时你怎么把口张，再说参军是为保家，没有军队土地怎能有保障？要是"中央胡子"来到了，地主反把逞凶狂，要回土地还不算，还要把咱穷人杀个光。他大嫂你要仔细想，叫他回去是理应当，理应当。（过门接快板）

回头再叫王班长，你是参军的好榜样，参加军队一年整，你进步很快，当了班长，像你这样的好军人，咱全屯显得都荣光，都荣光。（过门）

金彩嫂你听我言，你是咱屯里的好模范，掌柜的"溜号"回了家，你那里一见把脸翻，劝着金彩去"归队"，不管过年不过年。妇女会将来要选举，一定选你个好模范，（接唱对众）

恩嗳咳一个呀哈，叫他归队是理呀当然哪恩嗳哟。

张、班：（同时地白）刘主任，你讲得对，我们都明白啦！

刘：（快板）我这里再叫张金彩，你离开队伍不应该，你家自你参军后，代耕帮工多优待，过年过节都送礼，政府待你真不坏，怨你一时想不开，糊糊涂涂你开小差，你也不能想一想，“溜号”回家可怎么待？街坊邻居都瞧不起，谁看见你都不痛快！政府要是知道了，还是不让你在家待，我劝你赶快去“归队”，免得你脸上不光彩，不光彩。

（白）金彩！你还是把事情想开些！赶快“归队”。如今屯里都组织起来了，你就是想待在家里也待不住，农会上的人知道了就不答应你！

班：（快板）对对对！刘主任他讲得好，处处替你想得周到，军属处处多优待，家中的日子过得好。家中不用你操心，只管上战场立功劳，今天随我去“归队”，连里谁也不计较，只要决心求进步，功名簿上记功劳！

（白）金彩，你也不用想了，咱们走吧！连长、指导员说了，回到连上只要自己很好地认识了错误，下决心求进步，谁也不会瞧不起你。

王：（对班）宝他爹，我现在什么都想开了，你快些回去吧！往后可记着常给家来信。（对彩）金彩，我看你往后也得多向我们得功学着点！开小差多“可耻”（念“砢碜”）呀！快回去吧！

张：（对彩）你倒是走不走？你不走我回我娘家去，让你一个人在家里过年吧！

彩：（沉思片刻，决然地，快板）叫声大叔和王班长，多亏你们对我讲，是我一时没想开，不该逃跑回家乡，如今我都明白了，下了决心我上战场！

（接白）大叔，班长！我想开了，开小差是我犯了错误，我马上"归队"！随队伍出发打仗，多打死几个"中央胡子"，将功折罪！

刘：好！倒是年轻人，心眼亮，一说就明白了，我这就回去准备点酒菜，给你们哥儿俩饯饯行！

班：大叔，别费事了，队伍接到了命令，就要出发打仗啦！

彩：对，我们赶快回队伍吧！（鸡叫声起）天都快亮啦，说不定队伍已经出发啦！

张、王：（着急地）大叔，叫他们快点走吧！

刘：好，公事要紧，我就不强留了，你们过江可要好好打仗，多杀"中央胡子"，等你们打了胜仗回来，咱爷们再痛痛快快地喝一场！

王：咱们送一送吧！

众：对！咱们送一送！

（五人起舞，齐唱第十曲）

正月里来好呀好春光，穷人翻身喜洋洋恩嗳嗳嗨哟，自从来了共产党，实行好主张，又分地来，又分粮来，东北人民大解放，得儿呀哈一个呀哈，又分地来，又分粮来，东北人民大解放。

民主联军真呀真英勇，保卫人民享太平恩嗳嗳嗨哟，军队在前方多辛苦去打反动派，优待军属，帮工代耕，样样工作要认真，得儿呀哈一个呀哈，优待军属，帮工代耕，样样工作要认真。

一杆红旗飘扬在天空，军民团结一条心迎接大反攻，从今以后归队去，英勇地打敌人，（班白）多抓俘虏！（彩白）多缴武器！（接唱）要为人民立大功！得儿呀哈一个呀哈，多抓俘虏，多缴武器，

要为人民立大功！得儿呀哈一个呀哈，多抓俘虏，多缴武器，要为人民立大功！

（五人于锣鼓音乐声中跳下）

（全剧终）

一九四七年二月十二日初草于朝阳屯

一九四七年七月七日修改于鲁迅文艺工作团

东北书店牡丹江分店 1947 年 8 月

◇塞声　于永宽

自卫队捉胡子

人物:父、女、胡子甲、胡子乙、自卫军甲、自卫军乙

父:(唱)(寒江)

老汉哪,今年哪,六十三,我的名字就叫刘谦,生了一个女婵娟,哪嗨! 嫁给江南小张三。咱老两呀口子呀,把女儿想,商量商量预备了船,接她回家园,哪嗨! 住上十来几天。

女:(唱)小女呀! 坐船哪,抬头看,松花江水照青天,一阵阵喜心间,哪嗨! 江北还有几座山。江水呀,慢慢呀,朝前流。南岸芦苇,绿油油,打鱼人驾着小舟,哪嗨! 急急忙忙把网收。

父、女:(同唱)父女呀! 二人呀,摆小舟,船到江心顺水流,姑娘问从头,哪嗨! 家中吃穿愁不愁。

父:(唱)分得了房子呀! 一间半,土地分了两垧三,一头大牛好耕田,哪嗨! 你的妈心喜欢。

女:(唱)姑娘呀! 闻听哪! 喜盈盈,叫声爹爹你且听,饮水不忘挖井的人,哪嗨! 感谢民主联军。

（胡子甲、乙鬼鬼祟祟上。锣鼓过场）

（快板）

胡甲：（唱）我的名字叫黑虎。

胡乙：（唱）我的名字叫混江龙。

胡甲：（唱）吃面条叫挑龙，

胡乙：（唱）翻张子白面饼，

胡甲：（唱）不敢上大市，

胡乙：（唱）尽在茅里捅，茅里捅。

（小手锣，哒哒……哒嘚，胡子二人前后望望）

胡甲、胡乙：（唱）（锔大缸调）

我们二人真不离呀，一心要当个小胡子，从前跟着老谢走，老蒋委我们"中央军"，跟着八路打了一仗，三天三宿没吃东西，胆战心惊无处躲呀，来到江沿找点吃的。行行走走来得快，江沿不远面前临；又往江东送二目，一个小船行得急。

胡甲：（唱）一个老头扳着桨，

胡乙：（唱）上坐二八小姑娘，此女长得十分美，

胡甲：（唱）一到船上配夫妻。

胡乙：（唱）叫声队长你别着急呀，我这里有个好主意。

胡甲：（唱）你有主意快快讲呀。

胡乙：（唱）咱到苇塘里眯着去，等到小船行得近，咱再下手抢姑娘。

胡甲：好！你看，那不是苇子地吗？（二人钻苇地，船行其附近，搁住）

女：怎么啦？

父：搁住了！嘿！嘿！（用力扳船后，船仍是不动。父将鞋脱掉，跳下水中，用全力推动小船）

胡甲、胡乙:(唱)(跳出来,锔大缸调)叫声老头你快搭跳呀,捎咱二人去过江。

父:(唱)老头摆手说不干呀!

胡甲、胡乙:(唱)胡子这里气满腔,你不要来我要打呀。

胡甲:(唱)腰中掏出个小匣枪。

胡乙:(唱)虽然枪里没有子呀。

父:(唱)老头一见心发慌。(用桨作搭跳板状)

胡甲、胡乙:(唱)胡子这里把船上呀,咱把老头推下江。(老头落水后,作泅水状,爬到岸上)

父:(唱)(锔大缸调)多亏我老头会浮水呀,得命逃生爬岸上。我去报告基干队呀,请他们快来救姑娘。

(锣鼓点过场)

女:(唱)(绣荷包调)骂了哇一声呀,蒋匪胡子狗强盗,你把我爹推在大江中,安的是什么心嗳唉哟。

胡甲、胡乙:(唱)(锔大缸调)叫声妞妞你细听,我们本是"中央军",今夜晚,你和我他去花灯拜,保管享福乐无穷。

女:(唱)(绣荷包调)你家里也有那同胞姐姐和妹妹,为什么不叫她和你拜花灯,你这个驴杂种嗳唉哟。

胡甲:骂得好。

女:(唱)(绣荷包调)胡子们和"中央军",我把你们好有一比,蛤蟆跟着甲鱼走,硬充王八孙子。

胡乙:别骂啦,还是走吧。

(老头带自卫军甲、乙上)

军甲:嘿,过来,快点过来。

军乙：靠岸，快点靠岸。

（胡子急将船开走，锣鼓急打，自卫军在岸上急追）

军甲：我要开枪啦。

父：别，别，别打了我的姑娘。

军乙：不怕的。

军甲：你看着好了，说打左眼打不了右眼上。（啪的一声，一个胡子落水）

军乙：你怎么还不快点过来。

胡乙：是，是，我就来。（胡乙下船将手举起）

军甲：转过去。

军乙：怎么办哪？

军甲：带区上去。（齐走）

父：唉，唉，我说二位老弟先别走，我还有点事。

军甲：什么事呀？

父：（从怀中掏出钱来）这，这是我，这是我一点小意思，你们二位收下买烟卷抽吧。

军甲：这可不能啊，不能啊，这可不能收下啊。

父：可别见笑！

军乙：自卫军救乡亲，这是应尽的保护责任嘛，这钱是决不能收的呀！可不能像“满洲警察”似的一做啥就得把钱放在头里。

军甲：快回去吧，你老。（自卫军推胡乙下）

父：唉，你看，这是怎么说的。

（唱绣荷包调）二英雄多勇敢，保卫家乡保田产，抓了胡子救了咱，这里谢一番嗳唉哟。

父、女：（合唱）（绣荷包调）感谢呀，毛主席呀，给咱穷人做主张，咱们穷人有了枪，恩情永不忘嗳唉哟。（下）

（全剧终）

选自《翻身秧歌剧》，东北书店 1947 年 2 月

◇嫩江省文协创作组

支援前线

人物：屯主任——廿五岁。

甲——廿四岁青年小伙子。

乙——廿三岁青年小伙子。

丙——廿一岁妇女。

丁——廿岁妇女。

男孩一名——十三四岁。

女孩一名——十二三岁。

开场：幕后胜利锣鼓声响成一片，渐弱，歌声又起（主题歌），歌声渐弱，屯主任拿胜利的画报，喜悦地、着急地跑上。

屯主任（下简称屯）：（唱）

大红晴天放光明

捷报传来喜事情

人人喜来人人乐

人人乐呀闹秧歌

闹起秧歌庆胜利

打鼓敲锣挂红旗

胜仗连呵连胜仗

红旗连呵连红旗

太阳出来满天下

打了胜仗心开花

手拿捷报往回跑

传你传我又传他

（甲乙两人从对面愉快地跳跃着上场）

甲：高粱红来谷子黄

乙：家家户户忙打场

甲：到处滚子轰隆隆响

乙：珍珠的粮食装满仓

甲：粮食装呀装满了仓

乙：日子过呀过得强

甲：过得强呀买呀买车马

乙：加紧生产加呀加紧忙

屯：（看见甲和乙急忙招呼）

哎

你们俩人上哪去

快点快点快回来

甲、乙：（合）

我俩上街去买马

为啥叫我们快回来

屯：这件喜事不得了

要开大会告诉人知道

咱们队伍打了大胜仗

长春沈阳都解放

三人：(合)

咱们队伍打了大胜仗

长春沈阳都解放

甲：(白)长春沈阳都解放啦?

屯：(着急地一边往前跑一边回答)可不是怎的，快去告诉大伙，明天再买马吧!

(甲、乙两人听了，蹦高乐，往回就跑)

乙：快回去报信去!(两人又从上场处跑下)

屯：(边走边唱着)

太阳出来满天下

打了胜仗心开花

手拿捷报往回跑

传你传我又传他

(丙、丁上场)

丙：九月里来秋风凉

丁：妇女儿童捡粮忙

丙：一滴汗水一粒粮

丁：一年辛苦不能忘

丙：那辛苦呀不能忘

丁：粮食捡呀捡得光

丙：捡得光呀捡呀捡得快

丁：家家户户有呀有余粮

屯:(又看见丙丁忙招呼)

哎

你们俩人上哪去

快点快点快回来

丙、丁:(合)

我俩上地去捡粮

为啥叫我们快回来

屯:这件喜事不得了

要开大会告诉人知道

咱们队伍打了大胜仗

长春沈阳都解放

三人:(合)

咱们队伍打了大胜仗

长春沈阳都解放

丙:(白)长春沈阳都解放啦!

丁:(白)快回去报信去。(两人跑下)

屯:心里乐呀脚步快

一气跑到屯当间

打起锣来开大会

(屯主任做敲锣动作,后台做效果,随之人声吵杂,主题歌声四起,由远而近,甲、乙、丙、丁、男孩、女孩全跑上,互相问着:"主任啥喜事快说吧!""咱们又打大胜仗啦?")

屯:(接唱末一句)

我有喜事对你们言

甲:锣鼓隆冬响连声

乙：全屯传遍喜事情

丙：一齐围住屯主任

丁：快把胜利说分明

屯：千言万语都不讲

单将胜利告老乡

众：（合）怎样打的大胜仗

仔细给咱说端详

屯：霜怕日头草怕霜

兔子就怕见了鹰

蒋匪最怕解放军

接接连连打败仗

（屯主任把画报打开，大伙围住看，叫两个小孩抢去，把画打开，高举着，站在中间，让观众们能看清楚）

众：红红绿绿，绿绿红红

屯：画的是咱们队伍大进攻

众：大炮机枪，机枪大炮

屯：打得那蒋匪军发了蒙

众：（合）（连屯主任在内）

咱们队伍大进攻

蒋匪军们发了蒙

众：虎背熊腰，熊腰虎背

屯：那是咱们队伍大冲锋

众：战战兢兢，兢兢战战

屯：吓得那蒋匪军像狗熊

众：（合）咱们队伍大冲锋

蒋匪军哪像狗熊

屯:画得真来画得清

大伙仔细看分明

关里关外全都有

咱们队伍多威风

大炮响得轰隆隆

关里打下济南城

活捉匪首王□武

消灭蒋匪十万兵

甲:解放军英勇又精明

乙:都是翻身的子弟兵

丙:冲锋杀敌样样能

丁:消灭蒋匪干干净

屯:攻的攻来冲的冲

山摇地动杀声响

包头郑州见了青天

红旗插上开封城

众:(合)红旗插上开封城

蒋贼胆战心又惊

屯:东北打下锦州城

杀贼杀得更英勇

甲:杀贼杀得更英勇

乙:关里关外一般同

屯:长春蒋匪慌了神

有的起义有的投诚

丙：咱们队伍度量大

丁：缴枪投降就欢迎

屯：四路大军又开动

一直开到沈阳城

甲：纸糊灯笼怕风雨

乙：残兵败将难支撑

屯：蒋匪军昏迷转了向

无头的苍蝇乱了营

丙：上天无路下地无门

丁：天罗地网密层层

众：（合）纸糊灯笼怕风雨

残兵败将难支撑

（把画收起，大伙唱）

甲：胜仗打的千千万

屯：胜仗的事情说不完

乙：咱们越打越有劲

屯：老蒋越打越快完蛋

丙：咱们日子过得好

屯：凭着队伍保江山

丁：东北如今全解放

屯：全仗大伙来支援

众：（合）凭着队伍保江山

全仗大伙来支援

翻身土地亲手种

亲口来表咱心田

（以下在每个人表决心时，唱时要突出地站在群众头前，把动作舞起来）

甲：表表心田要争先

好车好马上前线

枣红大马肥又壮

钢轴大车红缨鞭

乙：年又轻来力又壮

凭咱身子上前线

坚决报名出担架

下定决心抬伤员

众：（合）（全场人）

战勤工作抢模范

不立大功不回还

丙：咱做军鞋表心情

仔细加工仔细缝

针连针来线连线

针针线线不放松

丁：倭瓜茄子西葫芦

白菜萝卜带大葱

挑得精来洗得干净

晒上干菜表心情

众：（合）干菜送呀上前方

军鞋穿上暖又轻

男孩：（数快板）

咱们俩

女孩：年岁小

男孩：年岁小来

女孩：心田好

男孩、女孩：东院大哥参军去

咱捡柴火给大嫂

男孩：张大嫂

女孩：能勤劳

男孩：能勤劳来

女孩：日子好

男孩、女孩：（合）

别看咱俩年岁小

优军咱俩做得好

屯：（唱）满架葡萄一个根

众：（合）解放区军民一条心

甲、乙：（合）一个根呵一条心

众：（合）前方后方不离分

丙、丁：铁打的队伍火热的心

众：（合）要报血仇杀敌人

男孩：（快板）

机枪咯嗒嗒叫

女孩：（快板）

大炮轰隆隆响

男孩：轰隆隆叫

女孩：咯嗒嗒响

男孩：打得蒋匪

女孩：叫爹娘

众：（合）打得蒋匪叫爹娘

众：（唱主题歌）（舞起来）

万盏明灯高空悬

千家万户喜冲天

队伍兵强马又壮

解放东北打进关

解放东北打进关

打进关

（锣鼓声中，连唱声和口号声中，众舞蹈下）

注：配曲可随便，按“二人转”调子，或掺杂民间小调均可，排时可按“二人转”形式。

选自《东北日报》，1948 年 11 月 14 日

◇颜一烟　王家一

军民一家

时:一九四五年冬。

地:东北某地。

人:徐老头——农民,六十余岁。

徐老太婆——其妻,六十余岁。

媳妇——三十来岁。

小虎子——徐老头之孙,十二岁。

民主联军排长。

民主联军战士——张勇、李明、赵占元、刘德成。

邻妇。

景:东北老乡的住房内,一共三间房子。

在舞台上看见的,只是左里间和外间。

右里间在外面只看见一个门帘。

左里间是徐老头和老太婆的住处,有炕,炕上有箱子、柜子、炕桌等物。

外间正中是通外面的门，门内左首靠墙有一锅灶，带风箱，此外还有一些日用的东西。

左里间和外间用隔扇隔着，上面也挂着门帘。

幕启：老太太正在左里间忙忙乱乱地收拾东西，一会儿拿这个，一会儿拿那个，拿起这个转了转，不知往哪儿放，又拿那个……又拿起几件衣服，胡乱地往箱子里塞……

婆：（一面收拾，一面唠叨着）哎！先收什么好呀！我简直乱啦……哎！也摸不清是什么队伍！……哎！这怎么办呀？……小虎子！小虎子！你的那件小棉袄呢？

虎：（在右里间）就在那儿啦！

婆：（找）“那儿”是哪儿呀？你自个儿过来找吧！（又收拾别的，半天，小虎子还不出来）小虎子！小虎子！你倒是快着呀！一会儿来了就坏了！……小虎子！快着点呀！

虎：（抱了一大抱坛坛罐罐他的玩意，走出右里间，一面出，一面说）我抱不过来啦！

婆：你快进来给我找找你那件小棉袄啊！

虎：（仍在外间）我的手腾不过来呀，我先把我的这些东西藏起来去！那些假联军来了什么都抢啊！（急往外走，到门口，正碰见徐老头抱着一个大车轮子匆匆忙忙进来，两个人碰个满怀，小虎子抱着的东西，呼啦呼啦倒了一地。祖孙互相埋怨）

婆：（听到声音，立刻）怎么回事儿？碰了什么啦？（急走出左里间，一掀帘子看见这情形，立刻）哎呀！你瞧，越忙越出事儿！（急过去帮着拾，一件件地往小虎子□里塞）快着点吧，小祖宗！（往出推小虎子，但是徐老头抱着个大车轮子在门口挡着出不去）他爷爷！你倒是让一让，叫小虎子把这些东西藏起来去呀！

徐：（侧一侧身子让开，一面催着）快着！抱不动啦！（小虎子急跑出，虎出去后，他急忙忙地抱车轮子往里走，进不来，堵在门口）哎呀！进不来啊！

婆：哎呀，老爷子！你把个大车轱辘抱进来干什么呀？

徐：（歪过身子，抱大车轮子进，放了一下，气喘地擦汗）哎呀！这玩意儿真不轻！（转向婆机密地）他们来了就要抓车！这年月一辆大车，连牲口三四万下不来[①]，这要是让他们给抓了去，可不把我老头子坑苦啦！

婆：那我还不知道！我是问你，把它搬到屋子里来，可往哪儿藏呀？统共就这么三间屋子，他们来了，一翻腾，这么大的车轱辘，还有个看不见的？

徐：那你说藏在哪儿哪？

婆：（想了想）埋在粪堆里吧！那地方他们准不翻腾！

徐：对！对！（抱起车轮走，又转回）我看这回不准抓车吧？

婆：啫说，瞧你这油油磨磨的劲儿，真要是抓车现藏就来不及啦！

徐：来的还不知是什么队伍哩嘛！

婆：啫！"不怕一万，就怕万一"，你快给藏了去吧！等出了事儿就晚啦！

徐：哎！真麻烦！（往出走）

婆：（追着叮嘱）嘴严实点儿！别到处跟人说！不管谁问，都说咱们的大车没有轱辘啊。

徐：知道！不用嘱咐啦。（走出）

婆：（至门口）告诉小虎子一声啊！

---

① 钱数可根据演出当时当地的市价变动。

徐:(在门外)嗐!快拾掇你的去吧!

婆:(自己唠叨)哎!哪儿少操一份心也不成啊!(往左里间走)

媳:(抱了一大抱被褥自右里间出)妈!这些被褥怎么办呀?

婆:才刚不是跟你说藏在柴火垛里吗?

媳:真是,忙得我都忘啦!(欲下)

婆:哎!你说虎子他爹这会儿到了吧?

媳:五六十里地啦,这会儿哪到得了啊!

婆:那道上要是碰见他们,叫给抓了去,可怎么办呀?!

媳:他爹临走的时候不是说他道熟,抄小路走,兴许碰不上……

婆:(想着就是真碰上了,自己这时候也是什么办法也没有了,无可奈何地叹了一口气)唉!真不知是哪辈子造下的孽呀!

媳:(也叹了口气)哎!还是先把被褥藏起来去吧!(走出)

婆:(转回自己的屋子——左里间,继续收拾东西,一会儿,又唠叨着)哎!成天价这么乱乱哄哄的,这日子可怎么过呀!(外面"三大纪律,八项注意"歌声自远而近。小虎子自外面大哭奔入)

婆:(急奔至左里屋门口)怎么啦?小虎子!

虎:来啦!奶奶!来啦!(往他奶奶身上扑)

婆:(推他)藏到你妈屋里去!……这屋子屯长给队伍号上啦!

(正说着,媳妇搀徐老头入。老头怔怔地一句话也说不出来啦)

媳:(随进随说)妈!来了!来了!

婆:快躲进去!快!(说着,自己又转回自己屋里,检查还落下什么东西没有)

媳:小虎子!快跟我进去吧!(拉虎入右里间)

婆:(捡把了两个小零碎,又看见桌子上还剩下一把茶壶,急拿起揣在怀里,急往外走。走出自己屋子,看见徐老头还怔怔地在外间站着，埋怨地）嗐！发什么怔呀？怔了会子，就当是没来啦？——快进屋里去！坐下！沉住了气！装没事人儿似的！（一面把他往左里间推）你这样儿，他们看见你好欺侮，就更不知要闹哄成什么样啦！

徐：哎！哎！（被推入室内）

婆：（自己往右里间走，又想起什么，转至左里间，叮嘱）他们要是打得厉害的话，就别光心疼东西啦！多少让他们拿去一点——身板要紧！

徐：嗯！嗯！

婆：（放下门帘，往右里间走，一面唠念）哎！老佛爷保佑！来的千万可别是假联军呀！（走入右里间）

（歌声止，民主联军排长和战士张勇上）

张：（直冲冲地）是这屋吧？（就往右里间走，刚要掀门帘，徐老头急自左里间出迎）

徐：这屋！长官！（脱帽鞠躬）这屋给您老打扫出来啦！

排：（责张）老张！别自己随便乱走！（转向徐）老人家！对不起！来麻烦您来啦！

徐：（鞠躬，唯唯后退）是！是！不敢！哪儿的话！（恭敬地掀起门帘）长官请进！

排：对不起！对不起！（与张入左里间）

徐：（恭敬地鞠躬随入）长官请坐！

排：听前站说在您这家号了一间房子？

徐：（唯恭唯谨）是！是！长官请坐！长官！

排：（和蔼地）老人家可别这样称呼！

张：我们都是称呼“同志”！

徐:是!是!老总!

排:(拿出一包烟来让徐)老人家抽支烟吧!

徐:不敢!长官!请!

张:老人家不要客气么!

排:老人家请坐啊!

张:请坐!请坐!咱们不讲客气!(硬按他坐下)

(徐非常不自然地斜挎了一点边儿)

(老太婆掀帘子在右里间门口偷看)

排:真是,咱们都是一家人么!不要客气……老人家您腾出房子来给我们住,您家里人都要受挤啦!我们心里实在过意不去!

徐:(欠身起)哪儿的话!不敢!不敢!

张:哎!真是,你怎么老是这么客气呀!(按他坐)

排:请坐!请坐!老人家贵姓啊?

徐:(急又站起)不敢!回长官的话!贱姓徐!

张:(实在不耐烦了)哎呀!可把我酸死啦!旧军阀、官僚主义才这样哩!……你快坐下吧!咱们民主联军不讲这些酸套子!

排:真是!老人家这么客气,我们住在这儿,心更不安啦!快请坐!……老人家,家里几口人啊?

徐:(又欠身)回长官……

张:(急按他坐,不容他说下去)别"回"啦!有什么话,照直说吧!

徐:哎!家里什么人也没有,就是我孤老头子一个!

张:(有点不信)啊?你一个人怎么过啊?

(徐正慌措不知所答)

(战士李明在外喊"报告")

(徐老太婆急缩回头去)

排：进来！（李明进左里屋后，老太婆又自右里屋出来偷听）

李：（入，敬礼）报告排长！连部的通知，今天天晚了，做饭来不及，叫住哪家，就在哪家做饭。

排：嗯！各班都通知了吗？

婆：（着急地向右里间内，低声）哎呀！要在咱们这儿做饭哩！

李：没有！我这就通知去！不过义仓离这儿很远，粮食一时领不回来，叫先跟老乡借点米做！

婆：（更急向帘内）哎呀！还要咱们的米哩！虎子妈！咱们的粮食藏好了吗？看不出来吧？

排：好！我知道啦！你去通知各班，这件事要跟老乡好好商量！老乡要是有什么困难，就报告到这儿来，我们给想法子解决，谁也不准跟老乡动态度啊！

李：是！我去通知他们去。（出，下）

（当他走出左里间时，老太婆急躲进右里屋）

排：老人家！真是更要麻烦您啦，今天天晚了，我们连部来不及做饭，想借您这儿的东西做一做……

（老太婆又自右里间探头听）

徐：哎！长官！您不知道，实在不是不愿意您老在这儿做饭，实在是家里没有人……

婆：（满意这个回答）对！就是这么说……

排：不，我们不麻烦您老人家！我们自己来做，您只要借给我们锅灶就行啦！

婆：哎呀！锅怎么没藏起来呀？！

排：柴火哩，也借您这儿的，我们先称一称，烧多少，我们照市价给钱……

婆:(急向右里间)哎!怎么?人家说烧柴火还给钱哩?

徐:哎!我们家真是没有现成的柴火,就是几根烂木头棒子,现烧现劈……

张:(急忙说)我劈去!老人家借给我把斧子吧!

徐:哎!老总!真是不巧!斧子今儿早清让人借走啦,这早晚还没给送回来!

张:不要紧,我到别处借借去!再没有,拿什么也能劈!

(欲下)

排:(叫住他)老张!你去叫你们班里再派一个同志,借副桶给老乡先挑挑水吧!老人家这大岁数啦,吃水也一定不方便!

张:是!(出)(婆急躲进)

徐:(急拦)不要!不要!不敢!不敢!老总!……

排:(笑解释)老人家您就让他去吧!我们民主联军到哪儿都是这样!什么都是自己动手,不能麻烦老乡……

(老太婆又出来看,这时已发展到左里间的门口了,媳妇也开始掀开右里间门帘偷看)

排:还有,我们到哪儿都是烧柴火给柴火钱,吃菜给菜金!

婆:(回头悄向媳)人家说吃菜也给钱哩!

徐:哎!我们这穷家破户的,也没有好菜孝敬长官……

排:哎!可别这么说!我们也不要吃什么好的,有点咸菜就行了。

徐:实在是……(有点不好意思再说没有)

排:(痛快地)这么着吧!我们连部规定的:一个人一顿饭的菜金是××钱,我们今晚上有六个同志在您这吃饭,(算)六个人,一个

人××钱，一共是××钱[1]，我先交给您，您掂对着随便给点咸菜吧！（拿出钱来给徐，徐怔住了，不知是接好，还是不接好）

（婆兴奋地走向媳，媳也自右里间的门帘内走出）

婆：哎！人家真给了钱啦！（比着）这么厚一沓子！——我看啊！八成儿这是真联军！

媳：对啦，我寻思着也是——您看假联军多咱有这么和气过呀？

徐：您——您——您——您——

排：老人家！别客气！您就收下吧！这是我们的规矩！

（硬塞在他手里）

徐：哎……这……这……

排：对啦，我干脆连柴火钱也交给您吧！我们本来规定一个人一顿饭的柴火钱是××块，这儿是××块钱[2]您先收下，等会儿咱们烧的时候称称，钱不够，再给您补上……

婆：（向媳）人家又给柴火钱哩！

媳：哎！这准是真联军！

婆：快！抱柴火去……去……多抱上点儿啊！

（媳应，自外屋门下）

徐：（仍是不知接好，还是不接好）哎！这……这……这更……

排：您要是不要，那可就是嫌少了……哈哈……（强让他接）

徐：哎……哎……哎……真是……（半自语）哎！这敢要钱吗？

排：您家里米要是现成，先借给我们点吧，等我们从义仓里领回来再还您！

---

① 每顿饭的菜金，可按演出当时当地驻军之规定计算。

② 柴火钱，可按演出当时当地驻军之规定计算。

徐：哎……哎……（想说有，又还是有那么点儿不敢）哎！家里实在没有什么好粮食……

排：（紧接）就是您家常吃的粮食就行，您先借给我们点，多少斤我给开条子——要不然给现金也成！（又拿钱）

徐：别！别！哎……真是……

婆：（在外看看有点急了）哎！还不快答应人家！这是真联军！

排：要不然，您就把您喂牲口的高粱匀给我们点儿吧！

徐：哎……那都没有推……

排：不要紧，我们自己推……（正要说下去）

李：（挑水上，在外间）老人家！水往哪儿倒啊？

（婆急躲入右里间）

徐：（急迎至外间）哎呀！真是这怎么敢当！真是！从来就是我们挑水给老总吃！哪儿有倒过来老总挑水给我们吃的呀！

李：我们这年轻力壮的小伙子，挑儿担水可莫什么！帮助老人家干点活儿，这不是应该的吗！您快告诉我水往哪儿倒吧！

徐：哎！哎！您就撂在这儿吧！我自个来！

（李明把水担放下就往左里间去了）

（徐慢慢地把水桶提起，把水倒在水缸及灶上的锅里）

徐：（自语）哎！活了六七十岁啦，也没有见过这样的事啊！当兵的给咱们老百姓干活！

李：（悄向排）排长，我怎么觉着这家老乡像是有点儿怕咱们似的？

排：唉！就是么！这也是因为对咱们还不了解的缘故！

婆：（轻步走出，向徐低语）这一定是真联军，我看快答应人家吧！

徐：哎！可是，哎！这个弯儿怎么往回转呢？

婆：想个法子吗！

（二人想，一面听里面谈话）

排：（向李明）你告诉你们班长，叫派两个公差，借老乡的高粱，推出咱们今儿晚上吃的米来！

李：是！

婆：（在外向徐）听！人家要自己推米去哩！快拦着点吧！

徐：哎！怎么拦？跟人家说什么呀？哎！怎么好意思再说咱们家有米哩？！

李：没别的事了吧？

排：嗯！你先去吧！

（婆躲入，李出里屋）

徐：哎！真是叫您受累啦！

李：嗐！挑两桶水算什么哩！您坐着！我还有点事！咱们回头再唠！（自外屋门出）

徐：（看他走后，想了想，忽想出一个办法，掀开左里屋门帘，不好意思地向排长）哎！您先别叫弟兄们推啦！我出去给借点米来吧！（欲下）

排：（急出屋拦）不！我们人多，又都有力气，这几升米，一会儿就推出来啦！天这么晚了，您老人家出去也不好走！再说也不准能借得着！

徐：哎！我在这儿土生土长的，哪儿还没有个三亲二故的！哪儿还借不出一点米来！您坐着！（欲下）

排：（又拦）哎！天黑啦！道不好走！

徐：不吃紧！这么大点地方，我闭着眼睛也走不错！您请屋里坐着！不陪您了！（请排长进左里屋后，自己往外走）

（婆抱着一大升米自右里间迎出）

婆:(悄向徐)你瞧这些米够不够呀?

徐:再多下上点吧!(指内)走了远道啦!

婆:(一面把那升米往锅台上放,一面说)对!“人是铁,饭是钢”!吃得饱饱的,人家好打仗!(入右室)

徐:哎!快叫老总们别推啦!(走出去,在外喊)老总!老总!不用推啦,我给你们借米去!

李:(在外)报告!

排:进来!

李:(进左里间)怎么?老乡说米不用推啦?

排:嗯!老乡说给咱们借去!

(老太婆又抱一盆米出,舀水洗米)(媳抱柴火自外入,婆指示她烧火做饭)

李:老乡给借去啦?

排:哎!真是!天黑道不好走,老人家这么大年纪,还跑出去给咱们借米……

李:嘿!老乡对咱们真是太好了——明儿个更要多揍死他妈的几个反动派!

(排长从挂包里拿出纸笔来写封条)

排:来!帮助我给封上!

(排长和李明在箱子、柜子、抽屉等处贴封条)(婆走到门边,掀帘看)

婆:(向媳)虎子妈!快过来瞧!这是干什么呀?怎么都给封起来啦?

媳:(也过来看)哎呀!真的!这是干什么呀?

排:(又拿几张向李)你把这几张拿去,分给各班班长,叫他们也照这样，把老乡家里的箱子什么的，都给封上！（李接过，答：“是！”）

婆：（急向媳）哎呀！怎么家家都要给封起来呀?！这到底是要干什么啊！

媳：真是！竟是些没见过的事！

排：告诉他们谁也不准动老乡一点儿东西！违犯的一定严厉处分！

婆：噢！……

李：是！（欲下）

排：还有！走的时候，当着老乡的面打开封条，请老乡们查看查看少东西没有！（又写）

李：是！

婆：（恍然大悟）哎呀！闹了半天，人家是怕弟兄们翻咱们的东西，给封上的呀！哎！打开天辟地，头一回见这样的队伍呀！

媳：真是！人家看咱们的东西，比咱自己还下心哩！

婆：饭做上啦?

媳：做上啦！

婆：那你快进去拾掇菜去吧！

媳：嗯！（向右里间走）

婆：多弄几样儿啊！（媳应下）

排：（写完）再拿上这几张！

李：是！（接过，刚要出去）

（老太婆掀帘子进入左里间）

婆：（随进随说）哎呀！闹了归齐，你们是“真联军”呀！哎！真是对不住你们啦！

李、排：（都不明白这话从何说起）“真联军”?

婆：哎！你们不知道我们叫那些“假联军”可给糟践苦啦！

李、排:噢!

婆:嗯! 假联军,就是那股子"邪祸派"! 他们竟冒充联军,绕处祸害人! 唉! 他们到谁家,谁家就算遭了殃啦! 又是要吃,又是要钱,见什么,抢什么,姑娘、媳妇的,简直就不敢露面呀!

李、排:啊! 他们是冒充联军!

婆:可不是! 哎! 今儿屯长一来说队伍要房子,我们也摸不清是什么队伍,简直把魂都快吓掉啦!

李:老大娘! 往后联军来了,你们不用怕! 我们民主联军,就是给老百姓办事情的! 唉! 我还有点儿事,回头再来给您唠!(拿封条下)

婆:对! 回头来喝茶,(向排)唉! 叫这同志说的哩! 我们谁怕联军呀! 我们怕的就是那些"中央胡子"! 他们冒充你们联军,乱祸害人! 哎! 我们怕的是那些假联军!

排:那……

(张勇抱一抱劈好的柴火上)

张:老人家! 柴火劈好了! 咱们先烧上水吧!

婆:唉! 这怎么说的哩! 叫同志们自个儿劈柴火! 哎! 真是对不住! 我们有的是现成的柴火,水也早给烧上啦!(向排长)哎,真是! 早知道是你们,这会儿管么饭都吃完啦!(向右里屋喊)小虎子! 给同志们沏壶茶来呀!

张:别张罗啦! 我们不渴! 老大娘! 这些柴火给您搁至哪儿啊?

婆:哎! 瞧! 我净顾了说话啦! 人家同志还在这儿抱着哪!(一面从张勇手中接柴一面向右屋喊)小虎子! 快来把柴火接过去! ……小虎子! 过来,来呀! 不用怕! 来的是真联军! 是"道德派"!

（小虎子自右屋出，接柴火就要走）

张：（摸摸他的头，亲切地）小弟弟！几岁啦？

虎：十二岁！（把柴火放在灶火旁边，塞了几根到灶眼里，又跑入右室）

（媳在外间做饭）

婆：（望着虎，怜爱地）唉！这孩子叫那些“中央胡子”给吓唬坏了啊！哎！别说孩子啦，就是大人，一听说“队伍”要来，都吓得不知往哪儿躲才好哩！

排：老大娘！我们到这儿来，真是麻烦您了！

婆：（急）哎呀！好同志哪！您可千万别多心！我说的可不是你们！你们是“仁义军”，我们盼还盼不来哩！哎！我刚没说吗？我们怕的是那些“中央胡子”！

排：不过，我们实在太麻烦您啦！不用说别的，您看，我们这一来，就把你们挤了出去，今儿要弄得你们连觉都睡不好啦！

婆：哎！同志！你这么说话，可就显得远啦！你听我说，“军人到处为家”，你们出来打仗，还能背着房子走？不要说你们还是为咱们老百姓除祸害的哩！就是我们吧，我要是出远门，走到你们那儿，天晚了，要借间房子住，你们家里老太太能说不借？

排：哎！真是，老大娘……（未及说下去，小虎子端茶壶自右室进入左室）

婆：（向虎）饭熟了，就叫你妈给端过来吧！告诉她说过来不要紧，这是“仁义军”！

虎：嗯！（往外屋走）

排：做饭？老人家不是借米去还没有回来吗？

婆：（不好意思地笑，给他们倒茶）哎！先喝口茶，听我慢慢给你说！

(向张勇)同志！你来一碗！

张:您歇着吧！我自己倒。(倒,喝)

虎:(向媳)妈！奶奶说饭熟了就给端过去,说是“仁义军”,你过去不要紧！

媳:嗯！知道啦！(小虎子就蹲在他妈旁边看做菜)

婆:哎！真是的！同志们！才刚真是对不住同志们哪！好东西没有吧！家常吃的高粱米,怎么着也还有个几升！可是,哎！你们来了,也不知道是真,是假,哎！哪儿敢说有啊！

排:哎！我刚才就是寻思着:怎么家里能一点米也没有啊？别是我们同志态度不好,得罪了老人家了吧！

婆:哎呀！同志！你说这个话,可就更给我们添罪过了呀……

(徐老头提了一壶酒,一小包熟肉自外归)

虎:爷爷！你回来啦？买了什么啦？

婆:哎！他爷爷回来啦,我瞧瞧饭去,八成儿也快熟了。

(走至外屋看饭)

徐:(入左里间)同志们！才刚实在是对不住你们啦！哎！早不知道是你们呀！来！来！乡下没有什么好的！我打了壶酒,切了半斤熟肉,咱们喝个两盅！(倒酒)

排:不！我不会喝酒！

徐:(又给张勇斟酒)来！同志！喝酒！

张:我也不会喝酒！

徐:唉！(一本正经地)同志！你们这是跟我客气！你当我不知道？当兵的还有个不会喝酒的吗？来！喝盅！别惜外么！

排:我不会喝酒！

徐:您真不赏这个脸呀？

张:(急解释)哎! 不是! 老人家,别生气,您听我说,我们民主联军,走到哪儿都是吃饭给粮票,吃菜给菜金,此外就不准随便吃老乡的东西……

徐:(想了想)哎! 那你们就破个例,喝这一回好不好?

排:不! 真不会喝!

徐:哎! 同志! 我先头做了糊涂事! 这会儿,你们要是再不喝,那我可就当是你们恼了我啦! 我可就……

张:您可别这么说! 我们怎么能为这事恼您老人家呢? 我们是真不会喝酒!

排:谢谢老人家! 您这番盛意我们心领了!

徐:哎! 要是真不会喝,那我也就不好再勉强了! 那就再喝碗热茶吧! (替斟茶,自己也斟了一杯喝着)

(徐老头忽然发现箱子柜子上的封条,惊异不止)

徐:(放下茶杯)同志们! 你们先喝着,我看看菜去!

排:哎! 又麻烦老人家啦!

(徐急走至外间,悄问婆)

徐:怎么都给查封啦?

婆:(作得一本正经地)那还不都怪你! 要把什么大车轱辘都给摘下来!

徐:(急)怎么? 人家知道啦?

婆:那可不! 人家在粪堆里给翻腾出来啦! ——哎! 人家一瞧见可就火啦! 说这家老百姓真是没有良心! 就把箱子、柜子什么什么的,都给查封啦!

徐:你没跟他们说咱们摘车轱辘不是怕他们,是怕"中央胡子"抓车吗?

婆：我哪还敢露面呀？光在帘子缝里看着人家贴封条，我就吓得不知怎么才好啦！（作得更严重）人家还说明早清就都给搬走哩！

徐：（更急了）啊?！那不是要抄咱们的家么？（着急想不出办法）哎呀！这个关可是难过啦！——怎么跟人家说呢！

婆：是啊！“人心换人心”！人家待咱们心好，咱们也得拿出点儿好心来才是啊！

徐：是啊……哎……（寻思，不大相信地自语）民主联军？查封老百姓的东西？还要给抄家？……

婆：你自个儿又胡叨咕什么呢？叨咕了半天，事情就当是过去啦？

徐：（急）那你说怎么办呢？

婆：快去给人家赔个不是去吧！

徐：（着急）哎，这还拿什么脸见人家呢？谁都有个良心，这让人家说咱们……

婆：（不觉笑了出来）哈哈！瞧急成这个样子！快进去陪人家喝茶去吧！——人家那是不叫人家自己人来乱翻腾咱们的东西！才给贴上封条的！

徐：真的？

婆：可不是真的！人家还说走的时候，当着咱们的面儿揭封条，让咱们查看查看少东西没有哩！

徐：哎！真是！亏人家怎么想出的这些法子！

婆：哎！民主联军处处照顾咱们老百姓，我看真把心都快挖出来啦！

徐：（感叹地）说人家是“道德派”“仁义军”真是一点也不假啊！（说着往左里屋走）

婆：对啦，我还告诉你，人家联军从来就不翻老百姓的东西，你那个大车轱辘啊还在粪堆里头熏着哪！哈哈！（笑着走到灶边盛

饭菜）

徐：（停住，回身说）我就寻思着民主联军不是这样的人嘛！——就是真翻出车轱辘来，也不能为这事就封东西抄家呀！（二人笑）（徐笑着走进左里间，问排长）哎！同志！慢待！慢待！

排：哪有的话……来，喝茶。

徐：同志！不瞒你说，早先我听人家说民主联军怎么怎么好，我就是不信，我老是寻思着：当兵的还有个好的？

（这时婆端饭菜走进左里间）

婆：（随进随接着说）哎，人常说"好男不当兵，好铁不打钉"嘛！（摆好饭菜）

张：老大娘，那是旧军队说的话，咱们可不是那样，咱们说"好男要当兵保卫自己的家乡"哩！

徐：真是，我亲眼看见你们，这才信啦，你们真是好，不打人，不骂人，说话那么和气……

婆：（接着抢说）哎！斯斯文文的，简直像个大姑娘哩！（众人欢笑）

（媳端菜入，放在炕桌上后，向婆耳语，婆点头，媳出自外门下）

婆：同志！没什么好菜，随便吃吧——我们没把你们当客看待，你们可是也别装客啊，到这儿啦，就跟到自己家里一样！

张：可不就是到了自己家了吗！您看，我们这样，还像个做客的！哈哈！（众欢笑）

婆：（亲切地摸他们身上）你们穿着这大棉袄倒不冷啊？——还扎着皮带这就更暖和啦，啊？

张：对啦！不冷——老大娘！您也请上来一块儿吃吧！

婆：（摸摸他们的行李，又摸摸炕）不！不！我待会儿！——看你们的行李都怪单薄的，我再去抓上把柴火，把炕给你们烧得热热乎乎的！

排：（急拦）不用啦！老大娘！我们不冷！这炕不是挺热么？

婆：哎！你们爬冰卧雪、东奔西跑的，辛苦啦！睡个热炕，解乏！——哎，现成的柴火么！（径走出，在外屋烧火烧水）

排：哎！真是老人家真……

徐：哎！现成的柴火，不费什么事。

（小虎子端了碗菜进来，放下后，就倚在张勇身旁，摸索他的枪，张勇亲切地和他玩）

虎：同志！这个怎么使唤？

张：（指点着比着）一拉大栓，这里头顶上子弹，这么一搂火，子弹就从这儿出来了。

虎：哈！好极啦！你打哪儿弄来的？

张：你猜！

虎：是你自个儿买的？

张：哈哈！我告诉你吧！我们的枪都是从日本鬼子和国民党反动派的手里抢来的！

徐：啊？你们的枪都是从日本鬼子和国民党反动派手里抢来的？

排：是啊！我们就是拿敌人的枪炮子弹来武装我们自己啊！

徐：怎么？那些年你们打日本鬼子，国家就不发给你们枪？

排：可不是，我们在敌后坚持抗战八年，那个国民政府就没发给我们一枪一弹——不信您看（拿出他的枪来）我这支“王八盒子”，就是打日本鬼子手里夺来的——

张：嗳！我这支才好哩！是美国造！你们看这上头还有洋文哩！

徐：美国造？你们还跟美国人打过仗？

张：没有，我这支枪，就是这回在××打国民党反动派夺来的，——

你们听听，国民党反动派来打咱们东北老百姓，可是美国的反动派帮助他们枪炮子弹，你们说美国反动派可恨不可恨？

徐：可恨！可恨！

虎：告诉美国"饭桶派"，不叫他把枪炮给"刮民党""饭桶派"来打咱们！

排：对啦，咱们就是这样告诉他们了呀！

张：小弟弟！你长大了干什么？

虎：（神气地）当联军，打那些"饭桶派"（用手比着做打枪姿势）"叭！饭桶派"！王八蛋！（众人融洽地笑）

（老太婆已烧好灶，这时又端了一碗汤进来）

婆：嗳！还提那些"饭桶派"哩，（指虎）他表叔新打沈阳跑来没几天，他说那个国民党"饭桶派"在那儿祸害老百姓，就跟小鼻子一模一样！他们都说："瞧！刚打日本鬼子的火坑里跳出来，又掉到国民党'饭桶派'的火坑里啦！"

张：所以咱们一定要打倒反动派才能过太平日子！

婆：（看了他们一会）同志，怎么？你们也是打仗的呀？

张、排：（都觉得很奇怪）咦，我们就是打仗的啊！

婆：你们？……

张、排：怎么？……

婆：哎！你们这么和气！这么腼腆，一点也不凶，还能打死人？

排：（这才明白，不觉大笑）我们对自己同胞最和气，可是，我们对敌人最凶！您明白不明白？

排：您看，我们这不就是刚打××回来？我们才××人，没打××天，消灭了敌人×××，俘虏了×××，缴获了×××，你们看凶不凶？①

婆：（惊叹）唉！你们简直是救世救人的活菩萨呀！

徐：哎！咱们的联军又能打仗，又对老百姓这么好，这样的好队伍，真是打着灯笼也没处找去啊！

（众笑）

（忽听外面吵嚷声）

排：外头吵什么？

张：我看看去！

虎：同志！我跟你一块儿去！（同下）

婆：别淘气啊！

徐：同志！你们这是往哪儿开呀？

排：我们是听上级的命令，现在还不清楚。

婆：那你们在这儿，得住上些日子吧？

排：不！我们就是今天打搅你们一晚上，明天就开走。

婆：明天就走？

徐：明天就走？那可不能！多住上几天吧！

婆：同志！你们明天可不能走！多住上些日子吧！怎么着也让我们脱脱衣裳，睡上几晚上安生觉啊！

徐：同志！你可不知道，我们天天睡觉都不敢脱衣裳，听见狗叫就往出跑！生怕坏人来！

婆：哎！随便什么时候进来，就能拿你点东西走！你说，你们要是走了，我们的日子可怎么过呀？

排：哎！真是！我们一定替乡亲们除掉祸害！

---

① 具体数目字，可按演出当时当地情况。

婆:那我们可就烧了高香啦!(刚要说下去)

(张勇领邻妇上)

张:报告!

排:进来!

张:(与邻入,向邻)老乡,这是我们排长,你有什么话跟他说吧!

排:老乡,请坐,有什么话说吧!

邻:(怕)我……我……长官!我没什么话!

排:老乡!有什么话尽管说,不要怕!我们民主联军就是给老乡们办事情的!

邻:不!长官!真没有什么话,就是……

婆:嗐!他二婶子!你怕什么呀?这是真联军!人家可和气哩!

邻:(悄声)那敢说吗?——那些带枪的,都恶着哩!“不打不出手,不骂不说张口”!摸不准一枪还许给毙了——嗳!还是忍着点吧!

婆:你说的那是中央胡子!

徐:对啦,这是真联军!是咱们自己的队伍!是给咱们老百姓办事情的!谁欺侮了你!你快说吧!

邻:那……那敢说吗?

婆、徐:敢说!跟咱们自己的队伍,说什么话都不怕!

邻:那……那……(转向排)长官……

排:是不是我们队伍上的人做了错事啦?

邻:嗯!哎,队伍上的人都挺好!

排:老乡!不要怕!你快跟我们说吧!我们队伍上的人,不管是谁,犯了错误,一定要受处分的!

婆:(拉她一下,悄声)听见没有?……快说吧!

邻:哎——哎——哎——(犹豫许久,最后才说出)哎!有几个老总到我们家里住,还要在我们家做饭,还要我们的米,我说没有,一个老总就……

婆:(截断她的话,低声说)哎!别这么“老总”“老总”的!人家联军不叫“老总”,叫“同志”!

邻:嗯……(但是一时改不过口来)一个老总……

婆:(急低声提醒她)同志!

邻:一个同志就骂我们!还说我们没良心!还……(停住)

张:还什么?

排:说吧!不要紧!

邻:还砸了我们两个碗……

排:(向张勇)是谁?

张:三班的刘德成。

排:去叫他来!

张:我出去的时候,他就溜啦!他们班的赵占元找他去啦!

排:嗯!——老乡!还有什么?都跟我们说了吧!

婆:都说了吧!同志们给你做主!

徐:对啦!说吧!人家这队伍可跟那反动派的队伍不一样,人家可不欺压咱们老百姓啊!

排:老乡!快说吧!我们已经找他去了。

邻:还拿了……

(还未说出,赵占元带刘德成上)

赵:报告!

排:进来!

赵:(与刘德成入左室)报告!刘德成违犯群众纪律,我把他给带来了。

排:好!(向刘德成)刘德成!你在这位老乡家干了些什么事?

刘:我……我……我叫她给我们做饭。

排:你怎么跟人家说的?

刘:我说:"我们打了胜仗行军回来,饿啦,你们快给我们做饭吧!"

张:(冲冲地)你打了胜仗就是有功啦?人家老乡就该伺候你啦?

刘:不……不……

排:还怎么样呢?

刘:我让她拿她们的米给我们做饭,她说没米我不信,她们家自个儿就不吃饭啦?

赵:那你就该跟人家横?

张:咱们民主联军不准跟人横,你难道不知道吗?

刘:咦!不横?不横她不往出拿么!俗话说"打是粳米骂是面,不打不骂黍米子饭",咱们又不打,又不骂,横一点怕什么?

张:同志,有什么话要好好地跟老乡们说!不能跟人家横!

排:刘德成!我问你!你光知道你打了胜仗,老乡们就该给你做饭吃,可是你知道不知道你的胜仗是靠什么打的么?

刘:(毫不迟疑地)靠枪!

张:靠枪?!"中央军"又是美国枪,又是美国炮,又是美国飞机坦克的,为什么他们就老打败仗呢?

刘:(回答不上来)那……那……

排:告诉你吧!同志!咱们民主联军打胜仗,是靠老百姓!咱们要是不替老百姓办事情,反对老百姓,压迫老百姓,那就不但打不了胜仗,怕连活都活不成了哩!

张:那就跟"中央军"一样啦!

赵:是啊!上礼拜上政治课,指导员还给咱们讲来着呢!怎么你就没记住?

刘:我……我……

赵:还讲"三大纪律,八项注意",你背会了吗?

刘:背会了!

赵:那么第七项注意就是"言语态度要和好",你既然背会了,为什么今天还骂人呢?

张:光背会了不算,那是死教条!一定还要实际去做才行哩!

排:刘德成!你背会了"三大纪律,八项注意"很好!我问你!"八项注意"的第五项是什么?

刘:"损坏家具要赔偿"!

排:那你砸了人家两个碗,应当怎么样?

刘:(低头轻声)要赔……

排:第三条纪律呢?

刘:"不拿群众一针一线"!

排:你拿了人家什么东西?

刘:(难受地)我……我……

赵:(代说)他拿老乡的手巾、胰子洗脸,洗完他就给揣起来了!

排:(怒斥)你为什么拿人家老乡的东西?公家没发给你吗?

刘:(难受,低声)我的丢了!

排:(斥责)你的丢了,就该拿人家老乡的吗?

刘:我承认错误!

排:同志!咱们是革命军人,是为人民服务的,不能够损害一点老百姓的利益！（从身上掏出钱来）这是××块钱[1]，拿去赔人家的碗！拿人家的东西，都还给这老乡，跟人家道歉！

刘：（拿钱和东西送给邻）老乡，这是赔碗的钱，这是手巾、胰子，您收下吧！对不起！方才是我的错！（敬礼）

邻：哎！这叫我多过意不去呀！

徐、婆：哎！这真是咱们人民自己的队伍呀！

排：（向赵）你们班的饭做了没有？

赵：没做，连米还没有哩！

邻：真是对不住同志们啦，我这就回去给同志们做饭去！

赵：不！我们自己做！您就是先借给我们点儿米就行了！

邻：哎！那都现成！好的没有，高粱米还不能请同志们吃嘛？

赵：对！等我们的米领回来就还您……

邻：哎！可不要你们还！你们这几个人还能吃几仓米？一顿两顿的，真就把我们吃穷了？

赵：吃老乡的米，一定要还，这是我们的规矩！

邻：什么规矩不规矩的！你们给咱们老百姓除祸害，咱们给你们吃点米，还不是应该的？……哎！要什么，只要好说，家里有，就没有不给你们的，咱们都是一家人嘛！

刘：哎！刚才真是对不住老乡们啦！

邻：哪儿的话！天都这早晚啦，同志们的饭还没有做，我心里才是真不好受哩！

刘：哎！那都怪我不该跟老乡发脾气！

张：这会儿你知道啦？告诉你吧！我们刚到这儿的时候，老人家也

---

① 赔碗钱数，可按演出当时当地市价。

是说什么也没有……

婆:(急插嘴)哎呀!好同志哪!再别提那个话了!

张:可是现在你看看桌子上,饭也有了,菜也有了!

刘:哎!我完全明白了!

赵:明白什么?

刘:老乡们的心是明亮的,谁对老乡好,老乡就对谁好!

排:对啦!这话才对嘛!"老乡们的心是明亮的,谁对老乡好,老乡就对谁好"!好!你们先回去吧!等会儿我叫一班派两个同志帮你们做饭去。你们班就在这做饭的时间开个会,讨论"三大纪律八项注意",就拿今天这件事情做个例子,深入讨论,总结经验教训。

赵:是!

排:刘德成!你今天所犯的错误,也要在会上再好好反省反省!大家对这件事有什么意见,也尽量提,我们再考虑,该怎样处分。刘德成!你还有什么意见?

刘:没有意见,我同意!

排:好,那你们先去吧!

刘、赵:是,没事了吧?(敬礼下)

徐、婆、邻:哎!(感叹不尽)哎!这样的队伍真是没见过呀!

排:(向邻)老乡!真是对不住你哪!我们管理得不周到,个别的同志就违犯了群众纪律!以后再有什么事情发生,请您立刻向我们报告,不管大事小事,只要我们知道,就一定替乡亲们解决的!

邻:哎!这叫我说什么好哩!砸了碗还赔钱,拿了东西又叫还回来,人家弟兄还给我们行礼、赔不是!哎!这世道简直是翻了过了啊!

徐:就是啊!从前当兵的都是欺压老百姓的,谁见过当兵的给老百姓行礼的啊!哎!翻了过啦!翻了过啦!哈哈!(说着说着走了出去)

排:这都是应该的!咱们军队和老百姓就是一家人嘛!

邻:真是一家人啊!明儿上我们那儿坐着去啊!我先回去给同志们拾掇饭去!真是谢谢你啊!

排:哎!可别这么客气!我们民主联军是老百姓的队伍,我们是人民的勤务员——就是替人民办事情的。

邻:哎!真是好队伍啊!(走)明儿来坐啊!(下)

婆:真是!你们这样的“军头”,真是没有说的!你们都吃饱啦?再吃点吧!怎么着可也别叫肚子受委屈啊!

张、排:吃饱啦!吃饱啦!到家了嘛!还客气!

婆:哼!你们就是嘴里说“不客气”!你看,你们的心眼儿多么多呀!把我们的箱子、柜子什么的,还都给贴上封条!(把所有的封条都撕了,一面说)你们来了,就是敞着箱子也没不了东西——我们自己不看着,你们也早给我们看上了!哈!哈!

(正说着,徐老头抱着大车轮进,小虎子也抱着他的玩意和爷爷挤着进来)

虎:同志!瞧我的玩意儿!你们来了,我就再不怕“中央胡子”来抢啦!

婆:(看见徐)哎呀!老爷子!你又把大车轱辘抱进来干什么呀!

徐:哈哈!我让咱们队伍瞧,往后连我的车轱辘都不用再受委屈啦!哈哈……(众笑)

(媳抱被褥进,被褥上又是草又是土)

媳:同志!您瞧瞧我们这些被褥,都成了什么啦!

张:怎么净是些草啊?这是在哪儿藏着来着?

婆:这往后也不用往柴火垛里藏啦!哈哈!今儿个我才真明白了,你们是这么好的队伍啊!

(众人融洽地笑)(笑声中一家四口齐说)

四人:同志!你们可千万别走呀!

(幕急下)

一九四五年冬于宫原

东北书店 1946 年 12 月

◇集体创作

亲骨肉[①]

时间：一九四二年秋。

地点：在游击区的一个乡村里。

人物：李洪良——八路军侦察班长。

张老田——八路军侦察员。

刘大叔——村长。

满仓——村长子。

满仓妻。

王老肥——农民。

吴四——特务。

日军曹。

日兵。

伪军。

① 本剧由胡零执笔。

开场:(李洪良化装成一个农民,担着青草,腰里掖把镰刀上)

李:(唱第一曲)李洪良,一路上,化装打草到刘庄,去找刘村长,听说鬼子又要扫荡,看是不是真情况。日本鬼,狠心肠,想要趁着老百姓,庄稼还没收藏,他要调兵到处抢粮,使人民闹饥荒。八路军,本是那,老百姓的子弟兵,要提高警觉性,不能让鬼子随便出来,糟蹋老百姓。(把担子放下来擦着满头大汗,这时远处掩藏着一个特务,鬼鬼祟祟地在盯梢着,那正是吴四)

李:这几天情况又有点吃紧,听说敌人在周围据点里到处增兵,趁老百姓都在大秋上,他想要出来抢粮食,不知是真是假,上级派我和张志田两个,到东边小刘庄侦察一下,咱化装成一个老百姓,沿路割了这一担草,好混到村里找刘村长,去探听情况。(望望天空)天不早啦,还是赶紧走吧。(担起担子唱前曲)抬头看,天不早,我这里担起担儿,去把村长找,快把情况探听清楚,回去好报告。一溜风,进了村,不觉已经来到了村长的大门,趁着四外没有旁人,赶快来叫门。

(放下担子四外一望上前拍门)

刘:(上)谁呀!

李:我。

刘:你是谁?

李:我是……(低声的)刘大叔,开开吧,自己人。

刘:(开门一看惊喜的)噢!是你呀!洪……(赶紧把李洪良让进门来,探头向门外望……见没旁人干咳了几声,随手把门闩好)

(一直在身后盯梢的吴四,从墙角落里悄悄溜出来,蹑手蹑脚地挨到门边,一边窃听一面窥伺)

刘:咱们队伍呢?还在双龙镇住着啦吗?

李：不，已经转移到马家庄去啦！

刘：同志们，都好吧？

李：好啊，大叔。

刘：杨参谋的伤好了吗？

李：早好啦，他给你带了封信来，请你帮忙探听一下情况。

（把信掏出交给刘村长手里）

刘：自从你们走了，我天天想你们，昨天晚上我还和满仓念叨你们来着呢。（看信）

吴：（转身离开大门唱第二曲）刚才我的烟瘾上来，正说要到玉莲家，一出村口碰上了他，他一定到这儿来侦察，他今天住在了满仓家，报告皇军来抓他。（溜出）

刘：（把信看完装起来）你们要探听什么情况呀？

李：听说这几天鬼子据点里，又在增兵，恐怕敌人趁这大秋上出来"扫荡"，团部派我们来探一探，看有什么动静没有。

刘：喔！这是谁说的呀？准又是那些汉奸特务们造谣，自从上回让你们把他打回去了，以后躲在王八窝里，一直没有动静。现在城里的鬼子连白脖一股脑算上，也不过百十个人，他还"扫荡"，"扫荡"个屁，哈……哈……

李：大叔，敌人诡计多端的，可是要小心，不要上他们的当！

刘：咦！洪良，你怎么还不相信你这个大叔，我快上六十的人啦，从来也没办过那冒失事啊！你不信我给你把满仓喊出来，你自己问他，他昨天才从城里打探回来的，（向内）满仓，仓啊！

（满仓妻在内应声：爹你叫他干什么？他正在"坚壁"粮食！）

刘：你叫他先出来一下，（回身向李洪良）怎么就你自个来的呀？

李：不，我和张志田俩人来的。

刘:哪一个张志田呀?

李:怎么大叔你忘啦,上一回我们俩在你这儿一块吃过饸饹的那个。

刘:(一下想起)噢!就是那个黑黑的小个子,爱说俏皮话?

李:(笑)哈……对,对,就是他。

李:他到这西边于家屯办点事马上就来。

仓:(上)爹,(一眼看见洪良跑过去抓住他的膀臂)

(唱第一曲)

原来是,李洪良,为什么这些日子,不到咱庄上?咱们大伙一天到晚,把你来盼望。

李:(唱第一曲)上一回,打完仗,队伍开到马家庄,咱们实在忙,顾呀顾不上,一面战斗一面生产。

仓:嗨!你就是再忙,也不至于……

刘:(打断话头)满仓,你别尽说这些啦!快把你昨天打探的情况告诉给洪良,我去给他拾掇一下房子,让他好歇着。

李:来到这儿就得给大叔添麻烦。

刘:提不着,提不着。(下)

仓:你问什么情况呀?

李:城里的敌人有什么动静没有?

仓:嗨!(唱第一曲)城里的,鬼子兵,就连白脖全算上,不到一百名,自从上回打了败仗,动也不敢动。

李:噢!那何家堡据点里的敌人呢?

仓:何家堡,嗨,(唱前曲)何家堡,那敌人,鬼子加上警备队,只有二十人,一天到晚缩着脖子,胆战又心惊。

李:这些情况都确实吗?

仓:那还有错,不信你在这儿住一天,等我把粮食"坚壁"好了,我陪你咱俩再进城探一下去。

李:对,那更好啦。

仓:你还没吃饭吧?

李:没有,我不饿。

仓:(向内)爹,爹!

刘:(手里还拿着笤扫上)啊。

仓:洪良还没有吃饭呢!

刘:嗨!你看我净顾拾掇啦,把这事倒忘了,你去一趟吧,到前街小铺里买点菜来。

李:大叔,我又不是外人,有什么吃什么,何必出去买菜?

刘:你不用管,你不用管,仓啊,你捎带着叫他们在村口上派上个哨吧!

仓:鬼子又不敢出来,派哨干什么?

刘:咦,咱村离何家堡鬼子的据点才二里来地,还是小心点,没不是。

仓:好吧。(跑下)

刘:(想起一件事追到门口)仓啊,仓!

仓:(跑上)干什么?爹!

刘:捎着打点酒回来。

仓:嗳。(下)

李:大叔,打酒干什么,你要这样,下回我可就不敢再来啊!

刘:(一面闩门)下回说下回,我又没拿你当外人啊,给你吃什么就吃什么,我心里就痛快。打一点酒,咱爷俩喝两盅算什么,又花不多钱。走吧,跑了一天啊,怪累的,到屋里歇着去吧。

李:(向屋里走去)大叔,今年收成怎么样啊?

刘:不坏,够八成年景,一亩地能打……(渐渐听不见下)

仓:(上唱第一曲)我去把,老肥找,让他在咱村头上,放上一个哨,要是有什么风吹草动,事先好知道。(白)老肥,老肥在家没有?

肥:(上)噢! 满仓哥,什么事?

仓:你派个人在咱村头上放个哨吧。

肥:这会儿放哨干什么?

仓:你不知道洪良住在咱们村上啊,怕……

肥:啊,洪良来啦? 我去看看他去。

仓:(一把拉住)看你就是这么鸡毛蒜皮的,忙什么? 他又先不走,你派完哨再去。

肥:(为难的)这会大伙下地还没回来呢,派谁呀?

仓:那怎么办呢?

肥:(想了一下)要不我先去站一下,别人回来再替我。

仓:那也好,喂,把你家的酒瓶子捎出一个来。

肥:干什么?

仓:我出来的时候,没顾得带。

肥:好,你等着,(回到屋里拿了一支红缨枪和一个酒瓶上,把酒瓶交给满仓)给你!

仓:走,咱一道走!(下)(吴四领着日军曹、日兵、伪军偷偷摸摸上)

吴:(向日军曹)就是这家,(向日兵伪军)准备好!(日兵伪军埋伏四周,吴四在门外听了听,回身向日军曹耳边叽咕了几句,走去拍门)

刘:(上)谁呀!

吴:我。

刘:你是谁?

吴:开开吧,自己人。

刘:(开门)噢,吴四呀! 什么事?

吴:(一脚跨进门来)这……这那里,嗳,是这么回事,二秃子他哥铡草铡了手啦,听说你这儿有刀伤药,叫我来寻点。

刘:(关心的)怎么把手铡啦,厉害不厉害?

吴:不……不太要紧,就是血流得止不住。

刘:有倒是还有一点,不知塞在哪儿啦,你等着,我给找一找。(向屋里走去)

吴:好,好。(搭讪着想跟进去)

刘:(回身拦住)嗨,对不起,这几天满仓家,嫌不舒服,屋里糟蹋不成样子,你在这外边等一等吧!

吴:(只好停下)好,好。(见刘进屋,随即蹑手蹑脚贼头贼脑向屋内窥伺)

刘:(从屋里走出来)不多啦,就剩这一点啦,不够再……(见吴四鬼鬼祟祟地引起疑心)

吴:(尴尬地擤了一把鼻涕)好,好,行,够啦,够啦。(走到门口)你把门插上吧。(走出门向日军曹做了个手势溜下)

(日军曹、日兵、伪军一齐闯进门来,用枪逼住刘大叔)

曹:不许动!

兵:不许动!

伪:不许动!

曹:(一把抓着刘的衣领)八——路的——有?

刘:(惊恐的)太君,良民大大的,八路的没有。

曹:(狠狠地把刘甩在一边)没——有?

刘:没有,太君。

曹:没——有?

刘:没有,太君。

曹:(向日兵伪军)到屋里搜查!

兵:——是。

伪:是。

兵:(向伪军)——你前面走。

(二人进到屋里,稍停,把洪良和满仓妻一齐推出来)

兵:报告,就这两个。

伪:报告,就这两个。

曹:(向日兵、伪军)准备好!

兵:——是!

伪:是!

曹:(指洪良问刘)他——你的什么人?

刘:(不懂)太君,他不是八路军,是良民,良民。

曹:(逼上一步)他——是你的什么人?

伪:(向刘)太君问,他是你的什么人?

刘:噢!他……他,是我的儿子。

伪:(向军曹)是他的儿子。

曹:(向洪良)你的名字叫什么?

伪:(向洪良)太君问你叫什么?

刘:(插嘴)他叫满仓,太君。

曹:不许你说话!

曹:(指着满仓妻)她——是你的什么人?

刘:(明白他的意思)她是我的儿媳妇。

曹:(向军)什么?

伪:他的儿媳妇。

曹:(指着洪良问满仓妻)他——是你的什么人?

妻:(不语)……

刘:(恐怕露出马脚)说呀,怕什么,他是你的男人么?

曹:马鹿——混蛋,不许你说话!

曹:(仍向满妻)他——是——你的什么人?

妻:是我男人。

曹:(向伪军)——什么?

伪:是她的男人。

曹:(向刘)你一家几口人?

刘:(不懂)良民——都是良民。

曹:(大声)一家几口人?

伪:(向刘)问你一家几口人。

刘:噢,就这三口。

伪:(向曹)——就这三口人。

曹:(走到伪军前)——查查对不对?

伪:(掏出户口册子)对,一点也不错。

曹:(怀疑)怎么没有八路?

曹:(向伪军)去,到里边仔细再搜!

伪:刚才已经都搜过啦!

曹:混蛋,快去!

伪:是。(下)(日兵监视着刘大叔、李洪良、满仓妻,日军曹在他们的身上挨次检查,满仓提着酒瓶、肉、青菜,上)

仓:(唱第一曲)派好哨,转回来,我在前街小铺里,买了酒和菜,急急忙忙赶回家去,把洪良来招待。(一脚跨进门)爹!

曹:(用枪逼住)

兵：(同时)不许动！

曹：你的——八路！(伪军暗上)

仓：(大吃一惊)不，太君，我不是八路，我是良民。

曹：啊！你不是八路？

仓：我就是这一家的，(指刘)这就是我爹……

曹：(怀疑地回头瞅着刘)——你的什么人？

刘：(一时无见)这……这……这我不认识。

仓：爹，你怎么啦？

刘：(见不能两全，心一横)谁是你爹，你可不要乱拉好人！

仓：(已明白几分，低下头去)……

曹：(向刘)——你不认识？

刘：(痛苦地)不认识。

曹：(逼近一步)——你不认识？

刘：不认识。

曹：(更进逼)——你不认识？

刘：不认识。

曹：(向满仓)你——一定——是——八路？

仓：(不语)……

曹：是——八路。

仓：(一咬牙把酒瓶向曹掷去)妈的，老子是八路，就是八路。

曹：(头一偏没被击中，大怒)混蛋！(向日兵和伪军)绑起来！(日军伪军过去用绳捆起来)

妻：(悲痛地)爹……

李：(忍不住要想掏枪)你们别捆！他不是……

刘：(急忙制止)满仓！

曹:(回头向李)说什么?

刘:(掩饰)太君!他说(指满仓)他不是良民!(向李)什么都要你多嘴!(向军曹)太君,要是没有什么事,让(向李)他去到后边喂牛去吧。

刘:(见军曹没说什么转身向李)你还死愣在这儿干什么?还不快快给我喂牛去呀。(见李不动)怎么,没听见哪?(过去把草搬在李的面前)非得让我搬给你不行啊。(李洪良被刘大叔连推带拥地担青草担下)

妻:(满眼含着泪)爹……

刘:(赶紧向她使个眼色不让她说话,干咳了几声)喀……喀……喀。

曹:(见已绑好,向日兵、伪军)走!

兵:(日兵和伪军绑着满仓随日军曹一起下)

伪:走!

刘:(跟到门外,悲痛的)孩子,可苦了你啦!(忍不住落下泪来,转向泣不成声的儿媳)孩子,别难过啦,爹出去想法托人保一保试试。只要保得下来,不论花多少钱,就是把咱这点家当都抖搂光了,爹也不疼得慌。只要留得青山在,还怕没柴烧。要是保不下来,万一他出个什么差错,嗨,咱们也总算为抗战尽了这一份心。(稍停)你呢还年轻,爹也不是那糊涂人,你愿意再走上个人家呢,爹也不拦你,你要是愿意跟着你这个老爹爹呢,我就拿你当我的闺女看待……(哽咽得说不下去)

妻:(呜咽着唱第三曲)爹呀你别说这话,我自从来到咱家,你待我胜过娘家亲爹妈,他要有一错二差,我决不另去改稼,我愿意永远服侍你老人家。

刘:(泪如雨下,唱第三曲)听一言两眼掉泪,难得你这样贤惠,我一定想法去把满仓救回。

（李洪良从屋里跑出来难过地）

李：（唱第三曲）他一家这样悲伤，我哪能待在一旁，拼着我这条性命去救满仓。（掏出枪来，白）刘大叔，你们不要难过啦，豁着这命，我去把满仓救回来去。（向门口闯去）

刘：（一把拉住）洪良（唱第三曲）急上前拉住洪良，你不要这么莽撞，你一人怎么能够打那群狼？

李：（挣扎）（唱第三曲）大叔你不要拦挡，你跟前只有满仓，我哪能忍心让他替我遭殃。

刘：（死命抓住不放）（唱前曲）你们为百姓打仗，哪一天没有死伤？舍满仓救下了你理所应当。（向媳白）快把门插上。

妻：（急闩好门）（唱第三曲）李同志不要着急，你一人怎么能去，还是让我爹爹拿个主意。

李：（唱前曲）你们的这片好心，我实在感激不尽，要不把满仓救回哪能安心！（急欲挣脱）刘大叔，刘大叔！

刘：（死不放手）洪良，洪良！

妻：（帮助劝阻）李同志，李同志！（正在相持不下，张老田在外拍门，大家一惊，刘大叔乘机将洪良的枪夺过来，交给儿媳藏好，把他俩推进屋里去）

刘：（定了下神，战战兢兢地）谁？

张：我！

刘：你，你是谁？

张：我……开开吧！自己人！

刘：（惊弓之鸟）自……自己人？

张：开开吧，大叔，是我。

刘:(无奈何把门闩开瞅了半天)你……

张:(跨进门来)大叔,不认得我啦?

刘:(蓦然想起)噢,张志田啊。

张:(见刘神色仓皇)大叔你怎么啦?

李:(闻声后从屋里拿枪跑出)老张你来得正好,走,咱们救满仓去!

张:(摸不清头绪)怎么回事呀?

李:满仓让日本鬼子给抓去啦!刚走不多会儿!走!咱们去打下来!

张:怎么抓去的呀?

刘:(拦阻)洪良!先不要冒失,咱们合计一下再……

李:(一把推开)嗨,大叔,这个事儿再耽误可就糟啦!

(向张)快走!在路走着我告诉你。(二人跑下)

刘:嗨!洪良!洪良!(见已走远,回身向后)去!把满仓的手榴弹,快给我找出两个来。

妻:爹!看你这么大年纪啦,颠不动跑不动的……

刘:你不用管,快去给我找去!(媳跑进屋里拿出两个手榴弹来)

妻:爹!我看你还是……

刘:(接过手榴弹)嗨!叫你不用管,你就不用管,把门带上。(一出门被迎头跑来的老肥撞了个满怀,一个屁股蹲坐在地上)

肥:(赶紧搀起来)大叔!是让鬼子把满仓哥抓去了吗?

刘:咳!别提啦。

肥:我在村头上放哨一直没有离呀,妈的鬼子从哪儿进来的呢?

刘:还不是吴四那断子绝孙的办的好事,洪良他追下去啦,走,咱们快撵上去。

肥:大叔!把手榴弹给我一个。

刘：好！走。（把手榴弹分给老肥一个，二人跑下）

妻：（嘱托）老肥兄弟！好好照顾着我爹。（把地上满仓抛下的东西拾起来回到屋里去）

（李洪良、张志田跑上）

李、张：（合唱第一曲）急忙忙往前闯，恨不得把那日本鬼，一步来追上，咱俩将拼着这条性命，救呀救满仓。

刘：（追上来）洪良！洪良！等一下！

李：不要紧，咱一块去。

肥：（随后追上，一面提着鞋）走吧，走吧，别耽误啦。

众：（向前追赶，合唱第一曲）赶快走，别耽误，趁着那几个日本鬼没回王八窝，咱们赶快把他追上，机会别错过。（齐下）

吴：（洋洋自得上，唱第二曲）常言说明枪容易躲，暗箭叫人最难防，我把皇军引到刘庄，偷偷跳了是非场，今天抓八路军，咱是那跑腿送信人，只要是有钱能到手，哪管他良心不良心，将身来在大道旁，等候那皇军去领赏。（日军曹、日兵、伪军押满仓上）

吴：（卑鄙地）太君！

曹：你的——顶好，顶好。

吴：（鞠躬）是，太君！（抬头发现绑的是满仓，慌乱地）咦！太君，错啦，错啦！这不是八路军，这是村长的儿子满仓，你们怎么抓错啦？嗨！

仓：（红了眼）你小子还有点人味没有？你的心，妈的叫狗吃啦！

曹：（向伪军）怎么回事？

伪：他不是八路军，是村长的儿子，抓错了！

曹：啊？快回去！

兵：是！（推满仓）走！

伪:是。(推着满仓)走!

仓:(大骂)我×你奶奶,吴四!(被推下)(李洪良、张志田、刘大叔、老肥上)

众:(合唱第一曲)迈大步,往前赶,咱们大伙一股劲,追了这半天,怎么连鬼子的影儿看也看不见?(大家四处瞭望)

李:喂!(唱)你们看,在那边好像几个日本鬼,他们转回还,大伙快快埋伏起来,准备好手榴弹。

李:大伙快埋伏在道沟两边,把手榴弹准备好。(日军曹等一露头,大家把手榴弹抛过去,喊声、爆炸声混成一片)

李:哪儿跑?(追过去)

张:一个也别跑!(追过去)

肥:(手拿红缨枪)追!(正碰上满仓溜滚滚到面前)满仓哥。

仓:(从地上跳起来)老肥,快给我解开。

肥:(向后)大叔!大叔!快来!(刘上)你给满仓哥解开绳子。(追下)

仓:爹!把手榴弹给我!(接过手榴弹追下,刘随下)(吴四狼狈地跑上,后面追着老肥)

肥:(一红缨枪把吴四搠倒在地)哪儿跑?!(上前拉住打起来)今天非打出你的黄子来不可!

仓:(跑上拳足交加)×你奶的!哪儿跑?!

刘:(见抓到吴四,气愤地脱下一只鞋来,没头没脑地打着)差点叫你害得我家败人亡!

吴:(在地上乱滚)嗳哟!嗳呀!

李、张:(赶上来拦住)别打啦,咱们把他带回去。

刘:(住手)对!带回村去公审他狗日的!(大伙七手八脚把吴四从

地上拖起来用绳子捆好)

众:走！把他带回村去公审！

众:(合唱第一曲)老百姓,八路军,十个指头连着心,骨肉一样亲,有福同享,有祸同当,生死不能分。狗特务,丧良心,他把咱大家伙当呀当仇人,咱们军民齐心合力,快快除祸根。(老肥押着吴四,满仓搀着父亲,李洪良、志田跟在后面,一拥而下)

(幕落)

选自《东北文艺》,1947 年第 1 卷第 5 期

挖工事[①]

时间：一九四八年夏季大练兵开始

人物：五班长（班）

班副——韩光详（副）

战士甲——李桂生（甲）

战士乙、丙、丁等

第一场

（全连人在野外做对壕作业，后台歌声起，有两战士做对壕作业姿势穿场而过）

（唱一曲）

（一）

六月里　大热天

① 本剧由若曾、王哲、平章执笔。

热火朝天把兵练

点子多　办法全

军事民主大开展

（二）

军事民主大开展

官教兵来兵教官

五大技术都学会

提高本领打攻坚

（三）

提高本领打攻坚

夺城市来不费难

你英雄　我好汉

大伙争取模范连

（四）

六月里　大热天

热火朝天把兵练

点子多　办法全

军事民主大开展

（在唱最后一段的第二句时班长、战士甲、战士乙随歌上）

班：老李！班副就是那个脾气，你不要生气。

甲：我没啥，班长。

班：（和气的）来来来，班副到这边来吧！

副：（生气）妈的什么开展不开展的。

班：你怎么生气呢？来吗来吗！到这边大伙再合计合计。

副：合计呗。

甲：班长，开会就快些吧！

乙：班长，管他谁对谁不对，大伙少说两句就算了呗！

班：少说能行吗？（对副）嗳！咱们刚才在那边叽咕咕起来多不相当啊！到这边来大伙合计合计，大家的点子多啊！

甲：报告！我说咱们那个对壕作业我就相中我那种挖法，班副硬叫我先挖个坑，那怎么换班？

副：你说不好换班！先挖个坑再一段一段坐下挖，不比你那好挖？我看你就是有顾虑。

甲：我有啥顾虑，我看就是先挖个坑把自己隐蔽起来不管别人。

乙：班副你也不要来气，老李也不要叽咕啦，这叫人家看见多不团结呢！

班：大梦不要抱住气，土工作业谁也懂得的不多，老李你还是把刚才那办法说清楚，班副你也把你怎么挖法讲一讲。

副：我没啥讲的，军事民主啦，叫他民主吧！

班：你先讲。

甲：我没意见。

班：那你同意班副的挖法啦？

甲：（半天才说）同意。

乙：照我看，班副和老李的挖法都对，班副说是挖个坑也行，老李那种层层去土的挖法也对，各有各的好处，班长！你说哪好就哪好呗。

班：那怎么我说呢？老李！你说说班副那种挖法有什么好处？

甲：好呗！

班：哪好？

甲：报告！说不上！

班:不要生气！你刚才说得挺含糊,人家怎么能懂呢？再好好说一遍叫大家听听,谁对照谁的做。

副:姓李的！你有种的你说！你要说对了我把这班副给你当！

甲:我也没想当班副！报告！就我说！

(唱二曲)

李桂生　来报告
土工作业了解得少
从小就是庄稼人
笨里笨气干不好

副:(接唱)

笨里笨气你干不好
为啥跟我来卖老
我当兵当了三四年
哪样比你懂得少

甲:(接唱)

我懂得少跟你学
我也没跟你来卖老

副:(接唱)

你意见啰唆了一大套
分明把我班长看得小

(五班副！快把你们人带还来看人家挖！)

班:来啦！走吧！咱们大伙去看人家挖,回去再开评论会(相继下),班副走啊！

副:我落不下。

班:快来啊！(下)

副:(抽烟洋火也没擦着)真他妈的憋气!

(唱三曲)

(一)

我韩光详当班副当了半年

从没见战士们这样发言

说什么要开展军事民主

明明地是故意地给我难看

(二)

李桂生他参军才有几天

他也要讲民主乱提意见

当战士就应该服从命令

不这样光民主怎么能管

(白)当个战士就应该服从命令呗,讲民主你一言他一语的到底你听哪一个的好?讲民主他讲吧!我以后就不管,再说当大伙的面战士批评干部那多不相当,那以后叫咱们还怎么管呢?

班:班副,咱队伍要回去啦,你还在这干啥?你今天也没把你那办法讲清楚!

副:我有啥办法!

班:你这什么学习态度呢?

副:我什么态度,反正没有咱说的话了。

班:同志军事民主吗!三个臭皮匠合成个诸葛亮,人多点子多,光靠你一个人能行吗?

副:我也不是不赞成军事民主啊!

(唱二曲)

就怕战士乱发言

班里事情没法管

班：（接唱）

战士意见都为好

意见越多越好办

副：（接唱）

你一言来他一语

到底哪个说的算

班：（接唱）

大伙评　大伙看

多数的意见说了算

你不看　第二班

军事民主大开展

班里个个情绪高

人人练兵都争先

副：反正他不能在大伙面前叫我丢人！

班：这算什么丢人呢！我们班这次土工作业做不好落后那才丢人呢！再说战士提意见都是为好吗！

副：好！你以后管吧！（下）

班：嗳！班副这个人什么都好！就是有点个性！（下）

第二场

甲：（唱四曲）

太阳当头照

同志们睡午觉

我老李睡不着
拿着锹来做对壕

上午和班副吵
回家睡一觉
班长找谈话
叫我不灰心来不骄傲

（白）今天上午和班副顶了几句，心里怎么寻思怎么不得劲，班副硬说小看他，咱哪有那心思呢！弄得我午饭都想不吃，寻思转班吧，又要受批评，不转班吧，在班里真窝火，一提意见不是报复就是打击，班长看我不高兴给谈了一次话，说得我又要哭又要笑，班长这个人真老实，他叫我不灰心不骄傲，多想办法也不是为班副一个人干的，我格莫，心里真有点那啥，豁出午觉不睡再把对壕作业酌量，也好叫班副看我到底是真心还是小看他。

（一边脱衣一边说）比方那边是敌人。（边挖边唱，由侧卧挖到两肘支地挖、跪挖、蹲挖，动作要有力、有节奏）

（唱五曲）

李桂生轻轻地往上爬
滚两滚从这里开始挖
把身体顺着敌人方向
这样子才能够伤亡不大
手把那洋锹捏得紧
先把那脚下挖两下
脚蹬紧头顶住屁股要稳
屁股稳浑身上下使上劲

挖一锹土来擦一下汗

一锹一锹挖得欢

要挖他五米长来一米深

一层一层挖得欢

把土堆在敌人方向

李桂生不灰心加油干

班:李桂生……

（甲挖好了上岸,满意地看工事,听班长叫,想下,但又回头）

班:李桂生……怎么找你老半天找不到呢！家里都起床啦！你干啥呢？哈！已经挖好了呀！嗳你怎么不睡午觉呢？（一边看一边说）今天下午团部几个参谋都来了,连长还拿表看,到谁挖得快、姿势好呢！你咋不吱声呢？（上前打了一下）操！

甲:班长！班副会不会再生我的气？

班:你为这个啊！不会的,班副就是那个脾气,一想开就没有什么啦！走吧！走吧！（班长拿锹衣同下）

第三场

（后台欢呼李桂生的办法成功）

（唱一曲）

李桂生的办法好

咱们大家跟他学

挖得又快又省劲

作起战来伤亡少

五班同志真不善

大家都能提意见

土工作业研究得好

开展民主推动全班(歌声渐远)

副:(垂头丧气上)唉……

(唱七曲)

我韩光详垂头丧气回家转

挖工事,做不好,落在后边

同志们,留我面,没有批评

我自己,想起来,真是没脸

一不该　在人前　硬逞能

卖老味　看不起　李桂生

二不该　太主观　坚持意见

不相信　大家伙　打击别人

三不该　提意见　我就红脸

发雷霆　瞪眼珠　把脸一翻

四不该　不听班长　好言相劝

唉！真怪我太主观了,我以前就没看起战士,这以后怎么办呢?大伙在一个班里抬头不见低头见的,跟他赔个不是吧！怎么开口呢?以后我改了就算啦呗！这怎对得起李桂生呢?还是开个班务会吧！

(全班战士蜂拥而上,你一言我一句地谈论起来)

丙:这回我们这个班在全连可数得着了。

丁:老李真有两下子,连长和指导员的嘴都合不上了。

戊:团部那个参谋长拿个小本子把这事都记下来了!

丙:还要登报呢!

丁:连长一说到"同志们,我们五班拔尖",我们听说他说五班,我乐得连立正都忘了,连长说"稍息"我才想起来我没立正。

丙:嗳嗳!算了吧!你凭啥高兴?班长说叫咱大伙评的时候,你也不积极发言,净跟大伙跑,随大溜。

丁:你还是民主不开展呵!你不也要跟老李好好学?

丙:那是我过去提意见总磨不开,往后你们看吧,我有啥说啥!嗳老李呀!你以后要帮助我。

甲:我也不懂啥!往后要碰到啥事要大伙都能出主意那就没有个办不好。

班:对了!不但咱大伙出主意,还要服从命令,那这次练兵一心能练得好。

众:对了!我们以后个个人出主意。

班:(看班副一言不发)班副,你咋的啦?

副:(不语)

班:你身体不舒坦咋的?(副不语)

班:我今个晌午和你争几句,你可别生气。

甲:班副,我今个对你的态度太不好了,我这个人就是有"个性",你可不要记在心里。

副:我不生你们的气,我气我自个太主观不民主,我对不起李桂生,也对不起全班。

众:没啥,没啥。

副:以前大伙对我提意见我连寻思也不寻思,就好脸红,要态度,就这次对壕作业吧,我就硬说我的好,看不起李桂生。往后你们若看到我有啥缺点就跟我提，先有民主后有命令。

众：嗳！班副那种挖法也不是一点好处没有呵！

乙：班副你这么一说我可想透了，以前我脑瓜晃得溜圆也没意见，往后想起来啥就说啥！看见啥就说啥！也不怕不团结。

丙：这么一来咱们练兵一定能练好。

丁：××一定能打下来。

班：大伙都有决心我也有决心……

副：我也有决心。

班：大胆提意见，虚心接受别人的意见，人多办法多，不怕蒋介石的乌龟壳。

众：（笑）对了，只要军事民主开展得好，练兵练得好，他乌龟壳就是铁打的，也能把他打六十四块。

班：别吵！别吵！我提意见，我们在这回练兵时间加油干，争取模范班好不好？

众：好！我们一定好好地练兵，争取模范班！

班：咱们再去练兵！

（后台歌声中跑下）

（唱一曲）

六月里　大热天

热火朝天把兵练

点子多　办法全

军事民主大展开

（剧终）

选自《人民戏剧》，1949 年新 1 卷第 2 期

存　目

丁洪

两天一夜

小波

幸福

王家乙

光荣匾

文泉

接收小员

平章

报喜

田稼

捡宝

史奔

十一运动

西虹

梁万金，决心干！

庄中

白玉江光救活了老李吗？

苍松

状元过年

李熏风

卓喜富扭秧歌

张绍杰

陈树元挂奖章

陈戈

大兵

抓俘虏

陈明

夜战大凤庄

武老二

小英雄

郑文

送郎参军

赵云华

姑嫂做军鞋

胡青

李有才板话影词

胡莫臣

兄弟

昨非

机智英雄丁显荣

侯相九

灯下劝夫

铁石

铁石快板

奚子矶

义气

高水宝

自找麻烦

黄红

治病

黄耘

新小放牛

崔宝玉

翻身

鲁亚农

百战百胜

丁洪、陈戈、戴碧湘、吴雪等

抓壮丁

正平、维纲

捉害虫

合江省鲁艺农民组

王家大院

军大宣传队

天下无敌

祁继先、侯心一

演唱戴荣久

苏里、武照题、吴因

钢筋铁骨

张为、吴琼

翻身年

雪立、宁森

坚守排

韩彤、赵家襄

破除迷信

敬　告

《1945—1949年东北解放区文学大系》为展现东北解放区文学的整体风貌而编辑出版。丛书选取此间最具代表性的作品，以纪录这段波澜壮阔的历史时期内东北解放区所发生的翻天覆地的变化。由于丛书所收录的作品众多，时代不一，加之编辑出版时间有限，至今尚有部分收录作品未能与原作者或继承人取得联系。为保护作者著作权益，我社真诚敬告：凡拥有丛书所选录作品著作权的，请与我们联系，我们将按照国家规定及时付酬。

感谢社会各界对我们的理解与支持。

黑龙江大学出版社